LIZ H RICHARDSON

RÉSISTANCE & RÉSURRECTION

LES EUMÉNIDES
TOME 3

LES EUMÉNIDES

Liz H.Richardson

LIZ H RICHARDSON

RÉSISTANCE & RÉSURRECTION

LES EUMÉNIDES
TOME 3

Ce livre est une fiction. Toute référence à des évènements historiques, des comportements de personnes ou des lieux réels serait utilisée de façon fictive. Les autres noms, personnages, lieux et évènements sont issus de l'imagination de l'auteur, et toute ressemblance avec des personnages vivants ou ayant existé serait totalement fortuite.

Les erreurs qui peuvent subsister sont le fait de l'auteur.

Crédits

Design de couverture @thibault.graphiste
Mise en page @sienna_pratt_over_

Editions Plumes et Pétillances

ISBN : 9782-488785-06-8

Edition : février 2026
Dépôt légal : février 2026
Première édition : août 2021

Résumé

Alexandra est l'ainée des triplées, Tisha la cadette et Megan la benjamine. Cette dernière a été enlevée alors qu'elle avait quinze ans. Elles sont les filles de Marius, roi des garous, mais surtout filles de sorcière et Euménide par leur mère, Cassandra.
Tout commence lorsque Alexandra est missionnée par son conseil afin de rejoindre le bataillon des Guardians, l'unité d'élite des métamorphes. Elle doit, avec l'aide de sa meilleure amie, Isabella, vampire de son état, former la nouvelle garde. En effet, à la suite de disparitions dans le camp des métamorphes, l'état d'urgence a été décrété. Il est alors décidé d'augmenter rapidement le nombre de *Guardians* pour faire face à ces récentes attaques. Alex retrouve toute son ancienne équipe, dont Adrien, le commandant.

Ce dernier met en scène son arrestation en s'en prenant à Alex, afin d'intégrer l'organisation responsable de tous ces enlèvements. Il veut aussi découvrir qui est la taupe qui renseigne l'ennemi. Alex n'est pas au courant et elle se met à douter sérieusement de ses capacités de jugement. Heureusement, son amitié avec James, un aspirant, ainsi que le soutien de l'équipe 1, lui permet de continuer à avancer. Le piège fonctionne et Adrien disparaît, recruté par l'ennemi.

Alors que notre Euménide voit régulièrement une femme dans ses songes, elle doit revenir au village. Sa grand-tante mourante veut lui parler. Ses parents lui imposent la présence de James à ses côtés, car Cassandra l'a aperçu dans un songe. Elle y retrouve sa sœur, Tisha, convoquée, elle aussi. Les relations entre sa sœur et James sont assez explosives au démarrage, mais ils apprennent à s'apprécier. Alex, trop occupée à combattre son attirance pour lui, ne saisit pas que sa mère l'a intégré au clan. Heureusement, Tisha veille. Leur grand-tante leur révèle un pan de leur passé et les deux sœurs apprennent avoir retrouvé Megan, disparue dix ans plus tôt, grâce à la magie et la complicité d'Athéna. Elles commencent à s'interroger sur les valeurs du conseil.

Avec le soutien du conseil des Euménides, elles réussissent enfin à situer les métamorphes enlevés. Scindées en deux équipes, elles attaquent simultanément les lieux de détention et arrivent à sauver tout le monde. Pendant l'attaque, James est gravement blessé en voulant sauver Alex. Cette dernière le retrouve dans le royaume d'Athéna et laisse enfin parler ses sentiments pour le ramener à la vie.

De nouveau ensemble, entourées de leur famille, les sœurs sont décidées à retrouver Megan coûte que coûte, avec l'appui d'Athéna. Elles savent maintenant qu'elle est bien vivante, elles l'ont perçue. Mais c'est sans compter l'ordre de mission confié à Tisha : retrouver Adrien qui n'a plus donné signe de vie depuis plusieurs jours.

Sommée de partir dans les Hautes-Alpes, Tisha fait la connaissance de Lucius, le roi des Vampires et de Mathias un de ses lieutenants. Ces derniers lui révèlent l'augmentation de ses pouvoirs, mais aussi démontrent sa difficulté à les maîtriser. Le fait que les trois sœurs aient été de nouveau réunies, même un bref instant, a enclenché le processus. Tisha, comme Alexandra, fait face à des transformations, non seulement de son pouvoir, mais aussi de son corps. Elle est également attirée très fortement par les deux hommes, mais elle résiste.

Alexandra décide de rejoindre Tisha à la suite d'une altercation avec sa demi-sœur, Victoire. Elle préfère partir seule, James restera ainsi avec les Guardians. Autant elle apprécie Mathias, autant elle est persuadée que Lucius lui cache des informations.

Pendant ce temps, les *Guardians* avancent dans leur enquête et découvrent le nom de la société à l'origine de l'enlèvement des métamorphes. L'étau se resserre, tout le monde donne son maximum afin de mettre un point final à cette affaire, même Victoire.

Alex et Tisha en apprennent plus sur l'endroit où elles doivent chercher Adrien, aidées de Philippe, l'alpha de la

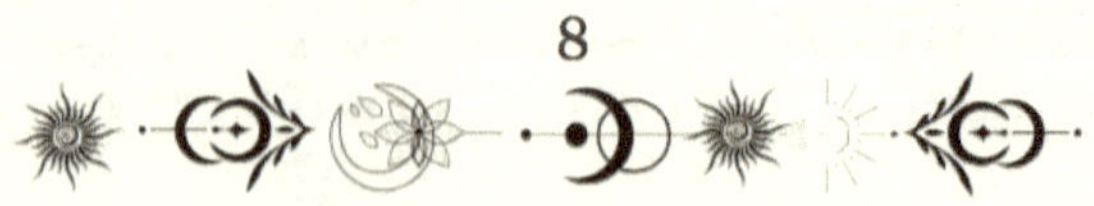

meute d'Oura. À leur retour, Tisha se fait attaquer par une des vampires de Lucius. Elle ne doit la vie sauve que grâce à la transformation d'Alex en Érinye. Le sang de Lucius lui permet de s'en remettre rapidement. Ce dernier décide enfin de partager ses informations avec les sœurs.

Il a envoyé un de ses plus proches amis et lieutenant, Alaric, à la recherche de Megan. Elle aussi a subi de plein fouet les changements et elle est peut-être en passe d'acquérir les mêmes pouvoirs que ses sœurs. Malheureusement, Alaric est arrivé trop tard et Megan a disparu. Pire, l'homme qui vivait avec elle la battait, elle a fui. Il est également en lien avec la société responsable des tests sur les métamorphes.

Ces nouvelles conduisent les filles à contacter Athéna afin de retrouver Megan. Elles y parviennent. Lucius confie à Alaric, et Orion, un autre de ses lieutenants, la mission d'intercepter la jeune femme en route pour Paris à bord d'un TGV.

Il est temps de s'occuper d'Adrien. Elles partent, accompagnées de leurs nouveaux amis, en repérage. Adrien est mal en point, la situation se complique. Lucius fait appel à ses hommes et ils investissent, tous ensemble, l'entrepôt. Adrien est sauvé, en partie grâce au sang de Mathias, et les vampires sont retrouvés. Alors que tout semble sous contrôle, Alexandra ressent une intense douleur et finit par s'évanouir. James a été enlevé et le lien qui les relie la met en danger. De retour à la résidence de Marius, l'ancien commandant lance une accusation étonnante : celle à l'origine de tout cela serait une femme, dotée de pouvoirs incroyables et très proche de la royauté. Il désigne Cassandra !

Se trompe-t-il ?

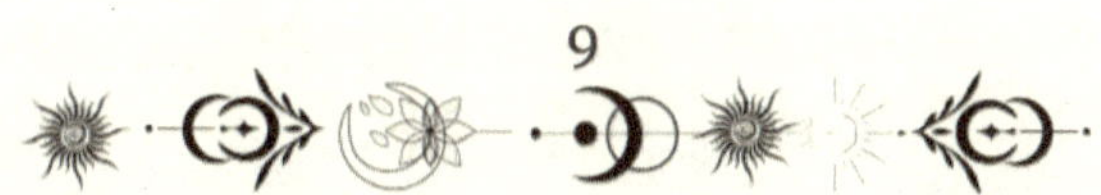

Avertissement

Ce tome trois vous fait découvrir Megan, juste après l'évasion d'Adrien, alors que celui-ci venait d'être emprisonné par Marius. Alexandra et Tisha n'ont pas encore entendu leur sœur, les métamorphes sont toujours enfermés.

Vous allez pénétrer dans le quotidien violent de Megan, avec son soi-disant mari, Cédric. Bien que je n'aie pas souhaité en rajouter, il me semblait important de préciser ce qu'elle subissait, ce que trop de femmes subissent encore de nos jours. Passer rapidement dessus m'a donc été impossible.

Alors oui, le début de ce tome est plus noir que les deux autres, j'espère qu'il ne vous heurtera pas trop. N'hésitez pas à survoler les pages si c'est le cas.

Enfin, je vous rappelle que ce livre est de la fantasy. La façon dont Megan réagit et se reconstruit, est directement en lien avec son statut d'Erinyes et complètement du domaine de l'imaginaire.

Avec toute mon amitié.

Liz

Chapitre 1

Megan

Lundi : 7 jours avant la libération des otages

J'ouvris les yeux sur le plafond de notre chambre. Encore une journée monotone en prévision. Cédric n'était déjà plus là, il était parti tôt pour aller travailler. J'en avais marre d'être seule. Constamment ! J'aspirai à autre chose. Je comprenais que mon état de santé l'inquiète et nécessite que je reste à la maison, mais j'avais l'impression de mourir à petit feu.

Je me mis un coup de pied aux fesses et m'obligeai à me lever. J'avais des tâches qui m'étaient assignées, ce n'était pas en m'apitoyant sur mon sort que cela allait avancer. J'enfilai ma robe de chambre, mes chaussons et je partis préparer mon petit déjeuner. J'avais rêvé de pancakes cette nuit, j'allais m'en cuisiner. Je mis en marche la cafetière et confectionnai la pâte en quelques minutes : 50 g de beurre, 300 g de lait, 2 œufs, 30 g de sucre en poudre, la levure chimique, 200 g de farine. Je mélangeai le tout et sortis ma poêle. Une fois l'ensemble cuit, j'attrapai mon médicament. Son goût était horrible, mais Cédric insistait pour que je le prenne tous les jours. D'après lui, Cela boostait mes défenses immunitaires et m'évitait de retomber gravement malade. Il était médecin, il savait ce qu'il disait. Armée de ma tasse de café, j'avalai rapidement la mixture. Pouah ! J'enchaînai vite avec une gorgée de café afin de faire passer le goût, c'était mieux. Le soleil perçait à travers la fenêtre de la cuisine, encore une belle journée en perspective. Pâte à tartiner, confitures, j'allais me faire un déjeuner de reine !

Je faisais des rêves bizarres en ce moment. Je me voyais en train de me battre contre des lycanthropes, mais dans le cadre d'entraînements. Ces personnes-là étaient mes compagnons et nous passions des moments super, tous ensemble. J'avais des pouvoirs de dingue dans ces songes : je pouvais faire voler un mec, l'immobiliser, mettre le feu à tout et n'importe quoi. J'avais aussi un ami, un homme qui m'attirait, mais que je maintenais à distance. Je ne pouvais pas parler de ça avec Cédric. La fois où j'avais évoqué certains de mes rêves, il avait modifié mon médicament. J'avais été léthargique pendant un mois avant de m'adapter à ce changement. Non, ce n'était que des utopies. À défaut d'avoir une vie pleine d'aventures, je la rêvais, c'était simple.

Une fois mon ventre rempli et mon premier café avalé, je fonçai sous la douche. Je m'habillai sobrement, un short en jean et un tee-shirt. Pas de visite aujourd'hui. Je rangeai la maison, la nettoyai, Cédric était très organisé dans son travail, mais pas chez nous. Il laissait tout trainer. Vu que je n'avais pas de métier, c'était mon rôle de faire en sorte que tout reste ordonné et propre. Je mis une lessive en route puis préparai le déjeuner. Manger sainement, que des repas faits maison faisait partie de mon traitement ! Ce midi, ce serait ratatouille accompagnée d'escalopes de poulet. En dessert, une tarte aux pommes ferait son bonheur. Comme d'habitude, ces simples activités me laissèrent fatiguée. J'attrapai un livre et me posai dans mon fauteuil préféré, face au jardin. Nana, ma seule amie, m'avait prêté le dernier Rébecca Kean. Je le cachais, car mon cher époux n'aimait pas que je lise des histoires de sorcières. Pourquoi ? Je n'en savais rien, il ne me l'avait jamais expliqué. Plongée dans mon livre, je sursautai au son de l'alarme que j'avais programmée. Je dissimulai vite mon bouquin sous une lame du parquet de la chambre, autant éviter une dispute. Je mis la table, vérifiai la cuisson de ma ratatouille, parfait. Ma tarte refroidissait sur le plan de travail. Je cuisis mes escalopes, Cédric n'aimait pas attendre quand il arrivait.

Midi trente pile, il passa le pas de la porte. Blond, les yeux marron, mon mari était un très bel homme de 45 ans. Certaines des femmes du village lui avaient fait des avances, je le savais. Il m'embrassa sur la joue.

— Comment vas-tu aujourd'hui, Meg ?

— Très bien, j'ai pu faire mes corvées sans souci particulier. Et toi ? Ta matinée s'est bien passée ?

— Tout se déroule comme je l'avais prévu. Nous sommes dans les délais.

Je ne connaissais pas ses objectifs, mais il y mettait tout son cœur.

— Je suis heureuse pour toi.

— Tu as pensé à ton médicament ? me demanda-t-il.

— Bien sûr, je sais que c'est essentiel, Cédric. Ne t'inquiète pas, je m'y tiens malgré son goût horrible, lui répondis-je, en faisant la grimace.

— Je comprends, mais l'important est qu'il soit efficace. Nous passons à table ?

— Tout est prêt.

Il s'installa tandis que je le servais. Nous mangeâmes en silence. Vingt minutes plus tard, le repas était fini, je lui préparai un café.

— Tu dors bien ? Tu as beaucoup bougé cette nuit.

— Comme un loir, j'espère ne pas t'en avoir empêché ?

— Ne t'inquiète pas, je me suis vite rendormi. Alors pas de rêves bizarres ?

— Non, en tout cas, rien dont je ne me souvienne, mentis-je.

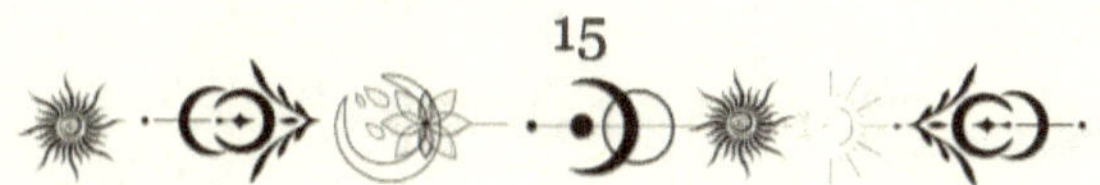

Il me regarda fixement, toute trace d'affection semblait avoir disparu dans ses yeux, je frissonnai. Je lui tendis son café et lui tournai le dos. Lorsque je revins à table avec le mien, il était sur son téléphone. Bien, mon secret n'était pas découvert.

— Je vais rentrer tard ce soir, veux-tu que je demande à Béatrice de venir à la maison ?

Cette pétasse, sûrement pas !

— Ne la dérange pas, je sais qu'elle a des choses plus importantes à faire. Je me sens bien et j'irai me coucher tôt. Dois-je te laisser de quoi manger dans le frigo ?

— Inutile, je dois dîner avec ma patronne.

— Très bien. Si je vois que cela ne va pas bien, je l'appellerai aussitôt. Tu es rassuré ?

— Je le suis.

Il reprit son portable et continua d'écrire à je ne sais qui. Je me demandai s'il avait une maîtresse. Nous ne faisions plus beaucoup l'amour, le traitement bloquait ma libido et nos rapports m'étaient douloureux. Je me forçais, afin qu'il ne soit pas trop malheureux. Il avait déjà tant abandonné pour moi.

À 13 h 15, il se leva pour repartir. Il me prit dans ses bras et m'embrassa. Le baiser simple, auquel je m'attendais, fut bien plus profond. Il envahit ma bouche et se colla contre moi. Ses mains se glissèrent sous mon tee-shirt et il me caressa la poitrine.

— J'ai envie de toi, Meg.

Moi pas, mais cela n'entrait plus en ligne de compte depuis quelques mois. Il défit le bouton de mon short et le descendit. Je le laissai faire, son désir pour moi prouvait qu'il tenait à moi. Il était la seule personne à avoir accepté de s'occuper de moi, je lui devais bien cela. Je fis glisser ma culotte et m'attaquai à son pantalon puis à son slip. Je savais ce qu'il attendait. Il me souleva pour me poser sur la table et me pénétra d'un seul coup. Je frémis sous l'invasion, mon corps n'était pas prêt à l'accueillir. Il ahanait en me pilonnant, je serrais les dents afin de ne pas gémir, c'était douloureux. Il me pressait les bras, j'allais

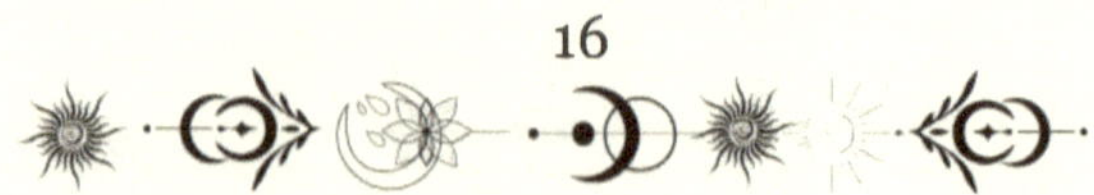

avoir des marques. Sa main s'abaissa, il pinça violemment mes tétons, son regard était dur. Il adorait être brutal et semblait croire que j'aimais ça également. Il s'enfonça une dernière fois en me griffant les seins. C'était fini.

Il se retira et partit dans la salle de bain sans aucune considération pour moi. Je descendis précautionneusement de la table, j'avais mal. J'attrapai ma culotte et la remis aussitôt, ainsi que mon short. J'irais prendre une douche dès qu'il aurait quitté la maison. Il revint rapidement et se planta devant moi.

— Je t'aimerais un peu plus réceptive, Meg. C'est frustrant pour moi que tu restes immobile comme ça, dit-il, agressif.

— Je suis désolée, Cédric, tu sais que j'ai besoin de plus de temps pour... enfin, tu sais.

— Sais-tu combien de femmes apprécieraient que je les saute ? Fais un effort, c'est tout.

Sans attendre de réponse, il sortit et monta dans la voiture. Je le regardai partir les larmes aux yeux, je n'étais même pas bonne à ça. Je fermai la porte à clef et allai dans la salle de bain. Je me débarrassai rapidement de mes vêtements et me jetai sous la douche sans vérifier si l'eau était chaude. Je sanglotai un moment, souhaitant que la douche me lave aussi de mes pensées et de cette douleur sourde qui resonnait moi. J'attrapai le savon et entrepris de me frotter. Malgré la douceur de mes gestes, le nettoyage fut pénible. Je restai un instant assise sur le sol. Je n'avais plus goût à rien. Cela n'avait pas toujours été comme ça entre nous. À une époque, il prenait son temps afin que je profite autant que lui de nos moments ensemble. Depuis plusieurs mois, il était plus agressif, son travail certainement. Et nos relations s'étaient dégradées. Il prenait, sans se soucier de moi, de mon plaisir.

Il m'avait sauvé la vie dans cette explosion, même si je ne me rappelais rien. Je m'étais juste éveillée avec lui au-dessus de moi, attachée. J'avais eu des réveils agressifs plus tôt, les médecins avaient préféré éviter que je me

blesse, ou que je ne blesse quelqu'un. Je n'avais que 15 ans et il m'était apparu comme un héros.

Il s'était montré froid avec moi au départ. L'admiration d'une gamine de mon âge pour un homme de 35 ans, j'avais compris que c'était déplacé. Je dormais beaucoup à cette époque et subissais énormément d'examens, certains très douloureux. Je ne pouvais pas sortir de la clinique et personne ne venait me voir. J'étais orpheline, m'avait-il dit. Ma maladie l'intéressait, il voulait trouver le remède. C'est pour ça qu'il s'occupait de moi, il sauvait les gens. Je n'avais nulle part où aller, personne à qui parler, je n'avais que lui. Il m'apportait des BD, des livres. Je pouvais même écouter de la musique dans ma chambre, si je ne la mettais pas trop fort. Petit à petit, j'avais pu faire quelques pas à l'intérieur, puis dans le parc, toujours avec lui. De temps en temps, sa main me frôlait, je me sentais toute chose. Pour mon seizième anniversaire, il m'avait embrassée, puis s'était excusé. Je lui avais dit que c'était le plus beau des cadeaux, que je voulais qu'il recommence. Il avait refusé, prétextant que c'était contraire aux règles. Mais pendant les deux années qui avaient suivi, j'avais pu le toucher, et lui aussi prenait des libertés, m'embrassant parfois ; sans jamais aller trop loin, alors que j'en mourais d'envie. Le jour de mes dix-huit ans, il m'avait emmenée chez lui et nous avions fait l'amour pour la première fois. J'étais folle de joie quand il m'avait proposé de l'épouser. Je savais que ma maladie était contraignante et que personne ne voudrait de moi, mais lui si ! Malgré tout, il me désirait à ses côtés. Nous avions été mariés par un de ses amis, maire du village et j'avais emménagé dans sa maison. Nous étions isolés des autres, ce qui me convenait parfaitement au début. Mais maintenant, je me sentais seule trop souvent et nos rapports sexuels me laissaient, au mieux, frustrée, au pire, comme aujourd'hui, dévastée physiquement et moralement.

Je finis par couper l'eau et par me sécher. Je me regardai dans le miroir, mes longs cheveux roux pendaient lamentablement de chaque côté de mon visage creusé. Mes

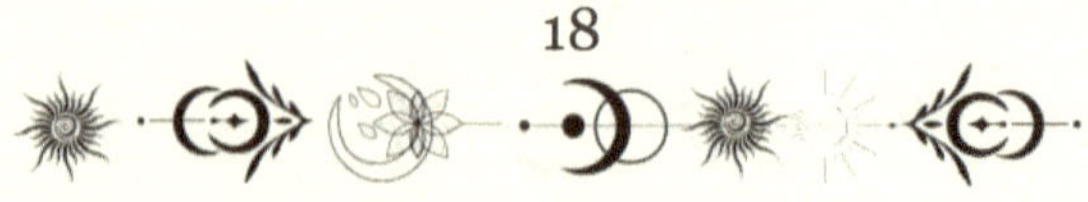

yeux verts me semblèrent immenses, d'un vide abyssal. Comment pouvait-il avoir toujours envie de moi ? Ma silhouette était fine, trop fine certainement. J'avais encore de la poitrine, mais elle aurait pu être plus grosse si j'avais réussi à me nourrir un peu plus. Je ne gardais pas mes repas s'ils étaient trop copieux. Je me peignai et m'habillai. J'étais seule pour un long moment, je pouvais en profiter pour lire. Je sortis mon bouquin de sa cachette et m'installai de nouveau dans mon fauteuil préféré. Je laissai la porte fermée, au cas où Cédric déciderait de revenir au dernier moment. Ce n'était pas dans ses habitudes, mais il m'avait posé beaucoup de questions sur ma nuit. Je plongeai dans l'histoire, reprenant contact avec Rébecca, sorcière et Reine des Vikaris.

Je finis par m'endormir et rêvai. Je me découvris, marchant dans une forêt, seule, apaisée. Je me vis en train de discuter avec une femme, je ne savais pas qui elle était, mais elle semblait douce. Elle me mettait en garde, elle me disait que je devais être courageuse. Je me visualisai en train de me réveiller, dans cette même forêt, et de lancer un sort de protection : une magnifique bulle qui engloutissait tout un camp. Lorsque je rouvris les yeux, je constatai qu'il était déjà 16 h. J'étais bien mieux que tout à l'heure, mon rêve m'avait apaisée. Je partis cacher mon livre pour m'occuper de la vaisselle. Une fois cela fait, je devais assurer le petit travail que m'avait déniché Béatrice : je lavais et repassais du linge pour leurs collègues. Ces derniers n'avaient pas le temps vu qu'ils avaient un vrai métier, utile à la société en plus. Cela ne me dérangeait pas, j'avais au moins une occupation. J'en fis une bonne partie en musique, nous n'avions pas la télévision à la maison, Cédric était contre.

C'est malheureusement sans véritable surprise que j'entendis toquer à la porte à 18 h. Je l'ouvris sur Béatrice, tirée à quatre épingles.

— Je venais voir comment tu allais, je sais que tu es seule ce soir.

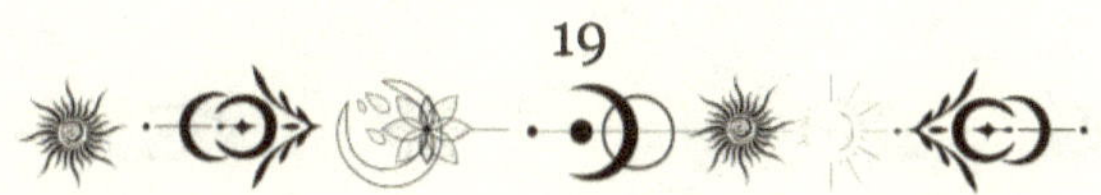

— Entre, Béatrice, j'avais précisé à Cédric de ne pas te déranger. Je sais que tu as beaucoup de choses à faire.

Elle s'assit sur le canapé, en prenant soin de l'épousseter avant. Il était parfaitement propre, c'était juste pour m'énerver.

— Pas de ça entre nous, Meg. Cédric peut absolument tout me demander, je lui dirai toujours oui. Ton mari est tellement charmant. Tu m'offres à boire ?

— Bien sûr, qu'est-ce qui te ferait plaisir ?

Je serrai les dents, je savais bien qu'elle le désirait, mais rien ne me prouvait pour le moment qu'il avait succombé.

— Une bière ?Tu as fait un gâteau ? Ça sent bon, j'en prendrais bien une part aussi.

— Si tu veux, c'est une tarte aux pommes.

— Oui, je suis au courant, Cédric m'en a parlé. Il avait besoin de bavarder, après ton petit souci de libido...

Je me figeai à ces mots. Mon mari avait discuté de nos problèmes de couple avec elle ? Je me retournai pour la regarder dans les yeux.

— Qu'est-ce que tu viens de dire ?

— Ne te fâche pas, Meg. Nous sommes amis depuis longtemps avec Cédric et il est inquiet, c'est tout.

Son faux sourire était affiché sur son visage de garce, elle buvait du petit lait.

— Au risque de te décevoir Béatrice, je n'ai pas l'intention de te parler de mes relations avec mon mari. J'estime que cela ne te regarde pas.

— Ne monte pas sur tes grands chevaux ! Je désire seulement t'aider. Tu ne voudrais pas qu'il aille chercher ailleurs son plaisir ? C'est ce qui arrive quand les hommes ne sont pas satisfaits de ce côté-là.

Elle dépassait les bornes.

— Et tu en serais tellement heureuse, hein ? Depuis le temps que tu rêves qu'il te saute ! Fous le camp ! Pars et ne t'avise plus jamais de revenir chez moi !

— Oh, mais le petit chat sort ses griffes, on dirait. Allons chérie, ne fais pas l'innocente avec moi, tu te doutes bien qu'il m'a déjà sautée, n'est-ce pas ? Et plus d'une fois. Je

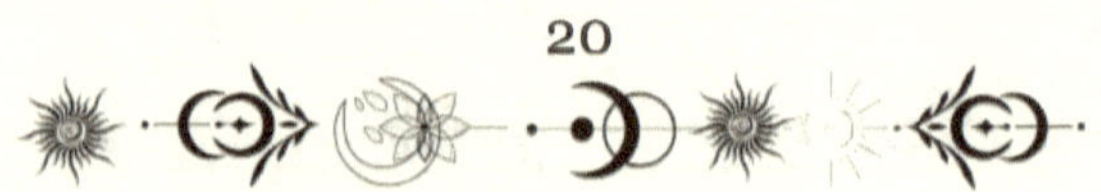

ne me contente pas de rester immobile, moi, non. C'est sauvage entre nous, il adore ça !

— Sors – de – chez – moi !

Elle prit son temps pour se lever et partit. Je claquai la porte juste derrière elle. Elle mentait, j'en étais sûre !

Chapitre 2

Cédric

Je montai dans ma voiture, le sourire aux lèvres.

Cette petite garce allait certainement chialer pendant des heures. Elle avait souffert alors que je la burinais, j'avais adoré ça. J'avais envie d'aller plus loin, de la pousser encore un peu plus. Après tout, depuis 10 ans que je la maintenais sous contrôle, je l'aurais vu s'il y avait de la magie en elle. Elle était humaine, désespérément humaine, et stupide. Et elle était à ma merci, tellement certaine qu'elle me devait la vie. Quel bonheur cela avait été de la sauter encore une fois pour ses 18 ans ! Pas aussi jouissif que lorsque je l'avais violée à 15, mais bon, j'avais des ordres. Elle ne s'était même pas rendu compte qu'elle n'était plus vierge. Quelle idiote !

J'allais être légèrement en retard, mais ça en valait le coup. J'avais aussi eu envie qu'elle me suce pour me nettoyer, je le ferai la prochaine fois. J'accélérai, roulant au-dessus de la vitesse autorisée, grisé de ma séance de baise avec ma fausse petite femme chérie. Si elle savait... Tous les mensonges que je lui avais servis, elles les avaient tous gobés, et sans douter une seule fois. Elle était ma chose, mon objet. Elle n'était là que pour me faire à bouffer, nettoyer et me servir de poupée gonflable, voire de punching-ball dans un futur proche.

J'arrivai au labo avec juste 10 minutes de retard, parfait. On me fit signe quand j'entrai, je perçus le regard gourmand de notre nouvelle standardiste, intéressant. J'approchai et m'accoudai.

— Alors, Véronique, comment se passe votre intégration ?

— Très bien monsieur Villera. Tout le monde est très gentil avec moi.

— Et pourquoi ne le serait-on pas ? Une aussi jolie femme que vous, avec toutes vos compétences… répondis-je en lui faisant du charme.

Elle rougit sous le compliment, cela marchait à tous les coups.

— Des messages pour moi ?

— Aucun, monsieur Villera.

— Appelez-moi donc Cédric, puisque je vous appelle Véronique.

— Oh ! Je ne sais pas, est-ce autorisé ?

— Mais oui, c'est moi le patron ici. C'est réglé.

Je lui caressai la main en lui faisant un clin d'œil.

— Bon après-midi, Véronique, n'hésitez pas à faire appel à moi. Je suis tout à vous.

Elle n'osa pas répondre et devint encore plus rouge. J'allais la mettre dans mon lit fissa ! Ou plutôt sur mon bureau, oui ce serait tellement mieux. Alors que je m'imaginais la scène, j'arrivai à l'ascenseur. Béatrice était à l'intérieur et le bloquait. Je souris en voyant son humeur.

— Un problème, ma chère ?

— À part que tu ne peux pas t'empêcher de courir après tous les jupons qui passent ? Non !

— Tu sais bien que j'ai des besoins et que ma petite épouse frigide ne les satisfait pas totalement.

Elle appuya sur le bouton de notre étage et se colla contre moi.

— Et moi ? Je ne te suffis plus ?

Sa main s'égara vers mon pantalon, elle me caressa au travers. Je lui bloquai le bras.

— Je viens de remplir mon devoir conjugal, mais si tu veux me faire plaisir, j'ai toujours un peu d'énergie…

Comme prévu, elle se recula aussi sec. Ses yeux me lancèrent des éclairs.

— Tu la touches encore ? Comment peux-tu ?

— C'est excitant de sauter une femme qui n'en a pas envie. Ne t'inquiète pas, je l'ai laissée insatisfaite et douloureusement remplie, ricanai-je.

— Tu es vicieux, Cédric. Tu prends des risques inutiles. Et si ses pouvoirs se déclenchaient ? Tu pourrais avoir de gros ennuis.

— Comment vous faire comprendre qu'elle n'en a pas ! Depuis 10 ans, nous l'avons testée, j'ai des milliers de prélèvements de tout son corps, elle n'est pas une sorcière. L'incendie du précédent labo est certainement dû à une erreur humaine. Je la contrôle à 100 %, je peux lui faire n'importe quoi, elle ne réagit pas. Il est temps de s'en débarrasser.

— Notre grande patronne n'est pas d'accord avec toi.

— Elle me gonfle la grande patronne. Une femme ! Qu'est-ce qu'elle y connaît à la génétique !

— Tu oublies vite que c'est cette femme qui te permet de faire tes études et qui te verse un salaire. Tu ferais bien de te rappeler qui tire les ficelles.

Je détestais ça, être obligé de suivre les directives sans possibilité de discuter. Quand il avait été clair que Megan ne se souvenait pas de son passé avec ses sœurs, c'est elle qui avait tenu à ce que je lui fasse du charme. Cela m'avait amusé au début, mais j'avais dû être doux ce qui n'était pas dans ma nature. Lorsqu'elle m'avait ordonné de l'épouser afin qu'elle ne soit pas retrouvée, j'avais refusé. Je ne rapportais pas le travail à la maison, fallait pas pousser. Mais elle avait eu le dernier mot, en m'envoyant deux hommes baraqués chez moi avec une batte de baseball et un courrier m'expliquant la suppression totale de mon budget, et de mon salaire. J'avais organisé une fausse

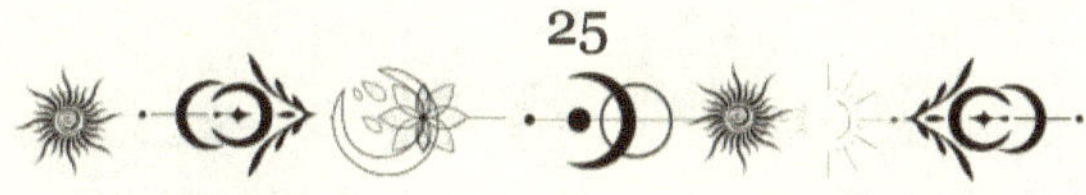

cérémonie et m'étais retrouvé « marié » avec cette oie blanche.

Je m'étais amusé avec quelque temps, être adoré de la sorte faisait du bien. Elle était douée pour le ménage et la cuisine, mais je ne le lui disais jamais. Non, je privilégiais le « c'est pas mal, chérie, mais tu aurais dû mettre un peu plus d'assaisonnement » ou « un peu trop cuite la viande, tu feras mieux la prochaine fois ». Petit à petit, je l'avais dévalorisée, j'avais renforcé son asservissement en prétextant son état de santé qui me contraignait à la surveiller et à tout gérer seul. C'était moins drôle maintenant, hors nos relations sexuelles un brin particulières, elle m'ennuyait.

— Cédric, tu m'écoutes ?

— Pas quand je n'y suis pas obligé, ma chère. Alors, tu veux encore que je m'occupe de toi ?

— Ça me ferait mal, je ne passe pas après les animaux.

— Tu n'as pas toujours dit ça, mais c'est comme tu préfères.

Les portes de l'ascenseur s'ouvrirent et je me dirigeai vers mon labo, Béatrice sur mes pas. Je consultai les derniers résultats, rien de particulier. Contrairement à ce que beaucoup de mes congénères pensaient, on ne pouvait pas devenir un métamorphe si l'on n'avait pas les gênes en nous. Je cherchais, depuis 25 ans, comment remédier à ça. J'en profitais aussi pour essayer quelques croisements, entre différentes espèces de garous. Les bébés nés de ces croisements ne conservaient qu'une des particularités de leurs parents. Impossible d'obtenir un cougar avec la force d'un ours. C'était dommage, j'aurais pu me créer ma petite armée grâce à ça ! Et envoyer balader cette femme. Elle me donnait libre accès à ses congénères. Elle savait pourtant ce qu'ils subissaient entre mes mains et celles de mes collègues, mais elle voulait des résultats.

Je ne l'avais jamais rencontrée. Nos contacts se faisaient uniquement par téléphone ou par personne interposée. Cette soirée serait une grande première. Nous devions faire un point et elle avait confirmé sa présence.

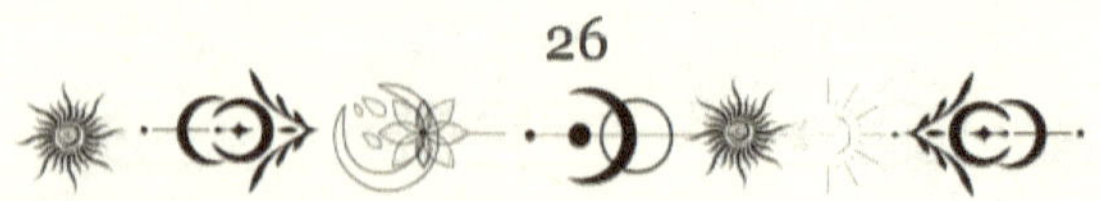

J'étais excité. Le pouvoir avait toujours eu cet effet sur moi. Béatrice m'interpella sur un de ses résultats. J'abandonnai mes digressions et la rejoignis à son poste. Il était temps que je me concentre sur mon job.

Je stoppai le travail à 18 h, et je me rendis dans le cabinet adjacent à mon bureau : une douche, une chemise propre avec un pantalon à pince et sa veste assortie. J'étais canon. Je m'étais rasé à nouveau, je voulais faire bonne impression. Je glissai ma Rolex à mon poignet, petit rappel de ma bonne fortune. Voilà, elle n'allait pas pouvoir me résister, tout garou qu'elle était. Je sortis à 19 h pile, une limousine m'attendait. Les vitres fumées m'empêchaient de voir à l'intérieur, je ne savais pas si elle était là. Le chauffeur ouvrit la porte, il ne me salua pas. J'aperçus rapidement ses yeux de métamorphe briller, encore un qui se pensait au-dessus de moi. Je me glissai dans l'habitacle et croisai le regard d'une femme magnifique.

— Mettez-vous à l'aise, Cédric. Je suis contente que nous nous rencontrions enfin.

— Le plaisir est partagé. Si j'avais su que vous étiez aussi belle, j'aurais fait tout mon possible pour que ce rendez-vous ait lieu plus tôt.

— Il faut être patient. J'avais besoin de temps afin de mieux vous sonder. Très peu de personnes savent qui je suis. Vous êtes un privilégié.

Je ne cachai pas mon admiration. Elle avait une longue chevelure blonde, des yeux bleus légèrement effilés, des pommettes hautes. Sa bouche, parfaitement dessinée, était un vrai appel au baiser. Je laissai mon regard descendre. Elle portait une robe cache-cœur qui sublimait sa poitrine. Il y avait de la matière... je m'imaginais déjà en train de la mordiller, mon sexe se tendit à cette pensée.

— Je vous plais, apparemment, fit-elle moqueuse.

Saleté de sens aiguisé, elle avait dû sentir mon excitation.

— Nous verrons cela plus tard. Le travail avant le plaisir, cher Cédric.

— Tant que plaisir il y a, je suis à vos ordres !

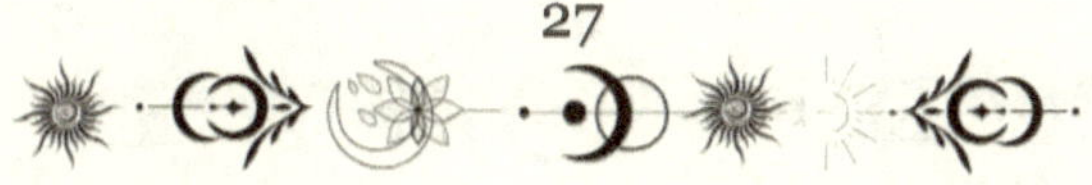

Son sourire se fit plus dur.

— Je sais.

La voiture démarra, je n'avais aucune idée de l'endroit où j'allais. Elle regarda son téléphone et m'ignora complètement pendant tout le trajet. Qu'importe, j'avais de quoi m'occuper en la matant. Je me faisais le film dans ma tête de notre fin de soirée. Je lui plaisais, j'en étais certain. Elle allait en prendre pour son grade. Elle releva les yeux, un sourire malsain aux lèvres. Son regard se durcit, j'espérais que ce n'était pas mon excitation qui la faisait réagir comme ça. Je n'oubliais pas qu'elle était dangereuse et qu'elle pouvait me bouffer, si elle le voulait. Je me forçai à ne pas baisser les yeux devant elle, nous étions la race supérieure. Ils allaient être éradiqués ou devenir nos esclaves. Son sourire s'accentua et elle replongea dans son téléphone. J'étais fier de moi.

Le chauffeur se gara le long d'un grand restaurant, réputé dans la région : aux délices discrets. Pas mal. J'attendis que son « boy » ouvre la portière et je sortis. Je me retournai, tendant la main afin d'aider ma patronne à s'extirper du véhicule. Son pied chaussé de talons aiguilles, avec une fine attache autour de la cheville était un plaisir des yeux. La première jambe fit son apparition, la robe était suffisamment remontée pour que je puisse contempler le galbe de son mollet, puis sa cuisse. La dame était musclée. Je relevai la tête afin de ne pas passer pour un goujat. Elle attrapa ma main et je pus enfin l'admirer debout.

Il m'était impossible de connaître son âge, ces saloperies de métamorphes avaient une longévité bien plus importante que la nôtre et leur physique se dégradait peu. Je lui aurais donné mon âge, à quelque chose près. Elle me fit un court signe de la tête pour me remercier et réarrangea sa tenue avant d'avancer. Gentleman jusqu'au bout, je lui ouvris la porte du restaurant. Le maître d'hôtel se précipita à son arrivée.

— Quel plaisir de vous voir ici, Madame !

— Merci, Joseph, trop aimable. Ma table est prête ?

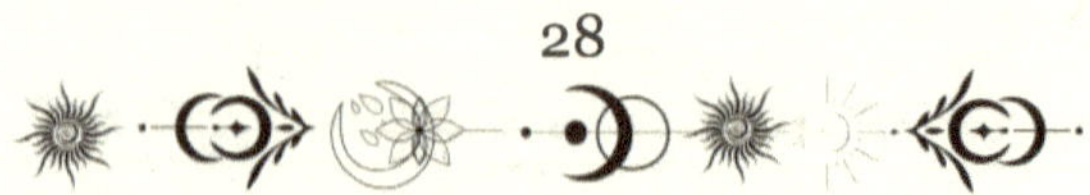

— Le petit salon vous attend. Vous permettez ?

Elle hocha la tête et prit sa suite. Il ne m'avait pas regardé ni adressé la parole. Je décidai de ne pas y prêter attention. Il n'était qu'un larbin, comme l'autre. Nous nous éloignâmes de la salle à manger principale et nous retrouvâmes dans un couloir avec de nombreuses portes. Il en ouvrit une et fit une courbette en la laissant pénétrer dans la pièce. Je la suivis, un peu curieux. La salle faisait approximativement 30 m2. Les couleurs ainsi que la décoration me firent aussitôt penser aux salons privés libertins. C'était classe. Pas de jouets aux murs, ni de déguisements SM, mais l'atmosphère créait une intimité qui eut tout de suite un certain effet sur mon anatomie.

— Ça a l'air de vous plaire, Cédric.

Je la fixai un long moment, pour laisser s'égarer mon regard sur son corps dans un second temps. Elle comprit le message.

— Vous pouvez nous laisser, Joseph. Je vous ferai signe pour la suite.

— Bien Madame.

Joseph s'éloigna et ferma la porte en sortant. Nous allions pouvoir avancer…

Chapitre 3

Elle

Je savais pertinemment à quoi il pensait. Que ces humains étaient faciles à manipuler ! Même s'il n'était pas trop mal conservé, je n'étais pas intéressée. Je lui souris quand même, l'espoir fait vivre.

— Alors Cédric, où en sommes-nous ? Des avancées dans nos recherches ?

Son regard changea. Il pensait que j'allais lui susurrer des mots doux ? C'était un surdoué de la génétique, je l'aurais déjà éliminé si cela n'avait pas été le cas.

— Malheureusement, non. Il y a toujours un ADN dominant dans les mélanges entre garous. Le plus puissant détermine le type de métamorphe.

— C'est bien ce que je craignais. Et je suis très déçue, ajoutai-je d'une voix glacée.

Il changea de couleur, il avait compris la menace.

— Mais j'ai eu une autre idée et mis au point un sérum. Je vais le tester sur une porteuse humaine et l'inséminer avec deux genres de garous. Je pense que ce sérum pourrait donner un excellent résultat.

— Parfait ! À quand les premiers tests ?

— Je dois d'abord trouver une mère porteuse, toutes celles que nous avons sont enceintes.

— Je vous en fais livrer une, demain matin, au laboratoire. Elle sera accompagnée par deux des miens qui veilleront à ce qu'elle reste en bonne santé. Préparez-lui une chambre au sous-sol, comme pour les autres. Vous poursuivez quand même avec ces dernières ?

— Bien sûr, nous continuons la production.

— À ce sujet, n'auriez-vous pas oublié de me signaler un incident ?

Il blêmit encore plus. J'avais mes espions, je savais exactement ce qui se passait dans mes laboratoires. Quel idiot !

— En effet, une des mères porteuses a mis fin à ses jours. J'allais justement vous en parler.

— C'est ça ! Comment est-ce possible ? Je pensais que vous aviez adopté toutes les dispositions nécessaires afin d'éviter ces suicides ? Je ne peux pas me permettre de perdre trop de bébés.

— Un garde qui s'est laissé attendrir. Il ne le fera plus.

— Je vous le confirme en effet. Nous nous en sommes chargés. Recrutez-en un nouveau ! Et ne prenez pas un sensible cette fois !

Sa mâchoire se contracta, il avait envie de me répondre. Je le mis au défi en plantant mon regard dans le sien, je laissai apparaître ma bête. Il baissa les yeux. Bien !

Je sonnai afin que le repas commence. Joseph se présenta rapidement et nous servit. Il ne fit aucun cas de mon invité, ce qui énerva ce dernier. Qu'il devait lui être difficile de supporter ce qu'il faisait habituellement subir à autrui. Une fois l'entrée dégustée, je relançai la conversation sur le second sujet.

— Des changements concernant Megan ?

— Aucun, je soutiens que nous devrions nous en débarrasser. Elle n'est ni une sorcière ni une métamorphe.

— Je pensais que vous auriez à cœur de conserver votre victime préférée près de vous. Je suis surprise.

Il se mit à balbutier.

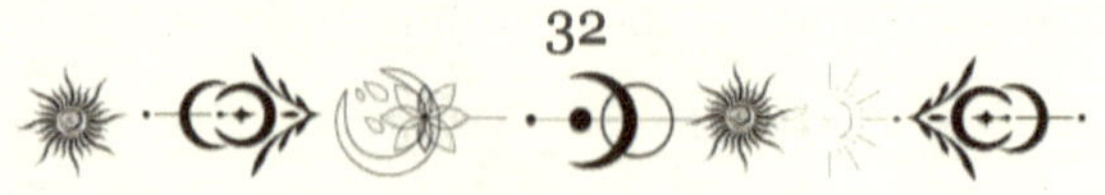

— Elle va bien… Je vous l'assure… Je ne… enfin…

— Détendez-vous, mon cher. Tant que vous ne la tuez pas, vous pouvez bien faire ce que vous voulez de cette gamine. Si cela vous permet de prendre votre pied… Chacun son truc !

— Pourquoi la garder ? Elle est inutile, ajouta-t-il en bombant le torse.

Je le saisis à la gorge, son ton ne m'avait pas plu.

— Vous n'avez pas à savoir le pourquoi, vous n'avez qu'à obéir. Si cela vous dérange, je me ferai un plaisir de vous remplacer. Qui sait, Béatrice aura peut-être de meilleurs résultats ?

— Je suis désolé, je ne mets pas du tout en cause vos ordres. Je ferai ce que vous voulez !

Il s'écrasait comme le petit cafard qu'il était.

— Megan doit rester en vie. Elle est sous votre responsabilité. Est-ce clair ?

Il hocha la tête, les yeux agrandis d'effroi. Je souris puis le relâchai. Je sonnai afin que le plat suivant soit servi.

Cédric reprit du poil de la bête au fur et à mesure du repas. Il me faisait du charme, persuadé que cette soirée allait se terminer par du sexe. Je ne le détrompai pas jusqu'au moment du café.

— Bien, je vous ferai parvenir une nouvelle dotation de 100 000 € pour couvrir les derniers frais, dis-je en me levant.

Il bondit de suite.

— Mais, je pensais…

— Vous pensiez ? Que nous allions finir la nuit ensemble peut-être ? Je ne couche pas avec mes subalternes, Cédric. Et encore moins avec les humains. Il est tellement facile de vous abîmer !

Il serra les poings, une veine ressortit sur son front. Monsieur était très énervé.

— J'ai quand même un petit cadeau pour vous. Elle devrait vous rejoindre après mon départ. Amusez-vous bien, Cédric. Et j'espère avoir de bonnes nouvelles prochainement.

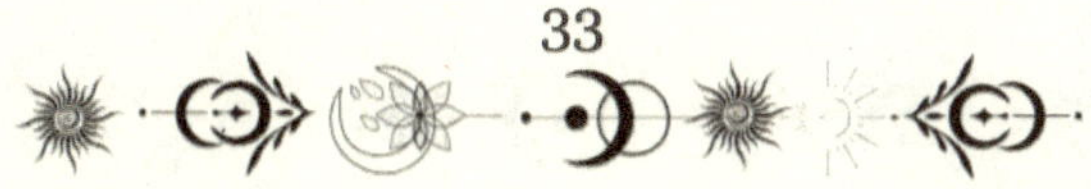

Il me salua, curieux apparemment de découvrir son présent. Je sortis rapidement, Joseph m'attendait dans le couloir.

— Cela a été un plaisir, Madame. Nous espérons vous avoir donné satisfaction.

— C'était parfait Joseph, comme d'habitude. La jeune femme peut le rejoindre, je vous remercie de gérer la suite.

— Il en sera fait comme vous l'avez précisé, Madame.

Une dernière courbette, il m'accompagna jusqu'à la sortie. Jérôme m'ouvrit la portière de la limousine.

Enfin ! Je me laissai tomber sur le siège. Je n'aimais pas côtoyer les humains. Et je n'aimais pas avancer à découvert. Je n'existais plus depuis si longtemps.

— Nous rentrons, Madame ? me demanda Jérôme en démarrant la voiture.

— Oui, Jérôme. J'ai hâte de me retrouver à la maison. Ne trainez pas.

— Bien Madame.

Je ne remontai pas la vitre de séparation. Je pouvais ainsi observer le trajet, et Jérôme. C'était un des bébés de la première fournée. Il était jeune, 30 ans, et il m'était dévoué. Il avait toujours ce côté un peu fou des jeunes métamorphes, mais il était obéissant. C'était tout ce dont j'avais besoin. Il me jetait des regards dans le rétroviseur, attentif à mes changements d'humeur.

Tout se déroulait parfaitement ! Même si je n'avais pas encore trouvé comment mélanger deux espèces différentes, mon armée personnelle était en train de croître. Le pauvre Marius était en plein désarroi à chercher ses métamorphes, inconscient de ce qui se passait juste à côté de lui. Et s'il arrivait à un moment ou à un autre à les retrouver, il n'aurait que des humains en face de lui. Des humains qui ne savaient pas grand-chose, à part Cédric. Mais je pouvais l'éliminer d'un claquement de doigts celui-là. Quand je pensais à ce qu'il faisait subir à cette gamine... Si jamais Marius l'apprenait un jour, quelle douleur allait être la sienne ! D'ailleurs, c'était une bonne idée... Oui, peut-être plus tard, lorsque mon armée serait suffisante. J'avais le temps. J'avais l'éternité devant moi.

Je laissai mon regard se perdre au loin, mon téléphone sonna.

— Oui ?

— Madame, nous sommes à la base. Le colis est bien arrivé, les premières questions ont donné des résultats satisfaisants. Pas de mensonge.

— Parfait, il aurait été dommage que j'aie perdu du temps à détourner le lien que ce cougar avait avec son roi. Je veux qu'il reste sous surveillance. Accordez-lui un peu plus de liberté demain et tenez-moi informée.

— Ce sera fait Madame.

Je raccrochai en souriant. Avoir fait évader le commandant Adrien sous le nez de Marius était jouissif. Certes, ce type de sort nécessitait énormément d'énergie, mais il devait se demander comment ce dernier avait pu désobéir à son Alpha. J'allais devoir quand même vérifier si tout cela n'était pas un piège. Cet Adrien était réputé pour sa droiture, je trouvais étonnant qu'il ait tenté de se lier à la fille de Marius de cette façon. Cependant, d'après ce que j'avais appris, ce n'était pas la première fois qu'il se plantait.

J'attendrai la fin de la semaine pour en savoir plus et pouvoir faire confiance à ce nouvel allié. Mon énergie était au plus bas, quelques jours de repos allaient m'être nécessaires avant de pouvoir lancer ce sort et découvrir ce qui se passait chez mes ennemis. Je fermai les yeux et laissai dériver mes pensées. Que d'évènements en 70 ans : mon mariage, mes enfants, la trahison, la révélation de mes capacités... Qu'il était bon d'agir dans l'ombre !

— Nous sommes arrivés, Madame.

J'avais dû m'assoupir, preuve que je devais patienter avant d'utiliser à nouveau la magie. Jérôme m'ouvrit la portière et me tendit la main pour m'aider à sortir. Je le remerciai d'un sourire. Thomas, mon chef de la sécurité, m'attendait près de la porte d'entrée.

— Tout s'est bien passé ?

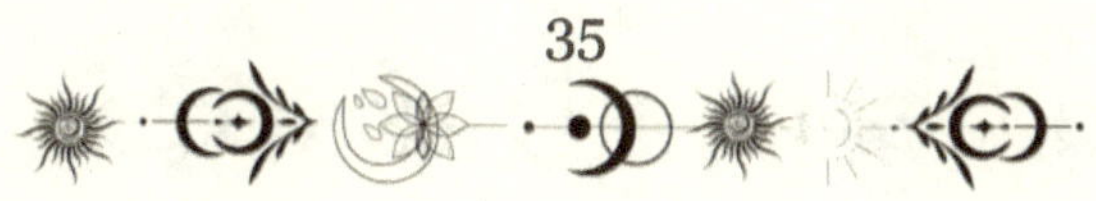

— Parfaitement, Thomas. Je suis tout à fait en mesure de gérer un individu, tu sais ?

— Vous êtes capable de maîtriser bien plus qu'un humain, mais il en va de ma responsabilité envers vous. Je dois être près de vous à tout moment.

Je lui caressai la joue, il était tellement loyal. Je connaissais ses sentiments à mon égard, je l'accueillais de temps en temps dans mon lit afin de le contrôler. Mais là, j'étais fatiguée et je souhaitais juste prendre un repos bien mérité.

— Tu es adorable. Magda est ici ?

— La sorcière est dans sa chambre.

— Parfait. J'ai besoin de sommeil, veille à ce que l'on ne me dérange pas.

— Bien, Madame.

Je montai les escaliers et entrai dans ma chambre. Je me déshabillai rapidement et me glissai dans les draps frais. Je m'endormis aussitôt.

Je ne descendis prendre mon petit déjeuner qu'à 9 h. J'en étais à mon second café quand Magda se présenta. Elle s'en servit un et s'assit à côté de moi.

— Ton installation s'est bien déroulée ?

— Parfaitement, je t'en remercie. Comment s'est passé ton rendez-vous ?

— Plutôt bien, de mon point de vue. Il aurait trouvé un nouveau sérum permettant de conserver les qualités de deux métamorphes. Il faut d'ailleurs que je m'occupe de lui envoyer un autre cobaye.

Elle fit la grimace à mon commentaire.

— Toujours mal à l'aise avec ce que je fais, chère Magda ?

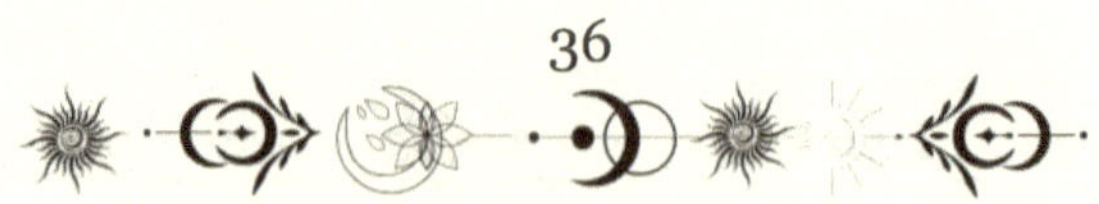

— Tu le sais bien. Je suis contre tes expériences. Manipuler les gênes qu'ils soient humains ou surnaturels, c'est jouer avec les dieux. Ils n'aiment pas ça.

— Ah tes dieux ! Je n'ai malheureusement pas eu la chance d'en rencontrer un jusqu'à maintenant. J'ai peur que ces derniers ne soient réellement que des mythes. Libre à toi de penser ce que tu veux, tant que tu n'omets pas à qui tu dois ta loyauté.

— Tu sais que je ne peux pas aller à l'encontre de tes décisions. J'ai fait un choix, je m'y tiens.

— C'est bien. Ah, avant que j'oublie, nous avons un nouvel allié. Je ne suis pas encore certaine à 100 % qu'il soit réellement de notre côté. Existe-t-il une potion permettant à un métamorphe de mentir sans que cela soit détectable ?

— Pas que je sache, pourquoi ?

— Le commandant Adrien, je l'ai fait évader dimanche.

— Mais il est connecté à Marius, comme tous ses garous. C'est dangereux !

— J'ai coupé son lien, ne te fais pas de souci. Non, je me demandais juste si ce n'était pas un piège…

— Tu as les moyens de le vérifier, il me semble. Ah non, pas tout de suite. Tu as trop utilisé ta magie, tu es donc obligée de patienter, dit-elle, sarcastique.

— Et cela a l'air de te faire plaisir… Peut-être devrais-je m'occuper définitivement de ta petite protégée…

— Ne fais pas ça ! Je vais me renseigner pour cette histoire de mensonge. Ça fait longtemps que je ne suis plus en contact avec les miens.

— Parfait ! Tiens-moi informée !

Je la congédiai d'un mouvement de la main. Je la trouvais différente aujourd'hui. Le collier n'était peut-être plus assez serré. Quelques images de sa protégée en fâcheuse posture allaient certainement la remettre dans le droit chemin.

Je me levai afin de rejoindre mon bureau, Thomas m'attendait devant la porte.

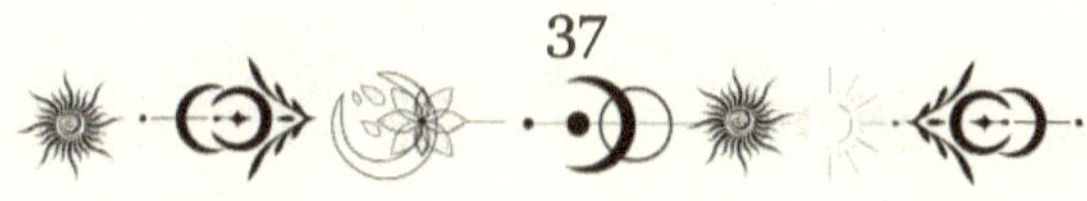

— Tu tombes bien. Peux-tu faire parvenir une humaine au laboratoire ? Qu'elle soit accompagnée par deux des nôtres et demande-leur de faire une petite visite de contrôle. J'ai l'impression que ce Cédric essaye de me la faire à l'envers. Comme si je ne connaissais pas son opinion sur nous, quel idiot !

— Que dois-je vérifier ?

— Le nombre de femmes enceintes et leur état général. Je ne voudrais pas qu'ils utilisent mes bébés à ses propres fins.

— Ce sera fait. Vous désirez voir les progrès de la nouvelle vague ?

— Je viendrai plus tard. J'ai quelques coups de fil à donner.

Je sortis et passai dans mon bureau.

Chapitre 4

Megan

Mardi : 6 jours avant la libération des otages

Cédric était rentré tard. Je m'étais levée afin de lui préparer son petit déjeuner. Les propos de Béatrice me trottaient dans la tête. Est-ce qu'il me trompait ? Parlait-il réellement de notre vie sexuelle avec sa collègue ? Non, il avait dû sentir ma détresse après notre rapport et s'en était ouvert auprès d'elle. Elle avait toujours eu des attentions louches envers mon mari, elle voulait me faire douter, et que je me fâche avec lui. Devais-je lui en toucher deux mots ou pas ? Je ne savais plus quoi faire.

— Mon petit déjeuner est prêt, Meg ?

— Bonjour, chéri. Oui, bien sûr.

— Tant mieux, je me suis levé trop tard. Je ne rentrerai pas à midi, trop de travail. Tout s'est bien déroulé hier ?

— Béatrice est passée.

— Ah ? Pourquoi ? Je lui avais dit que tu l'appellerais en cas de problème.

— Tu n'auras qu'à le lui demander.

Mon ton l'avait alerté. Il s'interrompit et se tourna vers moi.

— Un souci ?

— Je préfère que tu voies avec elle.

Ses sourcils se froncèrent, il s'approcha et me prit le menton.

— Regarde-moi quand tu me parles, Megan. Quel est le problème avec Béatrice ?

— Elle m'a dit que tu couchais avec elle et que tu aimais ça ! Tu lui racontes aussi notre vie sexuelle ? Je me suis sentie rabaissée, Cédric.

— Ah ! Et pourquoi ?

Il sourit et me bloqua la tête brutalement, avec ses deux mains.

— Tu pensais réellement que je ne baisais personne d'autre ? Tu es frigide, ma pauvre ! Le sexe avec toi est d'une platitude désespérante. Un homme comme moi a besoin d'évacuer la pression. J'ai des responsabilités, je travaille dur pour que tu aies une vie agréable. Je dois composer avec tes anomalies et tu n'es même pas bonne cuisinière.

Mes yeux se remplirent de larmes. Chaque mot me lacérait le cœur.

— Ah non ! Ne te mets pas à chougner, en plus ! Tu m'as demandé, tu as la réponse maintenant.

Je me dégageai et reculai.

— Tu ne m'aimes plus ?

Sa voix se fit plus douce.

— Ça n'a rien à voir, petite Megan. Je te parle de sexe, pas de sentiments. Ton état ne me permet pas d'obtenir tout ce dont j'ai besoin. Je dois bien trouver une solution. Tu ne peux pas travailler, tu te fatigues dès que tu bouges un minimum... Comprends bien que je n'y tenais pas tant que ça, mais c'est la seule alternative que j'ai finie par adopter afin que notre couple perdure. Tu devrais être flattée. Beaucoup d'hommes se seraient complètement désintéressés et auraient divorcé.

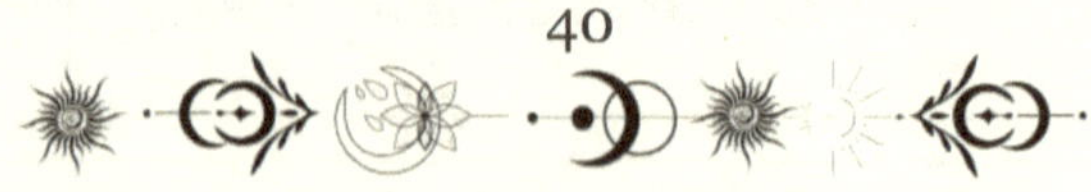

Il souriait, s'attendant certainement à ce que j'acquiesce. Je ne savais plus où j'en étais. Je laissais mes larmes couler le long de mes joues. Il soupira.

— Je n'avais pas pensé commencer ma matinée de cette manière. Avec tout ça, tu m'as mis en retard. Je dois y aller. Nous reparlerons de tout ça ce soir, j'espère que tu seras redevenue raisonnable.

Il m'attrapa les bras pour m'obliger à me rapprocher. Il serra fort, j'allais encore avoir des bleus.

— N'oublie pas à qui tu dois ta vie, Megan. Sans moi, tu aurais fini dans un hospice. Je me tue à essayer de trouver une solution pour que tu ailles mieux. Ne me déçois pas.

Il m'embrassa violemment et me mordit la lèvre. Je laissai échapper un petit cri, ses yeux s'allumèrent.

— Rien de tel qu'une mise au point pour augmenter ta libido, hein ! Dommage que je n'aie pas le temps. Porte quelque chose de sexy ce soir, nous verrons si tu es capable de me satisfaire.

Il me relâcha brutalement, je dus m'adosser contre la table pour ne pas m'écrouler. Il partit. Je restai là, immobile, tentant de comprendre et d'accepter tout ça. Les larmes s'étaient taries, une boule de feu me consumait de l'intérieur. Je serrai les poings, j'étais en colère. Pour la première fois depuis notre rencontre, je lui en voulais. Je n'étais pas responsable de mon état. Je faisais le maximum afin qu'il se sente aimé et choyé. Je n'étais pas assez stupide pour croire qu'il m'aimait encore. Un homme ne va pas voir une autre femme s'il chérit la sienne, non ? J'avais besoin de conseils. Je ne connaissais qu'une personne pouvant m'aider : Nana, au village. J'attrapai une veste, une bouteille d'eau, j'enfilai mes baskets et je sortis de la maison.

Le bourg n'était pas à côté, sans moyen de locomotion j'en avais pour une bonne demi-heure. J'allais être épuisée en arrivant, mais tant pis. J'allais exploser si je restais à l'intérieur. J'avançai d'un pas volontaire et réalisai que je n'avais pas avalé ma mixture ce matin. Tant pis, au point

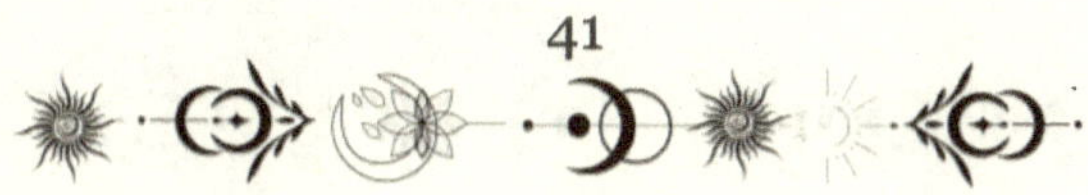

où j'en étais, ça ne pouvait pas être pire. J'évitai la route et traversai les champs. J'entrai dans le village toute transpirante. Mes jambes me lançaient, je peinais à reprendre ma respiration. J'aperçus enfin la boulangerie. Je m'arrêtai quelques minutes afin de ne pas avoir l'air encore plus désespérée que je ne l'étais. Après cinq bonnes minutes, je ne haletais plus comme un chien.

Le ding dong de la porte me fit sursauter, à part ça, non, je n'étais pas nerveuse... Je savais que si Cédric apprenait ma venue, j'allais passer un mauvais moment.

Nana sortit du couloir qui séparait sa maison de la boutique. Mon courage s'évanouit à sa vue.

— Bonjour ! Oh, c'est toi Megan, quel plaisir de te voir. Tu te sens bien ? ajouta-t-elle en me regardant plus en détail.

— Bonjour Nana. Non, ça ne va pas très bien. Je suis désolée de venir à l'improviste... J'avais besoin de parler à quelqu'un et tu es la seule personne que je connais...

— Taratata... Je t'ai toujours dit que tu étais la bienvenue ici. Suis-moi. Je vais te préparer un bon thé avec une belle viennoiserie.

Elle me fit signe d'avancer et m'entraîna dans sa cuisine.

— Tu t'es mordu la lèvre ? Assieds-toi. Tu dois être épuisée d'avoir autant marché. Je suis très contente de te voir.

Je touchai ma lèvre contusionnée du bout de mes doigts. Nana s'activa et brancha la bouilloire. Elle retourna dans la boulangerie et revint avec un pain au chocolat. J'essayais de trouver le moyen de lui parler, mais tout se bousculait dans ma tête. Pouvais-je lui avouer que mon mari me trompait ? Si cela venait aux oreilles de Cédric... J'étais terrifiée, je me mis à trembler.

— Megan, ma belle. Tu frissonnes ? Tu es malade ? Tu veux que j'appelle ton mari ?

— Non ! Surtout pas ! hurlai-je.

Elle eut un mouvement de recul, étonnée.

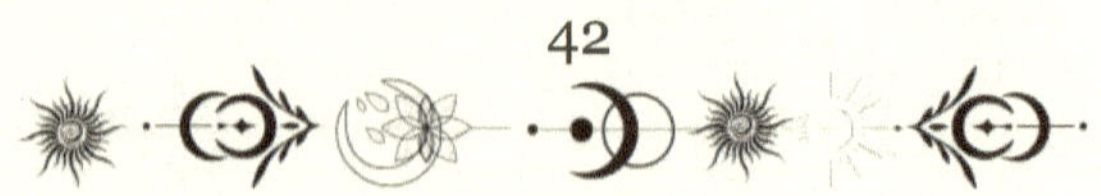

— Tu as un problème ? Ne te fais pas de souci, je ne vais prévenir personne. Tu vas enlever cette veste qui te fait suer et boire ton thé. Allez ! Et que ça saute !

Elle me parlait comme si elle s'adressait à ses enfants. Elle attrapa la manche et tira dessus.

— Mon Dieu, mais qu'est-ce qu'il t'est arrivé ? Pourquoi as-tu ces marques ?

J'avais oublié la petite séance de la veille, et celles plus anciennes, mais mes bras, eux, en portaient la trace : une myriade de contusions de toutes les couleurs.

— Ce n'est rien !

Je récupérai rapidement ma veste et l'enfilai. Nana ne dit plus rien et me servit mon thé.

— Bois et mange, nous discuterons après.

Le ding dong de l'entrée résonna, j'arrêtai de respirer. Et si Cédric avait fait demi-tour ? Nana me jeta un coup d'œil. Elle se leva et passa dans la boulangerie. Je l'entendis échanger avec une femme, ce n'était qu'une cliente. J'inspirai de nouveau. Elle revint quelques minutes plus tard.

— Bien, tu as bu ton thé. Nous allons pouvoir avancer.

Je regardai ma tasse. Ah oui, j'avais tout avalé. Nana s'assit près de moi et me prit la main.

— Qu'y a-t-il, Megan ? Tu peux tout me dire, je t'aiderai. Fais-moi confiance.

Sa bienveillance à mon égard m'amena des larmes aux yeux.

— Oh, Nana ! Tu es tellement gentille...

— Écoute, j'ai vu tes marques. Est-ce que tout se passe bien avec ton mari ?

Je resserrai la veste sur moi.

— Ce n'est rien. Nos rapports sont un peu... brutaux, quelquefois.

— Ah !

Elle marqua un temps d'arrêt, hésitante.

— Écoute, Megan, je sais que tous les goûts sont dans la nature et je ne te jugerai absolument pas, mais... aimes-tu ça, toi aussi ?

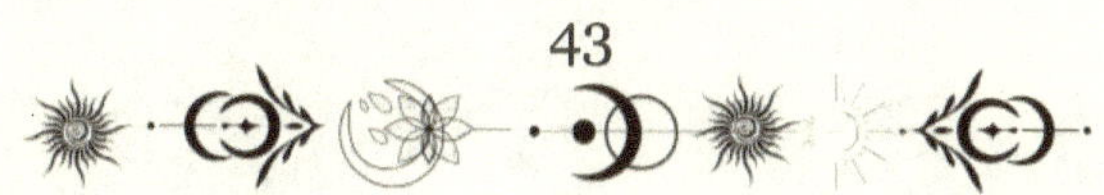

Je la regardai. Je n'avais pas prévu ce type de discussion. Je voulais juste parler de ses maîtresses, pas du reste. D'un autre côté, c'était mon absence de réactions qui l'avait conduit à trouver d'autres femmes. Nana me scrutait, attentive. Elle me tenait toujours la main. J'eus un sentiment de déjà-vu. Quelqu'un s'était précédemment inquiété pour moi, cette personne m'avait pris la main, comme Nana. L'impression passa.

— Je peux comprendre que cela te gêne de parler de sexe avec moi, mais j'ai des enfants, tu sais... je ne les ai pas eus par l'opération du Saint-Esprit.

Sa tentative d'humour me fit un peu sourire.

— Je... enfin, c'est... Cédric aime le sexe légèrement violent... ça ne me dérange pas, il a des besoins, tu comprends.

Sa main se crispa sur la mienne, mauvaise réponse, semblait-il.

— Megan, ma jolie. Regarde-moi !

Je relevai la tête, la similitude entre cette situation et celle avec Cédric me donna un frisson. Enfin, Nana ne m'avait pas attrapé le menton, elle. Je finis par la contempler, ses yeux sur moi étaient pleins de pitié. Je n'aimais pas la pitié.

— Non, Megan. Si c'est ce qu'il te dit, il te ment. Tu n'as pas à subir ça si tu ne le veux pas. Tu peux dire non !

— Tu ne comprends pas... je n'apprécie pas le sexe ! Il... nous... les rapports que nous avons ne le satisfont pas, il va même voir ailleurs. Il me l'a avoué ce matin... c'est... je croyais qu'il m'aimait... mais on ne trompe pas la femme que l'on aime, non ?

— Oh, ma chérie.

Elle me prit dans ses bras et caressa doucement mes cheveux.

— J'aurais tendance à penser comme toi, mais je sais que certaines conjointes peuvent s'en contenter. Je ne te le conseille pas, mais je ne voudrais pas te créer plus de nœuds au cerveau que tu n'en as déjà. Pour moi, tu dois passer en premier et c'est tout ! Et tu n'as pas à subir les

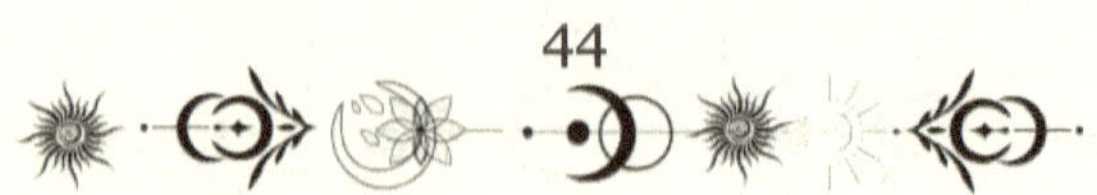

violences de ton mari si tu n'apprécies pas ça. Lui as-tu dit ?

— Non, jamais aussi clairement. Je n'envisage pas de le décevoir, chuchotai-je.

— S'il t'aime, il comprendra. Il doit bien se rendre compte de quelque chose, à moins que... tu simules ?

— Comment ça ?

— Eh bien, tu gémis, tu lui fais croire que tu apprécies ce qui se passe ?

— Non ! Bien sûr que non ! La plupart du temps, je ne bouge pas... il fait son truc et puis voilà... Des fois, je pleure un peu, mais j'évite de le faire devant lui. Il n'aime pas ça. N'en parlons plus, ce n'est qu'un mauvais passage. Il a tellement de soucis.

— Attends ! Il connaît donc parfaitement tes sentiments. Megan, tu m'inquiètes. On ne parle pas de rapports consentis librement, là. On parle de viol !

Ses joues étaient toutes rouges, ses yeux lançaient des éclairs. Elle était en colère contre Cédric.

— Non ! Il est mon mari, c'est normal ! Je n'ai que lui.

— Alors petit 1 : mari ou pas, un viol reste un viol. Et petit 2 : comment ça, tu n'as que lui ? Tu n'as pas de famille ?

J'avais pris la mauvaise décision, je n'aurais pas dû venir. Nana se posait beaucoup de questions. Si jamais elle en touchait deux mots à Cédric, il allait se mettre dans une colère noire. Comme la fois où je lui avais parlé de mes rêves. Il avait dû me soigner après, et j'avais eu une femme très désagréable à la maison pour me surveiller.

— Écoute Nana, oublie tout ce que je viens de te dire. Tout va bien. Je vais discuter avec Cédric ce soir.

Je me levai, pressée de partir.

— Attends Megan, je peux trouver quelqu'un pour qu'il te remonte chez toi !

— Non, c'est gentil. Ça va me faire du bien de marcher. S'il te plaît, n'en parle à personne. Cédric serait très en colère. Il ne veut pas que l'on bavarde à son sujet, il a horreur des commérages.

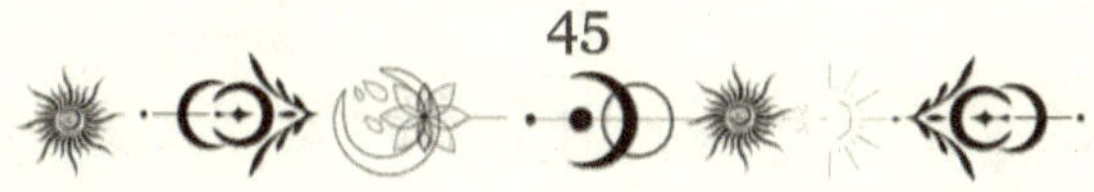

Elle hocha la tête, son regard demeurait inquiet.

— Ce n'est pas aussi noir que tu as l'air de le croire, je te le jure.

— Promets-moi de venir me voir immédiatement si tu ne vas pas bien. Tout cela restera entre nous, Megan, mais j'ai besoin de te savoir saine et sauve.

— Je m'engage à te retrouver ici si c'est nécessaire. Merci pour le thé et pour le pain au chocolat.

Je la saluai rapidement et évitai une dernière fois son regard. Je remontai à travers champs afin de rejoindre la maison. Arrivée près du jardin, je jetai un coup d'œil : aucune voiture à l'horizon, Cédric avait réellement dû partir travailler. Très bonne nouvelle. J'entrai, la fraîcheur qui régnait à l'intérieur me fit du bien. Je remarquai que j'étais moins essoufflée qu'à l'aller, j'avais dû mieux maîtriser ma respiration. Je me mis machinalement à ranger la cuisine. J'avais tout le reste de la journée pour moi. Il allait falloir que je décide de ce que je voulais faire.

Je n'avais pas pensé que nos rapports pouvaient être vus de cette façon par quelqu'un d'extérieur à ma vie. Nana avait-elle tout faux ? Je n'avais malheureusement pas d'éléments de comparaison, mon existence ne tournait qu'autour de mon mari et de ma maladie. D'ailleurs, j'avais oublié de prendre mon médicament ce matin...

Je le versai dans un verre. Posté devant l'évier, mon gobelet à la main, je contemplais le jardin. J'aperçus une chouette, elle se posa sur notre barrière. Elle se mit à me fixer. Je penchai ma tête sur le côté pour mieux la regarder, elle suivit le mouvement. Je souris en la voyant faire, j'étais tombée sur une chouette atteinte de mimétisme. Je refis le mouvement, elle m'accompagna. Curieuse, je posai mon verre sur le bord de l'évier afin d'ouvrir la fenêtre, ce dernier bascula et se cassa.

— Merde !

Le liquide s'était déversé sur le carrelage. Il n'y avait rien à récupérer, j'étais vraiment maladroite. Je ramassai les morceaux de verre, en prenant soin de ne pas me couper, et j'épongeai. Une fois cela réalisé, je repensai à la

chouette. Plus de trace de sa présence sur la barrière, le bruit l'avait peut-être fait fuir. Maintenant, j'avais un nouveau souci, Cédric comptait mes sachets. Si j'en prenais un autre, j'allais devoir lui expliquer ma maladresse. Je voulais que nous discutions franchement de notre relation ce soir. Pas besoin de rajouter de l'énervement à tout cela. Tant pis, ce serait un jour sans traitement.

Je fouillai dans mes vinyles et choisis un disque au hasard : My way de Franck Sinatra. J'adorais sa voix autant que la chanson. Le plus étonnant était que je comprenais parfaitement cette langue, ainsi que beaucoup d'autres, malgré mon amnésie. Cédric m'avait parlé de mémoire résiduelle, ou d'un truc dans le genre. J'espérais que la musique allait m'aider à trouver les bons mots pour discuter avec mon mari.

Chapitre 5

Cédric

J'arrivai, énervé, au laboratoire et me dirigeai vers l'accueil. Véronique me fit un sourire auquel je ne répondis pas.

— Béatrice est ici ?

— Oui, Cédric. Elle est à son bureau, voulez-vous que je la joigne ?

— Pas la peine, j'y vais.

— Bonne journée, Cédric, me déclara-t-elle.

Je ne dis rien, pressé de mettre les choses au point avec Béatrice. La veille, j'avais déjà pensé que c'était elle qui communiquait des informations à la patronne en catimini, un rappel à l'ordre était nécessaire. Avec sa visite à la con d'hier soir, elle avait tout gagné. J'allais lui apprendre qui était le chef.

J'entrai dans son bureau sans frapper et occultai les stores.

— Cédric ? Mais qu'est-ce qui te prend ?

— Nous allons avoir une discussion tous les deux, et j'entends qu'elle soit privée. Enclenche la fermeture de ta porte, Béatrice.

Elle me regarda, un peu inquiète. Elle se leva de son siège.

— Je voudrais d'abord connaître le sujet de la conversation.

Elle croyait encore qu'elle avait son mot à dire cette salope ! Je me dirigeai vers son bureau et actionnai le mécanisme. Voilà, nous ne devrions pas être dérangés. La pièce était insonorisée, j'allais pouvoir mettre les choses au point.

— Je peux savoir ce qui t'a pris ? Pourquoi es-tu allée rendre visite à Megan et surtout pourquoi lui as-tu parlé de nous ?

— Ah ! C'est ça ! Ta petite chérie m'a énervée, elle a voulu montrer ses griffes alors je les lui ai coupées. C'est tout ! Aurais-tu eu des reproches ? Tu ne la maîtrises plus ?

Elle se délectait de la situation, un grand sourire aux lèvres.

— Tu pensais bien que ça n'allait pas lui plaire, non ?

— Tu as démenti ? Je suis certaine qu'elle a tout gobé. Elle croit tellement que tu es amoureux d'elle, c'en est pathétique !

— Non, je n'ai pas menti. Je lui ai dit que je fréquentais d'autres femmes !

Ses yeux s'agrandirent de surprise.

— Mais tu es trop con ! Elle doit être en train de faire sa valise, là ! Envoie quelqu'un chez toi pour la faire surveiller !

— Pour aller où ? Elle ne connaît personne à part moi, et toi ! Je la vois mal te demander de l'héberger.

Je me mis à rire, imaginant la scène.

— En plus, elle n'a pas d'argent, pas de carte de crédit, pas de téléphone ! Non, elle n'a que moi ! Je lui ai juste remis une bonne couche de culpabilisation, lui rappelant qu'elle était incapable de me satisfaire. Et hop, le tour était joué. Cela fait dix ans que je la tiens sous ma coupe, je la gère parfaitement. En revanche, je n'apprécie pas du tout que tu me mettes des bâtons dans les roues. Et je n'aime

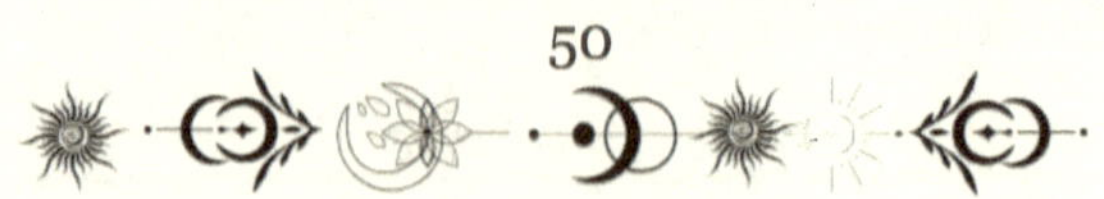

pas que tu donnes des informations dans mon dos à la patronne !

Je m'approchai d'elle, elle recula.

— Je ne ferais jamais ça, Cédric. Tu sais que tu peux compter sur moi.

Elle faisait moins la fière d'un seul coup. Elle savait de quoi j'étais capable.

— Alors, explique-moi comment elle a appris qu'un de nos cobayes était décédé. Personne, à part nous deux, n'a de contacts directs avec elle.

— Ce n'est pas moi, Cédric. Je te le jure. Elle doit nous faire surveiller par quelqu'un d'autre. Elle est loin d'être stupide, et avec les millions qu'elle a investis dans nos études...

Ses yeux étaient agrandis d'effroi, elle avait reculé jusqu'au mur. Je prenais mon pied. Je lui saisis les deux bras violemment afin de l'immobiliser.

— Pourquoi devrais-je te croire ? Tu n'es qu'une salope de plus, tu cherches à m'évincer ? Tu veux diriger ?

— Non ! Je te le jure, je ne lui ai pas parlé. C'est toi son contact. Cédric, nous sommes ensemble. Comment peux-tu penser que je te ferais ça alors que je couche avec toi ?

Sa voix se cassa, elle tremblait. Cela m'excita automatiquement. Je posai ma main droite sur son sein et lui pinçai brutalement. Elle gémit de douleur, je sentis mon pantalon se tendre. Je défis les boutons de son chemisier afin d'accéder à plus de chair. Elle était bien plus pulpeuse que Megan, j'aimais ça. Plus d'endroits à gifler, à griffer, à mordre. La tension montait, mais ce n'était plus la même. Ses pupilles s'étaient dilatées, elle respirait fort. Je n'étais pas le seul à être excité. Elle adorait quand c'était brutal, nous nous étions bien trouvés.

— Tu vas faire tout ce que je dis ?

— Oui, Cédric. Tout ce que tu veux.

— Occupe-toi de moi et je te pardonnerai peut-être.

Je reculai jusqu'au fauteuil, elle me suivit. Docile ! Matée ! Comme toute femme devrait l'être devant son homme. Elle s'attaqua à mon pantalon. Oui, c'était une

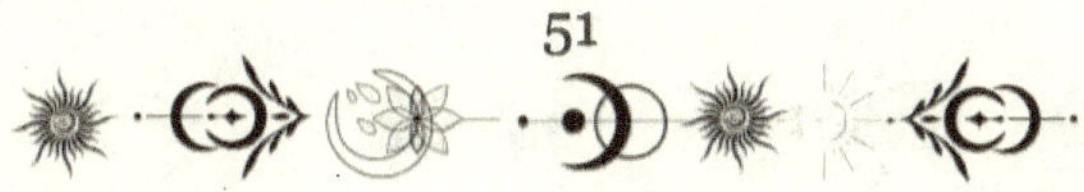

bonne fille. Je pris place et la laissai faire. Finalement, la matinée se poursuivait mieux qu'elle n'avait commencé.

Il était plus de dix heures lorsque je fis ma tournée d'inspection au sous-sol. J'avais dix-huit humaines enceintes de métamorphes. À l'origine, ces idiotes étaient venues de leur plein gré, pensant participer à une étude sur le génome des garous. Elles avaient été quelque peu surprises de se retrouver enfermées et inséminées. Mais elles avaient toutes, dans leur ADN, la possibilité de mettre au monde des enfants métamorphes et surtout, elles n'avaient pas de famille. Certaines en étaient à leur sixième grossesse, autant dire qu'elles étaient parmi nous depuis un long moment. Malheureusement, le moral jouait aussi dans la conception et il arrivait que nous ayons des fausses couches. Au bout de trois d'affilée, ces femmes disparaissaient. Je ne savais pas où elles finissaient, à la morgue ou dans un réseau clandestin quelconque, mais je m'en foutais.

Pour le moment, tout se passait bien. La chambre n° 16 avait été préparée pour notre nouvelle invitée. J'avais hâte de tester mon dernier sérum.

Les hommes de la patronne furent annoncés, ils rentraient par un accès privé via le parking. Très peu de personnes étaient au courant de ce qui se pratiquait en bas et je tenais à ne pas éveiller les soupçons. Comme pour les autres fois, il s'agissait de deux métamorphes ; ceux qu'elle m'envoyait prenaient plaisir à montrer leur animal. L'un des deux poussait une jeune femme endormie dans le fauteuil roulant. Son teint était très pâle.

— Elle va bien ?

— Vous nous prenez pour des demeurés ? Elle est juste droguée, c'est plus discret.

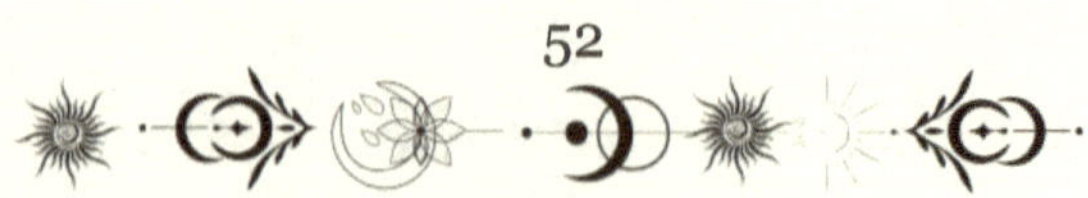

J'évitai de leur répondre, je savais qu'ils n'avaient aucun humour et oui, clairement, c'étaient des demeurés. Je les conduisis jusqu'à la chambre et les laissai la mettre au lit. Ils me confièrent son dossier médical. Je les regardai partir avec plaisir. Je m'installai non loin de la jeune femme, sur une chaise. J'allais prendre quelques instants afin de faire connaissance. Une infirmière se présenta avec un soignant dans le but de la changer et de réaliser les prises de sang.

Ils la déshabillèrent, elle était un brin trop mince, mais elle semblait en bonne santé. Tant mieux, ça allait me faire gagner du temps.

— Laissez-la nue !

L'infirmière se statufia à mon ordre, mais elle fit ce que je lui avais dit.

Je n'avais pas l'intention de lui faire quoi que ce soit, mais se retrouver sans vêtements dans un environnement inconnu aiderait à ce qu'elle comprenne qui commandait. Elle allait devoir m'obéir en tout point si elle voulait éviter les problèmes. La gentillesse leur donnait souvent de l'espoir, et avec l'espoir se développait l'envie de se rebeller. Je consultai son dossier.

Elle avait 21 ans, parfait. Elle venait d'arriver à Avignon, vivait à l'hôtel dans l'immédiat. Aucune famille, pas le temps de se faire des amis. Elle devait se présenter pour un travail lundi prochain, ils risquaient de l'attendre un moment. Je savais que tout avait été fait pour supprimer sa trace. Nul ne serait en mesure de dire si elle était réellement venue ou non. Son nom allait s'ajouter à la liste des jeunes femmes qui disparaissaient du jour au lendemain. Aucune maladie déclarée et le bon génome. Le lendemain, je pourrais enfin commencer. Pour vérifier ses constantes, je m'approchai d'elle et pris son pouls. Il était stable, mais elle n'avait pas l'air de vouloir émerger de son sommeil. Ces imbéciles avaient dû lui mettre la dose. Espérons qu'ils n'avait pas exagérés, ils entendraient parler de moi sinon. Coincé, je décidai de la laisser dormir et de revenir plus tard lorsqu'on m'informerait de son

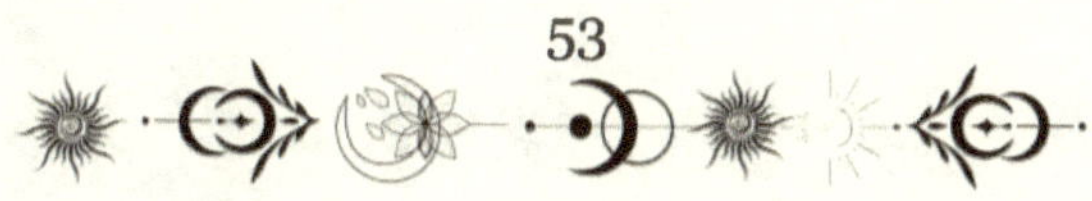

réveil. Afin qu'elle n'ait aucune idée de son nouveau lieu de résidence, j'occultai les vitres de sa chambre. Je décidais finalement de rejoindre le laboratoire dans l'intention de finaliser les tests pour vérifier que tout serait prêt à temps.

Une heure plus tard, je fus averti de son réveil. Au bruit qu'elle faisait contre la grande vitre et la porte, il était clair qu'elle avait retrouvé son énergie. Je la regardai un instant hurler et mettre des coups de pied. Elle s'était emmitouflée dans un drap. Je fis signe à un des gardes de m'accompagner et j'ouvris la porte.

Elle fit un bond de côté et s'éloigna à l'opposé de moi. Elle nous observa un moment. Je pouvais lire de la méfiance sur son visage, mais pas la peur. Non, pas encore. Peut-être pensait-elle pouvoir s'échapper.

— Bonjour, Elena, vous avez bien dormi ?

— Qu'est-ce que je fais ici ? Qui êtes-vous ?

— Vous avez été choisie pour participer à une très grande expérience. Vous pouvez être fière, nous n'acceptons pas tout le monde.

— J'en ai rien à foutre de votre grande expérience. C'est du kidnapping ! Laissez-moi sortir et nous en resterons là.

La voix était posée, sans tremblements, son regard était glacé, son attitude me démontrait que la demoiselle avait du répondant. Les cheveux mi-courts, les yeux marron, à la limite du noir, tatouée ; j'allais prendre plaisir à la mater celle-là !

— Vous ne sortirez pas d'ici. Inutile de vous faire des idées. Nous avons besoin de vous, ou plus exactement de votre corps pour une petite étude. Partez sur une période de neuf à douze mois, ajoutai-je afin de la mettre au pli tout de suite.

— Neuf mois ? Pourquoi ce chiffre ? Vous voulez que je serve de mère porteuse ou quoi ? C'est hors de question !!! Je refuse !

Sa voix commença à s'élever dans les aigus, elle venait de comprendre. Elle fonça droit sur le garde. Ce dernier ne se méfia pas, elle semblait trop mince pour lui faire du mal.

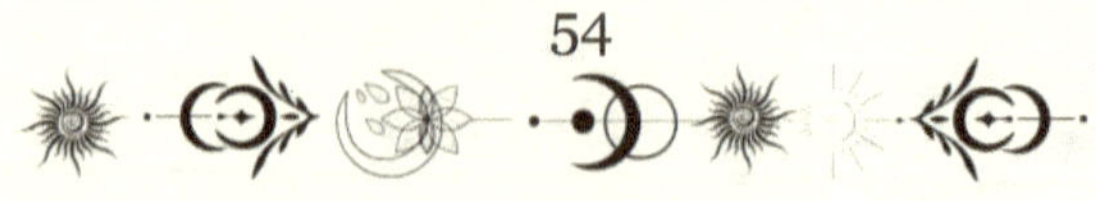

Elle lui assena un coup sur le nez, il hurla et se couvrit immédiatement le visage. Elle enchaîna par un coup de genou bien placé, mon surveillant se retrouva au sol en deux secondes. Je la laissai faire, elle allait vite se rendre compte que toute résistance était inutile. Elle s'éloigna en courant de la chambre, aperçut les balises lumineuses pour la sortie de secours et s'y précipita. Je la suivis et enclenchai le signal d'alarme. La sirène se mit en route et avec cela, la fermeture automatique de toutes les issues, même celles de secours. Des gardes arrivèrent et la poursuivirent, elle n'avait aucune chance de s'enfuir. J'attendis cinq minutes avant de la voir revenir encadrée solidement par deux hommes. Elle avait dû se prendre une claque, en considérant la couleur de sa joue. Je savais qu'ils ne lui avaient pas fait trop de mal, il fallait qu'elle reste en bonne santé.

— Je vous ai laissé faire afin que vous puissiez constater par vous-même l'inutilité de votre démarche. Vous ne pouvez pas vous évader de cet endroit, c'est un fait, acceptez-le ! Je m'engage, si vous faites preuve de bonne volonté, à ce que vous soyez bien nourrie, que vous ayez accès à la télévision et à tout ce qui pourra rendre votre séjour le plus agréable possible.

— Je veux ma liberté, répliqua-t-elle.

— Vous ne l'aurez pas de sitôt ! Faites preuve de bon sens et je vous fournirai des vêtements. Dans le cas contraire, même les draps pourraient disparaître !

Mes mots eurent l'effet escompté, elle resserra son drap autour d'elle. Les gardes et moi sortîmes, la laissant seule face à ses réflexions et son déjeuner. Tout cela avait été amusant, elle était forte. Peut-être survivrait-elle à plusieurs grossesses. Je rejoignis Béatrice au QG de surveillance.

— Elle a du caractère ! me dit-elle.

— Ce ne sera pas un problème, elle n'est pas la première à croire qu'elle a une chance de s'en sortir.

— Ses analyses sont très bonnes, quel mélange comptes-tu faire ?

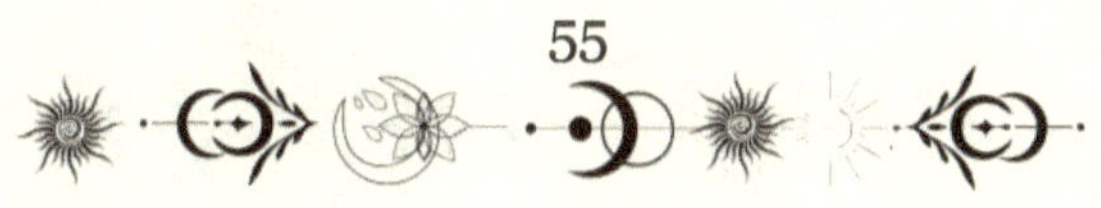

— Guépard et ours, cela devrait être intéressant. Tu as reçu de nouveaux prélèvements ?

— Oui, par contre j'ai une mauvaise nouvelle. Une des louves prisonnières est décédée.

— Quoi ? Comment ça se fait ?

— Ils ont voulu s'amuser avec elle, mais ils ne l'avaient pas assez droguée. Elle s'est réveillée et transformée. Ils l'ont tuée avant qu'elle ne les attaque.

— Imbéciles ! Une louve en plus. Nous avons besoin des femelles.

— Je sais. Je leur ai passé un savon.

— Mouais, venant de toi, je ne suis pas certain que ça leur ait fait beaucoup d'effet. Quel site ?

— Celui de Gouze.

— Je monte un moment dans mon bureau, je vais leur rappeler ce qu'il en coûte de perdre de la marchandise. Si elle l'apprend, je vais encore me faire engueuler. Surveille la nouvelle !

— Bien sûr.

Je partis vers l'ascenseur, de nouveau énervé. J'allais finir par exploser à cause de tous ces incompétents. Qu'ils s'amusent un peu avec mes cobayes, d'accord, mais j'avais besoin d'eux ! Nous n'avions pas eu de nouveaux arrivages, depuis l'enlèvement de la petite famille d'ailleurs. Ça avait dû leur mettre la puce à l'oreille. Encore une idiotie ! S'en prendre à des gosses, c'était le meilleur moyen de s'attirer des ennuis.

Chapitre 6

Megan

Je l'attendais, il allait passer la porte d'une minute à l'autre et je ne savais toujours pas ce que je devais faire. Je n'avais pas enfilé de tenue affriolante, ainsi qu'il me l'avait demandé. L'idée qu'il me touche de nouveau, alors que ses mains avaient caressé d'innombrables corps, que ses lèvres avaient embrassé d'autres bouches... Quant à la simple vision de son sexe en moi... Non, nous devions discuter. Il ne pouvait pas me traiter comme ça. Je n'étais pas sa chose, j'étais sa femme.

J'entendis sa voiture dans la cour, la portière claqua. Je me surpris à me triturer les mains. Dire que j'étais anxieuse était un euphémisme.

— Bonsoir, Megan, le repas est prêt ? Je suis affamé.

— Oui, mais j'aimerais que nous discutions tous les deux.

Son regard se fit plus dur, la ligne de sa bouche devint horizontale. J'aurais peut-être dû le laisser manger avant. Il posa sa sacoche sur la table d'entrée ainsi que ses clefs.

— Et de quoi ma petite femme veut-elle discuter ? Tu as des histoires intéressantes à me raconter pour une fois ? ironisa-t-il.

— J'exige que l'on mette les choses au point tous les deux. Je n'accepte pas que tu voies d'autres femmes. Nous sommes mariés, et le mariage signifie que tu me dois fidélité.

Il sourit à ces mots, comme si je venais de lui narrer une bonne blague.

— Je suis d'accord avec toi dans le cas où la femme pourvoit aux besoins de son mari, mais là, on est loin du compte.

— Tu as changé Cédric. Tu prenais du temps avant. Tu me câlinais...

— Tu parles du début de notre relation, quand tu n'étais qu'un bébé. Tu es suffisamment âgée maintenant pour que je m'évite cette perte de temps. Tu n'as qu'à te caresser et t'exciter toute seule. D'ailleurs, c'est une bonne idée. Je pourrais te donner des ordres et tu ferais ce que je dis sans rechigner. Voilà la solution !

Il me sourit, heureux de sa proposition. Il n'avait rien compris.

— Tu penses que tu vas pouvoir de nouveau coucher avec moi alors que tu l'as fait avec d'autres ? Tu imagines que je suis si minable que ça ? hurlai-je.

En trois pas, il fut sur moi.

— Mais oui ! Tu feras ce que je veux, Megan, tu n'as pas le choix. Je suis l'unique médecin apte à te donner ton traitement. Tu es seule, sans ressources, sans amis. Si je te dis de te mettre à quatre pattes, tu le fais ! Si je te demande de me sucer, tu le fais ! Tu me dois le respect, petite garce !

Il me gifla, ma tête partit sur le côté. La douleur explosa si fort que j'en tombai à terre.

— Lève-toi !

Je redressai la tête, les larmes aux yeux. Je me tenais la joue gauche tandis que ma bouche saignait. Je le fixai, sous le choc.

— Debout, je t'ai dit ! Une mise au point est nécessaire ! Je dois te rappeler qui est le chef dans cette maison ! Mais avant, tu vas me servir mon repas, et avec le sourire en plus.

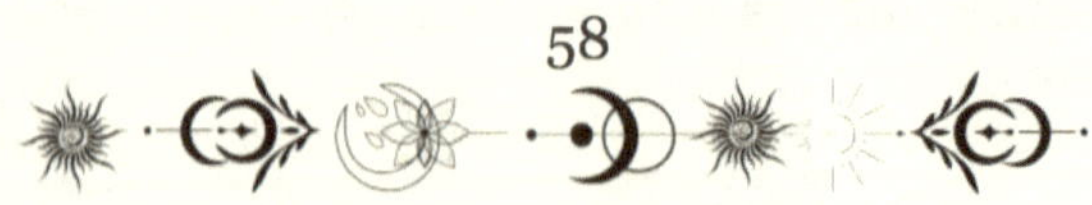

Il m'attrapa par le bras et me remit droite d'un geste brusque, presque mécanique. Sa poigne était froide, impersonnelle, comme s'il manipulait un objet plutôt qu'une personne. Il me poussa vers la cuisine et puis s'installa à table, avec un calme glaçant, comme si la violence de l'instant n'avait jamais existé.

— J'attends, Megan.

J'essayai de comprendre à quel moment la situation avait dérapé pour nous conduire là. Il avait le sourire. Il venait de me gifler et il avait le sourire ! D'accord, ce n'était pas la première fois, mais il s'était toujours excusé après. À cet instant précis, je voyais à quel point tout cela lui plaisait, l'excitait même. Ses pupilles s'étaient dilatées alors qu'il me frappait et de ma position, j'apercevais son érection. Il me fallait réfléchir, trouver une solution pour sortir de ce marasme. Il était évident qu'il ne se remettait absolument pas en question.

Je lui servis son assiette machinalement, il m'attrapa la main une fois celle-ci posée. Mon bras me brûlait encore là où ses doigts s'étaient enfoncés.

— Va te servir et mange !

Je hochai la tête sentant qu'il ne lui en faudrait pas beaucoup pour qu'il me frappe à nouveau. Je me servis une portion et pris place en face de lui. Nous mangeâmes en silence. Je n'osais plus le regarder, m'autorisant à peine à mâcher. Lorsqu'il posa sa fourchette sur la table, je levai les yeux vers lui. Son expression me fit frissonner.

Il avait le regard vicieux, celui qu'il arborait lorsque nous faisions l'amour à sa manière. Non ! J'avais faux. Comme lorsqu'il me baisait ! C'était ça le terme exact. Je n'étais pas encore prête à utiliser les mots de Nana, mais je ne pouvais plus me voiler la face. Mon mari était un homme violent, qui aimait faire du mal à la femme qu'il aimait. Mais m'aimait-il seulement ?

— J'attends le dessert, Megan, ajouta-t-il, son sourire se faisant encore plus prononcé.

Mon assiette à peine entamée fut repoussée d'un geste sec. La chaise gronda sous son poids lorsqu'il s'y adossa,

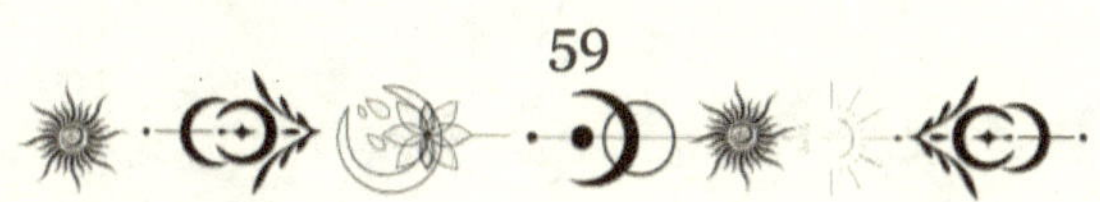

les bras croisés, le regard rivé sur chacun de mes mouvements. Je lui apportai une mousse au chocolat.

— Très bonne idée.

Aucun mot ne franchit mes lèvres. Le reste de la table fut débarrassée en silence, mes mains tremblaient en m'attelant à la vaisselle. Me focaliser sur ma respiration était un refuge contre l'angoisse qui montait.

Un craquement... Le parquet. Il se levait...

Il posa une de ses grandes mains sur mon épaule et poussa mes cheveux sur le côté droit. Collé contre moi, ses doigts se mirent en action. Il m'attrapa un sein pour le caresser. Je frémis, mais pas d'excitation.

— Une fois que tu auras terminé, tu me rejoindras dans la chambre. Nous allons nous amuser tous les deux, tu vas voir. Tu feras ce que je te dirai, Megan. Notre couple va entrer dans une nouvelle ère.

Ses mots s'accompagnèrent d'une morsure brutale de mon lobe d'oreille. Un cri étouffé que je ravalais aussitôt. Son rire rauque vibra contre ma peau tandis qu'il se collait davantage, comme pour savourer ma réaction.

— Oh oui, tu vas hurler ma belle, et je me délecterai de chaque cri de douleur. Tu vas apprendre à aimer ça... Ou pas.

Puis il se détacha, s'éloigna vers la chambre sans un regard en arrière.

Les doigts agrippés au bord de l'évier, tout mon corps tremblait. Où fuir ? Aucune issue, aucun refuge. Peut-être Nana, ma seule connaissance dans cette ville. Tout cela ne pouvait être réel. Un cauchemar, rien qu'un cauchemar. J'allais me réveiller et constater que tout était faux. Cédric m'aimait, il ne pouvait pas me vouloir du mal. C'était impossible.

L'eau coulait, tiède, indifférente. Les doigts bougeaient, étrangers. Un plateau glissa dans le lave-vaisselle. Une cuillère tomba dans le tiroir. Des gestes, des bruits, une danse apprise par cœur, mais plus personne aux commandes.

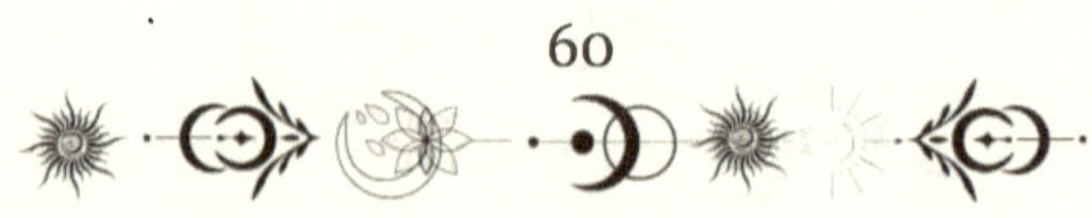

Un pied devant l'autre. La porte s'ouvrit, sans un bruit, comme si elle n'avait jamais été fermée.

Lui, allongé, nu.

— Déshabille-toi !

Sa voix me fit sursauter. Je devais le raisonner.

— Cédric, nous devons discuter... s'il te plaît...

— Si je me lève, Megan, ce sera pire ! Tu vas faire ce que je dis, tu n'as pas le choix. Déshabille-toi !

— Non... je ne peux pas, je ne veux pas... Cédric... Arrête tout, par pitié... Tu me fais peur...

Il sortit du lit et me rejoignit en trois enjambées. Une claque partit, du même côté que tout à l'heure. Ma lèvre se fendit à nouveau sous l'impact. Il me rattrapa avant que je ne tombe pour me pousser sur le matelas.

— Tu vas obéir ou tu en veux encore ?

Sa main levée, je n'avais plus aucun doute sur le fait qu'il était prêt à recommencer. Mes larmes coulaient, se mélangeait au sang qui s'échappait de ma bouche. J'acquiesçai afin que tout cela s'arrête au plus vite. Il me dominait de toute sa hauteur, son sexe dressé ; il aimait vraiment me taper dessus. Il attrapa de ses deux mains mon tee-shirt et tira dessus si violemment qu'il se déchira. Il le jeta par terre avant de s'attaquer à mon soutien-gorge dont il descendit les deux bretelles afin de libérer mes seins.

— Tu es parfaite comme ça, Megan... Regarde, je bande pour toi. Tu vois que je t'aime. Et maintenant, tu vas me sucer !

Il empoigna mes cheveux de sa main droite et dirigea ma bouche directement sur son sexe.

— Ouvre-la ! Et applique-toi !

J'eus, instinctivement, un mouvement de recul, qui suscita une nouvelle gifle. Les deux côtés me lançaient à présent et mes larmes coulaient sans interruption.

— Il y a quelque chose que tu n'as encore pas compris, Megan ? argua-t-il, la colère habitant totalement son regard. Ouvre la bouche maintenant et ne t'avise plus d'hésiter. Si tu n'obéis pas cette fois, je t'attacherai pour te

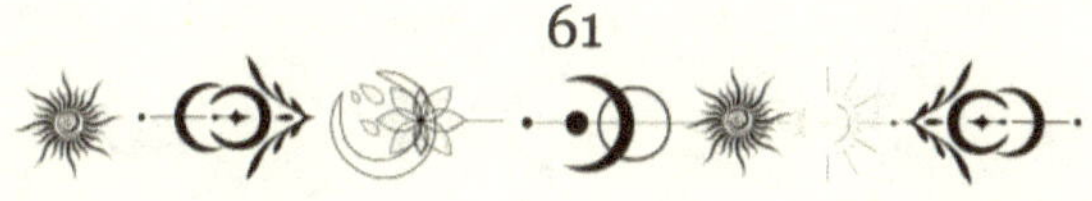

faire subir tout ce qui me passe par la tête, notamment des pratiques auxquelles tu t'es toujours refusée ! Réfléchis !

Je sentis une part de moi s'effondrer et abdiquai. Je fis tout ce qu'il me demanda cette nuit-là. Mon corps ne m'appartenait plus, j'étais sa chose, son jouet. Il me prit dans des positions douloureuses, me giflant, me frappant, me griffant aussi. Lorsqu'il décida que c'était assez, il m'ordonna d'aller me laver. Il jeta à terre mon oreiller et un plaid.

— Quand tu seras bien propre, tu te coucheras par terre à cet endroit-là. Je veux que tu restes nue, au cas où je me réveillerais cette nuit… As-tu bien compris, Megan ?

J'acquiesçai une nouvelle fois, incapable de prononcer la moindre parole depuis des heures. Les seuls bruits qui étaient sortis de ma bouche avaient été des gémissements de douleur. Je me lavai doucement, tentant de limiter la souffrance. Je me couchai nue et frémissante au pied du lit, me recouvrant comme je le pouvais de la petite couverture. Épuisée, engourdie, je finis malgré tout par m'endormir.

Mon réveil sonna comme d'habitude. Je dus m'y reprendre à plusieurs fois pour me lever, mon corps était perclus de douleur. Cédric ne broncha pas, j'en fus soulagée. J'attrapai ma robe de chambre et me dirigeai vers la cuisine afin de lui préparer son petit déjeuner.

Lorsque j'entendis son pas, quinze minutes plus tard, je me mis à trembler. Des flashs m'assaillirent, me montrant certains passages de mon tourment de la nuit.

— Comment va ma petite femme chérie, ce matin ? Un peu courbaturée peut-être ? Tu as été parfaite, trésor.

Son ton était joyeux, il était indubitablement de bonne humeur. Il me rejoignit près du plan de travail et m'obligea à lui faire face. Il caressa lentement mon visage, cela me fit quand même mal.

— Quelques bleus, mais rien de grave. De toute façon, tu n'as pas besoin de sortir.

Il écarta sans aucune délicatesse mon peignoir.

— Jolie !

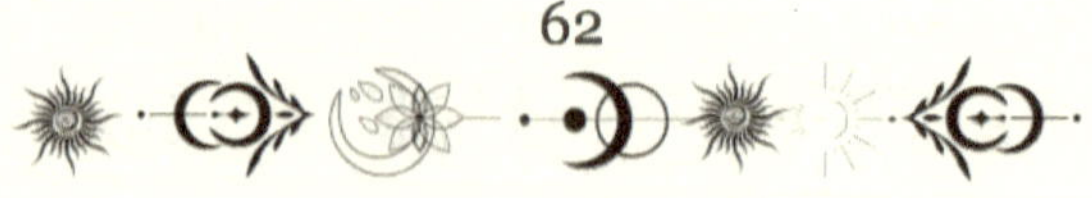

Je ne désirais pas savoir ce qu'il trouvait de beau à regarder. La souffrance que je ressentais me suffisait, inutile d'ajouter un constat visuel de tous ces sévices.

— Ce soir, j'apporterai quelques accessoires. Tu verras, ce sera encore plus amusant. Maintenant, sers-moi mon petit déjeuner.

Lorsque je voulus refermer mon peignoir, il m'en empêcha.

— Enlève-le. Je veux pouvoir te contempler nue et t'admirer pendant que je mange. Tu auras le droit d'être habillée en mon absence, uniquement.

Je fis encore une fois ce qu'il me réclamait. La fraîcheur augmenta mes frissons, ma peau me tirait, ma conscience se fit la belle pendant que j'obéissais à la moindre demande de mon mari. Il sourit tout du long et me félicita même pour le cake, chose qu'il n'avait jamais faite avant. Au moment de partir, il se tourna vers moi.

— Ne t'avise pas de t'enfuir, Megan. Je te rappelle que tu es sans ressources. J'ai beaucoup d'amis dans le coin et certains vont faire des rondes afin de s'assurer que tu es en sécurité à la maison. Je ne voudrais pas qu'il t'arrive quoi que ce soit, tu comprends. Sache en tout cas que tu as été au-delà de mes espérances cette nuit. Si, si... continue comme cela et notre couple sera sauvé. Je n'aurai pas besoin d'aller voir ailleurs, tu seras la seule. C'est ce que tu désirais, non ?

Je fis encore oui de la tête pour mettre fin à cet échange écœurant, n'attendant qu'une chose : qu'il parte.

Un dernier baiser, pile sur ma lèvre blessée, et il sortit de la maison. J'attendis que la voiture démarre pour aller me réfugier dans le canapé. Je ne pouvais même pas aller dans la chambre, rien que d'y penser me rappelait mon humiliation. Toujours nue, je laissais mes émotions me submerger. Je pleurais.... sur mon amour perdu, sur ma vie imaginaire. Je pleurais de douleur et de colère, prenant conscience de cette nouvelle réalité qui était la mienne. Le choc était rude.

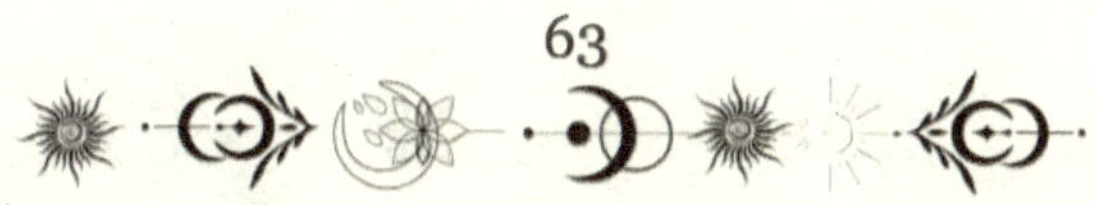

Je passai la matinée recroquevillée dans le canapé, somnolant par moment, me réveillant parfois en sursaut lorsque j'entendais un bruit suspect. Vers midi, mon ventre me rappela que je n'avais rien mangé de correct depuis hier. Je me fis violence pour me relever et aller dans la chambre. Les draps étaient en désordre, mais seules les tâches de sang qui les maculaient me figèrent. J'enfilai rapidement un survêtement, je n'allais pas pouvoir supporter un jean sur ma peau devenue trop sensible. J'ouvris les volets et aérai la pièce. Les draps arrachés, je les jetai dans la machine à laver. Je voulais effacer toute trace de ce qui s'était déroulé la nuit dernière. Si je supprimais tout, cela n'avait pas eu lieu. J'avais juste fait un cauchemar, voilà. Je refis le lit, plaçai mon oreiller à côté du sien. Tout était désormais en ordre, plus d'odeurs, plus de taches.

Je partis dans la cuisine afin de manger quelque chose. Je me préparai un sandwich, l'avalai rapidement, puis me servis un café que je décidai de boire dans le jardin. Appuyée contre la barrière, mon mug entre les mains, je me tournai vers la forêt qui jouxtait la propriété. Une légère brise faisait bruisser les feuilles, le soleil jouait à cache-cache entre les branches. Je respirai intensément les odeurs de l'été. Je me concentrai sur ce que je voyais, j'occultai tout le reste. Une chouette se posa sur l'arbre en face de moi, ce qui me rappela que je n'avais pas pris mon traitement. L'animal me fixa, ouvrit grand ses ailes, mais ne décolla pas pour autant. C'était étrange. Elle demeurait là à me regarder, ce que je fis tout autant.

— Tu es belle, tu sais. J'aimerais bien être comme toi, pouvoir m'envoler et tout quitter.

Bien sûr, elle ne me répondit pas et se contenta de tourner sa tête sur le côté. Je souris. J'avais l'impression qu'elle était venue me distraire, qu'elle me connaissait. Je terminai mon mug et finis par rentrer à la maison. Je sortis le sachet et le préparai. Au moment où j'allais le boire, j'entendis frapper à la vitre. Je sursautai et lâchai encore une fois mon verre qui explosa à terre. Lorsque je me

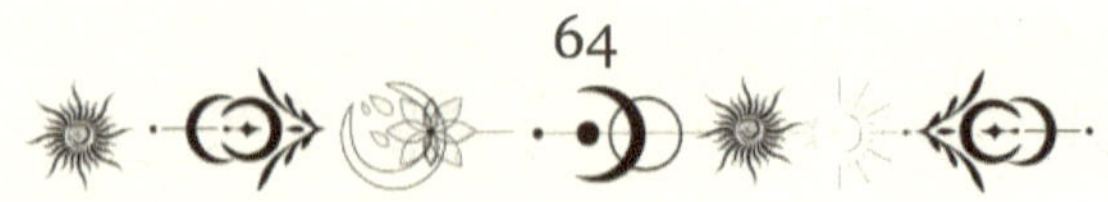

tournai vers la fenêtre pour déterminer ce qui avait toqué, je découvrais avec stupeur qu'il s'agissait de la chouette. Elle était là, posée sur le rebord. Elle bougea une ultime fois sa tête avant de s'envoler. Elle l'aurait fait exprès que cela ne m'aurait pas étonnée. Il me fallut deux minutes pour décider d'effacer le problème et de ne pas prendre d'autres sachets. Si je tombais encore plus malade, cela aurait au moins le mérite de mettre un terme à ce cauchemar.

Chapitre 7

Cédric

Mercredi : 5 jours avant la libération des otages

Je sifflotai de joie en arrivant au laboratoire. La jolie petite Véronique me fit un grand sourire.

— Alors, comment se déroule votre semaine, Véronique ? Tout va bien ? Tout le monde est gentil avec vous ?

— Oh oui, Cédric. C'est vraiment un plaisir de travailler ici, et je sais que c'est grâce à vous.

— C'est mon job de veiller à ce que tout mon personnel soit heureux. Passez une bonne journée.

— Elle sera parfaite, je vous ai vu, ajouta-t-elle en me regardant droit dans les yeux.

Je lui caressai la main en partant, lui montrant que le message avait été reçu. J'allais pouvoir bientôt me faire ma petite séance de baise. Pour le moment, j'avais du travail. La jolie Elena m'attendait et le traitement allait débuter. Je ne passai pas par mon bureau, pressé de vérifier que tout était en place. Une fois au sous-sol, j'allai d'abord inspecter mes autres patientes. Je fis signe à deux infirmiers de me suivre. La numéro 5 était proche de l'accouchement, ça allait être son troisième bébé. J'entrai dans sa chambre, elle ne bougea pas une paupière.

— Alors, numéro cinq, comment vous portez-vous aujourd'hui ? Heureuse de voir le terme arriver, hein ?

Elle me regarda, mais n'émit pas un son. Ses yeux semblaient éteints, l'espoir s'était envolé. Elle réagissait bien au traitement actuel, les deux précédents bébés avaient été de beaux spécimens. Si tout se passait bien avec la nouvelle formule, elle serait la seconde après Elena à le tester. Je consultai sa fiche.

— Vous avez eu des contractions apparemment. Je vais vous mettre sous monitoring pour plus de tranquillité. Je ne voudrais pas que vous ou le nouveau-né souffriez inutilement. D'accord, numéro cinq ?

Elle ne me répondit pas, mais je m'en foutais. Je poursuivis les visites. Tout se présentait bien, pas de complications. J'allais bientôt avoir une autre fournée de bébés à livrer. Je me dirigeai maintenant vers la chambre d'Elena. Avant d'entrer, je la regardai un moment, elle ne pouvait pas s'en apercevoir grâce aux vitres sans tain. On lui avait donné des vêtements. Elle semblait calme, je ne la voyais pas abandonner aussi vite, mais je pouvais me tromper.

Je fis entrer les deux infirmiers en premier, histoire d'éviter de me prendre un coup. Elle savait apparemment se défendre.

— Bonjour, Elena, comment vous sentez-vous ce matin ?

— Ça irait mieux si j'étais dehors, répliqua-t-elle.

Je ris à sa phrase, elle était adorable.

— Désolé, mais ce n'est pas prévu pour aujourd'hui. Bien dormi ?

— Non, je ne peux pas observer le soleil se lever avec votre système, je suis toute détraquée. Vous n'auriez pas une chambre avec une fenêtre ? Vue sur le jardin, ce serait encore mieux, fit-elle, sarcastique.

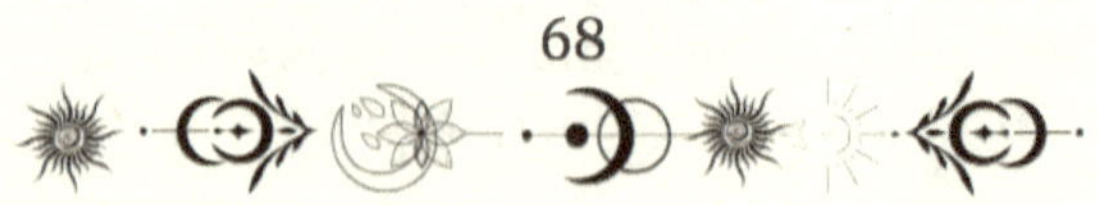

— Non, navré. Vous pourrez aller vous promener si vous êtes bien sage. Nous avons une cour intérieure à l'étage à laquelle vous aurez accès plus tard. En attendant, sachez que vos résultats sont bons. Tous les voyants sont au vert, nous allons donc commencer le traitement dès aujourd'hui.

Elle eut un mouvement de recul et ses yeux s'agrandirent. Elle avait certainement pensé avoir du temps devant elle avant d'en arriver là.

— Vous n'avez pas le droit ! Je refuse !

— Mais je ne vous demande pas votre avis, très chère. Et pour vous montrer que vous êtes un cas à part dans cette clinique, vous allez pouvoir garder votre prénom. Sachez que toutes les autres n'ont pas eu cet avantage.

— Les autres ? Mais combien sommes-nous ici ?

— À ce jour, presque une vingtaine.

Elle blanchit à l'annonce de cette information.

— Vingt femmes prisonnières... mais pourquoi ? Vous pourriez trouver des volontaires pour cela, surtout si vous les payez.

— Je suis au regret de vous confirmer que c'est du bénévolat. De plus, il faut avoir un patrimoine génétique précis pour intégrer le laboratoire. Ce n'est pas donné à tout le monde.

— Quel patrimoine ?

— Nous en discuterons une autre fois, selon la bonne volonté que vous mettrez dans les prochains jours. Messieurs !

Les deux infirmiers l'encadrèrent et la firent sortir de la chambre. Elle n'opposa pas de résistance, mais elle regardait dans tous les sens. Elle cherchait certainement un moyen de s'échapper. C'était pourtant inutile. Nous arrivâmes dans la salle centrale, ils l'installèrent dans le fauteuil. Une fois toutes les sangles en place, elle ne pouvait plus bouger.

— Dites-moi au moins si ce que vous allez me faire présente un risque pour ma santé, supplia-t-elle.

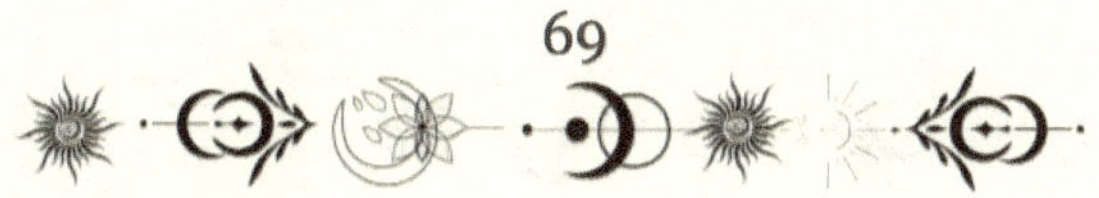

— En toute franchise, je ne peux pas vous le garantir à 100%. Il s'agit d'un nouveau sérum, une amélioration par rapport à ceux que les autres cobayes ont eus. Mais je dirais que vous avez 99% de chance de vous en sortir. Cela vous rassure-t-il ? Ce n'est pas pire que lorsque l'on vous administre des médicaments sur ordonnance. Il y a toujours un risque, mais on l'accepte.

Je pris une dose de l'armoire réfrigérée et attrapai la seringue. Elle essaya de se dégager les mains, paniquant à la vue de cette dernière.

— Calmez-vous, Elena. Plus vous bougerez, plus vous allez avoir mal. Une première injection maintenant et après, toutes les huit heures.

— Ne m'approchez pas ! Non !

Elle hurla. L'infirmier le plus proche lui enfonça un bâillon dans la bouche, il savait que je détestais que l'on me crie dans les oreilles lorsque je travaillais. Il lui saisit le bras et serra encore plus les lanières. Je pris mon temps pour trouver la plus belle veine et je lui injectai la première dose. Un petit nettoyage, un coton, elle pouvait retourner dans sa chambre. Je lui retirai doucement le bâillon, attentif à sa réaction. Si ses yeux avaient été des mitrailleuses, je serais mort à ce moment-là. J'aimais sa résistance, cela n'en serait que meilleur lorsqu'elle abdiquerait.

— Voilà, pas la peine d'en faire un drame, vous voyez ?

— Vous êtes un monstre !

— Oh, ma belle... Vous êtes loin du compte si ce que vous avez subi aujourd'hui me place déjà dans cette catégorie. Ramenez-la dans sa chambre et mettez-la sous surveillance. Je n'admettrai aucune erreur, compris ?

Les deux infirmiers acquiescèrent et la détachèrent. Elle resta sage, saisissant sans doute qu'il était désormais inutile qu'elle se batte. À cette allure, et si elle tolérait bien le traitement, je pourrais l'inséminer dans une semaine. J'avais hâte. Je la regardai partir, Béatrice entra.

— Tout s'est bien passé ?

— Sans souci.

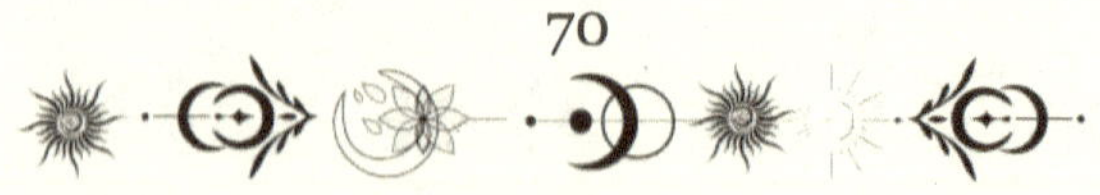

— Tu vas pouvoir rassurer la patronne…

— Elle l'a bien choisie, elle est en parfaite santé.

— Comment va Megan ? Était-elle toujours là quand tu es rentré ?

Je me tournai vers elle, elle attendait ma réponse avec impatience.

— Tu penses réellement qu'elle aurait pu oser partir ? Dois-je te rappeler que je sais comment dresser une femelle ?

— Fais attention, Cédric. Tu comprends bien qu'il ne doit rien lui arriver.

— Elle ne doit pas mourir, mais quelques bleus… Elle était magnifique ce matin.

Je souris en revoyant ma petite femme en train de me servir mon petit déjeuner, nue. Son corps malmené, les tremblements qu'elle ne pouvait pas me cacher, j'avais hâte d'être à ce soir. Je compris, au regard de Béatrice, que ma réponse ne lui avait pas plu.

— Pourquoi me fais-tu ces yeux-là ? Je croyais que tu ne la supportais pas.

— Je pense que tu joues un jeu dangereux avec elle. Elle a de l'importance pour notre patronne. Tu sembles oublier qui mène la danse, ici.

— Si ce que je fais à sa petite chérie ne lui convient pas, elle n'a qu'à la récupérer. Dix ans que je me contiens, j'en ai ma dose. Et puis, qui te dit que ce que je lui fais ne lui plaît pas ?

— Mon petit doigt !

Elle sortit de la salle sans ajouter un mot. Elle était jalouse, c'était tout. Je remontai au bureau afin de prendre connaissance de mes mails. J'attendais des retours de la part des laboratoires.

Je dus contacter de nouveau le site de Gouze, fortement en retard par rapport à l'autre sur les prélèvements escomptés. J'allais devoir y aller demain, il devait savoir qui était le boss. Je terminai juste avec le responsable quand mon téléphone m'annonça un second

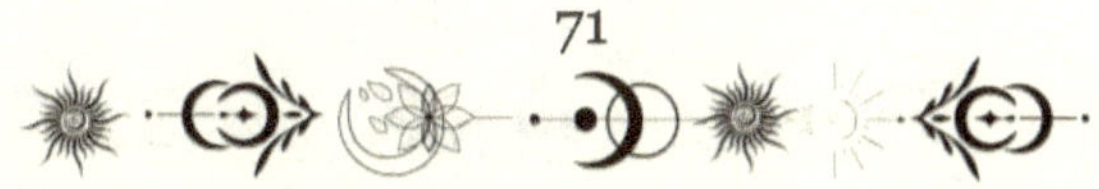

appel. C'était Elle. Je raccrochai au nez de l'autre imbécile et lui répondit de ma voix la plus suave.

— Bonjour, Madame.

— Bonjour, Cédric, je venais aux nouvelles. Votre nouveau cobaye vous convient-il ?

— Admirablement ! Elle est en bonne santé et les résultats des tests sont plus qu'encourageants. Je lui ai inoculé la première injection ce matin.

— Parfait ! Je serais très contrariée si le succès n'était pas au rendez-vous cette fois-ci. Cela fait longtemps que nous travaillons de concert, Cédric, veillez à ne pas me décevoir une fois encore. Je veux un rapport tous les jours avant midi.

— Dois-je vous appeler, ou peut-être pourrions-nous déjeuner ensemble ?

— Ne soyez pas stupide, Cédric ! Je vous ai clairement dit que vous n'aviez aucune chance avec moi. N'ai-je pas été une patronne plus qu'attentive à votre bien-être lorsque nous nous sommes quittés ? Il semblerait que vous vous soyez bien amusé...

Je n'aimais pas son ton. Pour qui se prenait-elle ? Je me forçai à rester courtois.

— J'ai grandement apprécié le cadeau, je vous assure.

— Parfait, un simple mail suffira. Je vous contacterai en cas de besoin.

— Une dernière chose, Madame.

— Oui ?

— Nous n'avons plus de nouveaux arrivages dans les entrepôts depuis plusieurs semaines maintenant, y'a-t-il un problème ?

— En effet, l'alerte a été donnée et il est bien plus difficile, à l'heure actuelle, d'en enlever. Mais vous avez déjà de nombreux spécimens, cela ne vous suffit pas ?

Sa voix était devenue plus tranchante, elle n'aimait pas que je lui rappelle ses manquements.

— Si, bien sûr. J'étais juste surpris, c'est tout.

— Bien. Bonne journée Cédric.

— Bonne journée, Madame.

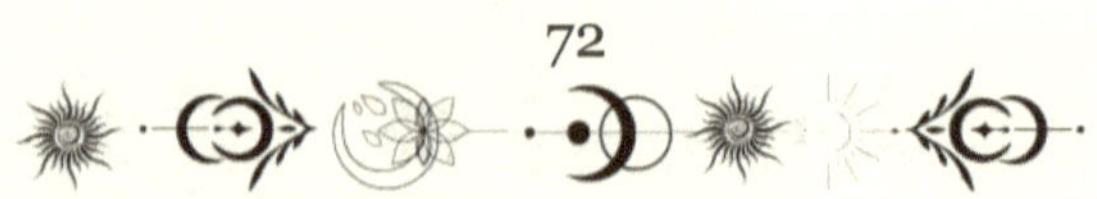

J'étais très content de moi, j'avais pu l'agacer comme elle m'avait irrité. Elle n'avait pas non plus mentionné la louve tuée, elle ne devait donc pas être au courant. Une très bonne chose pour ma santé. Ma journée se déroula parfaitement, j'eus même le temps d'emmener la petite Véronique au restaurant. Je la fis rougir à de nombreuses reprises. Je lui tirai presque des larmes en lui parlant de ma pauvre épouse impotente. Elle se révéla à l'écoute et plus que réceptive à mon baratin. Que les femmes étaient stupides !

Quand je rentrai à la maison, je trouvai Megan habillée en survêtement. D'un simple regard, je lui fis comprendre que ce n'était pas une tenue correcte en ma présence. Elle tenta bien de se rebeller, mais une claque assortie d'un coup de poing dans le ventre la rendirent plus malléable.

Elle me servit mon dîner nue ce soir-là ce qui me permis, à nouveau, de m'amuser avec elle et les accessoires que j'avais rapportés du labo pendant quelques heures. Sa présence près de moi avait enfin trouvé son utilité, j'allais pouvoir en jouir régulièrement.

Je l'informai le lendemain matin de mon absence pour les 24h suivantes. Elle ne put me cacher son soulagement. Pas le choix de découcher à cause des cinq heures de route qui m'éloignait du site. Il m'était tout à fait impossible de faire l'aller-retour dans la foulée, et puis j'aimais bien m'amuser aussi avec les métamorphes à disposition. J'aurais bien apprécié de lui faire la surprise de revenir en pleine nuit, mais c'était me fatiguer pour rien.

J'arrivai sans avoir averti quiconque de ma venue à l'entrepôt de Gouze. Je me contentai de les appeler à 13 heures, afin d'éviter de me faire tirer dessus. Le docteur Dubois me salua du bout des lèvres, je savais parfaitement qu'il n'aimait pas ce qui se passait ici. Heureusement, je n'avais pas donné les rênes à ce moralisateur, mais à son collègue, le docteur Dirlam. Un homme intéressant, radié de l'ordre des médecins suite à des pratiques licencieuses, il était le plus chanceux des individus depuis qu'il opérait dans ces locaux. Ce dernier m'attendait devant l'ascenseur.

— Quelle surprise, Cédric ! Que nous vaut le plaisir ?

— Vous plaisantez ? Non seulement vous tuez une louve, mais en plus vous ne m'envoyez plus les prélèvements dans les temps. Qu'est-ce qui se passe chez vous ?

Il rougit à mon agression verbale, et commença à balbutier. L'ascenseur descendit et s'arrêta au second niveau.

— Ce sont ces idiots de gardes qui sont responsables !

— D'après ce que vous avez mis dans le rapport, ce sont plutôt vos infirmiers les coupables. Même pas fichus de droguer la femme comme il faut ! Les vigiles ont fait le job, ils vous ont protégés ! Je veux voir tous les protagonistes d'ici dix minutes. Vous pensez peut-être que ce lieu est un lupanar pour réaliser tous vos fantasmes ! Je n'accepterai plus aucune erreur ni aucun retard ! La prochaine sera la dernière, c'est compris ?

— Bien sûr, Cédric ! Je vous assure que...

— Stop ! Réunion dans dix minutes, je patienterai dans votre bureau.

Je lui tournai le dos et partis sans l'attendre. Je risquais aussi ma peau dans cette histoire, il fallait que je sécurise tout cela.

Chapitre 8

Megan

Jeudi : 4 jours avant la libération des otages

Je ne pus cacher mon soulagement lorsqu'il m'annonça son absence pendant deux jours. Mon corps me faisait mal, mais je ne pleurais plus. Ça ne servait à rien. Je devais simplement trouver le moyen de m'en sortir. Il semblait penser qu'il m'avait brisée, tant mieux. Mais il était vrai que ma situation n'était guère enviable : pas d'amis, pas de ressources, pas de véhicule...

J'avais juste un as caché dans ma manche : Nana ! Elle seule pouvait me conseiller. J'allais donc descendre au village. Mais avant, je voulais faire un test. J'avais fait un songe cette nuit, j'avais vu ma chouette du jardin. J'avais rêvé que je la suivais et qu'elle se transformait en une femme magnifique, avec un casque et une lance. Son nom avait fusé dans mon cerveau : Athéna ! Je m'étais malheureusement réveillée juste après.

Était-ce un hasard si une chouette m'avait, par deux fois, conduite à faire tomber mon médicament ? Et ces impressions fugaces de déjà-vu, mon souffle et cette force qui me revenaient, malgré les derniers traitements infligés par mon mari. Je préparai donc la mixture infâme avant de me rendre dans le jardin. Je posai le récipient sur la petite table ronde et reculai. Je n'eus que quelques minutes à patienter avant que le rapace apparaisse pur se poser à côté de mon verre. Elle me regarda, et d'un coup d'aile, le fit tomber. Je devenais peut-être folle, j'imaginais qu'une chouette refusait que je prenne mon traitement... Elle s'envola et se posta sur le portillon, attendant manifestement que je sorte de notre terrain. Je décidai de suivre mon instinct et partis en direction du village. J'arrivai vingt minutes plus tard devant la boulangerie, beaucoup moins essoufflée que la dernière fois. J'avais pris soin de me couvrir les bras et le corps. Les conséquences de ses gifles étaient quand même visibles, mais j'avais un grand chapeau qui m'évitait les regards indiscrets. J'attendis au coin que la boutique se vide avant d'entrer.

— Bonjour, madame, que puis-je pour vous ?

Je relevai la tête afin que Nana puisse me reconnaître. Elle laissa échapper un cri en voyant mon visage. Elle se précipita vers moi.

— Que t'est-il arrivé, Pitchoune ? Mais dans quel état es-tu ?

— Peut-on aller à l'arrière de ta boutique, Nana ? J'ai besoin de toi.

Je sentis les larmes se former, je respirai un grand coup. Il était hors de question que je m'apitoie sur mon sort. Nana m'entraîna et me fit m'asseoir. Elle sortit deux tasses à café ainsi qu'une bouteille d'eau-de-vie. J'écarquillai les yeux devant cet alcool.

— Je pense que nous allons en avoir besoin, m'expliqua-t-elle.

Elle fit couler le café et rajouta une lichette d'eau-de-vie.

— Bois ça, on parlera après.

Je l'écoutai et trempai les lèvres. C'était agréable, mais fort !

— Bon, maintenant je suis tout ouïe. Dis-moi qui t'a mise dans cet état, Megan. Ton mari ?

Je hochai la tête. Il allait quand même falloir que je fasse mieux que ça si je voulais de l'aide. Je pris une grande inspiration et lui racontai mon histoire : mon réveil à la clinique, comment Cédric avait été présent et gentil avec moi, comment j'étais tombée amoureuse, jusqu'à ces dernières heures où mon rêve s'était révélé être un cauchemar. Je passai rapidement sur les sévices sexuels, certaines choses ne pouvaient être nommées. Je tremblais comme une feuille à la fin de mon explication et les larmes coulaient sans interruption. Nana me servit de nouveau, mais sans le café cette fois. J'allais finir pompette d'ici peu.

— Je suis là, maintenant. Tu as bien fait de venir. Tu me dis que tu ne te souviens pas de ta vie d'avant ? Connais-tu le nom de ta maladie ?

— Non, je ne me le rappelle pas. Il a dû me le dire pourtant, mais...

— Et tu te sens en bonne santé depuis que tu ne prends plus ton médicament... C'est quand même surprenant que tu ailles mieux, ça devrait être l'inverse.

— J'en suis consciente, je trouve ça bizarre aussi. Mais je suis descendue en vingt minutes et je n'étais pas particulièrement fatiguée. D'habitude, je mets au moins dix minutes de plus et je suis épuisée.

— Ton mari ne sait pas que tu es ici, n'est-ce pas ?

— Non, il a dû partir en déplacement, il ne sera pas là cette nuit non plus.

Je me triturais les ongles en pensant à ce que j'aurais encore dû supporter s'il était rentré.

— Calme-toi, tu es entre de bonnes mains. Tu pourrais dormir à la maison cette nuit ?

— Non, il pourrait demander à sa maîtresse de passer me surveiller. Ce ne serait pas la première fois...

— D'accord. Il faut que l'on te sorte de ce piège. Tu ne peux pas rester chez toi, il va te tuer.

— Je ne pense pas, il apprécie trop de m'avoir sous la main.

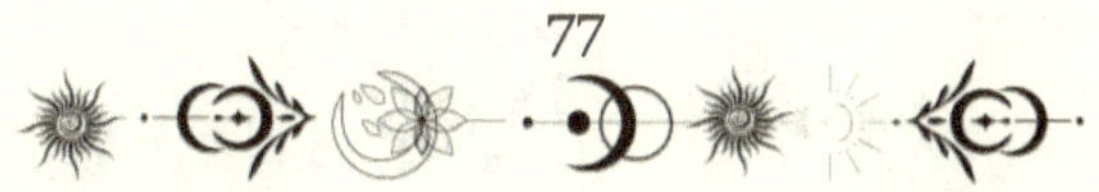

— Il ne le ferait peut-être pas exprès... Cet homme t'a complètement placée sous sa coupe. Aucun travail, aucun revenu ! Il est fort ! J'en ai vu des vicieux, mais lui, il a le pompon ! Je serais quand même surprise que tu n'aies pas de famille. Mais sans ta mémoire, ça risque d'être compliqué de la retrouver.

Elle se leva et continua de réfléchir à haute voix en faisant les cent pas, enfin plutôt les cinq, vu la place dans la cuisine.

— Nous ne pouvons pas te sortir de là aujourd'hui, il nous faut un peu de temps. Et si je demandais la maison de ma cousine Gigi à Avignon ? Je sais qu'elle n'a pas de locataire en ce moment, elle voulait faire des travaux. Là-bas, aucun risque qu'il te retrouve. Tu serais déjà à l'abri.

Elle se tourna vers moi.

— Qu'en penses-tu ?

— Ce serait parfait, Nana, mais je n'ai pas d'argent. Je ne peux rien louer.

— Taratata, ce n'est pas le sujet. Manquerait plus qu'elle ose me réclamer un loyer ! Non, mais tu plaisantes ?

— Et après ? Je ne sais rien faire, je n'ai aucun diplôme et pas de papiers d'identité.

— Nous trouverons une solution. J'ai de l'argent de côté, et pas la peine de protester ! C'est un cas de force majeure. Il y a des associations qui existent, elles pourraient nous aider.

— Il est médecin, il connaît beaucoup de monde.

— Mouais, nous éviterons peut-être de le faire dans la région. Il faudra que l'on parte dans une grande ville, là où il ne pourra pas te dénicher.

— Oh, Nana. Je ne vais t'attirer que des ennuis... Je ferais mieux de trouver une autre solution...

Je me levai en disant ces mots, persuadée que Cédric me retrouverait et ferait du mal à mon amie.

— Tu poses ton petit cul sur cette chaise et tu arrêtes de dire des bêtises. Si nous ne pouvons plus compter les

unes sur les autres, ce monde est foutu. As-tu besoin que je te soigne ? Es-tu blessée quelque part ?

— Ne t'inquiète pas, Nana, ça va.

— Quand t'a-t-il frappé pour la dernière fois ?

— La nuit dernière, pourquoi ?

— Sur le visage ?

— Oui, il aime me gifler, ajoutai-je avec une grimace.

— Veux-tu bien me montrer les autres lésions ? fit-elle doucement.

— Pourquoi ?

— Tes bleus semblent dater de plusieurs jours, c'est étrange. Aurais-tu des ascendants métamorphes ?

— Quoi ? Métamorphe ? Comme dans les livres ? Mais ça n'existe pas !

Je me mis à rire. Elle me toisa, surprise.

— Bien sûr que si ! Tu ne regardes pas la télévision chez toi ? Tu ne vas pas sur Internet ?

— Je n'ai pas de télévision, et c'est quoi, Internet ?

— Mon Dieu ! Il t'a vraiment isolée de tout : Il va falloir que je t'explique plein de choses.

— Tu es sérieuse ? Ces créatures existent ?

— Mais oui, elles existent ! Et nous le savons depuis bien avant ta naissance... Bon, elle passe à quelle heure, l'autre ?

— En général, après son travail. Elle est déjà venue quelquefois à 17 heures, aussi.

— On ne prendra pas de risque, tu retourneras là-bas à 16 heures. En attendant, tu vas monter et je vais te montrer le monde, tel qu'il est vraiment.

— Et tes clients ?

— Tu as raison, reste là deux minutes !

Elle attrapa la pancarte « Je reviens dans cinq minutes » et la plaça contre la porte de la boulangerie. Elle me prit par la main et me traina dans l'escalier. La montée était pleine de photos de ses enfants, elle en avait eu cinq. Ils étaient adultes maintenant, certains travaillaient, d'autres poursuivaient leurs études dans de grandes villes. Elle était veuve.

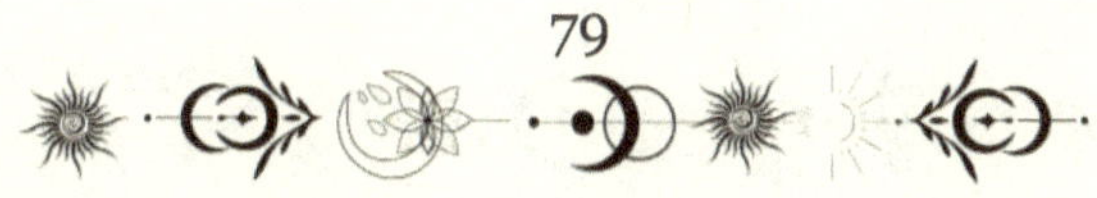

J'arrivai dans le salon, ma main toujours calée dans la sienne. Je me sentais mieux, je n'étais plus seule.

— Mets-toi à l'aise dans ce fauteuil. Je vais te brancher la télévision et te montrer comment ça marche. Tu pourras regarder l'actualité. C'est pas le plus amusant pour te redonner le moral, mais tu verras dans quel monde nous vivons.

Elle fit tout ce qu'elle avait dit et me laissa. Je passai deux heures sans interruption à observer l'écran. Je n'en revenais pas. Ce que j'avais pris pour de la fiction était la réalité. Les sorcières, les vampires et les garous existaient. Ils étaient même bien organisés, avec des dirigeants clairement identifiés. Je découvris un documentaire sur la royauté des métamorphes, je restai bloquée devant. Je m'approchai de la télévision et contemplai un moment le roi Marius, avec sa famille. Je me mis à transpirer, prise d'une fébrilité intense. Mon cœur s'accéléra. Quoi que ce soit, cette famille avait un rapport avec mon passé, j'en étais certaine. Mais étaient-ils des amis ou des ennemis ?

Nana remonta.

— C'est l'heure de faire une pause, tu vas finir abrutie devant tout ça.

Elle s'arrêta en me voyant le nez presque collé au téléviseur.

— Un problème, Megan ?

Je déglutis et parvins finalement à décrocher mon regard de ce poste.

— Je ne sais pas, je suis certaine de les connaître. Mais je n'arrive pas à me souvenir pourquoi, où, et quand...

— Attends ! Tu penses connaître le roi Marius ? J'adore cet homme. Peut-être es-tu une garou, toi aussi ? Et si les médocs que te donnaient ton mari servaient à t'empêcher de te transformer ? Ça pourrait coller ! Et ça expliquerait la coloration avancée de tes bleus !

— Tu crois ?

Je paniquais complètement à l'idée de me transformer soudainement en animal. Je me laissai tomber sur le tapis,

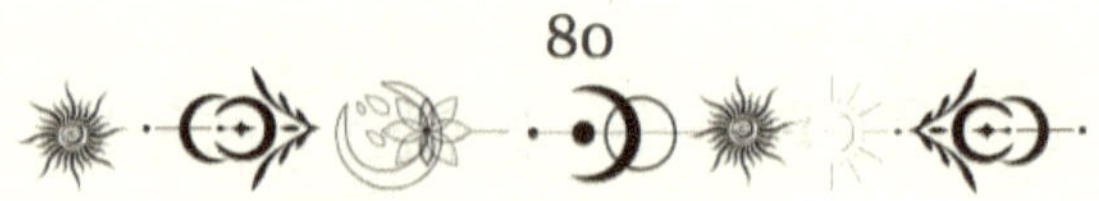

cherchant à reprendre ma respiration. C'était l'info de trop. Nana se précipita vers moi.

— Houlala, Pitchoune. Respire ! Ce n'est pas grave ! Et puis, réfléchis. Si tu mutes, tu pourras le bouffer ! Plus de mari, plus de problème !

Je me vis en louve, devant Cédric. Lui, terrifié, en train de se pisser dessus, me suppliant de l'épargner... Oui, il allait souffrir si j'avais ce type de capacité en moi. Je souris à cette pensée. Ma crise d'angoisse avait disparu.

— J'apprécie que tu te sentes mieux, mais là, tu as un sourire de psychopathe. Ça ne me rassure pas !

— Tu sais comment je peux vérifier si j'en suis une, de garou ?

— Eh bien, des tests sanguins existent, mais je ne crois pas que ce soit une bonne idée d'en faire un dans le coin. Comme tu l'as vu, tout le monde n'est pas favorable au fait que toutes ces créatures vivent... De plus, avec les relations de ton mari... Tu vas devoir attendre d'être loin de lui. Je n'ai pas chômé ce matin, j'ai appelé ma cousine. Je t'ai trouvé un pied-à-terre !

Elle assortit son annonce d'un grand sourire, mon cœur se gonfla de reconnaissance pour cette femme si gentille.

— Nana, tu es géniale ! Je ne sais pas ce que j'aurais fait sans toi... Tu me sauves la vie !

Les larmes se pointèrent de nouveau, je devenais une vraie fontaine.

— Allons, allons ! Nous allons te sortir de là. J'ai des amis prêts à nous aider. Tu vas voir, bientôt ce cauchemar sera derrière toi ! Maintenant, nous devons décider du quand et du comment. Mais avant, je te propose de déjeuner. Il faut te nourrir pour que tu sois en forme.

Elle sortit une salade de riz, de tomates, d'olives noires et de thon accompagnée de bon pain, bien sûr. Je pris plaisir à manger tout en bavardant d'autres choses que de mes problèmes. Ma vie m'apparut normale pendant ces quelques instants : moi en train de déjeuner avec une amie, me contant les déboires de ses enfants à l'université

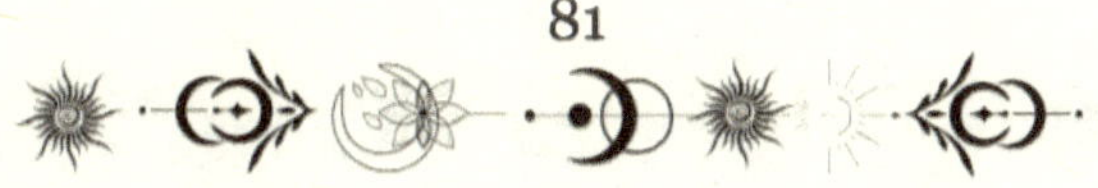

ou dans leur travail. Oui, j'étais heureuse d'avoir fait la connaissance de Nana et d'avoir pris le temps de discuter avec elle.

Nous nous étions rencontrées lors d'une de mes petites promenades, non loin de la maison. C'était il y a 4 mois. Elle m'avait abordée tandis que je me tenais les côtes, assise sur un tronc d'arbre, épuisée d'avoir marché quelques centaines de mètres. Elle m'avait proposé à boire et nous avions entamé une discussion. Je ne lui avais pas parlé de ma maladie ni de grand-chose d'ailleurs. Cédric n'aurait pas aimé ça. Je me rendais compte, maintenant, avec le recul, à quel point il m'avait isolée. J'aurais pu me retrouver sans personne pour m'aider, qu'aurais-je fait ? Je me serais enfuie, ou j'aurais fini par choisir une solution plus définitive ?

— Hey, Pitchoune ! Où es-tu partie ? Je n'aime pas la tête que tu fais, ajouta-t-elle en me caressant les cheveux.

— Je me disais juste que te rencontrer a été le plus beau jour de ma vie, tu es ma sauveuse Nana. Sans toi...

— Taratata... et voilà que tu recommences ! C'est vrai que j'ai pris un chemin que je n'avais jamais emprunté, ce jour-là. D'habitude, à l'embranchement, je tournais à gauche et puis j'ai vu cette jolie chouette... Sa présence m'a surprise et je l'ai suivie.

— Une chouette, tu dis ?

— Oui ! Bizarre, non ? Elles ne sortent que la nuit normalement, alors forcément, ça m'a titillée.

Je repensai à celle qui m'avait par trois fois empêchée de boire mon médicament et aidée à passer le portillon ce matin. Je ne pouvais croire à une coïncidence. Mon rêve aussi, avec Athéna. Je ne savais même pas que je connaissais ce nom avant de me réveiller avec lui, présent dans ma tête. Les chouettes ne vivaient que la nuit... pourtant la mienne venait me voir en plein jour. J'expliquai tout cela à Nana qui abonda dans mon sens.

— Ça fait bien trop de coïncidences, je regarderai sur le net du côté d'Athéna et de la symbolique des chouettes, peut-être. Tu as un ange gardien, ma Pitchoune, c'est une bonne nouvelle.

Je passai le reste de l'après-midi à visionner et à lire toutes les informations possibles. J'avais du retard à rattraper.

Chapitre 9

Elle

Les journées filaient à une vitesse folle. Entre mes gardes que je devais garder sous ma coupe, les erreurs récurrentes de mes collaborateurs et la surveillance de Marius, je n'en pouvais plus. Le problème c'est que je ne pouvais me fier à quiconque. Je devais donc tout contrôler. Ma magie était, par contre, à son niveau maximal. J'allais pouvoir vérifier par moi-même si cet Adrien était digne de confiance ou non. Cette nuit serait la bonne. S'il s'avérait qu'il était réellement en quête de pouvoir, nous allions pouvoir nous accorder tous les deux. En plus, il n'était pas désagréable à regarder. Je pourrais même le mettre dans mon lit.

Je venais de terminer ma collation de seize heures quand Thomas se montra.

— Oui ?

— Un des gardes présente des signes, Madame. Il serait bon que vous fassiez acte de présence.

Je ne pus retenir une grimace. J'avais beau les lier à moi par la magie, ils avaient toujours cette tendance à vouloir rejoindre la meute, celle de Marius.

— J'ai l'impression que cela s'accélère ces derniers temps, non ?

— Le fait est que le roi a augmenté sa communication auprès des siens. Les métamorphes sont regroupés et ont foi en lui, malgré votre intervention. Les nôtres le ressentent.

Je soupirai. Il fallait que je porte un coup fatal à Marius, que les nôtres le rejettent. Adrien pouvait être la solution.

— J'arrive dans cinq minutes, Thomas. Merci.

— À vos ordres, Madame.

Lui m'était tout dévoué, mais ça m'obligeait à coucher avec lui régulièrement. Il m'aimait, quel idiot ! Bon, il était plutôt doué au lit, mais je ne pouvais pas faire de même avec tous mes hommes, surtout que je m'étais positionnée comme leur mère, leur protectrice. Il ne fallait pas exagérer. Je sortis du bureau afin de rejoindre Magda.

— Bonjour, Magda, as-tu pu avancer sur ta mission ?

— Je crains qu'il n'existe, en effet, une potion concédant à un métamorphe de mentir sans se faire repérer pas les siens. Il est impératif que tu ailles vérifier par toi-même.

— J'en avais de toute façon l'intention. Et le sort permettant de me lier définitivement à mes hommes ?

— J'ai avancé, nous pourrions faire un test demain si tu es disponible ? Par contre, cela présente un risque pour le garou.

— Tant que cela ne me met pas en danger… Tu ne me placerais pas volontairement en péril, n'est-ce pas Magda ? Tu sais ce qu'il en coûterait à ta petite protégée, la menaçai-je.

— Je sais. Non, aucun inconvénient mortel en ce qui te concerne, mais de la douleur, oui, certainement, ajouta-t-elle.

— Comme tout ce qui vaut la peine dans ce monde, il faut accepter de se sacrifier, fis-je en sortant de son antre, le sourire aux lèvres.

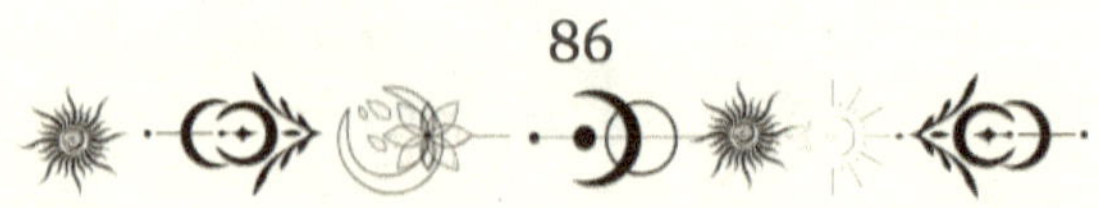

Je passai une heure auprès de mes hommes, et une autre heure entre la nurserie et la garderie. J'allais devoir trouver un cobaye, je ne savais pas qui choisir. Je demanderai à Thomas, il saura me conseiller sur celui que nous pourrions éventuellement perdre.

Marius m'avait mis des bâtons dans les roues dernièrement. Au début, repérer des métamorphes solitaires et les emprisonner n'avait pas été difficile. Ils étaient nombreux. Mais son emprise avait augmenté et les garous isolés s'étaient faits plus rares en trente ans. J'avais tenté un coup de force en kidnappant autant des siens. J'avais porté un coup à son statut, un roi doit protéger son peuple, et gagné plein de nouveaux cobayes. Au moment opportun, je ferai en sorte que ses partisans apprennent que c'étaient des humains qui étaient à l'origine des enlèvements. Les alphas n'allaient pas aimer ça.

Je retournai dans mon bureau, Thomas m'y attendait.

— Alors ? Les vampires ?

— Nous avons commencé à en attraper quelques-uns, en toute discrétion.

— Parfait !

— Puis-je vous demander pourquoi nous les emprisonnons ?

— Mon cher Thomas, tu n'es pas un fin stratège. Je veux que les alliés de Marius le lâchent. Lucius est connu pour s'emporter assez facilement, depuis son réveil. Je vais faire en sorte que, d'ici quelques semaines, il apprenne que les siens ont été enlevés par des garous. Nous irons, en outre, chercher quelques *Guardians* pour les mettre avec, afin que cela paraisse plus véridique. Que penses-tu que Lucius fera quand il découvrira les siens, morts de faim avec des hommes de Marius autour ?

— Il sera en colère.

— Il sera très en colère, il pourrait même déclarer la guerre à Marius... Je me présenterai à lui et je pourrai négocier. Je prends la place qui me revient et je l'assurerai que jamais plus cela ne se reproduira.

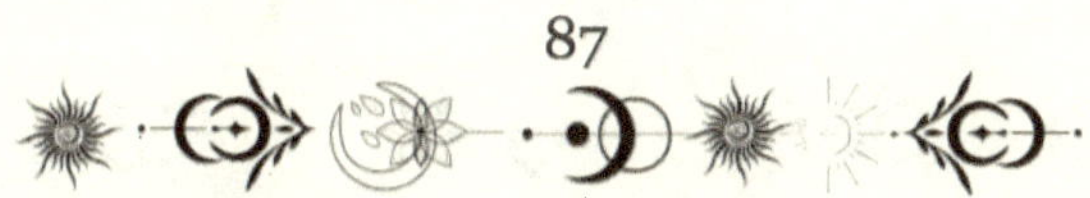

J'appréciai l'admiration que je vis briller dans ses yeux. J'attendais mon heure depuis si longtemps... Mon pauvre Marius, tu ne savais pas ce qui allait te tomber dessus.

— Je vais devoir utiliser ma magie ce soir, je vais avoir besoin de toi à mes côtés.

— Avec plaisir, vingt-trois heures ?

— Viens donc à vingt-deux heures, nous trouverons à nous occuper le temps que notre ami s'endorme.

Thomas me fit un grand sourire et commença à se rapprocher.

— Ce soir, Thomas. J'ai des petites choses à terminer d'ici là, mais garde donc tes bonnes dispositions envers moi...

Lorsqu'il me rejoignit, il était clair qu'il n'avait dû penser qu'à ça le reste de la journée. Il était plus de minuit quand j'essayai de me connecter à Marius. À moitié nue, assise au milieu de mon cercle de pouvoir, les bougies allumées, je commençai l'incantation. Thomas était à quelques mètres de moi, me protégeant en cas d'attaque. Je me retrouvais toujours épuisée après une séance, il prenait soin de moi le temps que je me remette.

Marius dormait, j'en fus heureuse. Il avait tendance à veiller tard et le trouver assoupi à cette heure-ci était plus que rare. Je m'immisçai dans son rêve en prenant l'apparence d'Adrien et observai sa réaction.

— Mon garçon, comment ça se passe ?

— Tout va bien.

— Mais encore ? As-tu plus d'informations à me communiquer ? As-tu découvert qui est à l'origine des fuites ?

Je ris intérieurement à la question. Si cet imbécile savait... c'est lui qui m'avait laissée entrer dans ses pensées les plus profondes, il était sa propre taupe. Par contre, j'avais fait une erreur, et ça, ça m'énervait. Dépenser autant de magie pour faire évader un espion... Il allait me le payer celui-là. Je décidai de semer le doute dans l'esprit de Marius. Je fis apparaître un couteau en argent dans ma

main et le plantai dans le cœur de Marius en criant « Mort au traître ! » Je fus éjecté de son rêve immédiatement, j'en connaissais un qui venait de se réveiller en sursaut après un joli cauchemar.

Je soufflai les bougies et me levai. Je n'étais pas demeurée trop longtemps, je n'étais donc pas aussi fatiguée qu'habituellement. Thomas m'aida à aller jusqu'à ma chambre et me coucha. Je lui fis signe de rester avec moi.

— Demain matin, Adrien doit rejoindre les vampires. Je veux qu'il souffre, c'est un traître !

— Dois-je le faire tuer ?

— Non, pas dans l'immédiat. Sa présence cautionnera mon plan à terme. Mais tes hommes peuvent s'amuser avec lui. Il a voulu me tromper, il doit payer.

— Comme vous le désirez, madame.

— Je suis tendue, aide-moi à m'endormir.

Il se déshabilla rapidement et me rejoignit. Sa bouche se positionna exactement où je le souhaitais. Brave petit. J'appuyai sur sa tête afin qu'il intensifie ses coups de langue.

La nuit fut bonne, Thomas avait bien tenu son rôle. Il était parti tôt ce matin me sélectionner un volontaire pour notre petite expérience. Je pris mon temps pour me préparer, lancer ce sort allait encore nécessiter de l'énergie et surtout, de la douleur. Afin de motiver Magda, j'avais récupéré une photo de sa protégée. Je ne prenais aucun risque avec ma vie. Si elle avait pu m'arrêter, elle l'aurait déjà fait, mais l'épée de Damoclès que je maintenais au-dessus de sa tête me garantissait une fidélité relative

Chapitre 10

Magda

Je m'en voulais. J'avais dû lui révéler l'existence de cette potion, mais c'était le seul moyen d'assurer notre sécurité.

Elle avait dû faire son tour dans les pensées de Marius et découvrir le pot aux roses. Qu'elle était donc naïve, parfois ! Un homme comme Adrien, commandant des Guardians, s'attaquant à Alexandra pour accéder au trône. Je me demandais qui avait pu y croire. J'espérais qu'il allait s'en sortir.

Quant à son incantation pour l'attacher définitivement aux métamorphes, elle rêvait tout éveillée. Le lien de meute restait le plus puissant. Malgré sa relation avec Marius, elle ne pourrait jamais passer outre. Seule sa mort pourrait éventuellement altérer ça, mais il subsisterait quand même les enfants. Était-elle prête à aller jusque-là ? J'avoue que la réponse me faisait peur.

Quelle inconsciente avais-je été lorsque je l'avais initiée à la magie. J'avais créé un monstre ! Le pouvoir lui était monté à la tête et elle avait commencé à changer. Sa jalousie couplée à son manque de confiance en elle avaient eu pour incidence de me retrouver sous sa coupe désormais. Quand elle avait enlevé Megan, ça avait été un coup de maître. S'attaquer directement à la famille royale et menacer la vie de Megan... oui, elle m'avait prise de court.

Je pensais pouvoir la sauver, mais l'explosion du premier laboratoire m'avait coupé l'herbe sous le pied. J'avais même cru que la petite était morte pendant un moment alors que moi, j'avais pu m'échapper, malheureuse, écrasée par la culpabilité. Mais cela n'avait duré que quelques jours, puisqu'elle m'avait retrouvée. Je n'avais eu d'autre choix que de me soumettre lorsqu'elle m'eut prouvé qu'elle détenait toujours Megan. Et pourtant, à une époque nous avions été amies. Elle m'avait soutenue dans mes changements de vie et je lui avais rendu la pareille. Mais tout cela était loin... Depuis dix ans, je n'étais que son jouet. Elle imaginait peut-être m'avoir coupé les griffes, mais j'avais encore quelques jokers dans la manche.

— Alors Magda, tout est en place ?

— Bien sûr, il ne manque que le garou.

— Thomas arrive avec.

Elle s'installa tranquillement dans mon fauteuil préféré, petit message pour me montrer qui était la patronne, et elle jeta un œil sur mes préparations.

— Qu'est-ce qui te fait croire que tu as trouvé la solution cette fois ?

— Je vais utiliser ton lien avec Marius et tenter de l'ajouter au tien.

— D'accord, donc tu ne t'attaques pas réellement à ce qui relie Marius à tous les nôtres.

— Non, je le détourne.

— C'est une bonne idée, ça peut marcher. En outre, ce serait préférable. J'ai peur que la petite ait un accident autrement.

— Ne fais pas ça, ne la menace pas pour que je t'obéisse. Je fais de mon mieux pour t'aider. D'ailleurs, as-tu pu vérifier si Adrien menait un double jeu ?

Mon ton était ferme, elle savait qu'il ne fallait pas qu'elle soit blessée. À la grimace qu'elle fit, j'eus ma réponse.

— C'est géré. Ah !Voilà Thomas.

Le responsable de la sécurité entra accompagné d'un jeune garçon d'une quinzaine d'années. Merde ! J'aurais préféré un adulte.

— Tu n'en as pas de plus âgé ? Cela aurait facilité le sort...

— Tu feras avec ce qu'on te propose, Magda, rétorqua-t-elle.

Le regard du garou se posa sur moi et il tressaillit en me voyant. Je n'avais pas bonne réputation parmi eux. D'un autre côté, ils servaient aux expériences qu'elle m'ordonnait alors je ne pouvais leur en vouloir.

Je fis signe à Thomas qui le fit asseoir sur la chaise placée au milieu de mon cercle de pouvoir. Dès lors qu'il posa ses mains sur les accoudoirs, comme je lui avait ordonné, je le paralysai. Des sangles entourèrent son corps, elles avaient de l'argent en elles, ce qui facilitait l'immobilisation sans le blesser.

— Ne sois pas inquiet, petit. C'est pour éviter que tu te meurtrisses.

Il avait peur, mais un simple regard de sa reine le calma. Je pris un couteau et m'approchai d'elle. Thomas se raidit immédiatement. Il avait raison de craindre pour sa vie, mais j'avais les mains liées pour le moment et je devais en passer par là où elle voulait. Elle me tendit son bras, je la coupai rapidement et récoltai quelques gouttes de sang dans mon bol. Je fis de même avec le gamin. J'ajoutai ma préparation et incantai en même temps. Elle se leva pour venirt s'asseoir en face de l'enfant. Je dessinai des signes anciens sur leurs deux visages tout en psalmodiant, la pression s'accrut, mon cercle s'enflamma. Je libérai un bras de l'adolescent et plaçai sa main dans celle de mon bourreau. Je continuai à invoquer mes pouvoirs, renforçant leurs liens à l'aide de ma magie. Je sentis le gamin s'affaiblir rapidement, un adulte aurait duré plus

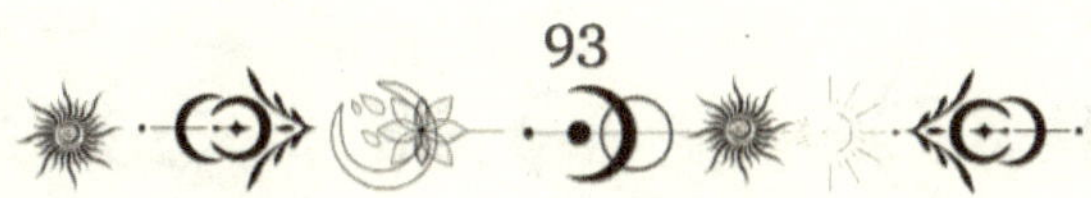

longtemps. Je ne pouvais pas le laisser périr, j'avais déjà trop de morts sur la conscience. Je ralentis la cadence, mais elle s'en rendit compte tout de suite.

— Pourquoi ton sortilège faiblit-il ?

— Je vais le perdre si nous allons trop vite, je ne vois pas l'intérêt de le tuer.

— Je veux que tu donnes ton maximum, Magda ! Nous devons arriver à supplanter son lien.

— Je sais, mais je n'assassinerai pas ce gosse pour ça. Tu n'avais qu'à prendre un adulte, il aurait été plus costaud.

— Tu me le paieras !

Oui, encore une fois ! Mais tout ce qu'elle pouvait me faire ne changeait rien. J'avais du sang sur les mains, j'étais déjà maudite. Je n'allais pas pouvoir rejoindre le royaume d'Athéna, ma pénitence allait durer l'éternité.

Je mis fin à la séance. Le lien était renforcé pour quelques jours, mais je savais très bien que ça n'irait pas plus loin. Le gamin était évanoui, mais en vie. Elle se leva et fit un signe à Thomas. Il m'attrapa le bras et m'entraîna au sous-sol. C'était son moment préféré. Qu'il en profite ! Ce serait bientôt mon tour !

Chapitre 11

Nana

Samedi : 2 jours avant la libération des otages

J'avais mal dormi cette nuit, préoccupée par Megan et par ce que son mari lui faisait endurer. Je savais qu'il avait le bras long, je l'avais compris la fois où j'en avais discuté avec notre maire, m'étonnant de ne pas voir le couple participer à la vie du village.

— Ne vous approchez pas de cet homme, Nana. Il travaille avec des personnes que je n'aimerais pas croiser dans une ruelle, sombre ou pas.

Il avait blêmi et s'était éloigné rapidement. J'avais essayé d'en apprendre plus, sans résultat. C'était juste après la rencontre avec Megan. Depuis, j'avais fait exprès de changer ma promenade afin de la trouver. Nous avions fini par discuter, mais elle était restée très secrète sur sa vie, jusqu'à maintenant. Je ne pouvais le lui reprocher, je ne lui avais pas tout révélé non plus. Mon portable sonna, je me précipitai pour répondre.

— Tout va bien, ma Pitchoune ?

— On va dire ça, Nana. J'ai découvert des choses horribles sur Cédric... C'est un monstre, Nana. Je suis mariée à une bête, un tortionnaire... Il séquestre des femmes, des humaines. Il les fait tomber enceintes de métamorphes et donne les bébés à sa patronne. On doit les sauver, Nana... Il faut...

Sa voix montait dans les aigus, elle était en train de paniquer.

— Calme-toi, Megan. Respire un grand coup. Bien ! Nous allons faire tout ce qui sera nécessaire pour que ces personnes soient libérées, je te le promets. Ton mari est parti, revient-il manger ?

— Non, il est absent jusqu'à dimanche après-midi.

— Parfait, j'ai une petite qui devrait arriver dans dix minutes me remplacer à la boulangerie. Je te rejoins chez toi, nous pourrons regarder tout cela ensemble, d'accord ?

— Oui Nana, merci ! Heureusement que je t'ai.

Je raccrochai et composai un autre numéro. Une belle voix grave me répondit aussitôt.

— Bonjour, maman, que me vaut le plaisir de cet appel ?

— Bonjour, mon grand, j'ai besoin de ton aide.

— Mon aide ? En tant que fils ou...

— Un peu des deux. J'ai une amie qui a des ennuis et qui est tombée sur quelque chose de préoccupant. Je pense qu'il va falloir la protéger...

— Maman... commença-t-il.

— Pas ce ton avec moi ! C'est grave, Syrius, très grave !

Le silence se fit, il savait que je ne m'énervais pas pour rien.

— Grave à quel point ?

— Son mari abuse d'elle, il la bat et elle ne m'a certainement pas donné tous les détails. Elle vient aussi de découvrir qu'il séquestrait des femmes...

— Et pourquoi n'appelles-tu pas la police ? Cela ne regarde pas les sorciers, ces histoires.

— Détrompe-toi. Peut-être pas les sorciers directement, mais le monde des surnaturels oui. Je ne

peux pas te l'expliquer au téléphone, mais tu dois me rejoindre.

— Tu sais que j'ai des responsabilités ? Je ne peux pas tout lâcher comme ça, me répondit-il, amusé.

— Syrius Maxwell Pollon, tu vas me faire le plaisir de monter sur ton engin de la mort et de me retrouver illico presto !

— À ce point ? OK, quand tu commences à mettre les prénoms et le nom, je m'inquiète. Le temps de donner quelques ordres et j'arrive.

— Parfait ! Je t'envoie l'adresse.

— Hein, comment ça l'adresse ?

— Je vais chez elle, je ne peux pas la laisser toute seule. Ah, tu seras aimable et gentil quand tu la rencontreras !

— Mais je suis toujours aimable et gentil ! fit-il vexé.

— Ce n'est pas ce qu'on m'a dit !

Je raccrochai et préparai un sac. Je mis quelques herbes, une pommade cicatrisante et des bougies. S'il y avait quelque chose à découvrir dans cette maison, j'allais le trouver ! La petite Cécile arriva à la boulangerie comme prévu. Je lui donnai mes instructions et pris la voiture.

Une fois sur place, mon bagage à la main, je frappai à la porte. Je faillis pleurer lorsque je vis l'état de Megan. Elle tenait difficilement sur ses jambes, de nouveaux bleus apparaissaient sur son visage, elle avait un œil à demi fermé, je n'osais imaginer le reste de son corps.

— Oh, ma Pitchoune ! Qu'est-ce qu'il t'a fait encore ?

— Ce n'est rien, Nana... ça va aller...

— J'ai apporté ce qu'il faut pour te soigner. On va passer dans ta chambre et tu vas me montrer tout ça.

Elle fit non de la tête, tout en fuyant mon regard. Elle avait honte. Cet homme la martyrisait, et c'était elle qui était gênée. J'aurais aimé l'avoir devant moi pour lui exposer ce qu'il en coûtait de s'attaquer à une femme qui ne savait pas se défendre.

— Megan, je comprends que tu ne veuilles pas me montrer ton corps. Mais laisse-moi te soigner, ma belle.

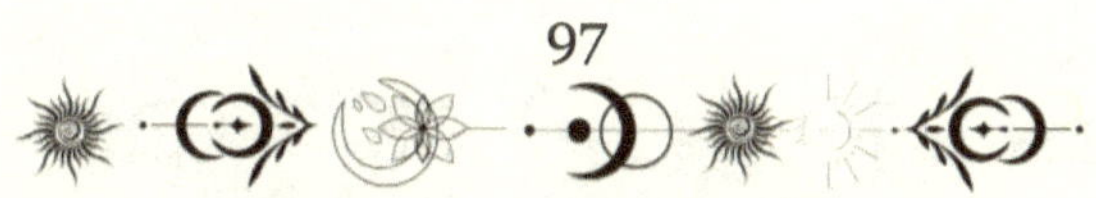

J'ai tout ce qu'il faut et cela ne te fera pas mal. J'ai des dons, moi aussi…

Elle releva la tête et me regarda. Elle sembla accepter que souffrir était inutile et acquiesça. J'entrai dans la maison d'une propreté inquiétante. Tout était rangé, à sa place, la robinetterie brillait comme si elle venait d'être posée. C'était d'ailleurs peut-être le cas. Nous arrivâmes à la chambre.

— Tu es sûre, Nana ? C'est supportable, tu sais.

— Taratata, tu feras ce que je te dis. Enlève-moi ce tee-shirt pour commencer.

Elle grimaça, mais obtempéra. Elle ne put me cacher sa douleur au fur et à mesure qu'elle retirait le vêtement. Je serrai les dents en voyant les balafres sur son dos, mais laissai échapper un cri en observant son ventre. Ce type devait crever ! Et dans d'atroces souffrances de préférence ! Je sortis ma pommade, j'allais devoir aussi lui préparer une potion pour accélérer la cicatrisation. Impossible de l'abandonner dans cet état.

— Je peux ? lui demandai-je.

— Vas-y.

— Je vais faire le plus doucement possible. Cela te semblera froid pendant cinq secondes et tu ne devrais plus rien sentir après.

Elle hocha la tête. Je le fis délicatement, mais elle tressaillit à chaque passage. Je me doutais que ce n'était pas une partie de plaisir. Arrivée à la dernière marque, elle se détendit enfin. Ses épaules s'abaissèrent, elle inspira plus profondément.

— Merci Nana. Ça va déjà mieux.

— Tant mieux ! Je vais également te préparer une potion, elle terminera de te soulager. Cela devrait ainsi t'éviter des balafres disgracieuses.

Ses yeux se remplirent de larmes, elle m'attrapa la main.

— Je n'aurai pas de cicatrices ?

— Non, ma belle. Ta peau sera aussi douce et rose qu'avant.

Elle me serra dans ses bras et se mit à sangloter. Je lui caressai les cheveux, attendant que ça aille mieux. Je n'étais pas à sa place et ne connaissais pas le détail de ce qu'elle avait subi. Mais la voir, comme ça, me brisait le cœur. Cette jeune femme avait une belle âme, je l'avais sentie dès notre première rencontre. L'idée que quelqu'un puisse l'avilir... Ce Cédric allait en prendre pour son grade, j'allais m'en occuper personnellement.

Elle finit par se calmer et s'excusa.

— Tu n'as pas à t'excuser, je comprends. Tu es forte, Megan. Tu vas t'en sortir et nous lui ferons payer au centuple.

Ses yeux brillèrent, l'idée de se venger lui plaisait. Elle avait un côté sauvage indéniable, j'étais de plus en plus sûre qu'elle était issue de garous. Je l'entourai d'une bande préalablement trempée dans une autre de mes potions et séchée. Ça allait accélérer le processus et éviter qu'elle ne souffre au contact de ses vêtements.

— Le reste de ton corps ?

— C'est... interne... il ne s'attaque pas à mes jambes.

— La potion va aussi aider, dans ce cas. Il ne te touchera plus jamais, Megan. Je peux te le promettre !

— Merci !

Je passai dans la cuisine, lui laissant le temps de se rafraîchir et de s'habiller. Je sortis une casserole et me mis à l'ouvrage. Elle me rejoignit cinq minutes plus tard et s'installa en face de moi, devant le plan de travail.

— Tu as évoqué une potion... tu es une sorcière ?

— Oui, je suis désolée de ne pas t'en avoir parlé plus tôt, mais c'est une façon de me protéger. Comme je te l'ai dit, tout le monde n'est pas favorable à la présence des surnaturels...

— Je comprends, nous ne nous connaissons pas depuis longtemps. Tu es déjà si gentille de m'aider. Je ne t'apporte que des ennuis, en plus.

— Je ne veux plus entendre ce genre de choses, Megan. Si je n'avais pas souhaité te secourir, je ne l'aurais pas fait. Tu vas boire cette potion et me montrer ce que tu

as trouvé. Nous allons aussi avoir de la visite, j'ai appelé mon fils.

— Ton fils ? Mais pourquoi ?

— Disons qu'il est haut placé et qu'il pourra assurer ta sécurité bien mieux que je ne le ferais moi-même.

— Mais Nana, déranger ton fils ! Je devrais contacter la police, ce serait plus simple.

— Ma Pitchoune, au vu de ce dont tu m'as parlé, je pense qu'il est préférable d'éviter d'en informer les humains, et encore plus la police. Tu as mis le doigt sur une organisation qui exploite des femmes afin de récupérer des bébés métamorphes. C'est l'affaire des surnaturels, pas celle des mortels.

— Mais ces femmes sont humaines, apparemment.

— Et nous ferons tout pour les sortir de là. Mais à notre façon ! Allez ! Bois et montre-moi le chemin.

Elle fit ce que je lui demandais et grimaça. Je n'avais pas dit que c'était bon. Je ris à sa tête, elle me tira la langue.

— Tu aurais pu m'avertir !

— Cela n'aurait pas été aussi drôle.

Elle avait retrouvé un semblant de sourire, ma magie devait la soulager. Elle attrapa un jeu de clés et me fit signe de la suivre. J'entrai dans un beau bureau, impeccablement rangé. Pas une feuille ne trainait, c'était impressionnant, et flippant. Elle se dirigea vers une grande armoire et l'ouvrit.

— Voilà ! Je n'ai pas encore tout consulté. Je n'ai lu que les dossiers du haut.

— Alors, mettons-nous au travail. Tu as un bloc-notes ?

— Oui, j'en ai vu dans un tiroir.

— Parfait, nous marquerons dessus les noms des sociétés qui apparaîtront, ainsi que leurs adresses si elles y sont. Je pense aussi que nous embarquerons tous ces fichiers. Cela constituera la preuve des actions illégales de ton mari.

— Mais il va s'en rendre compte !

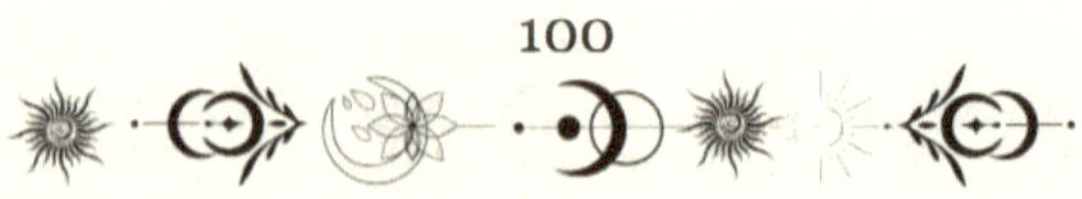

— Peut-être, nous prendrons le risque. Ta disparition devrait suffisamment l'occuper... Reste tranquille et écris...

Les minutes, puis les heures passèrent et ce que je découvris en consultant ces dossiers me laissa un goût amer dans la bouche. Qui que soit cette femme à la tête apparemment de cette organisation, elle avait un but : se constituer une armée. Quant au mari de Megan, c'était un fou idéaliste. Il était contre les surnaturels, et pourtant il concevait une légion de métamorphes. Cela durait depuis des dizaines d'années... Combien de femmes étaient passées entre ses mains ? Combien étaient encore vivantes ? Il s'en débarrassait quand elles faisaient trop de fausses couches, mais où ? Aucune donnée sur ce point, c'est madame qui s'en occupait apparemment...

Pareil, aucun prénom ni nom pour cette personne. Elle cachait merveilleusement bien son identité. Même lui semblait ignorer qui elle était. Dans certaines de ses notes, on voyait bien qu'il ne la portait pas dans son cœur. D'un autre côté, un homme comme lui, obéissant à une femme ; cela prêtait à rire. Il devait ronger son frein.

J'entendis au loin le son d'une moto. Cela devait être Syrius. Je jetai un coup d'œil à Megan, elle n'y prêtait pas attention. La rencontre allait être intéressante, mais mon grand nigaud de fils allait devoir être gentil avec ma protégée.

— Megan, Syrius approche. Je vais l'accueillir.

Son léger recul à l'annonce de l'arrivée de mon fils me fit mal au cœur. Allait-elle fuir tous les hommes dorénavant ? Son regard se fit pourtant plus affirmé quand elle me répondit.

— Bien sûr. Et si je nous faisais un café ? Nous n'avons pas arrêté depuis ce matin.

— Très bonne idée, mais va doucement.

— Je ne suis pas en sucre ! Ta potion a fait des miracles, je me sens bien mieux.

J'en étais heureuse, même si son visage restait encore bien marqué. Je sortis rapidement de la maison afin d'avertir Syrius de la situation.

Chapitre 12

Syrius

J’avais dû laisser des dossiers en suspens pour venir rejoindre maman, et cela me tapait sur les nerfs. Elle avait encore dû trouver une pauvre âme à sauver et c’était moi qui devais tout solutionner. Pourquoi n’avait-elle pas appelé mes frères ou mes sœurs ? Après tout, Égédias ou Sédiline aurait pu faire l’affaire !

Je pris de la vitesse, souhaitant ne pas perdre trop de temps à jouer les bons samaritains. Une femme battue ! C’était triste et j’espérais qu’elle allait s’en sortir, mais pourquoi me le demander à moi ?

Je trouvai le chemin grâce à mon GPS, la maison était vraiment paumée au milieu de nulle part. Cela devait avoir son charme. Être si proche de la nature me faisait généralement du bien, de par mon origine, mais je me doutais que cet éloignement faisait partie du contrôle de la jeune femme. Ma mère sortit alors que je mettais pied à terre. J’enlevai mon casque et souris en la voyant faire. Elle me contemplait toujours avec ce petit air, celui que les mamans ont en regardant leur enfant, vérifiant qu’ils sont en bonne santé. Je pris le temps de retirer le blouson et les gants.

— Inspection terminée, maman chérie ?

— Oh ! Syrius ! Je ne t'inspectais pas du tout. Je ne t'ai pas vu depuis deux semaines, j'observais juste si tu avais bonne mine !

Sa figure outrée me fit rire. J'avançai vers elle et l'embrassai. L'odeur de la boulangerie lui collait à la peau, mélangée avec celui de son parfum préféré, la rose. Je ne pouvais pas acheter du pain sans penser automatiquement à elle. Cela m'énervait, parfois… très peu de fois, en fait.

— Alors, pourquoi ai-je été sommé de me présenter immédiatement ? Nous risquons une guerre ? Un soulèvement des vampires ? fis-je un peu moqueur.

— Tu ne crois pas si bien dire ! répliqua-t-elle, la mine grave.

Ah… C'était donc du sérieux.

— Explique-moi.

Elle me prit le bras et m'entraîna vers le fond du jardin.

— Megan, la jeune femme dont je t'ai parlé, je suis persuadée qu'elle a du sang de garou en elle et…

— Du sang de garou ? Si elle en était un, elle aurait certainement bouffé son tortionnaire, maman.

— Tu vas me laisser t'expliquer, oui ? me coupa-t-elle.

Je me pris une légère décharge. Je fermai mon clapet, ça allait m'éviter de me faire rabrouer de nouveau.

— Bon, sur ma demande, elle a fouillé un peu chez elle. Je voulais qu'elle retrouve ses papiers d'identité afin de contacter sa famille, mais au lieu de ça, elle est tombée sur des fichiers qui font froid dans le dos.

— C'est-à-dire ?

— Son mari fait partie d'une institution qui utilise des femmes humaines et qui les insémine afin qu'elles mettent au monde des bébés métamorphes. En plus, il y aurait aussi des endroits dans lesquels des métamorphes sont prisonniers et sur lesquels des expériences sont faites. Ils manipulent les ovules et les spermatozoïdes de ces derniers pour créer une armée de garous.

— Des humains ?

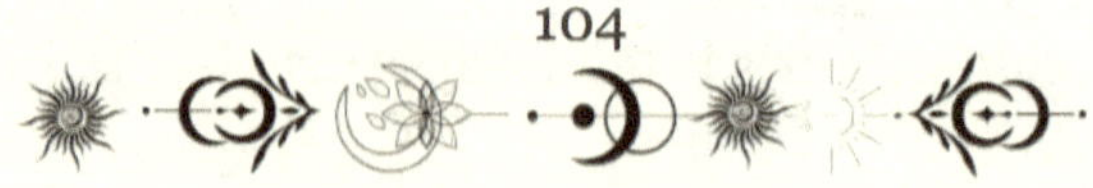

— La femme à la tête de toute l'organisation semble être une garou, mais je n'ai encore rien découvert dans les papiers me permettant de trouver son identité.

— Tu penses que Marius est en train de se constituer une milice personnelle ? Il voudrait déclencher une nouvelle guerre ?

— Connaissant Marius, cela m'étonnerait. Mais Megan a paru le reconnaître quand elle l'a vu à la télévision.

— Elle a perdu la mémoire en plus ?

Ma mère utilisa les dix minutes suivantes à m'expliquer comment elle l'avait rencontrée ainsi que tous les éléments de son passé, qui ne remontait qu'à dix ans. Elle me mit aussi en garde, la jeune femme avait encore subi les coups de son mari la veille et elle était fortement marquée.

— C'est bon, maman. Je ne suis pas insensible que je sache.

— Non, mais tu manques parfois d'une certaine délicatesse avec les femmes. La faute à ta belle gueule, assurément !

Je souris de toutes mes dents à ce compliment qui sonnait plus comme une insulte. La nature m'avait gâté, je n'allais pas m'en plaindre.

— Je te promets de me comporter du mieux possible. Mais qu'attends-tu de moi ?

— Je veux que tu la protèges. Elle a de l'importance, j'en suis certaine. Le fait que j'aie été dirigée vers elle, tout ce que l'on vient de découvrir. Il ne s'agit pas seulement d'un mari violent, ce qui est déjà terrible en soi. Non, cette femme a un rôle à jouer, j'en suis persuadée.

— Tu sais combien je tiens compte de tes intuitions, mais pourquoi moi ? Nous pourrions faire appel à ma garde personnelle, j'ai deux ou trois hommes qui...

— Non ! Je tiens à que ce soit toi ! Ils vont la chercher, Syrius. C'est certain. Surtout si nous emportons tous les dossiers. La maison de ta tante est disponible, tu pourrais

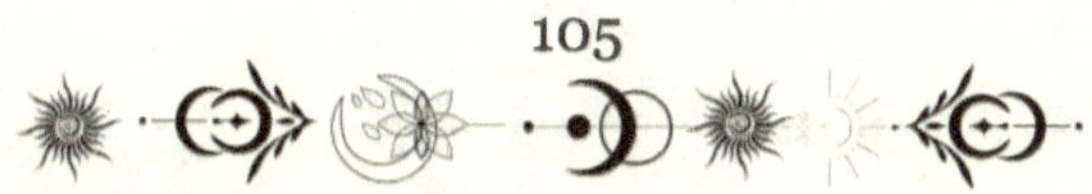

y résider avec elle. Je demanderai à tes frères et sœurs de t'y rejoindre.

— Tu plaisantes ? Non seulement tu requiers que je laisse tout tomber pour cette histoire, mais tu veux aussi que j'habite avec elle et le reste de la tribu ? Si cette femme n'est pas folle, elle le sera en deux jours.

— Taratata, tu exagères toujours. Je ne désire pas que sa présence, parmi nous, fuite. Donc, ça demeurera un secret de famille jusqu'à ce qu'on en apprenne plus. Bon, maintenant je vais te la présenter. Elle est fragile, alors sois sympa.

— Mais pourquoi tu n'arrêtes pas de répéter ça ?

Je me pris le super regard qui dit : « Tu sais pourquoi ! » et elle m'entraîna aussi sec vers la maison. Elle frappa à la porte avant d'ouvrir, certainement pour ne pas faire sursauter la jeune femme qui devait être sur les nerfs.

— Megan ? Je te présente Syrius, mon fils aine. Il garantira ta sécurité pendant les prochains jours.

Je ne savais pas à quoi m'attendre en la rencontrant, mais clairement pas à ça.

Son visage était constellé de bleus et de coupures. Elle avait un œil à moitié fermé, la lèvre fendue. Elle ne se tenait pas droite : son corps semblait toujours chercher un point d'appui, comme si rester debout sans douleur était un luxe… Et elle était d'une maigreur…

Putain ! Quel homme pouvait faire ça à une femme !

Alors que je m'avançais, elle eut un mouvement sec de recul, immédiatement corrigé. Elle se força à rester en place, les mains jointes devant elle, trop sages, trop calmes.

Je levai les miennes doucement.

— Bonjour, Megan, je peux vous appeler Megan ?

Elle hocha la tête, sans parler. Sa gorge bougea comme si elle avait essayé d'avaler quelque chose de trop gros. Je sentis ma colère monter. Pas contre elle. Contre celui qui lui avait appris que se taire était plus sûr que de parler.

J'avais dû lui faire peur. Je contemplai ma mère, une lueur interrogative dans les yeux : je fais quoi maintenant ?

— Ne t'inquiète pas Megan, Syrius est assez impressionnant physiquement, mais il est doux comme un agneau.

Non, mais ça n'allait pas bien de me comparer à un agneau ! Je vis, au regard légèrement amusé de Megan qu'elle n'en croyait pas un mot. Tant mieux ! Moi ! Un agneau, et pourquoi pas un chiot !

Je m'assis là où elle me l'indiqua. Elle choisit la place la plus éloignée, dos au mur, face à la porte.

Pas par hasard.

Elle posa les tasses avec application, évitant de frôler mes mains. Chaque geste était précis, mesuré, comme si elle avait appris qu'une maladresse pouvait coûter cher.

— Je vous ai fait du café... enfin, si ça vous va. Sinon, j'ai aussi... autre chose.

Elle ne me regardait pas vraiment. Elle surveillait mes réactions.

— Le café est parfait, merci.

Elle hocha la tête, soulagée. Comme si elle venait de réussir une épreuve.

Quand maman complimenta ses cookies, Megan sourit, mais c'était un sourire qui demandait l'autorisation d'exister.

— Avec plaisir, Nana.

Le silence s'installa.

Je ne savais pas quoi dire ni quoi faire. Devais-je plaisanter comme je le faisais habituellement avec les femmes que je rencontrais ? Pas top !

Elle triturait ses doigts, puis s'obligea à les poser à plat sur ses genoux.

Se tenir tranquille.

Être sage.

Puis elle inspira profondément. Pas pour parler mais pour se donner le droit de le faire.

— Syrius. Je peux vous appeler Syrius ?

Sa voix était basse, un peu rauque. Comme si parler longtemps n'était pas une habitude.

— Oui, bien sûr.

Elle fixa un point derrière moi.

— Je ne suis pas... très douée pour expliquer les choses. Mais je préfère que ce soit clair.

Elle avala sa salive.

— Oui, mon mari me fait du mal. Depuis longtemps. Et... depuis quelque temps, c'est pire.

Elle eut un petit rire sans joie.

— Je sais que je ne dois pas être très jolie à regarder. J'ai vérifié dans le miroir, pour être sûre.

Ses doigts se crispèrent.

— Mais je ne veux pas que vous me regardiez comme... comme quelque chose de cassé. Je ne suis pas une petite chose fragile.

Elle releva enfin les yeux vers moi.

— Votre mère est... incroyablement gentille. Mais d'autres femmes souffrent depuis des années, des personnes sont enlevées. Utilisées...

Sa voix trembla, mais ses yeux brûlaient.

— Je ne suis pas la plus à plaindre. Nana a l'air de croire que vous êtes l'homme de la situation, alors que proposez-vous ?

Le silence tomba.

Ce n'était pas un discours héroïque, c'était une déclaration de survie.

Le feu dans ses yeux verts alors qu'elle évoquait la peine des autres... Non, cette femme n'allait pas être une victime bien longtemps. Et je comprenais mieux à présent pourquoi ma mère se doutait qu'elle avait du sang de métamorphe en elle. Ses pupilles avaient changé pendant qu'elle me parlait.

— C'est noté Megan. Maintenant, que pouvez-vous me dire ?

— Il y a plein de documents intéressants à consulter de toute urgence, mais à deux, c'est interminable. Auriez-

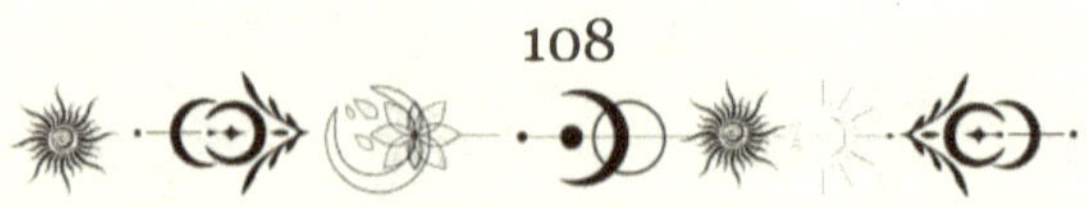

vous des personnes de confiance qui pourraient nous aider ?

— Maman a déjà évoqué cela, nous voulons que cela reste secret dans un premier temps. Je vais faire appel à la famille.

— La famille, quelle famille ?

— Sa fratrie, Megan. Mes deux autres fils et mes filles.

— Mais j'imagine que vous avez tous un travail, un foyer à vous, peut-être ? ajouta-t-elle en me regardant.

Je souris à la question. Essayait-elle de savoir si j'étais en couple ? Je me mis une claque intérieure. Bien sûr, Syrius, elle est complètement traumatisée par son mari et elle rêve de s'envoyer en l'air avec toi. Putain que j'étais con des fois !

— Nous sommes tous célibataires, et nous avons quelques avantages liés à nos aptitudes... Par contre, maman, je ne pourrai pas me libérer avant lundi, dimanche midi au mieux. Je te propose de rester avec vous par sécurité jusqu'à ce soir. Je travaillerai d'ici. Nous pourrions demander à Égédias de venir pour cette nuit et demain ?

— Très bonne idée, j'appellerai ton frère.

— Megan ? ajoutai-je.

— Oui ?

Elle leva les yeux vers moi, puis les baissa, comme si soutenir du regard trop longtemps était dangereux. J'y lus ce que les mots ne disent pas : l'habitude d'anticiper le coup avant qu'il ne tombe. Je me raidis. Pas de pitié. Elle n'en voulait pas.

— Est-ce que quelqu'un pourrait venir vous voir ici ?

Son corps réagit avant elle. Ses épaules se tendirent, sa respiration se fit plus courte. Elle se força à rester calme, mais ses mains se crispèrent l'une contre l'autre.

— Béatrice... La maîtresse de mon mari.

Elle haussa légèrement les épaules, comme si ça n'avait pas d'importance. Comme si dire “maîtresse” ne faisait pas mal.

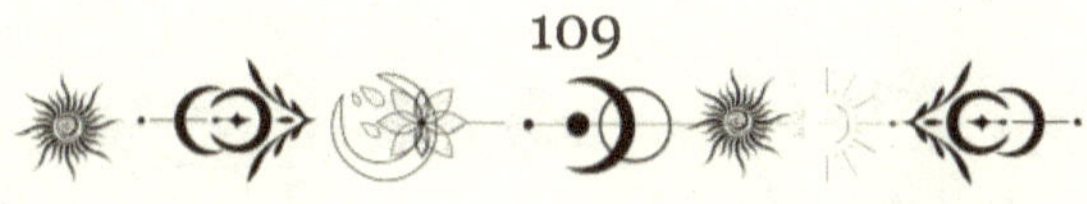

— Elle passe sans prévenir. Juste pour voir si je suis toujours là. Et pour me rappeler ce que je ne suis pas.

Je sentis ma mâchoire se contracter.

— Dans ce cas, on va cacher les véhicules. Au cas où.

Elle fronça les sourcils.

— Mais si elle arrive et qu'elle vous voit... Elle appellera Cédric. Et après...

Elle ne termina pas sa phrase. Elle n'avait pas besoin. Son regard se perdit un instant, comme si elle voyait déjà la suite.

— Ne vous inquiétez pas, dis-je doucement. Si elle vient, elle sera très bien reçue.

Elle me fixa, hésitante.

— Vous dites ça comme si... comme si vous n'aviez pas peur.

Elle ne cherchait pas à me tester. Elle cherchait à comprendre ce qui me permettait d'en être certain.

— Je n'ai aucune crainte, non.

Alors quelque chose changea dans ses yeux. Pas de la joie. Pas du soulagement. Une possibilité.

Je vidai rapidement ma tasse de café et sortis à grandes enjambées. Je mis mes affaires dans le top case et démarrai l'engin. Je sentis un regard sur moi. Assis sur la moto, je me retournai.

Elle était là, à quelques pas, immobile. Elle ne me regardait pas. Elle regardait la moto. Comme on regarde une porte qu'on n'a jamais osé ouvrir.

— Vous voulez faire un tour ? lui proposai-je.

Elle sursauta presque.

— Hein ? Oh non... enfin... c'est dangereux, non ?

Elle disait non, mais ses yeux disaient autre chose. Ils suivaient les lignes de la bécane, s'arrêtaient sur le guidon, sur le réservoir, puis revenaient vers moi. Comme si elle essayait d'imaginer ce que ça ferait.

— Pas tant que ça. Je vous prête le casque, le blouson, tout ce qu'il faut. Et j'irai doucement. Juste un petit tour sur le chemin.

Elle hésita. Longtemps. Puis regarda Nana, comme on demande la permission sans parler.

— Oui Megan. Tu devrais y aller . Ça te ferait du bien

Première nouvelle, ma mère poussait son amie à monter derrière moi alors qu'elle détestait ça.

— Je ne sais pas si je...

Mais déjà, elle faisait un pas vers la moto.

Son corps avait choisi avant sa tête.

Je mis la béquille et descendis. Je lui tendis le casque, le blouson et les gants. Elle me détailla un instant, méfiante encore, puis elle sourit, un vrai sourire, pas celui qu'on met pour ne pas déranger.

Elle enfila le blouson trop grand. Elle grimaça, mais ne se plaignit pas.

Elle prit le casque.

— Tu veux de l'aide ?

Elle hésita, puis hocha la tête.

Je m'approchai doucement. Quand je touchai les attaches, elle inspira fort, comme si elle se préparait à quelque chose de désagréable.

Elle gémit légèrement au passage du casque. Je m'arrêtai aussitôt.

— Ça va ?

— Oui... oui. Continuez. Ce n'est pas vous.

— On peut se tutoyer, si tu veux ?

— D'accord... merci, Syrius.

Son « merci » n'était pas une politesse. C'était une victoire.

— On va se passer du casque, je pense. Tu te souviens, juste les petits chemins... Pas de risque.

— D'accord.

Elle mit les gants.

Je lui expliquai comment monter. Elle m'écouta avec un sérieux presque solennel.

— Ça va aller, Syrius. Je ferai attention.

Je ris à sa réplique, c'était le monde à l'envers. Un brin trop protecteur, apparemment... je pris note.

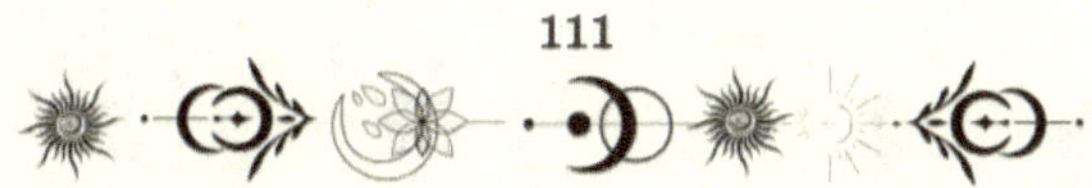

Elle monta avec application, malgré la douleur qu'elle ne montrait pas. Je respectai son silence.

Je démarrai. Elle hésita une seconde, puis se colla contre moi et accrocha ses mains à mes abdos. Ce n'était pas de la séduction. C'était de la confiance, offerte avec prudence.

Je pris le chemin de terre et roulai doucement.

— Ça te plaît ?

— Oui... c'est... différent.

Je tournai légèrement la tête pour lui parler, elle se rapprocha aussi.

— Tu... Tu peux aller plus vite ?

Je souris.

— Comme tu veux.

J'accélérai légèrement, le chemin était dégagé, pas de danger.

Je sentis son corps se détendre, son souffle changer.

Elle desserra ses mains, juste assez pour ne plus s'agripper comme à une bouée.

Pendant quinze minutes, elle ne fut ni une femme battue, ni une fugitive, ni un problème à résoudre. Juste quelqu'un qui découvrait que le monde pouvait aussi aller vite... et être beau.

Je garai la moto un peu à l'écart, à l'abri des regards.

Elle descendit lentement, avec cette prudence qui disait plus que ses grimaces.

— Alors, tu adoptes ce moyen de transport ?

Son visage s'éclaira aussitôt.

— J'adore !

Puis, plus bas :

— Tu pourras m'emmener sur la route un jour ? Quand je marcherai sans faire semblant que tout va bien.

Son sourire tremblait un peu, mais il était vrai.

— Avec plaisir. On fera ça quand tu iras mieux.

Je repris un ton plus sérieux, sans réfléchir assez.

— Je dois quand même régler mes dossiers pour pouvoir m'occuper de toi.

Je vis son visage se refermer. Pas de colère.

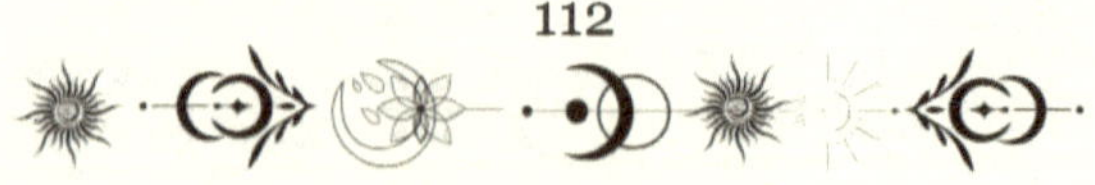

De la honte.

— Hey, Megan ! Non, je me suis mal exprimé.

— Je suis vraiment désolée de te déranger, Nana est si gentille. Elle t'a obligé à venir, hein ?

Envolée, sa bonne humeur, je l'avais ramenée un peu brusquement à la réalité.

— Non, enfin oui, un peu. Mais ce n'est pas la première fois, et ça ne me gêne pas. Et ce que tu as découvert… C'est important ! Je ne peux pas abandonner. Laisse tomber, je suis nul, parfois.

— Seulement parfois ? fit-elle en riant.

Bon, j'avais récupéré ma bourde, il était préférable que je n'ouvre plus la bouche pendant un moment. J'aimais bien cette femme.

Chapitre 13

Megan

Le fils de Nana était… différent de ce que j'avais imaginé.

Froid, au premier regard. Tranchant, même. Quand il m'avait vue, son expression m'avait donné envie de disparaître. Pas parce qu'il était mauvais, mais parce que je savais à quoi je ressemblais. Cédric ne m'avait pas ratée.

Quand je m'étais regardée dans le miroir, j'avais eu du mal à me reconnaître. On aurait dit que quelqu'un d'autre avait pris ma place. J'avais eu envie de me cacher devant Syrius. De baisser les yeux. De m'excuser d'exister comme ça. Mais je m'étais retenue.

Non, je n'avais pas à avoir honte. Ce n'était pas moi, le problème. Ce n'était pas mon corps, ni mes bleus, ni mes silences. C'était lui !

Mon mari.

Ce salopard.

Ce sadique.

Je ne savais pas encore comment. Je ne savais pas encore quand. Mais il paierait. Pour ce qu'il m'avait fait. Pour ce qu'il avait fait aux autres.

Je descendis de la moto avec précaution. Elle était haute, trop haute pour mon corps cabossé. Chaque mouvement tirait quelque part. Je grimaçai, mais je ne m'arrêtai pas.

Parce que je l'avais fait.

J'étais montée. J'avais tenu. J'avais osé.

Le vent sur mon visage... La vitesse... Le bruit du moteur sous moi...

Pendant quelques minutes, je n'étais pas une femme battue. Je n'étais pas une victime. J'étais quelqu'un qui allait vite, quelqu'un qui avançait.

J'en avais presque ri, là-haut, serrée contre Syrius. Pas de peur,pas vraiment. Juste cette impression étrange que le monde pouvait encore être grand.

Un jour, je conduirais la mienne. Un jour, je n'aurais plus besoin de m'accrocher pour ne pas tomber.

Mais le présent me rattrapa doucement.

La douleur.

Les dossiers.

La fuite.

La peur qui n'était jamais loin.

Je relevai la tête. J'avais aimé cette parenthèse. Mais je n'avais pas le droit de m'y perdre. Pas encore.

— Alors cette promenade, Megan ? Ça t'a plu ?

— C'était... incroyable, Nana. Tu pars ?

— Je vais aller chercher des cartons pour pouvoir ranger tout cela, et vérifier que tout se passe bien à la boulangerie. J'ai appelé Égédias, il sera là vers dix-neuf heures.

J'allais être seule... avec lui ?

— Tu veux que je m'en occupe, maman ?

— Non, je préfère te savoir près de Megan. On n'est jamais assez prudent. Je serai de retour pour déjeuner avec vous.

— Je nous cuisinerai quelque chose, proposai-je immédiatement.

— Ne te complique pas la vie, Megan. Tu fais simple, me dit Nana.

Bien sûr, ils se mettaient en quatre pour moi et j'allais juste leur faire des sandwichs... Je ne répondis pas à Nana

et je rentrai. Je fis un état rapide de mon réfrigérateur et du congélateur. J'avais congelé de la ratatouille trois semaines plus tôt, je n'avais qu'à la faire réchauffer. Il me restait du thon rouge, au barbecue, ce serait parfait. Tout cela n'allait pas me prendre trop de temps et nous allions manger correctement. Je mis tout en route et entendis Nana partir. Syrius était toujours à l'extérieur, au téléphone apparemment. Je me surpris à tendre l'oreille, il devait parler boulot.

Non, tu donnes ce dossier à Gaspard... Mais oui, il sait de quoi il retourne... Non, je n'ai pas à t'expliquer ce qui se passe... Rappelle-moi, Cécilia, c'est qui le patron ?... Oui, parfaitement !... (rires)... Je t'adore, je ne pourrais rien faire sans toi... Hé ! Que ça ne te monte pas à la tête, non plus !... Oui... Je regarde tout ça cet après-midi, je viendrai ce soir pour que l'on fasse le point... Quoi, ta vie privée, je ne suis pas le seul homme de ta vie ?... Je suis déçu... C'est ça, à ce soir !

Il raccrocha.

À sa voix, j'avais compris qu'il aimait bien cette Cécilia. Peut-être trop. Je ne savais même pas pourquoi ça me serrait un peu la poitrine.

Je restai pourtant là, cachée derrière le rideau, à l'observer.

C'était idiot. Dangereux, même.

Il était beau, oui. Pas "beau de magazine". Beau comme quelqu'un qui prend de la place sans s'excuser. Métissé, grand ... trop grand pour moi qui avais appris à me faire petite.

Ses épaules larges, sa façon de bouger comme s'il n'avait rien à craindre. Et ses cheveux... ses dreadlocks châtains qui encadraient son visage et faisaient ressortir ses yeux vert pâle. Des yeux qui regardaient droit, sans calculer.

Je me surpris à détailler ses mains. Ses bras. La façon dont sa bouche se plissait quand il écoutait.

Je m'arrêtai net.

Qu'est-ce que tu fais, Megan ?

Je reculai d'un pas, comme si j'avais été prise en faute.

Regarder un homme comme ça, c'était... dangereux. Ça avait toujours été dangereux.

Je quittai la fenêtre et retournai au bureau, le cœur un peu trop rapide. Je me forçai à me replonger dans les dossiers. Les mots dansaient.

Comme pour me rappeler que je n'avais pas le droit de penser à autre chose, la porte s'ouvrit.

Il entra, un sac à la main.

— Ça t'ennuie si je m'installe ici, ou sur la table de la cuisine pour travailler ?

— Non, bien sûr. Mets-toi où tu veux.

— Merci.

Il fit demi-tour, apparemment, la cuisine lui convenait mieux. Avec le bazar qu'il y avait sur le bureau, ce n'était pas très étonnant.

Il revint deux minutes plus tard.

— Je n'arrive pas à trouver ton réseau Internet, tu peux me le donner ainsi que ton mot de passe ?

— Mon quoi ?

— Ton Wi-Fi. Pour me connecter avec mon ordi.

— Oh... je suis désolée, Syrius, mais on n'a pas Internet.

Je haussai légèrement les épaules.

— On n'a même pas la télé.

J'avais compris ce qu'était Internet grâce à Nana, tout le monde s'en servait d'après elle.

Il me regarda comme si je venais de lui dire que je vivais sans eau.

— Pas... de télé non plus ?

— Non. Mais j'ai une chaîne hi-fi, dans le salon. Pour la musique.

Il resta silencieux une seconde, puis souffla :

— Punaise...

Je sentis monter une gêne que je connaissais trop bien.

— Je suis désolée, tu ne vas peut-être pas pouvoir travailler...

— Si, si, je ferai un partage de connexion avec mon téléphone.

Puis son regard changea.

— Tu as dit : pas de télé, pas d'Internet.

Il serra un peu la mâchoire.

— Ton mari t'empêchait de savoir ce qui se passait dehors. C'est du contrôle, ça. Du vrai.

Même en sachant qu'il ne m'en voulait pas, mon corps réagit avant ma tête.

Mes épaules se crispèrent. Mon ventre se serra.

Quand un homme se mettait en colère, je ne pouvais pas m'empêcher d'avoir peur.

— J'ai… j'ai jamais trop réfléchi à ça, murmurai-je.

— J'ai hâte de le rencontrer, lâcha-t-il d'une voix sombre.

Je frissonnai. Pas à cause de lui. À cause de ce que ces mots réveillaient.

Il me regarda, comme s'il voulait dire quelque chose, puis se ravisa.

— Je retourne travailler.

— D'accord.

Je le regardai s'éloigner, avec l'impression tenace qu'un non-dit venait de s'installer entre nous.

Je me replongeai dans les dossiers.

Aujourd'hui, il y avait plus urgent que de comprendre les hommes : comprendre comment sortir de tout ça.

Nana revint à midi. J'avais effectué quelques allers-retours entre le bureau et la cuisine afin de m'assurer que la ratatouille mitonnait doucement. Syrius s'était, en fait, installé sur la table du salon, il n'avait pas bougé ni parlé depuis.

— Hum… ça sent bon, Megan. Qu'as-tu donc préparé ? Je n'avais pas dit simple ?

— Oh, mais c'est simple. C'est une ratatouille que j'avais congelée. Je vais m'occuper du barbecue pour le thon et nous pourrons déjeuner.

— Parfait, j'emporte ces cartons dans le bureau. Syrius ?… Syrius !

Il finit par relever la tête.

— Oui, maman ?

— Peut-être pourrais-tu donner un coup de main à Megan, pour le barbecue ?

— Non, non, c'est bon ! Ne te dérange pas, je maîtrise parfaitement. Continue de travailler !

Je me dépêchai de sortir ne voulant pas lui ajouter davantage d'obligations. Nana lui en demandait trop. Il ne me connaissait même pas, et il prenait sur son temps de travail pour me protéger. J'avais bien conscience qu'il ne le faisait que pour faire plaisir à Nana, ou par peur ... Elle pouvait être effrayante. Je n'aimais pas l'idée d'être à nouveau redevable, et encore moins à un homme. Ça allait nécessiter un certain délai, mais j'allais devenir une femme indépendante, forte. Comme les héroïnes des livres que je lisais.

Syrius ne me rejoignit pas et cela m'arrangea. Je mis la table à l'extérieur, il faisait beau, autant en profiter. Le repas fut assez silencieux. Chacun semblait dans ses pensées. Syrius me donna un coup de main pour débarrasser, j'eus du mal à ne pas lui dire de rester assis, l'habitude... L'après-midi fut studieux, Nana et moi classâmes petit à petit les dossiers, en notant le plus d'informations possible. Nous lisions les fiches en diagonale afin de les ranger, il y en avait tellement qu'il allait nous falloir du temps pour tout consulter. Nana voulait que je quitte la maison dès le lendemain matin, par précaution. Si cela n'avait tenu qu'à moi, j'aurais tout jeté dans une voiture en vrac et j'aurais disparu. Plus l'après-midi avançait, plus je me sentais fébrile. J'avais peur que Béatrice passe ou que Cédric décide de me faire une surprise. Même en sachant que Nana était une sorcière et, malgré la présence de Syrius, qui devait certainement posséder aussi des pouvoirs, je n'étais pas tranquille.

Il était dix-huit heures lorsque j'entendis quelqu'un tenter d'ouvrir, puis frapper à la porte. Béatrice ? J'avais fermé à clef afin d'éviter qu'elle ne rentre comme si elle était chez elle.

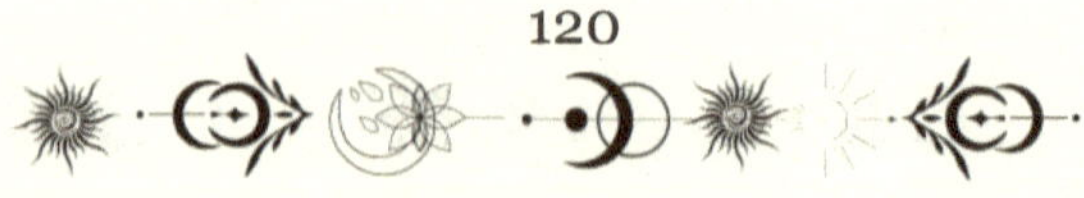

— Va, me dit Nana.

Syrius hocha juste la tête quand je me préparai à ouvrir.

— Eh bien, tu en as mis du temps ! Depuis quand tu t'enfermes ? Qu'as-tu été raconter à Cédric, espèce de salope ? Regarde ce qu'il m'a fait à cause de toi !

Elle me montra sa joue, sa pommette était marquée. J'en fus bizarrement désolée pour elle. Aucune femme ne méritait ça. Elle n'avait toujours pas aperçu Syrius, accroupi et caché par le dos du canapé.

— Cet idiot croit que je suis jalouse de toi, quel con ! Aucun individu ne pourrait être envieux de toi. Quand on voit à quoi tu ressembles ! Si Cédric n'avait pas d'aussi gros besoins, cela ferait longtemps qu'il ne te toucherait plus !

Je m'étais reculée afin d'éviter qu'elle ne me frappe. Je ne me laisserais pas faire, de toute façon. Elle déversa un torrent d'insanités diverses et variées, m'attaquant sur mon physique, sur mon absence de caractère. Je la laissai pérorer et pris quelques minutes pour l'observer. Je savais à quoi je ressemblais, ce qu'elle disait ne me touchait pas. Quant à ma personnalité, je sentais au plus profond de moi qu'elle n'aspirait qu'à se révéler. Pourquoi était-elle ici ? Mon manque de réaction finit par la faire réfléchir.

— Et tu ne réponds rien ? Tu as perdu l'usage de la parole ?

— Pourquoi es-tu là, Béatrice ? Il s'est déjà lassé de toi ? Que penses-tu qu'il dira quand je lui annoncerai que tu es venue malgré son interdiction ?

— Oh, mais tu ne lui diras rien, ma petite. J'ai prévu le coup cette fois-ci !

Elle sortit une seringue de son sac et la planta dans mon bras. Je hurlai. Je n'avais pas pris assez de précautions, cette femme était aussi dingue que mon mari.

Je reculai d'un pas, le cœur affolé. Béatrice positionna son pouce pour appuyer...

Alors Syrius se leva d'un bond. Il lança une poudre dans l'air. Tout se figea.

Béatrice resta immobile, les yeux écarquillés, la bouche ouverte. Et moi aussi.

Au début, je crus que c'était seulement le choc. Puis j'essayai de bouger.

Rien.

Je voulus lever la main. Impossible. Parler. Impossible. Même respirer me sembla soudain trop difficile. Ce n'était pas comme être tenue. C'était pire. Mon corps était là... mais il n'était plus à moi. La panique monta, lente et violente à la fois. Pas une peur nette. Une marée.

Non... pas ça...

Je sentis mon cœur battre trop fort dans une cage qui ne répondait plus.

Je voulais crier que je ne comprenais pas, que j'avais besoin de bouger, même d'un millimètre. Mes yeux brûlaient.

— Qu'est-ce qui se passe... ?

Je ne savais pas si ma voix était sortie ou si je l'avais juste pensée.

— Je te libère tout de suite, Megan.

La voix de Syrius arriva jusqu'à moi, mais elle ne me calma pas tout de suite. Parce que même sauvé, un corps immobile reste une prison.

Il lança de nouveau cette poudre sur moi. D'un coup, tout revint. Mes jambes faillirent céder. Je respirai trop vite, trop fort. Mes mains se refermèrent sur moi comme pour vérifier que j'existais encore. Je ne pleurai pas. Je luttais encore contre la peur d'être enfermée dans ma propre peau.

Nana arriva en courant.

— Bien joué, Syrius ! Ne bouge pas, Pitchoune. Je te retire cette seringue. J'aimerais savoir ce qu'il y a dedans. On va le lui demander, ajouta-t-elle en regardant Béatrice.

Cette dernière était terrorisée, cela se voyait dans ses yeux. Bizarrement, cela me calma. Avait-elle voulu me tuer ? Était-elle folle à ce point ? Je me tournai vers mon sauveur.

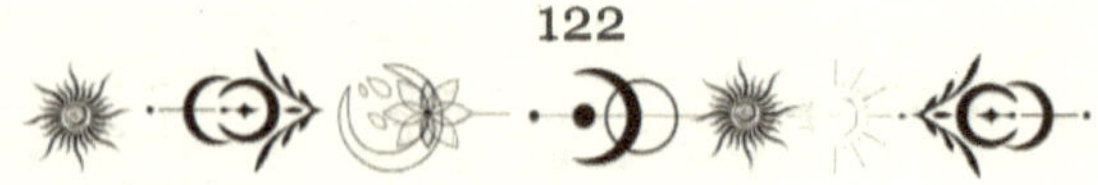

— C'est quoi cette poudre ?

— Le b-a-ba du petit sorcier, ma chère. J'en ai toujours sur moi, c'est pratique comme tu as pu le constater. Ça te fige immédiatement.

— Elle ne pouvait plus s'exprimer non plus…

— C'est parce qu'elle est une mortelle.

— Mais… moi aussi.

Il échangea un regard avec Nana.

— On en reparlera, Megan. Mais je pense que tu as un lien de sang avec un surnaturel, au minimum, dit-il.

Nana avait aussi dit ça… J'encaissai la nouvelle. Je ne serais donc pas simplement humaine. Moi aussi, j'aurais une particularité… mais laquelle ?

— À nous deux, ma jolie.

Il fit tomber un peu de poudre près de sa gorge, Béatrice déglutit.

— Vous êtes qui ?

Je serrai les dents. Même immobilisée, elle trouvait encore le moyen d'être arrogante.

— Oh, tu crois que c'est toi qui poses les questions ? fit Syrius. Qu'y a-t-il dans cette seringue ?

— Je ne vous dirai rien, espèce de dégénérés !

Je la regardais parler, et je ne comprenais pas comment quelqu'un pouvait encore cracher autant de venin.

— Mais c'est qu'elle est charmante ! Peut-être devrais-je te l'injecter afin de voir qu'elle est le résultat ? Qu'en dis-tu ?

Nana se rapprocha, semblant prête à le lui administrer. Béatrice écarquilla les yeux.

— Non ! Ne faites pas ça !

— Parle, ordonna Syrius

— C'est… c'est du poison. Ça lui aurait provoqué une crise cardiaque.

Le monde sembla vaciller autour de moi. Elle souhaitait ma mort.

Pas pour se défendre.

Pas par accident.

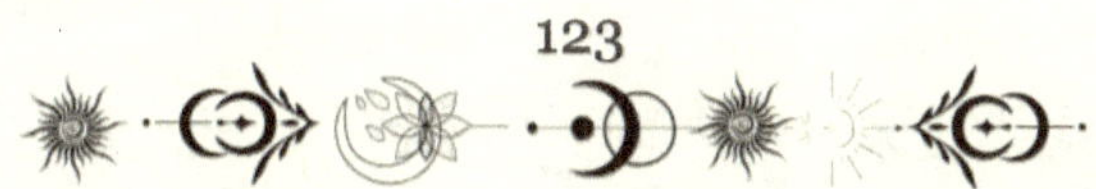

Pour me supprimer..

— Tu comptais vraiment la tuer ? demanda Syrius.

— Il m'a frappée !cria-t-elle. Il a levé la main sur moi, dans le but de me faire du mal.

Sa voix tremblait, mais ses yeux restaient durs.

— Tant que c'était un jeu et que j'y trouvais du plaisir, ça allait. Mais là, il a dépassé les bornes. Sa mort l'aurait mis dans la merde !

Je sentis une colère froide me traverser. Elle parlait de “jeux”. Moi, je parlais de survie.

— Tu voulais te venger en t'en prenant à elle ? Elle n'y est pour rien ! lança Syrius.

— Elle m'a tout pris ! Il m'a jetée à cause d'elle ! Il disait que ce qu'il lui faisait était bien meilleur que ce que je pourrais jamais lui donner ! Personne ne me quitte. Personne !

Je la regardais hurler et je me sentais étrangement vide. Comme si tout ça était trop grand pour mon corps déjà trop fatigué.

— En quoi sa mort t'aurait aidée ? demanda Nana. Qu'est-ce que ça lui aurait fait à lui ?

Béatrice détourna les yeux. Elle se ferma. Je sus qu'elle ne parlerait plus. Je me laissai tomber sur le canapé. J'étais passée à un souffle de ne plus exister.

Nana arriva avec un verre d'eau.

— Bois, Pitchoune. Dommage qu'il n'y ait pas un truc fort ici.

Je pris une gorgée. Mes mains tremblaient. Elle s'assit près de moi et me passa un bras autour des épaules.

— Elle ne pourra plus t'approcher.

Je voulus la croire.

— Elle a intérêt à coopérer, ajouta Syrius sans la quitter des yeux. Sinon... tant pis pour elle.

Béatrice avait entendu. Elle ne broncha pas. Moi, si.

— Excusez-moi.

Je me levai, doucement, pour ne pas tomber. J'avais besoin d'air. De silence. De quelques minutes sans peur, sans cris, sans homme en colère.

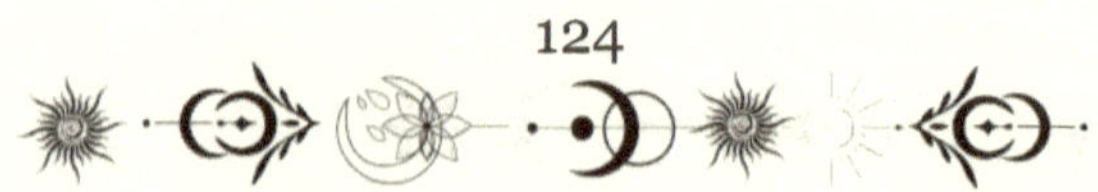

Juste moi, encore vivante.

Je m'enfermai dans la salle de bain et fis couler l'eau. Je me penchai au-dessus du lavabo, m'aspergeai le visage. Le froid me coupa le souffle. Mes larmes se mêlèrent à l'eau, brouillant tout. Pendant une seconde, je me dis que tout ça n'était pas réel. Que j'allais me réveiller. Que Cédric serait là, gentil, comme au début. Que je lui raconterais ce cauchemar et qu'il rirait en disant que j'avais trop d'imagination.

Oui. C'était forcément ça.

On frappa à la porte.

— Megan, ça va ?

Syrius.

Je me pinçai le bras. Ça fit mal. Toujours là.

— Megan, ouvre-moi, s'il te plaît.

— Non !

Ma voix était plus forte que ce que je voulais.

— Pourquoi ? Tu te sens mal ? Ton cœur bat bizarrement ?

La seringue. Le poison. Tout me revint d'un coup.

— Non, ça va ! Laisse-moi tranquille, Syrius. J'ai juste besoin d'être seule !

— Pas avant que je n'aie vérifié que tu vas bien !

Ces mots-là... Ils sonnèrent comme d'autres, trop anciens, trop connus. Je sentis quelque chose se tendre en moi. Pas de la peur. De la colère.

Je tirai la porte d'un coup sec et l'ouvris violemment. Il sursauta.

— Voilà ! Tu m'as vue ! Je suis vivante ! Je respire ! Je ne suis pas en train de mourir !

Ma voix tremblait, mais elle tenait.

— Tu peux arrêter de décider à ma place maintenant ?

Il resta figé.

— Tu pleures...

Je passai la main sur mes joues, agacée.

— Oui, je pleure. Et alors ? J'ai failli mourir, j'ai eu peur, j'ai encore peur... j'ai le droit, non ?

Ma gorge se serra, mais je continuai.

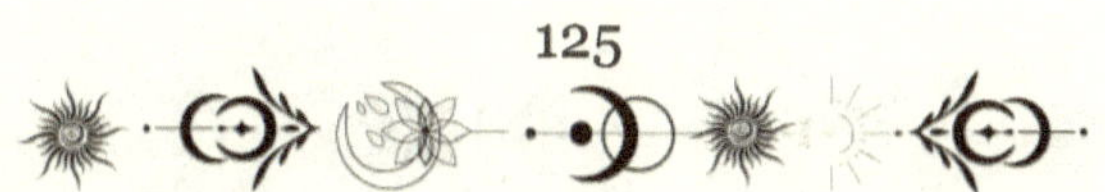

— J'ai passé des années à faire semblant que tout allait bien. Alors ne me demande pas d'aller bien tout de suite pour te rassurer, toi.

Il fit un pas vers moi, puis s'arrêta.

— Je peux m'approcher ?

Je le regardai. Grand. Fort. Inquiet. Mais il ne bougeait plus. Il attendait. Pas comme quelqu'un qui prend, mais comme quelqu'un qui demande. Pour la première fois depuis longtemps, on me demandait vraiment.

— Peut-être… mais pas parce que tu le veux.

Je respirai profondément.

— Parce que moi, j'en ai envie.

Il hocha la tête, lentement.

— Ça fait beaucoup d'un coup, dit-il doucement. On va t'aider, Megan. Tu n'es pas seule.

Je ne répondis pas tout de suite.

Mais je ne refermai pas la porte.

Chapitre 14

Nana

La petite s'était éclipsée. J'avais peur qu'elle ne craque définitivement. Mon fils m'étonna en décidant de la suivre. Je le laissai faire. Je voulais profiter de l'absence de Megan pour m'occuper un peu plus de cette femme. Elle était toujours immobilisée, et muette. Il allait falloir que je lui donne envie de me parler. Ce n'était pas un problème.

— Bien ! Maintenant que nous sommes seules toutes les deux, nous pouvons discuter. Tu vas commencer par répondre à la question que mon fils t'a posée.

Elle me défia du regard. Pensait-elle que j'étais une gentille ? Elle allait vite déchanter. Je laissais tomber le masque et me rapprochai. Oui, ma petite, tu as raison d'avoir peur...

Si elle avait pu reculer, elle l'aurait, sans aucun doute, fait.

— Il semblerait que tu affectionnes la souffrance, ma jolie. Mais sois certaine que tu n'aimeras pas ce que je vais te faire si tu ne réponds pas à mes questions...

Elle déglutit difficilement, mais campa sur ses positions. Parfait, nous allions pouvoir nous amuser. Je lui offris mon plus beau sourire, et jetai un peu de poudre sur ses jambes, lui permettant ainsi de marcher. Je la poussai vers le bureau. Inutile que Megan soit témoin de ça, elle était suffisamment traumatisée. Elle sembla paniquer en voyant les portes du placard grandes ouvertes, et les dossiers consultés. J'attrapai mon sac à potions en passant, quelle bonne idée j'avais eue de le ramener. Je l'immobilisai de nouveau, je n'avais pas envie de me fatiguer. Je fouillai dans mon sac. Parfait, je l'avais bien prise ! Je sortis le pot contenant une crème un peu particulière. Elle attaquait les nerfs à l'endroit où vous l'appliquiez. Un vrai plaisir ! J'attrapai un gant et un peu de pommade.

— Tu es certaine que tu ne veux pas me parler ? lui demandai-je une dernière fois par bonté d'âme.

— Non !

— Tant pis pour toi !

Je lui appliquai une pointe de crème sur le poignet gauche pour commencer. Son visage changea rapidement de couleur, elle se mit à gémir. Elle se mordit les lèvres, mais ne dit rien. Parfait, une tenace, j'adorais ça. J'étalai un peu plus de crème sur toute sa main.

— Tu as vu comme je suis gentille, je te laisse celle de droite dans l'immédiat.

Elle tenta de se retenir de hurler, mais finit par le faire. La douleur était trop importante. Il était impossible pour une humaine de la combattre, quelle que soit sa force mentale. Je lui jetai un peu de poudre sur la gorge afin qu'elle ne dérange pas ma protégée. J'attendis une minute, puis deux. Plus je patientais, plus l'inflammation augmentait. Je jetai la poudre sur sa main gauche, stoppant ainsi le processus. De belles larmes coulaient le long de ses joues, je souris. Elle était venue dans l'idée de tuer mon amie, elle participait à des expériences traumatisantes, elle ne méritait pas ma pitié.

— Alors ? Pourquoi aurait-il eu des ennuis si Megan était morte ?

— Notre patronne veut qu'elle reste en vie... et ne me demandez pas pourquoi, je n'en sais rien... Ce n'est pas moi qui traite avec elle, c'est Cédric.

— Que peux-tu me dire sur elle ?

— Rien, je ne l'ai jamais vue. Je l'ai de temps en temps au téléphone. Je dois lui faire des comptes-rendus de ce qui se passe, c'est tout.

— Tu as donc ses coordonnées ?

— Même pas, c'est un homme qui m'appelle et son numéro est masqué à chaque fois. Vous pouvez regarder sur mon portable si vous ne me croyez pas, ajouta-t-elle rapidement comme je me rapprochai avec la crème.

— Pourquoi faites-vous ces expériences ?

— Je ne sais pas.

Je plaçai un doigt dans la pommade. Elle craqua.

— Elle ne nous a jamais dit pourquoi, mais nous nous doutons qu'elle se constitue une armée, une milice, un truc dans ce genre.

— Comment ?

— Vous avez visiblement consulté les dossiers de Cédric, vous savez donc comment.

— Comment avez-vous fait pour que des femmes humaines mettent au monde des métamorphes ?

— Elles ont un gène spécifique. Nous l'avons isolé. Nous payons grassement des laboratoires pour qu'ils nous fournissent les coordonnées des personnes qui l'ont.

— Quel est votre intérêt dans tout cela ?

— Le fric, bien sûr ! Que pensez-vous que ce soit d'autre !

Je la regardai plus attentivement, il n'y avait pas que ça. J'approchai mon doigt plein de crème de son poignet droit.

— Non, non ! Nous cherchons un virus capable d'éradiquer les garous.

— Pourquoi les garous ?

— Ce sont des bêtes ! Ce sont aussi les plus nombreux parmi les surnaturels. Et puis, nous devons bien commencer par quelqu'un, répondit-elle, sarcastique.

Je me reculai et remis la pommade dans mon pot. Je lui jetai à nouveau de la poudre afin qu'elle ne puisse plus

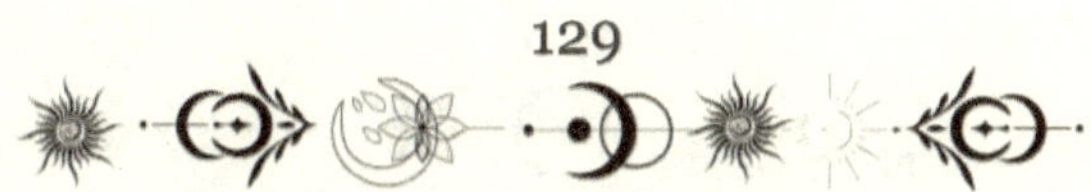

parler et sortis du bureau. Il fallait que je discute avec Syrius.

Ils n'étaient pas dans le salon, je partis voir dans la chambre. La surprise fut de taille quand je découvris mon fils surveillant Megan, en train de dormir. Il se leva doucement et je sortis avec lui sur mes talons.

— Tu me fais quoi, là ?

— Elle a craqué. Que voulais-tu que je fasse ? Que je la laisse pleurer toutes les larmes de son corps et que je me casse ? Je lui ai fait un de mes tours de passe-passe pour qu'elle se calme et qu'elle dorme. Elle a les nerfs à vif.

— Elle est fragile, tu dois garder tes distances !

— Putain, maman ! Je la réconfortais, c'est tout.

Je lui envoyai une petite décharge de pouvoir.

— Tu me parles correctement, ce n'est pas parce que tu es devenu grand sorcier que tu peux me manquer de respect.

— C'est toi qui m'as appelé, je te rappelle. Si tu ne voulais pas que je m'occupe d'elle, il ne fallait pas me contacter.

Il faisait exprès de ne pas comprendre, j'en étais certaine.

— Syrius, je n'avais pas d'autres choix. À part celui de l'abandonner à son sort et ça, c'était hors de question. Tu n'as pas vu ce qu'il lui a fait. J'ai soigné ses blessures et je ne te parle que de celles qui sont visibles. J'apprécie que tu sois attentif, mais il ne faudrait pas qu'elle s'attache trop à toi.

— Tu crois qu'elle pourrait confondre ma gentillesse avec autre chose... Elle est attirante, je ne dis pas le contraire.

L'idée n'avait pas l'air de lui déplaire, il ne manquait plus que ça.

— Nous ne savons pas qui elle est et ce qu'elle est. Ne va pas ajouter des problèmes à ceux que nous avons déjà !

J'entendis une portière claquer à l'extérieur. Syrius alla rapidement à la fenêtre.

— C'est Égédias !

Il ouvrit la porte d'entrée et partit à la rencontre de son frère. La discussion n'était pas close, j'allais devoir veiller à ce que tout ne dérape pas. Je soupirai et sortis retrouver mes fils.

Ils étaient contents de se revoir, je savais que ça n'allait pas forcément durer. Ces deux-là s'aimaient, mais avaient du mal à rester ensemble trop longtemps. Et puis Égédias tenait plus de son père que de moi. Son ascendance elfe était plus que visible. Il était plus androgyne, moins musclé que son frère, ses cheveux étaient fins aussi. Il les gardait longs et tressés car il était fier de sa lignée. Syrius, ayant accédé à un poste élevé dans notre communauté, tentait plus de s'en cacher. J'étais certaine que Megan n'avait pas fait attention à ses oreilles légèrement pointues. Elle n'allait pas pouvoir louper celles d'Égédias.

— Comment va la plus parfaite des mamans ? me lança-t-il.

— Elle est très heureuse de voir ses fils répondre présents quand elle les appelle à l'aide.

— Tu sais bien que tu peux compter sur nous, me dit-il en me serrant dans ses bras.

— Je n'en doutais pas, c'est d'ailleurs pour ça que je l'ai fait. Ça ne t'a pas posé de problèmes ?

— Mais non, j'ai géré. Tu m'en dis plus, c'est qui cette fille ?

— Une femme adorable, qui ne sait pas qui elle est réellement et qui est maltraitée depuis des années.

— Et en quoi cela nous concerne ?

— Je vais t'expliquer.

Je passai les dix minutes suivantes à lui donner un aperçu de la vie de Megan, ainsi que de nos dernières découvertes.

— Quelqu'un veut qu'elle reste vivante, donc... Intéressant, ajouta Syrius.

— Cela signifie qu'elle est importante, où est-elle ? me demanda Égédias.

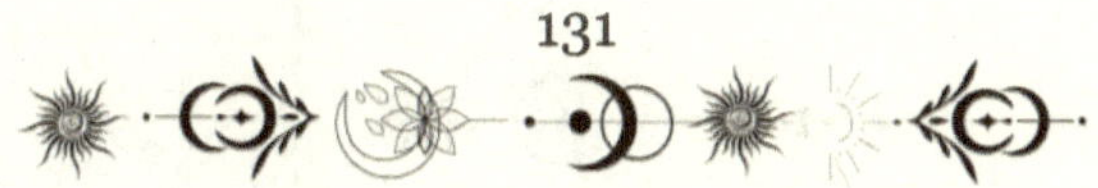

— Ton frère lui a chanté une berceuse, elle se repose. D'ailleurs, je dois lui préparer une autre potion pour qu'elle se remette plus vite.

— Depuis quand tu chantes, toi ? lança Égédias, surpris.

— Maman plaisante ! Je n'ai rien fait de ce genre. Je l'ai juste réconfortée. Bon, qu'est-ce qu'on fait de la maîtresse ? On la supprime ?

— Non, elle peut encore servir. Mais je ne veux plus la cuisiner ici. Megan a l'âme pure, j'aimerais qu'elle la garde. Elle a assez subi.

Égédias me regarda bizarrement.

— Elle t'a vraiment touchée, cette femme, pour que tu réagisses comme ça. J'ai hâte de la rencontrer.

— Par pitié, ne fais pas le joli cœur auprès d'elle, c'est tout ce que je te demande !

— Pour qui me prends-tu ? Je n'y suis pour rien si elles craquent toutes !

— J'aurais dû solliciter Nathaniel, j'aurais été plus tranquille, dis-je.

— Ah ça, c'est sûr. Pas de risque de rapprochement avec la demoiselle, mais pour ce qui était de la protection… plus limitée aussi !

— Égédias !

— Ben quoi, c'est vrai. Il est encore jeune, c'est normal.

Je savais bien pourquoi je ne l'avais pas contacté pour cette nuit, mais j'espérais que mes nigauds de fils allaient bien se conduire.

— Bon, ce n'est pas que je ne vous aime pas, mais je vais profiter de l'arrivée de mon petit frère pour aller travailler.

— Tu rejoins Cécilia ? Comment va ta partenaire de choc ? Toujours folle de toi ?

— Cécilia n'est absolument pas folle de moi, comme tu dis. C'est une amie, une très bonne amie. Et nous n'avons pas ce genre de rapports.

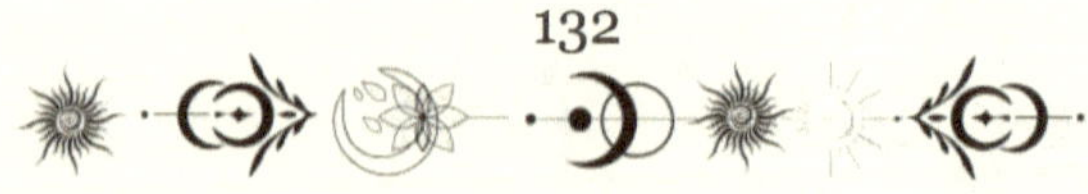

— Mouais... ça ne veut pas dire qu'elle ne dirait pas non. Tu es naïf des fois... c'est marrant.

— Les garçons, ça suffit. Ce n'est pas le moment ! Vas-y, Syrius. Tu seras là demain matin ? 11 heures ?

— C'est noté. Euh, tu m'excuseras auprès de Megan ?

— Oui ! Tu me parles bien du fait d'être parti alors qu'elle dormait ?

— Bien sûr. De quoi d'autre devrais-je m'excuser ? me demanda-t-il, surpris.

Je voyais le mal là où il ne l'était pas, apparemment.

— Non, rien... une idée stupide. Sois prudent sur la route.

— Comme d'habitude.

J'invitai Égédias à me suivre à l'intérieur. Syrius mit quelques minutes à rassembler ses affaires puis partit.

— J'ai faim, tu as cuisiné quelque chose ?

— Les vieilles rengainent ne changent pas... Non, je n'ai rien préparé et tu vas attendre. Attrape donc un fruit !

— Un fruit ? Tu m'as bien regardé ?

— Je vais vous concocter quelque chose.

Megan s'était réveillée. Mon fils ne put cacher sa surprise, puis sa peine en la regardant. Il se reprit aussitôt et se présenta.

— Megan, je suppose. Je suis Égédias, enchanté de faire votre connaissance, lui dit-il en tendant sa main.

— Enchanté Égédias, vous avez faim ? Je suis désolée, je me suis endormie... fit-elle en serrant sa main.

— Tu n'as pas à t'excuser, Megan. Nous aurions dû y penser et te laisser te reposer cet après-midi.

Elle regarda tout autour d'elle.

— Syrius n'est plus là ? Et qu'avez-vous fait de Béatrice ?

— Syrius est retourné travailler. Quant à Béatrice, elle est toujours immobilisée et muette dans le bureau. Je vais m'en occuper. Un coup de fil à passer, et je te prépare une autre potion pour accélérer ta guérison.

Elle hocha la tête et partit vers la cuisine. Égédias la suivit du regard, pensif.

Chapitre 15

Égédias

Je ne sais pas exactement à quoi je m'attendais, mais pas à elle. Elle était d'une finesse, presque elfique. Ses longs cheveux roux suivaient le moindre de ses mouvements alors qu'elle se dirigeait vers la cuisine. Elle avait des yeux verts absolument magnifiques, enfin je pouvais surtout en admirer un dans l'immédiat, l'autre était légèrement fermé. Elle avait un feu en elle, je le ressentais jusque dans mes tripes. Maman avait raison, elle était certainement une garou.

Je partis m'installer en face d'elle. Je saisis une planche à découper, elle me tendit un couteau, des oignons et des tomates. J'attrapai le tout et commençai à tout émincer.

— Que savez-vous de notre famille ?

— Pas grand-chose, je le crains. Si tu... Si vous avez des secrets, je comprendrai.

— Le « tu » me convient, s'il te va aussi ?

Elle hocha la tête en me faisant un sourire. Je ne pus m'empêcher de lui répondre.

— Bon, tu connais maman : sorcière de son état, d'un âge certain que je ne pourrais te révéler sous peine de souffrances atroces, maman de cinq enfants. Tu as la chance d'être en face du plus réussi, je tiens à te le signaler.

— Rien que ça ?

— Ben oui, tu as vu à quoi ressemble mon grand frère... franchement, il est moche... et bête, tu ne peux pas savoir à quel point...

— Ça ne m'a pas sauté aux yeux, mais si tu le dis, me répondit-elle en riant.

— Je tiens plus de mon père physiquement, c'est un elfe.

— Je croyais que Nana était veuve... oh, pardon.

— Non, elle déclare ça pour éviter d'expliquer son absence. Notre père a certaines responsabilités. Il a été avec nous pendant des années, mais nous savions qu'il allait devoir quitter notre mère pour assumer sa charge. Il était l'héritier des elfes, il en est le roi maintenant.

— Waouh ! Carrément ! Et toi, tu es le futur souverain de ton peuple ?

— Ça m'étonnerait. Je suis un métis, comme tu as pu le remarquer. Bien que sexy et d'une intelligence supérieure, je ne peux prétendre à la couronne.

— C'est triste. Tu vois ton père de temps en temps quand même ?

— Bien sûr. Je travaille même avec lui. Je suis son conseiller financier.

— Je suppose donc que tu aimes les chiffres et la stratégie ?

— J'adore !

— Et tes frères et sœurs ?

Je lui jetai un coup d'œil rapide, était-elle intéressée par toute ma fratrie ou plus par mon grand frère ? Je me morigénai à la vue de son visage. Elle devait être loin de ce type de considération, accepterait-elle seulement d'être proche d'un homme, un jour ?

— Alors que Syrius, que tu as eu le malheur de rencontrer, a pris du côté sorcier, lui. Il est, depuis peu, membre du conseil. De la chance, certainement, ajoutai-je pour la faire sourire de nouveau.

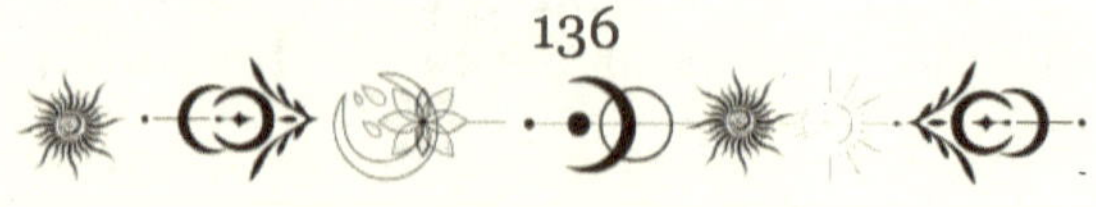

Je réussis parfaitement mon coup, un point de plus pour Égédias, yeh !

— En troisième position, tu as Sédiline. Elle est comme Syrius, plus magicienne qu'elfe. Elle est terrible. Tous mes amis hommes sont fous d'elle, mais ils en ont la trouille. C'est assez marrant. Après, nous avons Nathaniel, mon petit frère, toujours en études. Il ne sait pas encore de quel côté va pencher la balance côté pouvoirs... et Yzalinia, pareil.

— Eh bien, votre mère n'a pas dû s'ennuyer avec vous cinq. J'ai hâte de les rencontrer.

— Mouais, quand on sera tous ensemble dans la même maison, je ne suis pas certain que tu ne changeras pas d'avis... Nos réunions sont assez... explosives !

— Quelle chance tu as, d'avoir des frères et sœurs...

— Si ça se trouve, tu en as aussi...

— J'aimerais bien... ne plus être seule, ça doit être bien.

Je ne sus pas quoi répondre à ça. Nous continuâmes de préparer ce qui ressemblait de plus en plus à une moussaka.

— Ça te dérange si je mets de la musique ? lui demandai-je au bout d'un moment. Le silence me stresse.

— Tu veux que j'allume la chaîne ? fit-elle en me montrant une antique platine.

— Euh... non, j'ai mon téléphone, ça suffira. Tu as un style préféré ?

— Pas vraiment, j'écoute un peu toujours les mêmes choses...

— Tu apprécies quand ça bouge ?

— Mets ce que tu désires, je te dirai au fur et à mesure ce que j'aime.

— Super ! Et après, je te ferai ta playlist. Tu pourras l'écouter où que tu sois.

Je lançai Shaka Ponk, un de mes groupes préférés. Elle sembla aimer, elle remuait son corps sans s'en rendre compte, en continuant à cuisiner. Ma mère revint vers nous en nous annonçant qu'elle emmenait la femme en

lieu sûr. J'abandonnai Megan quelques minutes pour l'aider à la mettre dans la voiture.

— Tu restes près d'elle et tu fermes la porte à clef derrière moi.

— Maman, je n'ai plus cinq ans, tu sais. Je suis capable de la défendre.

— J'ai hâte de la sortir de cette maison. Sois sage en m'attendant. Ah ! Tiens !J'ai trouvé ça caché dans l'armoire.

Elle me tendit un sac dans lequel se trouvait une bouteille de porto.

— Commencez l'apéro sans moi, un petit verre ne lui fera pas de mal.

— Cool. Je m'occupe de ta protégée. Tu en as pour longtemps ?

— L'affaire d'une demi-heure. Deux amis font la route pour la récupérer à un quart d'heure d'ici.

— OK.

Je rejoignis Megan et lui proposai la boisson. Un peu hésitante, elle finit quand même par accepter.

— C'est bon.

— Vu que tu n'as pas l'habitude, je te conseille de le déguster doucement. Ça pourrait te monter à la tête.

Elle acquiesça et reposa son verre. Elle ne l'avait toujours pas terminé quand ma mère arriva. La soirée se déroula sans anicroche, autour d'un remarquable repas.

Au matin, mes muscles se révélèrent quelque peu fourbus d'avoir dû dormir dans le canapé. Mais le petit déjeuner préparé par mon hôtesse me mit, en un instant, dans d'excellentes dispositions. Nous avançâmes dans le rangement du bureau, vite rejoints par maman. Je commençai à charger les cartons dans le van qu'elle avait pris. J'entendis Syrius arriver de loin avec sa moto. Je consultai ma montre, il était en avance. Il se gara.

— Tu es bien matinal.

— Je me suis réveillé tôt, j'ai préféré venir vous donner un coup de main. Megan va bien ?

Je l'observai un peu plus attentivement. Il se préoccupait vraiment d'elle ? Étonnant ! Non pas que mon frère aîné n'avait pas de cœur, non. Mais son travail restait le plus important dans sa vie. Il répondait toujours présent pour nous, malgré tout.

— Elle a très bien dormi et la potion de maman a fait des merveilles. Son visage ne porte plus aucune marque et elle bouge sans grimacer.

— Bon, bonne nouvelle alors. Il y a encore des cartons à prendre ?

— Ouais.

Je le suivis dans la maison.

Megan, était en train de scotcher un carton. Au bruit de la porte, elle se retourna. Quand elle vit Syrius, quelque chose changea sur son visage. Rien de spectaculaire, un léger temps d'arrêt. Ce petit sourire qu'on ne commande pas. Elle rougit. Pas beaucoup, juste assez pour que je le voie. OK... visiblement, elle l'aimait bien.

Syrius, lui, s'arrêta net. Comme si un sort l'avait immobilisé.

— Bonjour, Syrius. On ne t'attendait pas si tôt, dit-elle.

— Je sais, je me suis levé à l'aube et j'ai fini rapidement ce que je devais régler.

Elle hocha la tête, visiblement contente sans trop vouloir le montrer.

— Tu as mangé ? Sinon, il reste des pancakes.

— Ils sont à tomber, Megan. Je me suis régalé, ajoutai-je.

— Tu es adorable, Égédias.

Elle me fit un grand sourire, franc. Syrius fronça légèrement les sourcils. Pas assez pour protester mais assez pour que je le remarque.

— J'ai déjà déjeuné, merci. Tu te sens mieux ? demanda-t-il.

— La potion de Nana a fait des merveilles. Je n'ai plus mal nulle part.

Il s'était rapproché sans s'en rendre compte. Ou peut-être que si. Il leva la main vers son visage, lentement, comme s'il lui laissait le temps de dire non.

Elle ne recula pas.

Ça, ça m'étonna.

— Tu n'as plus de marques, c'est bien

Il effleura sa joue sans vraiment la toucher. Elle se mordit la lèvre, troublée, puis recula d'un pas.

Là, ça devenait dangereux.

— Bon, on a encore du boulot, lançai-je. Tu viens, Syrius ?

Ils sursautèrent tous les deux. Comme deux ados pris en faute. Syrius recula aussitôt et partit vers le bureau. Megan se replongea dans son carton, trop appliquée pour être naturelle.

Je suivis Syrius et je fermai la porte.

— Tu me fais quoi, là ?

— Tu crois que ça va être pratique de faire des allers-retours avec les cartons dans les mains si tu fermes cette porte ?

— Syrius.

Il me regarda enfin

— Quoi ?

— C'était quoi cette scène avec Megan ? Tu lui fais du charme alors qu'elle tente de survivre à un cauchemar ?

— Je l'aime bien, c'est tout.

— Et la caresse sur la joue, les yeux dans les yeux ?

Il me lança un regard noir.

— En quoi cela te concerne ? Je ne fais rien de mal.

— Putain Syrius, tu n'as que l'embarras du choix. Megan, elle, a plein de choses à régler. Tu penses que tu l'aides en te comportant comme ça ? Elle est fragile !

— Je te trouve bien coléreux et impliqué pour une femme que tu viens de rencontrer.

— Moi aussi je l'aime bien. En plus, c'est une amie de maman. Elle est courageuse, généreuse et sensible. Nous sommes là pour la soutenir, pas pour lui apporter de nouvelles déceptions.

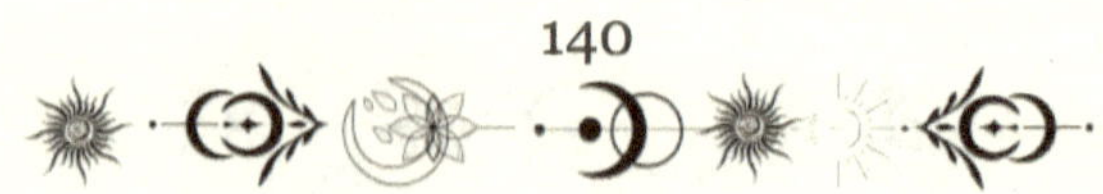

— OK, donc je serai une déception, merci pour le vote de confiance, petit frère, me répondit-il sarcastique.

— Je te connais, Syrius. Sa douleur t'attire. Sa force aussi. Mais si elle s'attache à toi et que tu repars pour ton boulot, ou pour une autre femme... elle tombera de plus haut.

— Waouh... C'est ça ton opinion sur moi ? Sache qu'elle n'est pas vulnérable, loin de là. Nous ne voyons pas les mêmes choses, toi et moi quand nous la regardons. Mais j'ai compris le message.

Il attrapa quelques cartons et les empila. J'ouvris la porte et le laissai passer. J'avais encore merdé dans ma communication. Quand parviendrai-je à discuter avec lui sans le vexer ? Maman sortit de la chambre d'à côté.

— Tout va bien ?

— Oui, pas de problème.

Je pris d'autres colis et suivis Syrius. J'allais devoir m'excuser auprès de lui. La matinée se déroula et onze heures arriva vite. Megan avait préparé une petite valise. Le bureau avait été rangé, les portes du placard bien fermées. Rien ne laissait supposer que les dossiers avaient disparu. Peut-être ne s'en rendrait-il même pas compte, trop occupé par l'absence de sa femme. Elle resta un moment devant la porte d'entrée, à regarder son univers une dernière fois.

— Ça va aller ?

— Ça ne peut qu'aller mieux, Égédias. J'abandonne ici un mensonge, j'abandonne la douleur.

Elle me fit signe de sortir et ferma à clef. Elle déposa cette même clef dans sa boite aux lettres. Le message était clair, c'était un adieu. Elle avait demandé à Syrius si elle pouvait faire le trajet avec lui. Mon frère avait eu la même idée, visiblement. Il avait apporté un autre casque, un blouson et des gants dans son top case. Il m'avait regardé quand elle l'avait sollicité, semblant attendre mon feu vert. Mes paroles avaient été entendues finalement. Je ne voulais pas empêcher Megan de profiter de petits bonheurs, je lui avais donc fait oui de la tête. Il avait gardé

un air tourmenté malgré tout. Megan, elle, avait le sourire aux lèvres. Sa joie de vivre faisait plaisir à voir. Je les observai se préparer et je me fis la réflexion qu'ils étaient beaux, tous les deux. Ma mère me surprit en me mettant la main sur l'épaule.

— Ne t'inquiète pas comme ça, ton frère va faire attention. Il me l'a promis.

Me parlait-elle du trajet ou de leur relation ?

— Ils vont bien ensemble, tu n'es pas d'accord ?

J'avais la réponse à ma question.

— Ne trouves-tu pas ça dangereux ?

— Pour Megan ? Elle est combative. Mais quand j'analyse le comportement de Syrius, je ne pense pas que nous pourrions y changer quelque chose... Allez, en route.

Je montai dans le van, ma mère prenant ma voiture. Je les perdis vite de vue, la moto me distançant rapidement. Quand je songeais que nous allions vivre les uns avec les autres pendant quelques jours, ça risquait de partir en cacahuète. Entre ma famille et les sentiments qui semblaient naître entre mon grand frère et Megan... J'espérais que tout le monde aurait à cœur de trouver la solution afin de sauver les autres femmes et de découvrir l'identité de la jeune femme.

Le trajet jusqu'à la maison de notre tante fut assez rapide, malgré le trafic. En arrivant, je constatai l'absence des deux motards. Je descendis du van, ma mère se gara derrière moi.

— Syrius a dû rallonger la balade pour lui faire plaisir. On commence à décharger ?

— Explique-moi comment il fait pour toujours être dans les bons coups, c'est incroyable.

Elle rit à ma remarque et me tendit un carton. J'avais encore des cours à prendre avant d'être à son niveau.

Chapitre 16

Syrius

Dimanche : 1 jour avant la libération des otages

Ma réaction de ce matin avait été complètement idiote. Égédias avait eu raison de me secouer les puces. Megan avait besoin de nous, pas de mes envies, pas de mes élans. Je devais garder mes distances, même si chaque kilomètre passé avec elle contre mon dos rendait ça un peu plus difficile. J'en étais donc là, Megan contre mon dos, ses mains crochetées sur mon ventre. Elle commençait tout juste à se détendre après trente minutes de route, notre destination n'était plus qu'à vingt de plus. J'ouvris ma visière pour lui parler.

— Tu veux que je te fasse faire un plus grand tour ?

Elle batailla avec sa visière avant de pouvoir me répondre.

— Quoi ?

— On sera rapidement à la maison, désires-tu que je nous promène un peu ?

Elle sembla réfléchir quelques secondes pour finalement accepter. Je déviai donc de mon trajet prévu pour lui montrer les villages environnants. Je n'allais pas vite, je souhaitais lui faire découvrir la moto, pas l'en dégouter.

Ses mains se desserrèrent petit à petit. Elle prenait confiance... et moi, je me retenais de me retourner pour voir son visage. Il fallait que j'investisse dans un système de communication... pour la prochaine fois.

Et voilà, je recommençais. Je pensais déjà à une prochaine fois, alors qu'elle n'allait peut-être pas avoir envie de réitérer l'expérience. Même Cécilia, hier, m'avait trouvé différent. Elle avait tenté de savoir ce qui m'éloignait ainsi de mes responsabilités, mais j'avais juste prétexté un problème de famille. Elle était au fait que cette dernière restait primordiale pour moi, elle n'avait pas trop insisté.

La balade finit par se terminer et nous nous retrouvâmes devant la maison. Égédias et ma mère avaient déjà commencé à sortir les cartons. Je ne me sentis même pas coupable. Pas aujourd'hui. Ma mère prit tout de suite Megan sous son aile afin de lui faire visiter toutes les pièces. J'attendis qu'elles soient loin pour m'approcher d'Égédias. Nos paroles se télescopèrent.

— Je suis désolé pour tout à l'heure.

— Tu avais raison. Hein ? Quoi ?

Mon frère éclata de rire, je fis de même.

— On a l'air malins tous les deux à s'excuser, dit-il.

— On est en progrès, on arrive à en parler sans se taper dessus. À une époque pas si lointaine, je t'aurais provoqué pour pouvoir me venger à coups de poing.

— Heureusement que tu as grandi, et que je ne suis plus aussi facile à battre.

— C'est pas faux.

— La balade était belle ?

— Je pense qu'elle a apprécié. J'ai compris pourquoi tu me mettais en garde. Et même si elle a ce petit quelque chose qui me donne envie d'en savoir plus, je resterai à distance. Tu as raison, elle n'a pas besoin de ça en ce moment.

— Ce qui ne veut pas dire qu'elle va te laisser faire, mais bon, ce sera son choix. On s'y remet ?

— C'est parti !

Heureusement, la maison était grande. Et vu ce qui arrivait, ce n'était pas du luxe. Il y avait cinq chambres, quatre salles de bain, un salon-salle à manger immense, une belle cuisine équipée et un bureau. Les cartons prirent tous cette destination. Megan revint avec ma mère.

— Cette maison est magnifique ! Mais quels sont les travaux à y faire ? Tout est nickel.

— Elle pensait mettre un coup de peinture dans les chambres du fond, elles ont cinq ans.

— On ne dirait pas.

— Je pars faire les courses pendant que vous finissez de débarrasser les garçons.

— Je peux venir avec toi ? lui demanda Megan.

— Il vaut mieux éviter, je ne voudrais pas que quelqu'un te reconnaisse...

— Oui... j'avais oublié. Tant pis. J'aiderai les garçons, alors.

La proposition fut validée. La journée s'organisa tranquillement. Megan tint à nous préparer le déjeuner, argumentant qu'elle nous devait bien ça. Vu la qualité de ses repas, on ne se défendit pas trop. Nous passâmes l'après-midi à ordonner le travail des dates à venir. Ma fratrie devait arriver en début de soirée, j'espérais que Megan allait survivre à ça.

J'entendis des hurlements avant que la sonnette de la porte ne retentisse. Megan avait sursauté et était prête à s'enfuir.

— Ne t'inquiète pas, ce sont mes sœurs et mon frère...

— Tu plaisantes ? Mais ils sont en train de se crier dessus ?

— Oui, c'est le mode de communication préféré de notre famille. Tu t'y feras, je t'assure.

Sa grimace laissait à penser qu'elle en doutait. Égédias, comme un condamné à l'échafaud, alla ouvrir la porte.

— Tu es insupportable, Nathaniel ! Je conduis très bien ! C'est cette vieille bique qui ne se tenait pas du bon côté de la route !

— Sédiline, tu es un danger public ! J'ai cru mourir dix fois pendant le trajet ! Jamais plus je ne monterai avec toi. Je préfère encore grimper derrière Syrius, c'est pour dire.

Nathaniel entra en gesticulant, presque livide, ce qui était un exploit vu notre couleur de peau.

— Hé ! dis-je. Je conduis super bien.

— Par rapport à cette furie, oui. Mais tu roules trop vite ! Les limitations de vitesse, ce n'est pas fait pour les chiens !

— Non, c'est fait pour les humains, ajouta la folle du volant. Et je ne suis pas humaine, donc je fais comme je veux. Non, mais Syrius, imagine ! Soixante-dix kilomètres/heure, c'est bon pour les vélos, non ?

— Euh, je ne répondrai pas tant que maman sera ici, je tiens à ma vie.

— Merde, maman est là ?

Ma mère sortit du couloir des chambres, pas très contente.

— Eh oui, ma chérie. Et j'ai tout entendu ! Tout le quartier a entendu, d'ailleurs. Il me semblait vous avoir mieux élevé que ça.

Elle se tourna vers Megan, qui s'était retranchée derrière le plan de travail de la cuisine.

— Je suis désolée, Megan. Ces personnes hurlantes et gesticulantes sont bien mes enfants. J'ai pourtant fait tout mon possible, mais va comprendre comment ça a pu donner ça à la fin ! Je me pose encore la question…

— Maman ! s'offusqua Yzalinia.

— À part toi, ma chérie. Je ne t'ai pas entendue cette fois-ci. Tu es souffrante ?

— Elle n'a pas lâché son téléphone de tout le trajet, un nouveau mec, certainement, argua Sédiline.

— Je ne sais même pas comment elle fait, j'avais déjà mal au cœur en surveillant la route alors…

— Alors, petit un, Nathaniel, j'ai un estomac en béton, et petit deux, grande sœur chérie, je ne terrorise pas les hommes, moi ! Ce qui fait que je suis très demandée.

— Demandée à quel point ? questionna Égédias.

— Cela ne te regarde pas.

Elle passa en tête pour se positionner devant Megan, toujours abasourdie par la représentation que nous venions de lui donner.

— Bonjour Megan. Enchantée de te rencontrer, je suis Yzalinia, la plus intelligente de cette famille de dingues. Tu peux m'appeler Linia si tu le souhaites.

Elle serra la main que lui tendit Megan et se tourna vers moi.

— Bon, je m'installe où ? J'ai mes deux valises dans le coffre et je ne voudrais pas que mes habits soient froissés. Syrius, tu peux aller me les chercher ? S'il te plaît mon grand frère préféré.

— Hé ! Je croyais que c'était moi ton grand frère préféré, s'indigna Égédias.

— Pas aujourd'hui, on verra demain.

— Deux valises Linia ? Mais tu imagines que nous partons où ?

— Une femme doit pouvoir faire face à tous types de situations, Syrius. On ne sait jamais quand un cocktail ou une invitation à dîner peut tomber.

Elle s'arrêta deux secondes de parler, puis se tourna vers notre mère.

— Dis maman, corrige-moi si je me trompe, mais il n'y a que cinq chambres ici. Nous sommes six. Il est hors de question que je dorme avec un de ces zoziaux !

— Merci pour les zoziaux, fit Sédiline.

— Je peux dormir sur le canapé, ça ne me pose pas de problème, intervint Megan.

— Hors de question, répondis-je trop vite.

— Ça ne va pas la tête ! ajouta Égédias.

Linia nous lança un regard perçant.

— C'est réglé, les deux grands cohabiteront. Ils ont l'air de tellement bien s'entendre ! fit-elle avec un petit sourire. Viens, Megan, on va sélectionner nos chambres.

Elle embarqua une Megan sidérée par la main. Je me surpris à sourire. Finalement, cette famille un peu toquée était peut-être un bon remède pour montrer ce que pouvait être la vie à Megan. Je sortis récupérer les valises indispensables à la survie de ma petite sœur, accompagné par Sédiline.

— Alors ? me dit-elle.

— Alors quoi ?

— Vous avez l'air bien protecteurs tous les deux avec cette Megan ? Quel est le problème ?

— Maman t'a expliqué, non ?

— Que les grandes lignes... j'aimerais avoir les alinéas, en bas du contrat. Je connais maman et sa manie de ramasser les chats écrasés.

— D'abord, je ne te permets pas de comparer Megan à un animal. C'est une jeune femme meurtrie, qui possède un courage extraordinaire et qui a décidé de prendre sa vie en main. Elle a découvert que son mari, en plus de se montrer ultra-violent avec elle, entretenait des relations avec d'autres personnes. Le pompon de l'histoire est aussi qu'il fournit des bébés métamorphes à une femme dont nous ignorons tout. Et tu sais le plus incroyable dans tout ça ? C'est qu'elle est plus attentive à ce qui arrive à ces femmes que l'on utilise pour créer une armée qu'à ce qu'elle a subi.

— Ouaouh... Mais t'es mordu !

— Je suis admiratif, corrigeai-je. Et ça change tout. Demande à Égédias s'il ne pense pas la même chose.

Je la plantai là. Elle m'énervait des fois. Elle était très méfiante envers les autres. Sédiline était la plus dure d'entre nous, elle était passée responsable de la garde auprès du conseil. Un poste très convoité pour une aussi jeune sorcière, mais elle en avait les capacités. Le

problème est que ça n'arrangeait pas sa tendance à la suspicion, ça l'entraînait même. Je rejoignis Megan et Yzalinia, rien que le bruit me situa où était cette dernière.

— Ah, merci Syrius. Tu es un amour !

Je souris à cette appellation. C'était toujours mieux que l'agneau d'hier.

— Je vais devoir t'emmener faire les boutiques, Megan. Deux jeans, deux robes et quatre tee-shirts dans une valise en tout et pour tout. Non, mais c'est impossible !

— Ça me va très bien. Je n'ai pas l'intention de sortir de toute façon.

— Syrius, aide-moi ! Avec un corps pareil, elle pourrait porter de jolies petites tuniques, des shorts pour montrer ses jambes… Elle mettrait la misère à des mannequins, une fois habillée correctement.

— Je la trouve très bien comme elle est. Et ce n'est pas négociable. Laisse donc Megan tranquille et va ranger tes valises. Je croyais que tu ne voulais pas que tes vêtements soient trop froissés ?

— Oui . Tu as raison. On en reparle, Megan.

— Bien sûr, Linia.

Je regardai ma sœur s'envoler.

— Ça va ? Tu t'en remettras ?

— Tu as une famille géniale, Syrius. Un peu exubérante, et bruyante, mais géniale !

— Oui, ils ne sont pas trop mal dans l'ensemble. N'hésite pas à les envoyer paître quand tu en auras marre, ils sont aussi envahissants que les mauvaises herbes.

— Je ne pense pas, mais c'est gentil. Bon, il est temps de concocter le dîner, je crois.

— Je vais t'aider.

La préparation du souper et le repas en lui-même se passèrent au milieu de cris, de gémissements et de déclarations d'amour filial, la routine pour ma famille. Megan s'acclimata bien, elle s'entendit tout de suite avec Nathaniel, quant à Yzalinia, elle avait une nouvelle amie pour la vie. Seule Sédiline resta sur ses positions et se contenta de l'observer, hormis quelques interventions

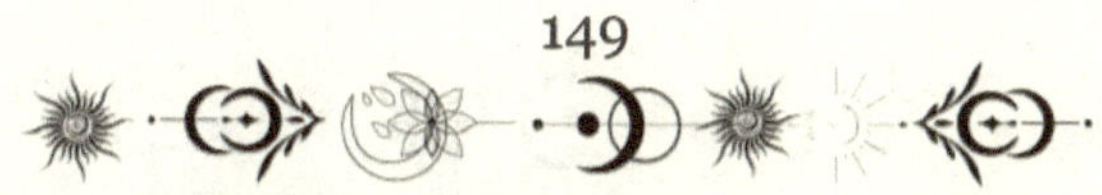

violentes portées à Nathaniel. Histoire de le remettre dans le droit chemin, quoi... Maman nous quitta sur les coups des onze heures, me demandant de veiller sur sa protégée. Elle n'allait pas revenir ici pendant les prochains jours, préférant surveiller ce qui allait se passer au village et dans la demeure de Megan.

Apparemment, son mari était rentré. Il était ressorti aussi sec, criant le nom de sa femme aux quatre coins de leur domicile. C'était un des nôtres, chargé de surveiller la maison, qui nous en avait fait le compte rendu. Il avait fini par y retourner et par fouiller sa chambre. Il était fou de rage au début, et vert de peur au bout de quelques minutes. Il avait tout mis à sac, afin de tomber sur un indice, certainement. Puis, il avait pris la direction du village. Il avait été à la boulangerie, seul commerce ouvert un dimanche, sans résultat, bien sûr. Il avait visiblement essayé de joindre sa collaboratrice, que nous séquestrions toujours, sans effet non plus. Je me demandais ce qui devait lui passer par la tête en ce moment même. Pensait-il qu'elle s'était enfuie ? Ou que la dénommée Béatrice l'avait enlevée ? Vu le message laissé au bout du cinquième appel, il semblait que oui. Tant mieux ! Il n'avait apparemment pas été vérifier son armoire, donc nous avions encore de l'avance. Il nous fallait trouver les lieux de détention afin de pouvoir intervenir. Nous devions aussi décider à quel instant nous allions avertir Marius de ce qui se déroulait. Je me couchai avec des idées de stratégies différentes, au côté d'Égédias qui ronflait déjà. La nuit allait être courte. Et sûrement pas tranquille.

Chapitre 17

Megan

Quelle soirée ! Cette famille était incroyable, j'en avais encore le tournis. Ils se chamaillaient sans arrêt, criaient, s'embrassaient... j'étais épuisée. Et la balade avec Syrius... La moto me plaisait vraiment. Quel dommage de devoir porter un casque pour se protéger. Je fermai les yeux en me remémorant cette journée, mes premières vingt-quatre heures de liberté ! J'avais quitté Cédric, il ne pourrait plus jamais me toucher, je me sentis partir, un sourire aux lèvres.

Je rêvais d'une attaque, dans un laboratoire, il me semblait. Des coups de feu de tous les côtés, des hommes tout autour de moi... Un qui s'interposait entre moi et des balles... ma peur pour lui... la petite fille... l'élimination du dernier garde... comment savais-je que c'en était un ? Et le décompte... j'allais mourir, sans leur dire au revoir... je sentis une pression dans ma tête et me réveillai. J'étais en nage.

Et puis j'entendis ces mots : « Je vous aime mes sœurs, prenez soin de vous. Nous nous rejoindrons au royaume des Dieux. »

Une autre voix, assez familière il me sembla, résonna : « Putain, Alexandra ! Tu ne me lâches pas ! Je te l'interdis ! »

J'étais éveillée et les voix ne s'arrêtaient pas.

Je répondis instinctivement : « Sœurs ? Qui êtes-vous ? Et pourquoi je vous perçois dans ma tête ? »

« Megan ! C'est toi Megan ? Nous sommes tes sœurs, Alexandra et Tisha ! Megan, tu nous entends ? »

La pression était trop forte, ma tête allait exploser. Je laissai échapper un cri de douleur, puis ce fut le noir complet.

Quand je revins à moi, Syrius se tenait à côté de moi, avec Sédiline.

— Ça va, Megan ? Tu as crié ?

— Je te dis qu'elle a dû faire un cauchemar dans son sommeil, c'est tout ! rétorqua sa sœur.

— Si tu le pensais réellement, tu ne serais pas là avec moi ! répliqua-t-il.

Ma tête me lançait et leur dispute ne m'aidait pas. Que m'était-il arrivé ?

— Mon crâne est douloureux...

— Tu t'es peut-être cognée ? Attends, je regarde si tu as une bosse, fit Syrius.

— Non, non. J'ai entendu des voix...

— Et la voilà qui se prend pour Jeanne d'Arc, maintenant. On est mal barré !

— Sédiline, pars de cette chambre et va exposer ta joie de vivre à ton oreiller, dans ton lit. Ça nous fera des vacances !

La demoiselle me lança un sale regard, puis sortit sans un mot.

— Tu veux un peu d'eau ?

— Oui, merci.

Il s'éclipsa quelques minutes, j'en profitai pour remettre de l'ordre dans mes pensées. Je me rappelais mon rêve, ou plutôt de mon cauchemar. Quelle horreur ! Ces gens qui mouraient, et l'homme qui s'était interposé... Je ne le connaissais pas pourtant, mais cette peur que

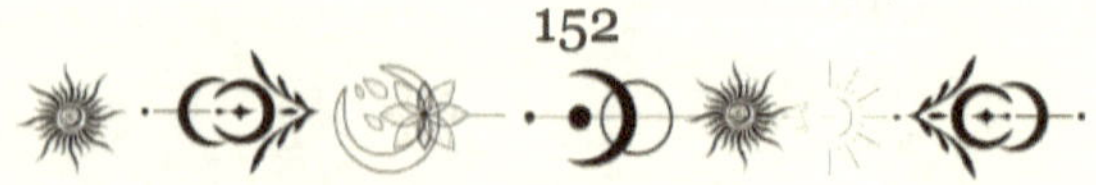

j'avais ressentie... elle m'avait semblé si réelle. J'aimais cet homme, ou plutôt la femme que j'étais à ce moment-là l'aimait... Mon Dieu, et si j'avais véritablement une maladie... Je ne prenais plus mon traitement depuis plusieurs jours maintenant...

Syrius revint avec un verre d'eau et il tenait un cachet dans sa main.

— C'est juste du paracétamol. C'est ce que consomment les mortels quand ils ont mal à la tête... J'ai pensé que ça pourrait te soulager ? Sinon, je peux réveiller Linia, elle est douée pour apaiser les autres.

— Non, laisse-la dormir. Ça va aller.

Je pris le cachet et l'avalai. Je restai silencieuse un moment, Syrius me regardait, un peu inquiet.

— Tu veux me raconter ?

— Je crois que je deviens folle, chuchotai-je.

— Mais non, pourquoi penses-tu ça ?

— Je rêve de combats, je vois des gens qui meurent. J'entends des voix de femmes dans ma tête...

— Comme tu le dis, ce n'était qu'un cauchemar. Avec tout ce qui t'est tombé dessus ces derniers temps, ton subconscient doit avoir besoin de se libérer.

— L'attaque dans une espèce de laboratoire... oui, c'était certainement un songe. Mais après non. J'étais assise dans mon lit quand je les ai entendues dans ma tête... et elles m'ont appelée par mon prénom...

Il resta silencieux un moment.

— Les métamorphes ont cette particularité de pouvoir se parler entre eux, enfin les alphas. Il y a aussi des sorcières et des sorciers qui en sont capables via un sort, cela ne veut rien dire.

— Mon mari... il me donnait un traitement... je ne le prends plus depuis plusieurs jours. Et si cette partie-là était vraie, si j'avais un problème ?

— Je pense que ce mec souhaitait juste te garder sous contrôle. D'après ce que ma mère m'a assuré, ta force revient depuis que tu l'as arrêté.

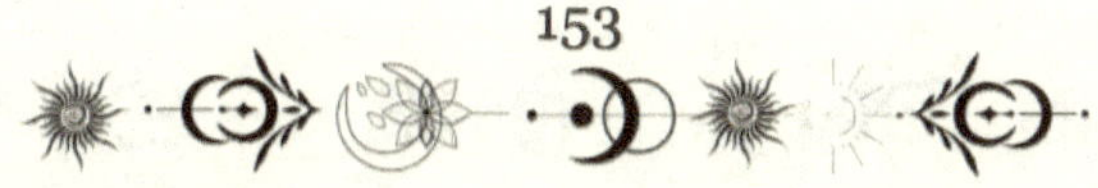

— Je suis moins fatiguée, j'ai de l'énergie... oui, physiquement ça va mieux.

— Alors, continue comme ça. Que t'ont dit ces femmes ?

— Qu'elles étaient mes sœurs !

— Et ton ressenti ?

— Une certaine reconnaissance dans la voix... mais ce serait trop bizarre ! Pourquoi pourrais-je les entendre maintenant, et pas avant ?

— Hum... ton traitement ? Je suis sûr que Cédric sait qui tu es et ce que tu es... Je me demande si nous ne devrions pas le capturer...

— Non ! Je ne veux pas le revoir !

Je paniquai... rien que l'idée de me retrouver en face de lui... Mon cœur se mit à battre bien plus vite, j'avais envie de vomir ! Non ! Plus jamais !

— Calme-toi, Megan. Je ne parlais pas de le ramener ici dans tous les cas... Respire !

Il était très proche de moi, trop proche. Mon esprit me jouait des tours. Je savais pourtant qui il était, il ne me voulait pas de mal. Mais, impossible de me raisonner. Il vit mon recul, il s'éloigna immédiatement.

— Je suis désolé, Megan. Je n'aurais pas dû m'avancer autant. Ça va aller ?

— C'est moi qui suis navrée. Je sais bien que c'est toi, mais je n'arrive pas à me maîtriser. Pourtant hier...

— Tu vas devoir être patiente. Je ne pense pas que l'on se remette d'un tel traumatisme en quelques jours. Hier, tu pouvais être près de moi quand il s'agissait de te réconforter, signe que tu as confiance en moi. Tu viens de faire un cauchemar et je te parle de ton ex comme un gros con, nous allons nous arrêter là. Tu penses pouvoir te rendormir ?

— Oui, oui. Désolée de t'avoir réveillé !

— T'inquiète, avec Égédias qui ronfle, je ne dormais pas vraiment, fit-il en grimaçant.

Je souris à ce commentaire, il était assurément très gentil, et sexy. Je constatai seulement maintenant qu'il

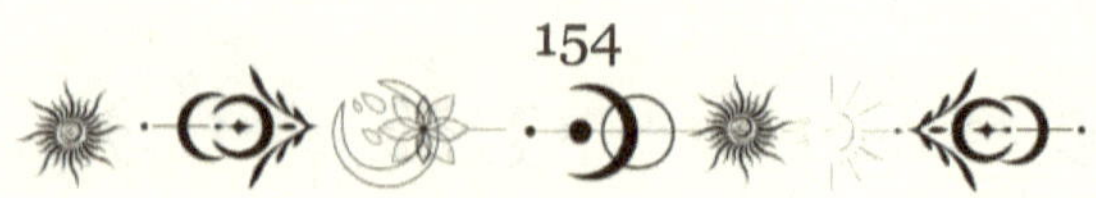

était torse nu. Il était vraiment beau : des épaules larges, des pectoraux très bien dessinés, les tablettes de chocolat là où elles étaient nécessaires... je me dépêchai de détourner les yeux, malgré le spectacle. Je ne voulais pas le mettre mal à l'aise. Je devais être horrible à regarder... ma tresse était défaite et j'avais enfilé un tee-shirt informe, mais confortable, pour me coucher. Heureusement que je ne dormais pas nue... Je me sentis rougir à cette pensée.

— Bon, finis bien ta nuit, me lança-t-il.

— Toi aussi, Syrius, répondis-je en me forçant à fixer ses yeux.

Il semblait perplexe en me regardant. Un dernier sourire et il sortit de ma chambre. Je m'appuyai de nouveau sur mon oreiller, encore un peu surprise de ma réaction face à lui. J'étais donc capable de regarder un homme en le trouvant beau, c'était bien, non ? Je fermai les yeux, espérant me rendormir, mais je me repassais la conversation de ces femmes dans la tête. Tisha et Alexandra, j'aimais bien ces prénoms. Ils résonnaient en moi d'une certaine manière. Fichu cerveau qui ne voulait pas me donner les réponses que j'attendais. Je finis par m'assoupir sans obtenir plus d'indices sur ma vie d'avant.

Je me réveillai à six heures trente pleine d'énergie. La nuit n'avait pourtant pas été très reposante, mais j'avais l'impression d'avoir mangé du lion. Tout le monde semblait dormir, je me décidai alors à leur concocter un super petit déjeuner. Voyons, que pouvais-je préparer ? Des brioches ? Cédric les trouvait passables, mais il les mangeait quand même. Pourquoi est-ce que je pensais encore à lui ? Nana m'avait assuré que c'était un moyen de me contrôler, me dire que j'étais nulle en tout lui permettait de me rabaisser, chose qu'il appréciait énormément.

Je laissai ma pâte lever tranquillement, dans le four à peine chaud afin de gagner du temps. Un café dans la main, je regardai le jardin attenant à la maison, ma vie me semblait en suspens. J'attendais quelque chose, mais quoi ? Une nouvelle famille ? Qu'étais-je réellement ? Une métamorphe, comme paraissait le penser Nana ? Je finis par sortir et par m'installer dans la balancelle. Le va-et-vient m'apaisa, jusqu'à ce que j'aperçoive encore une fois une chouette. Ma chouette ? Elle se tenait sur une branche et me fixait.

— Si tu as quelque chose à me dire, n'hésite pas.

Ouais, ça ne s'arrangeait pas si je me mettais à parler à un rapace. Elle pencha la tête de côté. J'adorais quand elle faisait ça.

— Tu sais que tu ne devrais pas être là ? Les chouettes ne sortent pas en journée, tu n'es pas au courant ?

Elle poussa un cri et finit par s'envoler. J'étais bien avancée. Il n'y avait pas de métamorphes chouettes apparemment dans mon Nouveau Monde, elle ne pouvait donc pas être quelqu'un de ma famille voulant me parler. J'avais très envie de faire des recherches sur leur truc-là, Internet, mais je n'avais pas d'ordinateur. Il allait falloir que je prenne des cours accélérés, je n'aimais pas être aussi... en décalage.

Perdue dans ma contemplation, je sursautai en sentant une présence sur le côté. C'était Syrius. Sa proximité me troubla plus que je ne voulais l'admettre. Ce n'était pas sa silhouette que je remarquais d'abord, mais l'effet étrange qu'il produisait sur moi : comme si l'air autour de moi devenait plus dense, plus difficile à traverser.

— Je t'ai fait peur, désolé !

— Non, ce n'est pas grave. J'étais perdue dans mes pensées.

Il m'observa un instant, sans insister. Je sentais son attention posée sur moi comme une question silencieuse, ce qui me rendait maladroite.

— Tu t'es levée aux aurores ? Tu n'as pas réussi à te rendormir ?

— Si, si. Ne t'inquiète pas. Je n'avais plus sommeil alors je me suis dit que je pourrais vous préparer un petit déjeuner digne de vous tous et de votre gentillesse à mon égard.

— Megan, il faut que tu arrêtes. Tu n'es pas la préposée aux repas. Nous sommes tous capables de nous faire à manger... enfin, sauf Linia, elle n'aime pas ça et pour notre survie, il vaut mieux éviter.

— J'adore cuisiner, Syrius. C'est la seule chose que je sais apparemment à peu près faire. Ce n'est pas une corvée pour moi.

— Je peux ?

Un mug à la main, il s'installa à côté de moi. Nous restâmes silencieux, observant le réveil de la nature. Je sentis son regard se poser sur moi, mais je n'osais pas me tourner vers lui.

— Je t'ai entendue parler ce matin, tu as rencontré les voisins ?

Bon, là, je me devais de faire un effort. Je pivotai afin de lui répondre.

— Tu vas rire, je discutais avec une chouette. Mal élevée en plus, elle n'a pas daigné répliquer.

— Une chouette ? Ici ?

— Cela fait plusieurs jours qu'elle vient me rendre visite. On peut dire que c'est grâce à elle que j'ai arrêté de prendre mon traitement.

— Comment ça ?

Ses sourcils se froncèrent. Il se rapprocha un peu pour mieux m'entendre. La balancelle grinça doucement sous notre poids et je sentis sa chaleur. Étrangement, je ne me raidis pas. J'étais sur mes gardes, oui, mais pas en alerte.

Cette différence me troubla plus que tout le reste.

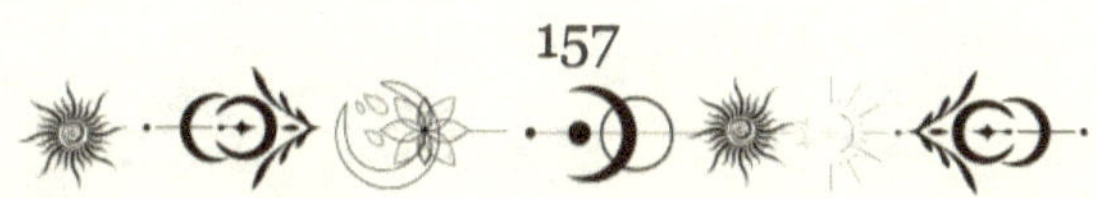

— Elle m'a fait sursauter… et j'ai laissé tomber le verre avec le médicament, expliquai-je.

Il m'écoutait vraiment. Pas comme quelqu'un qui attend son tour de parler, mais comme quelqu'un qui cherche à comprendre.

— Vu que Cédric contrôlait mes doses, j'ai préféré éviter de l'énerver avec ma maladresse. Je n'ai donc rien pris. Elle m'a fait un coup similaire le lendemain matin. Plus le temps passait, mieux je me sentais. Alors j'ai tout arrêté.

— Intéressant. Il faudrait que l'on creuse le sujet.

Je hochai la tête.

— Les brioches attendent d'être cuites…

— Je viens t'aider.

Il se leva en même temps que moi et le mouvement brusque de la balancelle me fit perdre l'équilibre.

Il me rattrapa aussitôt.

Je frissonnai, surprise plus que paniquée. Ce n'était pas de la peur. C'était autre chose, plus flou, plus intime, quelque chose qui me donnait envie de reculer et d'avancer en même temps.

Il interpréta mal ma réaction et s'écarta aussitôt.

— Désolé, Megan… Je t'ai encore effrayée.

— Non… c'est juste que je ne suis pas encore habituée à me sentir en sécurité. Tu peux me toucher, enfin… je veux dire que je sais que c'est toi, d'accord…

Je devais avoir les joues rouges de honte. Je baissai vite la tête et passai devant lui pour me précipiter dans la cuisine. Il me suivit d'un pas plus mesuré. Je ne savais pas ce qui m'arrivait. Ça ressemblait un peu à ce que j'avais éprouvé pour Cédric au début de notre histoire. J'avais un problème avec les hommes. Comment pouvais-je ressentir de l'attirance ? J'étais une obsédée ? Chez Nana, ils parlaient des femmes comme moi à la télévision. Elles avaient des relations charnelles avec beaucoup d'hommes sans être mariées. D'après ce que j'avais pu observer, on ne traitait pas ces derniers, qui faisaient pareil, de la même façon. Peut-être pourrais-je en discuter avec Linia ? Elle

semblait très à l'aise avec le sexe opposé et tout le monde avait eu l'air de trouver ça normal.

J'en étais à la seconde pousse de ma pâte. Je sortis mon jaune d'œuf battu et les sucres en grains. Je confectionnai trois grosses boules et les badigeonnai de ma préparation. Je posai tout ça sur la plaque de cuisson.

— Voilà, plus qu'à patienter.

— Ça a l'air délicieux, en attendant, me répondit-il en me souriant.

— J'espère. Je vais me doucher pendant que ça chauffe. À tout à l'heure.

Il hocha la tête, un peu pensif. Les autres seraient certainement réveillés d'ici là, j'aimais bien qu'il y ait du monde autour de nous.

Vingt minutes plus tard, j'étais propre et habillée d'une petite robe légère. La journée s'annonçait chaude. Lorsque j'arrivai dans la cuisine, Syrius avait dressé la table sur la terrasse.

— Ça sent bon, tu as, de nouveau, fait des merveilles, Megan.

Égédias apparut, bien réveillé, les cheveux encore humides de la douche. Ils devaient avoir un problème avec les tee-shirts dans cette famille, lui aussi ne portait qu'un short, sans rien sur le torse. Le tout n'était pas désagréable à regarder, mais je ne savais pas trop comment me comporter. Il me proposa un café pendant que je sortais les brioches du four. On apporta tout ça sur la terrasse.

Je me retrouvai assise en face d'eux, mon café fumant entre les mains. Leur présence me paraissait irréelle. Pas parce qu'ils étaient beaux, même si oui, ils l'étaient, mais parce que je me sentais vivante avec eux. Présente.

Je souris sans m'en rendre compte.

— Qu'est-ce qui te met de si bonne humeur ? demanda Égédias.

— Je pensais juste à la différence entre mes matins d'avant et celui-ci. Avant, je comptais les heures. Aujourd'hui, j'ai l'impression de respirer.

J'hésitai un moment, pour finalement oser.

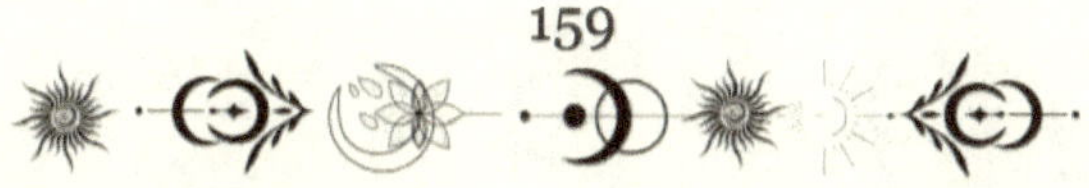

— Si l'on m'avait dit que je boirais mon café, attablée avec des hommes plus que sexy, je ne l'aurais pas cru.

— Sexy, hein ? Tu as vu, Syrius, Megan me trouve sexy.

Il gonfla ses biscotos et prit la pause, ce qui me fit éclater de rire. Il était impayable.

— D'ailleurs, messieurs, vous avez un problème d'allergie ? continuai-je.

Je ne savais pas ce qui me donnait ce courage de badiner, mais j'aimais bien ce que je devenais. Je me sentais bien plus forte, plus audacieuse, depuis cette nuit.

— Pourquoi ?

— Votre absence de tee-shirt, c'est une tradition familiale ? demandai-je en plaisantant.

Ce n'était pas vraiment leur apparence qui m'amusait, mais le fait que je puisse plaisanter sans avoir peur d'être jugée ou rabaissée.

Égédias en profita pour fanfaronner, ce qui me fit rire de bon cœur. Rire comme ça me paraissait encore étrange, comme un muscle que je redécouvrais.

— Avoue qu'il est compliqué de résister à un corps pareil, dit-il.

Puis, plus sérieusement, il reprit :

— Ça te gêne ? Parce que nous pouvons y remédier tout de suite.

— Non. Ne t'inquiète pas ! Ça ajoute de la saveur à ce petit déjeuner.

— Ah oui ! Je me disais bien aussi. Bon, je comprends que pour Syrius, tu préfères détourner le regard. Il est loin de me valoir…

Syrius leva les yeux au ciel et se coupa une tranche de brioche. Il me complimenta. Les autres arrivèrent petit à petit. Ils se restaurèrent et me remercièrent tous, même Sédiline me fit un sourire.

Il était temps de retourner consulter les documents volés à Cédric.

Chapitre 18

Cédric

Béatrice n'était pas venue travailler aujourd'hui, et elle ne répondait pas à mes appels. Elle devait bouder. Elle n'avait pas apprécié son recadrage, mais je ne voulais pas qu'elle se mette entre moi et Megan. Cette gamine se révélait très intéressante, finalement. Elle avait compris qui était le maître de la maison.

Il était dix-huit heures passées quand je rentrai à notre domicile, ce dimanche. Un excellent repas et une bonne séance de sexe un peu appuyée, j'avais déjà hâte de retrouver ma petite femme chérie. La porte était fermée à clef lorsque j'arrivai, elle avait dû vouloir éviter la visite possible de Béatrice. Personne dans la pièce principale, je l'appelai donc. Le silence me répondit. Je fis le tour de la maison sans la trouver. Avait-elle été se promener dans la forêt avoisinante ? Je savais qu'elle aimait s'y balader. Je sortis et criai son prénom, rien. Je m'engageai dans le chemin et avançai au milieu des arbres, continuant de hurler, sans obtenir de retour. Cette salope ne s'était quand même pas enfuie ?

Je retournai rapidement à la maison pour fouiller dans sa commode. Ses vêtements n'étaient plus là. Elle était partie… Mais comment ? Elle ne connaissait personne ici, elle n'avait aucun revenu… Béatrice ! Cette garce devait l'avoir emmenée de force. Megan ne m'aurait jamais quitté de son plein gré. Le village ! Je pris mes clefs de voiture et fonçais en centre-ville. Bien sûr, tout était fermé, à part la boulangerie. Je rentrai, me composant un visage souriant et charmeur. Une jeune fille tenait la boutique.

— Je peux vous aider, monsieur ?

— Oui. J'habite un peu plus haut et ma femme n'est pas à la maison. Je me demandais si vous ne l'aviez pas aperçue. Elle suit un traitement lourd suite à des problèmes psychologiques et je suis très inquiet de ne pas la trouver. C'est elle sur la photo.

Elle la prit et la regarda longuement.

— Non, je n'ai pas vu cette dame. Je suis désolée. Peut-être devriez-vous avertir la police ?

— Oui, bien entendu. C'est ce que je vais faire si je ne la retrouve pas rapidement. Merci pour votre aide, mademoiselle.

— Au plaisir, monsieur.

Je sortis encore plus énervé. La police, bien sûr ! Elle n'existait même pas au niveau de la loi, ça allait se révéler compliqué. Je remontai dans ma voiture et réintégrai mon logis. Je fouillai chaque endroit avec application, cherchant un indice. J'avais déjà laissé trois messages à Béatrice. Doux au début et menaçant à la fin. J'aurais dû la supprimer !

Comment allais-je annoncer ça à la patronne ? Elle allait me tuer, c'était certain. Il fallait que je gagne du temps. Je n'allais rien lui dire et préparer ma fuite. J'emmènerai ma petite Elena. Quand elle aura donné naissance à un beau métamorphe regroupant deux types d'animaux, je pourrai organiser mon retour. L'autre serait tellement contente qu'elle ne me punirait pas. Oui ! C'était ça la solution. Je laissai la maison dans un bordel monstre et partis chez Béatrice. Cette idiote était peut-être à son domicile.

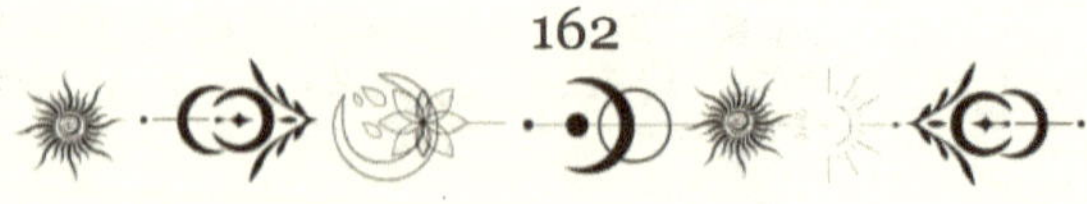

Elle habitait à côté du laboratoire, à quelques rues. Je profitai souvent de son lit par praticité, entre autres. J'avais ma clef donc je rentrai sans difficulté. L'appartement était impeccable, mais vide. Ses vêtements étaient toujours là, ses affaires de toilette aussi. Si elle était partie, elle allait revenir. Très bien. Je fouillai dans son frigo et me fis réchauffer un des plats qu'elle avait laissé. C'était mangeable, Megan me manquait. Elle cuisinait tellement bien. Je pris ma douche puis me posai dans son canapé devant la télévision. C'était également un des avantages de cet appart, l'écran et Internet. J'avais dû tout retirer quand Megan avait emménagé afin d'éviter qu'elle ne tombe sur des nouvelles qui auraient pu l'aider à retrouver la mémoire. Mais je m'étais puni également.

Je passai la soirée et la nuit dans le canapé, sans que Béatrice ne rentre. Au matin, je dus me rendre à l'évidence. Il fallait que je continue de jouer le jeu si je voulais rester en vie. Je partis donc travailler et j'informai le service RH de l'absence de Béatrice pour quelques jours, suite à un problème familial. Personne ne s'en étonna, c'était parfait.

Je descendis au sous-sol retrouver Elena.

Depuis mardi, le traitement semblait porter ses fruits : pas de réaction violente, juste une légère fièvre. Aujourd'hui, je devais vérifier si elle était prête pour la suite. Mercredi, je pourrais enfin passer à l'étape suivante. Il me fallait juste tenir encore un peu, le temps de finaliser les préparatifs. Ensuite, je l'emmènerais loin d'ici, dans un endroit où personne ne viendrait nous déranger. Béatrice et Megan paieraient pour tout ce qu'elles m'avaient fait subir.

Mon petit cobaye était maté, maintenant. Elle avait abdiqué. Plus de remarques acerbes, plus d'éclairs dans le regard quand elle me voyait arriver. J'étais presque déçu, j'aurais aimé pouvoir lui montrer qui était le maître d'une façon plus... violente. Je la fis conduire au laboratoire afin de lui prélever moi-même son sang. Je ne laissais personne d'autre l'approcher, elle était mon Graal, et ma porte de sortie depuis la disparition de Megan. Je regardai le garde l'attacher et lui demandai d'attendre dehors.

— Alors, Elena, bien dormi ?

— Très bien, docteur Villera. Mais vous avez l'air épuisé... Un problème ?

Je tournai lentement la tête vers elle. Ses yeux étaient rivés aux miens, comme si elle cherchait une faille. Intéressant.

— Rien de grave. Ta sollicitude me touche.

Je désinfectai son bras avec une lenteur calculée, effleurant sa peau du bout des doigts. Elle serra les lèvres, sans me quitter des yeux. Jouait-elle les innocentes ? Pensait-elle vraiment pouvoir m'influencer ?

Le prélèvement terminé, je reculai d'un pas et verrouillai la porte. Les stores descendirent dans un claquement sec. L'obscurité relative ne fit qu'accentuer son trouble : sa respiration s'accéléra. Peur ou excitation, peu importait. Je m'approchai à nouveau, saisis les bords de son pantalon et commençai à le défaire. Ses yeux s'écarquillèrent.

— Qu'est-ce que vous faites ?

— Ce que je veux.

Je bloquai ses jambes, une à une, dans les étriers métalliques. Elle se débattit, tenta de me frapper. Une gifle la ramena au silence. Je répétai l'opération pour l'autre jambe, ignorai ses insultes, et répondis par une seconde gifle.

— Tu vas te tenir tranquille, Elena ?

— Espèce de monstre, lâchez-moi !

Je tirai sur sa tunique, exposant sa poitrine. Elle était à ma merci, maintenant. Ses tentatives pour se dégager ne firent que m'amuser. Je serrai les liens, immobilisant sa tête. Ses yeux me transperçaient de haine, mais il était trop tard pour les mensonges.

— Je vous tuerai ! Je vous le jure !

— Tu n'es pas la première à me menacer.

Je lui enfonçai un bâillon dans la bouche. Je n'avais pas besoin de ses cris. Je réglai la position du fauteuil,

m'assurai qu'elle ne pourrait plus bouger. Elle se tortillait, désespérée, mais chaque mouvement ne faisait que confirmer son impuissance.

Je me préparai, prêt à consommer ce que je considérais comme mon dû. Personne ne viendrait l'aider. Personne ne m'arrêterait.

Un coup frappé à la porte me fit sursauter.

Merde ! Qui venait me déranger ?

— C'est pour quoi ? hurlai-je à travers la cloison.

— Un appel urgent de la directrice, monsieur. Vous ne répondez pas à votre portable alors je me suis permis de venir.

— Demandez-lui de patienter, j'arrive.

Les yeux pleins d'espoir d'Elena me firent sourire.

— Tu y échappes pour le moment, ma jolie. Mais ce n'est que partie remise. Il n'y aura pas toujours un coup de fil pour te sauver.

Je sortis et fis signe à une infirmière.

— Occupez-vous d'elle, qu'elle soit reconduite à sa cellule.

— Bien docteur.

Je partis vers mon bureau. J'espérais que ce n'était qu'un appel de contrôle et qu'elle n'était pas au courant de mes difficultés actuelles. Arrivé et installé, je respirai un bon coup et décrochai le téléphone.

— Bonjour, Madame.

— Vous avez été bien long Cédric, un problème ?

— Du tout, j'étais en train de vérifier les résultats du nouveau sérum.

— Ah ! Alors ?

— La patiente le supporte bien. Je pense l'inséminer dès mercredi.

— Parfait ! Une excellente nouvelle. D'autres éléments à me rapporter ?

— Euh, non. Les accouchements devraient se faire au fur et à mesure dans les semaines à venir. Je vous tiendrai au courant, bien entendu.

— Bien !Votre collègue n'a pas répondu non plus à mon coup de fil...

— Béatrice ? Oui, c'est normal. Un problème familial apparemment. Elle sera absente quelques jours...

— Je pensais qu'elle était seule, ses parents sont morts depuis longtemps, si je me souviens bien.

— Ah ? Je l'ignorais. C'est l'excuse qu'elle m'a donnée, je n'ai pas cherché plus loin.

— Tenez-moi au courant si cela venait à durer plus de deux ou trois jours. Je n'aime pas quand mon personnel disparaît.

— Bien Madame, c'est noté.

Je raccrochai, les doigts crispés sur le combiné, un sourire carnassier aux lèvres.

Béatrice, Megan, Elena... Elles croyaient toutes pouvoir m'échapper. Mais une à une, je les ramènerai à leur place. Et cette fois, personne ne viendrait interrompre mon petit jeu.

Chapitre 19

Megan

La journée avait filé à une vitesse folle, même si nous avancions lentement. Sédiline avait dû s'absenter, ce qui ne m'avait pas vraiment manqué, vu la cordialité toute relative qu'elle m'accordait. Nathaniel et Linia, eux, semblaient incapables de rester concentrés plus de dix minutes d'affilée, ce qui donnait lieu à une ribambelle d'interruptions inutiles.

Quant à Syrius et Égédias, ils avaient décrété que je devais suivre un programme de remise en forme. Égédias était donc allé chercher du matériel sportif je ne savais où et l'avait installé dans le jardin, sous la tonnelle, en remplacement de la balancelle.

À dix-sept heures pile, je débutai une séance infernale aux côtés d'un Égédias méconnaissable. Fini les sourires : place à l'entraîneur impitoyable.

Échauffements, vélo elliptique, haltères, corde à sauter... Je transpirais à grosses gouttes, mes jambes tremblaient, ma poitrine brûlait à chaque inspiration.

— J'en peux plus, Égédias. Aie pitié...

— Tu peux faire mieux que ça. Tu vas voir arriver ton second souffle. C'est toujours pareil : on croit être vidé et puis, boum, ça repart.

— Mais...

— Garde ton souffle pour les pompes.

Je m'exécutai alors que je m'étais juré de ne plus jamais obéir à un homme. Mais lui ne me dominait pas : il me poussait dans mes retranchements. Ce n'était pas la même chose. Je savais qu'ils faisaient ça pour m'aider. Je les avais entendus parler, Syrius et lui. Ils étaient persuadés que j'étais une métamorphe. Pourtant, après presque une semaine sans drogue, je n'avais toujours ressenti aucun appel à la transformation.

Vingt minutes plus tard, quelque chose changea.

Ma respiration se calma. Mes bras cessèrent de trembler. Les poids me semblaient soudain plus légers.

— Tu vois ? me lança Égédias, fier comme un coq. Je t'avais dit que ça irait mieux.

— C'est... étrange. On continue ?

— Tu prends goût à la souffrance, on dirait. Allez, on remet ça.

Sédiline arriva alors que mes muscles recommençaient à brûler. Elle lança quelques piques à son frère, insinuant qu'il était loin d'être le meilleur choix comme coach. Je n'aimais pas qu'on le rabaisse à cause de moi.

— Tu penses faire mieux ?

— Les yeux fermés, Meg. Pour la stratégie et les finances, d'accord, il est bon. Mais pour le combat, c'est moi la référence.

— Parfait. Occupe-toi de moi.

— Hein ? Comment ça ?

— Tous les jours.

— J'ai autre chose à faire...

— Excellente idée, intervint Syrius en arrivant. Égédias gère la paperasse, toi tu entraînes Megan.

Sédiline me toisa.

— Ce sera dix fois pire que ce que tu viens de subir. Et je déteste les pleurnicheuses.

— Parfait, répondis-je. Moi, je n'aime pas les grandes gueules.

Elle eut un sourire lent, presque amusé.

— Marché conclu. Demain, sept heures. Ne mange pas avant, tu risquerais de tout rendre.

— Ça me va.

Je ne savais pas si la provoquer était une bonne idée, mais je me sentais vivante. Plus vive. Plus dure.

La Megan docile était en train de disparaître. Je ne voulais plus jamais encaisser sans pouvoir rendre. Et Sédiline, qu'elle le veuille ou non, allait m'apprendre à me battre.

Je saluai tout le monde avant d'aller me doucher, le corps en feu, mais l'esprit étonnamment clair.

Arrivée dans ma chambre, je trouvai un objet posé sur la commode, accompagné d'un petit mot :

« Dis Alexa, mets la playlist Megan. Syrius »

Je fis ce qu'il avait écrit, un peu hésitante et une musique jaillit aussitôt. Je ne connaissais pas ce morceau, mais dès les premières notes, quelque chose vibra en moi. Une voix parlait de force cachée, de masques qu'on porte pour survivre, de cette armure invisible qu'on enfile quand on refuse de tomber[1].

Je m'étendis sur le lit, le regard au plafond.

Ces mots-là... même sans les connaître par cœur, je les comprenais. Ils racontaient ce que j'étais en train de devenir : quelqu'un qui ne plie plus, quelqu'un qui se relève.

La chanson suivante démarra, plus brute, plus sauvage. Une voix de femme qui parlait de rage, de liberté, de morsure contre le monde[2]. Elle chantait comme si elle n'avait peur de rien, comme si plus personne ne pouvait la faire taire.

Syrius avait vraiment pris le temps de choisir chaque titre. Et chacun me renvoyait une image différente de moi : moins fragile, moins effacée. Plus vivante.

---

[1] Sia – Unstoppable

[2] Clara Luciani – La grenade

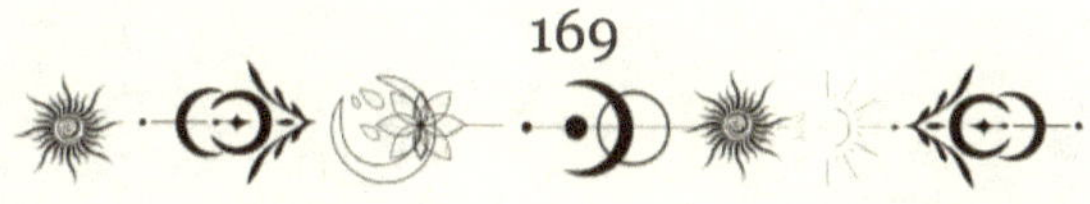

Oui. J'allais devenir comme ces femmes qu'on entendait.

J'allais apprendre qui j'étais vraiment.

J'allais apprendre à frapper. Et surtout, à ne plus me laisser frapper.

Je montai le son en entrant sous la douche, me laissant emporter par les rythmes, bougeant sans même m'en rendre compte, mes hanches, mes épaules, comme si mon corps se souvenait avant moi comment on vit sans peur.

Quand je sortis, je me sentais légère, presque euphorique, malgré la fatigue de la journée.

Je filai vers la cuisine, bien décidée à préparer quelque chose pour tout le monde, mais Nathaniel me coupa la route.

— Hop, hop, hop ! Où tu crois aller comme ça ? Interdiction formelle d'approcher de la cuisine.

— Comment ça, interdiction ?

— Ordre de Syrius et Égédias. Ce soir, c'est eux aux fourneaux. Toi, tu dois te poser et te détendre.

— Mais...

— Pas de “mais”. Linia t'attend avec l'apéro. Je vous rejoins dans cinq minutes avec de quoi grignoter.

Je capitulai et trouvai Linia installée dans le salon, splendide dans une robe qui semblait sortie d'un magazine.

Elle me dévisagea longuement.

— Tu as l'air... différente.

— Heureuse, tu veux dire ? Oui, je le suis. Grâce à vous tous.

— C'est louche, ça. Qu'est-ce qui te met dans cet état ?

— Je suis en sécurité. Je suis entourée de gens gentils. J'ai fait du sport. Et... j'ai une playlist incroyable que ton frère m'a concoctée.

— Quel frère ?

— Syrius.

Elle cligna des yeux.

— Mon frère t'a préparé une playlist ?

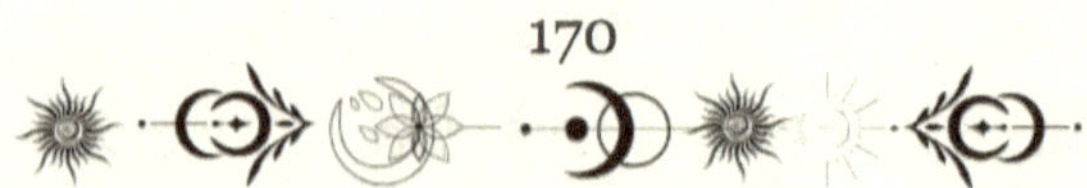

— Oui, et chaque chanson me parle. Comme si quelqu'un avait mis des mots sur ce que je ressens.

— Il y a quelque chose entre vous ?

— Quoi ? Non ! Enfin... je ne crois pas. Pourquoi tu dis ça ?

Elle sourit de ce petit sourire qui en dit trop.

— Fais attention, Megan. Syrius est charmant, mais il ne s'attache pas. Comme moi. On fonctionne au coup de cœur... mais sans y laisser le nôtre.

— J'ai déjà assez de choses à gérer, crois-moi.

— Tant mieux. Mais bon... ce serait normal que tu craques un peu. Il est difficile à ignorer.

Je me contentai de me racler la gorge, le cœur battant un peu trop rapide, espérant qu'elle ne voie pas mes joues devenir brûlantes.

Nathaniel arriva avec des cacahuètes et des tranches de saucisson. Parfait.

La conversation dériva sur leurs études, leurs projets, leurs galères. Je me laissai porter par leurs voix, heureuse d'être là sans avoir à me justifier, sans être observée comme un problème à résoudre.

Quand Syrius et Égédias nous rejoignirent, quelque chose se contracta en moi.

Je sentis mon corps réagir avant même que ma tête comprenne : épaules un peu plus raides, respiration moins libre. Je le trouvais beau, oui. Et surtout, il me regardait comme si j'étais quelqu'un d'important. Mais je n'étais pas prête à devenir quelqu'un « pour quelqu'un d'autre ». Je devais d'abord devenir quelqu'un pour moi.

Alors je mis de la distance. Pas brutalement. Juste assez pour me protéger. Juste assez pour qu'il sente que je traçais une ligne.

Il la sentit. Je le vis dans ses sourcils qui se fronçaient, dans ses silences, dans ses regards qui cherchaient les miens sans les trouver.

La soirée passa, douce bien qu'un peu tendue. Quand je me levai pour aller me coucher, il m'intercepta.

— Tu as trouvé mon cadeau ?

— Oui… merci. J'ai adoré. Les premiers morceaux… ils me parlent vraiment.

Je sentis sa fierté, légère, presque timide.

— J'ai cru t'avoir blessée…

— Blessée ? Pourquoi ?

— Tu étais distante. J'ai pensé que j'avais fait quelque chose de travers.

Cette phrase me serra la poitrine.

— Non… c'était gentil. Trop gentil même.

— Trop ?

— Tu n'as pas à t'occuper de moi comme ça.

Je vis une ombre passer dans ses yeux, fugace. Comme s'il avait peur d'avoir pris trop de place.

Nathaniel arriva avec Sédiline. J'en profitai pour m'échapper.

Je sentais le regard de Syrius me suivre. Il pesait sur mes épaules comme une question sans réponse.

Dans ma chambre, je remis la playlist.

La musique me parlait encore une fois, comme si quelqu'un avait traduit ce que je n'arrivais pas encore à dire : ma peur, ma rage, mon envie de devenir plus forte.

La tenue de nuit vert émeraude, gentiment prêtée par Yzalinia, me donnait l'impression d'être une autre. Pas une victime. Pas un souvenir cassé. Juste une femme en train de naître.

Quand on frappa, mon cœur fit un bond stupide.

C'était Syrius.

— On n'a pas fini de parler, je crois.

Je sentais sa nervosité. Elle ressemblait à la mienne.

Je le laissai entrer.

Nous étions maladroits. Trop conscients l'un de l'autre. Il resta près de la porte. Moi, je m'assis sur le lit, comme pour ne pas tomber.

— Pourquoi tu m'as évité ?

— Ta sœur m'a parlé…

— Laquelle ? Linia ?

— Oui.

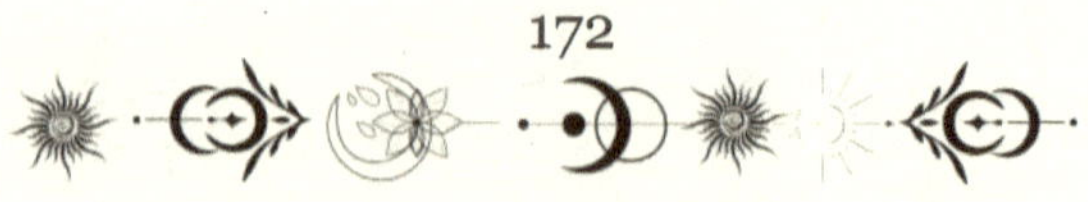

— Et ? Je vais être obligé de t'arracher chaque mot de la bouche, dit-il en souriant.

— Non... c'est juste que c'est gênant...

— Qu'est-ce qui est gênant, Megan ? Sois franche avec moi. Si j'ai fait quelque chose qui t'a blessée, dis-le-moi.

— Elle croit que je craque pour toi.

Ses yeux s'agrandirent, surpris. Peut-être flatté. Peut-être inquiet.

— Et toi, tu crois ça ?

— Non. Mais ça m'a troublée. J'ai peur qu'on me regarde autrement que comme... moi.

— Comme « quoi » ?

— Comme quelqu'un qui essaie juste de tenir debout.

Il me regarda longtemps. Ce regard-là, doux et grave à la fois.

— Je vais être honnête. Tu me plais. Et oui, tu me plais vraiment. Mais je vois aussi que tu es en train de te reconstruire. Et je ne veux pas être un poids de plus. Juste quelqu'un sur qui tu peux t'appuyer... si tu en as envie.

J'avais la gorge serrée.

Je ne m'attendais pas à tant de respect. À tant de délicatesse.

— Merci... murmurai-je. C'est exactement ce dont j'ai besoin.

Il sourit, mais ce n'était pas un sourire léger. C'était un sourire prudent. Un sourire qui promettait de ne pas faire mal.

— Et si ma famille s'imagine des choses parce que nous parlons, parce que nous faisons attention l'un à l'autre, je pense que c'est leur problème, pas le nôtre, d'accord ?

— D'accord.

— Bonne nuit, Megan.

— Bonne nuit, Syrius.

Quand il partit, je restai longtemps immobile.

La musique murmurait encore autour de moi, et pour la première fois depuis longtemps, je sentis quelque chose de nouveau :

Pas de la peur, pas de la colère... de la confiance qui osait à peine éclore.

La musique m'enveloppait encore quand le sommeil m'attrapa vraiment. Les sons se diluaient, devenaient vagues, puis silence. Je sentis mon corps s'alourdir, mais mon esprit, lui, s'allégea... comme s'il glissait ailleurs.

Je me retrouvai dans un environnement fleuri.

L'herbe fraîche caressait la plante de mes pieds, quelques tiges chatouillaient mes mollets. Je baissai les yeux : j'avais gardé mon déshabillé vert.

L'air sentait la chaleur douce du soleil mêlée au parfum sucré des fleurs. Je respirai profondément, comme si mes poumons se remplissaient réellement pour la première fois.

Je fis un tour sur moi-même. Rien qu'un champ à perte de vue. Immense. Paisible. Trop paisible.

Je marchai sans me presser, jetant parfois un regard derrière moi. J'étais seule... pourtant, l'impression d'être observée me serrait la nuque.

Alors je le vis.

Un rapace tournoyait au loin. Je le suivis des yeux. Plus il se rapprochait, plus une certitude montait en moi.

— Toi...

La chouette se posa devant moi et pencha la tête comme elle le faisait toujours.

— Heureuse de te revoir. Tu ne me quittes plus, dis donc.

Une fumée blanche l'enveloppa soudain, légère, presque lumineuse.

Quand elle se dissipa, une femme magnifique se tenait devant moi.

— Bonjour, Megan. Enchantée de t'accueillir de nouveau dans mon royaume.

Mon cœur battait trop vite.

— Euh... bonjour... je suis chez vous ?

— Tu l'es, en effet. Et cela fait longtemps que j'attends ton retour.

— Parce que je suis déjà venue ?

— Oui. Une fois. En compagnie de tes sœurs, il y a dix ans.

Le mot me transperça.

— Mes sœurs ? J'en ai donc vraiment ? Qui sont-elles ? Où sont-elles ?

— Pas encore, Megan. Tu dois d'abord apprendre à te maîtriser.

— Mais pourquoi ? Si vous me connaissez... si vous êtes bien celle qui m'a aidée à me libérer de mon mari... vous savez à quel point j'ai besoin de savoir qui je suis !

Sa voix resta douce, mais ferme.

— Tu le découvriras par toi-même. Ta présence ici prouve déjà que tes souvenirs se réveillent. Tu les as entendues. Vous serez réunies bientôt, je te le promets.

— Et comment pouvez-vous en être si sûre ?

Elle inclina légèrement la tête.

— Tu sais qui je suis, n'est-ce pas ?

Je le savais.

Athéna. Déesse de la sagesse, de la stratégie, de la raison.

J'avais fait des recherches hier en me rappelant mon rêve. J'avais cru que tout cela n'était qu'un mythe... mais après les métamorphes, les vampires, les sorciers... pourquoi pas les dieux ?

— Apprends, Megan. Apprends à te défendre. Apprends à te contrôler. Sinon, tu pourrais blesser ceux que tu aimes.

— Mais qu'est-ce que je suis ? Une garou ?

— En partie. Mais tu es bien plus que cela. Sois patiente. Fais ce que je t'ai dit.

Son regard me traversa comme s'il voyait déjà ce que j'allais devenir.

— À très bientôt, Megan.

Je voulus parler, protester, poser mille questions...

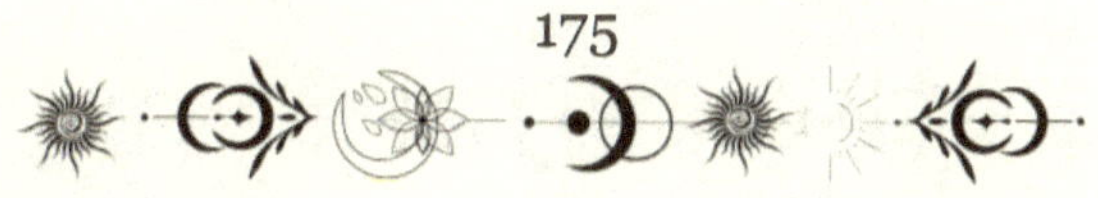

Mais déjà elle disparaissait et avec elle le champ, le ciel, la lumière.

Je me réveillai d'un coup dans mon lit.

Mon cœur battait encore la chamade comme si Athéna était toujours là.

Je jetai un œil au réveil pour découvrir qu'il était déjà six heures trente.

Je devais me préparer pour l'entraînement avec Sédiline.

Chapitre 20

Sédiline

J'étais mitigée sur ma nouvelle mission.

Je détestais la paperasse, alors faire de l'exercice plutôt que de fouiller dans des dossiers, je prenais sans discuter. Mais cette nana… elle me dérangeait. Un truc en elle sonnait faux, comme une alarme sourde que je ne pouvais pas éteindre. Je restais sur mes gardes, persuadée qu'elle pouvait exploser sans prévenir. Tous les autres l'avaient déjà adoptée. Trop naïve, ma famille.

J'espérais qu'elle tiendrait ses promesses. Je n'aimais pas les chouineuses.

J'avais des engagements, une carrière construite à coups de combats et de sacrifices. Responsable de la garde du Conseil, ça ne se gagnait pas au loto. Être ici ne me rapportait rien. Pire : si l'un d'eux se faisait blesser pendant mon absence, je pourrais dire adieu à tout.

C'est passablement énervée que je la rejoignis dans le jardin.

Elle s'échauffait déjà. Sérieusement.

Son corps avait changé depuis dimanche soir. Plus plein. Plus dense. Les muscles se dessinaient sous la peau, comme s'ils se réveillaient après des années de sommeil. C'était... troublant.

Elle me jeta un regard bref, sans s'arrêter. Pas un mot.

OK. Aussi têtue que moi. J'aimais bien.

— Tu es prête ?

— Bonjour à toi également, Sédiline. Et oui, je suis prête.

Caustique, la demoiselle.

— Je ne suis pas là pour être gentille. Tu vas souffrir.

— Parfait ! Pendant deux secondes, j'ai cru que tu te relâchais avec ton « tu es prête » !

Je souris malgré moi. Elle me le rendit.

Bon. Peut-être qu'elle n'était pas si insupportable.

Je la fis passer sur les machines qu'Égédias avait installées. Trente minutes plus tard, elle transpirait, mais tenait toujours debout. Je la fis recommencer. Elle ne protesta pas, bon esprit.

À presque huit heures, je l'emmenai vers le tatami. Elle retira ses chaussures en me voyant faire et me rejoignit.

— On va tenter de vérifier si tu as de vieux réflexes, enterrés quelque part dans les méandres de ta mémoire.

— Je doute d'être en mesure de te battre...

— Ça, c'est certain, ma jolie. Mais essaie quand même.

Je la piquai volontairement. Un peu de colère aide à lâcher le mental.

Je lui montrai les bases : poing, posture, distance, respiration. Elle apprenait vite. Trop vite. Elle enchaîna les coups de pied avec un équilibre impeccable. Je me surpris à m'amuser.

— Parfait, nous allons mettre ça en scène. Essaye de me frapper. Je me contenterai de faire des évitements ou de te bloquer sans te toucher.

— D'accord.

Elle se positionna en garde devant moi et m'envoya un premier coup de poing que j'esquivai sans difficulté. J'avais vu à sa posture où elle allait taper. Je lui expliquai son erreur et l'on recommença.

Au bout de quinze minutes, elle n'utilisait déjà plus seulement ce que je lui avais montré. Son corps trouvait tout seul. Elle se détendait. Accélérait. Et là... Je commençai à me défendre pour de vrai.

Elle frappait vite. Trop vite. Je devais sans cesse me rappeler de ne pas riposter.

Son regard changeait. Plus dur. Plus vide.

Sa concentration était totale, les tapes s'accélérèrent, je n'eus bientôt d'autre choix que de riposter. Aucune de nous deux ne parlait, je lui plaçai un coup de pied retourné qui la fit reculer. Elle ne s'arrêta pas pour autant et reprit l'affrontement. Elle était différente, violente et froide, je commençai à m'inquiéter.

— Megan, nous allons faire une pause, lui dis-je après l'avoir renversée.

Elle se releva dans un mouvement acrobatique, de ceux que seuls des combattants maîtrisent. Cette fois, plus aucun doute n'était permis. Sauf qu'elle semblait ne pas m'avoir entendue. J'invoquai ma magie et psalmodiai rapidement une formule d'immobilisation. Elle parut enfin émerger de son espèce de transe.

— Sédiline ? Pourquoi suis-je paralysée ?

Elle était revenue.

— Tu n'arrivais plus à t'arrêter, Meg.

— Je t'ai blessée ? me demanda-t-elle inquiète.

— Nous n'en étions pas encore là, fis-je en la libérant. Par contre, j'ai une très bonne nouvelle pour toi.

— Laquelle ?

— Tu sais parfaitement te battre, tu as dû apprendre jeune. Nos entraînements vont donc être très intéressants...

— Ah bon ? En revanche, ce n'est pas un peu alarmant que tu aies été obligée de m'immobiliser pour que je m'arrête ? — Disons que ta concentration devait être au maximum. Es-tu fatiguée ?

Elle sembla réfléchir à la question, mais me répondit, étonnée, que non. Cela faisait pourtant presque deux heures que nous étions là. Je savais que Syrius avait été

présent pendant notre combat. Je n'aurais pas été une bonne garde si cela n'avait pas été le cas. Je me tournai vers lui.

— Qu'en dis-tu ?

— Impressionnante ! À tout point de vue.

Megan rosit sous le compliment, on n'était pas dans la merde si elle se mettait à craquer pour lui. Enfin, c'était leur histoire, pas la mienne.

— Merci, Sédiline, pouvons-nous recommencer demain matin ?

— Non.

— Mais pourquoi ? Je n'ai pas rechigné et je dois savoir me battre. C'est important ! finit-elle, la voix plus assurée.

— On reprend ce soir, avant de manger. Dix-sept heures.

Son sourire revint aussitôt.

— Merci ! Je serai là.

— Je n'en doute pas.

— Je file à la douche, ce ne sera pas du luxe !

Elle s'éloigna rapidement tandis que j'entendais les méninges de mon frère tourner à plein régime. Je pivotai vers lui, attendant le verdict.

— Pourquoi dès ce soir ? me questionna-t-il.

— Elle a de l'énergie à revendre, il faut qu'elle la dépense.

— Sédiline. Arrête de me prendre pour un imbécile. Qu'as-tu détecté chez elle qui nécessite cette urgence ?

— Tout d'abord, ça a l'air de l'aider à se reconstruire. Si elle est en mesure d'assurer sa propre sécurité, cela n'en sera que mieux.

— Sédiline, me reprit-il menaçant.

— OK, ne t'énerve pas. Quelque chose ne demande qu'à sortir en elle, je le sens. C'est là tapi, prêt à nous sauter au nez. Je veux éviter que cela arrive.

— Tu crois qu'elle va se transformer ?

— Oui, non, je ne sais pas... si tu laissais de côté deux minutes tes hormones, je suis certain que tu le ressentirais toi aussi.

Je le vis marquer le coup. Il pensait réellement pouvoir me cacher ça ? Les hommes !

— Je sentirais quoi ?

— De la magie, idiot ! Du pouvoir ! Cela va en augmentant depuis hier matin.

— Tu plaisantes ? Je n'ai rien détecté !

— Et pour cause ! Tu es plus branché sur son anatomie que sur ses aptitudes. Réfléchis avec ton cerveau, fais appel à tes propres capacités et tu verras.

— Les autres l'ont également décelé ?

— Si oui, ils ne m'en ont pas parlé. À toi de décider. Moi, je préfère la garder sous surveillance tant que je ne sais pas qui elle est, ou plutôt ce qu'elle est.

Je le laissai à ses pensées. Moi aussi, j'avais bien mérité une douche.

La journée se passa et je repris l'entraînement avec Megan. Syrius se tenait non loin, bien décidé à vérifier mes allégations, apparemment. L'échauffement ne dura qu'une demi-heure. J'avais installé un sac de frappe sur pied, histoire de nous amuser un peu. Elle tapa dessus de toutes ses forces, j'étais certaine que le sac avait adopté le nom de son mari. Je lui fis signe de me rejoindre sur le tatami, son sourire parla pour elle. Elle aimait ça, nous allions peut-être finir par devenir amies avec ce point commun. On commença doucement, je ne voulais pas qu'elle se fasse mal, mais je m'étais inquiétée pour rien. Elle reprit, en peu de temps, sa vitesse et sa précision. Je bavardais régulièrement avec elle afin d'être certaine de ne pas la perdre. Elle me répondait, tout allait bien.

C'est quand je portai, malgré moi, un coup un peu vicieux dans le ventre que tout se déclencha. Elle releva les yeux vers moi, et je saisis qu'elle n'était plus vraiment aux commandes. Je décidai de voir jusqu'où elle pouvait aller, je n'alertai donc pas Syrius.

Elle se déchaîna.

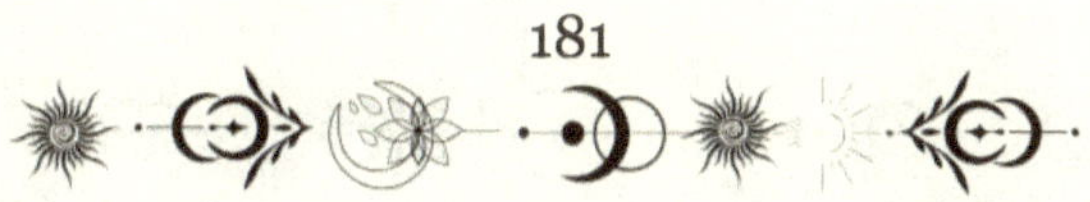

Les coups pleuvaient. Je bloquais, j'évitais, j'en prenais aussi. Ça faisait longtemps que je n'avais pas autant encaissé.

Je sentis Syrius sur le point d'intervenir, je lui fis signe de rester en arrière. Si elle avait besoin de se défouler, et je pouvais le comprendre, autant qu'elle le fasse avec moi. Mon dernier coup de poing l'a cueilli au menton, elle se retrouva à terre.

Mais elle se releva… différente.

Une main énorme, griffue, étrangla ma gorge.

Je me figeai.

Mon frère accourut.

Elle ne serrait plus… elle le regardait, lui. Comme une proie.

J'étais sereine. Avec ses pouvoirs, il allait la paralyser en deux secondes.. Les minutes passèrent, mais rien ne changea.

— Sédiline, ne bouge pas. Nous avons un problème.

J'aurais bien aimé lui répondre lequel, mais j'étais un peu occupée ailleurs.

– J'arrive pas à la paralyser. Elle est peut-être immunisée… car sorcière elle-même.

Je me sentais super rassurée, là ! Elle allait quand même bien finir par se fatiguer… non ? Je tentai de capter son regard. C'était toujours Megan, mais très froide, sans expression, avec les mains de… Freddy[3]? Non… Edward[4]? Non plus… j'avais du mal à trouver le bon descriptif.

– Megan, c'est moi, Syrius. Il faut que tu lâches Sédiline. Rappelle-toi, nous sommes tes amis.

Je l'entendis s'approcher, j'espérais que son idée était bonne parce que si elle se remettait à serrer, adieu moi !

Ça allait vraiment faire tache comme épitaphe : ci-gît, Sédiline Pollon, courageuse gardienne du conseil, morte lors d'un entraînement avec une mutante. Elle n'aurait pas dû sous-estimer son adversaire.

---

[3] *Les griffes de la nuit* — film 1984

[4] *Edward aux mains d'argent* — film 1990

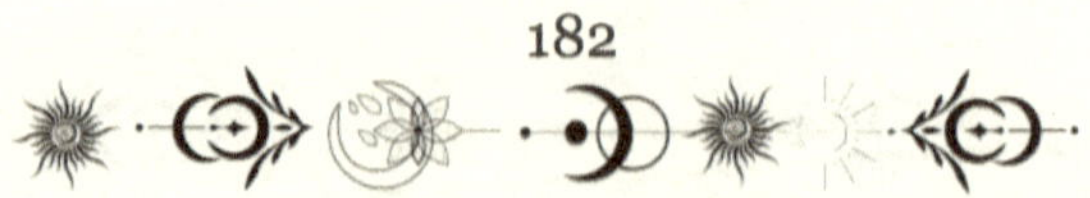

Génial !

Je sentis enfin sa main se relâcher. Je n'avais pas écouté un traitre mot de ce qu'il lui avait dit, mais visiblement, ça avait marché. Je me retrouvai par terre, Nathaniel apparut à mes côtés.

— Ça va ?

— ...

Elle avait quand même dû un peu m'écraser la trachée, je n'arrivais plus à m'exprimer. Il me tendit un verre d'eau, j'essayais d'en faire passer quelques gouttes dans ma gorge. Yzalinia approcha à ce moment-là avec un flacon.

— Bois. Ça va tout rétablir.

Ma sœur, ma sauveuse. La sensation de feu disparut aussitôt.

— Putain ! Ça c'est de l'adversaire ! On remet ça quand tu le souhaites, Megan !

Linia éclata de rire tandis que Nathaniel me traitait de folle. Je jetai un coup d'œil sur le côté. Megan semblait dans tous ses états. Elle voulait partir, Syrius et Égédias avaient toutes les peines du monde à la retenir. Bon, j'allais devoir m'en mêler. Je me relevai, facile, et les rejoignis.

— Qu'est-ce qui se passe ici ?

Elle était en panique totale.

— Oh... Sédiline ! Je suis désolée...

Elle s'agrippa à moi et se mit à pleurer.

— Tu vas te calmer vite fait, Megan. Il n'y a pas mort d'homme, enfin de femme.

J'avais du mal à comprendre tout son charabia entrecoupé de sanglots, mais je saisis le plus important : elle s'en voulait.

— Tu es badasse en action, ma belle. Je te préviens, on remet ça demain matin à la fraîche !

— Tu plaisantes ? J'ai failli te tuer !

— Tout de suite les grands mots ! Non, c'était juste un avertissement.

— Il est hors de question que je recommence. D'ailleurs, je vais trouver une structure qui pourra

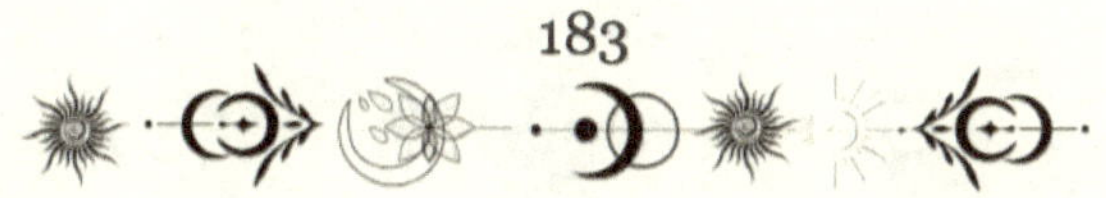

m'accepter afin que je perde cette faculté. Je ne veux pas me transformer en monstre !

— Je pense qu'il est trop tard pour ça.

Je lui pris la main, elle avait de nouveau sa forme originelle.

— S'il y a une chose que je sais, Megan, c'est que l'on ne peut pas cacher indéfiniment sa vraie nature. Elle finit toujours par se révéler, et souvent au plus mauvais moment. Tu es bien un monstre, ma chérie. Bienvenue parmi les tiens. Aucun de nous n'est normal, comme les autres l'entendent. Nous sommes des bâtards, des sangs-mêlés, des impurs... c'est ainsi qu'on nous appelle. Mais tu as une famille maintenant, et nous allons faire de notre mieux pour que tu te découvres et que tu te maîtrises. D'accord ?

Je la vis passer par une myriade d'émotions, avant de se serrer contre moi en me répétant merci. Elle était comme nous, et elle avait besoin de nous. J'allais certainement finir par m'en prendre plein la gueule lors des entraînements à venir, mais j'étais joueuse de nature. Syrius, Égédias, Yzalinia et enfin Nathaniel nous entourèrent. Putain, ils gâchaient toujours tout avec leur sentimentalisme à deux balles.

— Ah non ! Faudrait voir à ne pas exagérer ! Je veux bien qu'on me casse la gueule, mais là, c'est trop.

Je réussis à me sortir de leur étreinte. Ils se mirent à rire, se moquant clairement de mon incapacité à apprécier les moments importants.

Saleté de famille !

Chapitre 21

Syrius

Ma sœur m'étonnerait toujours.

Au lieu d'avoir peur de Megan, ou de lui en vouloir pour ce qui venait de se passer, elle voulait recommencer dès le lendemain. Comme si frôler la mort faisait partie d'un simple entraînement de routine. Megan, encore tremblante, avait fini par l'enlacer, acceptant son aide, renonçant à l'idée de se faire enfermer « pour le bien de tous ».

Je l'avais regardée faire avec un nœud dans la poitrine. Elle avait peur d'elle-même. Peur de ce qu'elle devenait. Et pourtant, elle nous faisait confiance.

On s'était tous rapprochés sans vraiment y penser, formant une étreinte collective un peu maladroite, pleine de soulagement. Sédiline, évidemment, n'avait pas supporté plus de deux secondes. Elle s'était dégagée en maugréant, comme si les émotions étaient contagieuses.

Son grognement avait déclenché des rires.

Mais moi, je ne riais pas.

Égédias observait Megan avec une attention presque médicale. Je sentais qu'il se posait mille questions. Moi aussi. Le fait que ma magie ait glissé sur Megan me hantait. Ça ne m'était jamais arrivé. Jamais.

Et ce qui me faisait encore plus peur, c'était que je n'avais même pas senti venir la résistance. Comme si mon pouvoir n'avait tout simplement pas existé pour elle.

J'avais empêché Égédias d'intervenir, par instinct. J'avais eu peur qu'un geste de trop fasse basculer Megan de nouveau.

Était-elle aussi résistante à la magie elfique ?

En quoi était-elle vraiment en train de se transformer ?

Je regardai Megan frissonner violemment. Trop de chocs en trop peu de temps. Linia la raccompagna dans sa chambre. Je les suivis du regard jusqu'à ce qu'elles disparaissent.

Je me tournai vers Égédias.

— Qu'en penses-tu ?

— Surprenante, clairement. Tu aurais dû me laisser tenter quelque chose.

— Non. C'était trop dangereux pour Sédiline. Megan aurait pu lui briser le cou.

— J'aime bien le mien, au passage, fit-elle avec un sourire forcé. Mais sérieusement... ce serait intéressant de savoir si elle passe aussi à travers la magie elfique. Et puis... ces mains... impressionnantes.

Elle plaisantait, mais je voyais bien qu'elle n'était pas tranquille non plus.

— Toi tu ris, mais moi j'ai vraiment eu peur.

Elle haussa les épaules.

— C'était un risque calculé. Enfin... en partie.

Je soupirai.

— Il faut prévenir maman. Elle connaît plus de choses que nous sur les peuples cachés. Megan ne correspond à rien de ce que je connais.

— Appelle-la. Et si elle ne sait rien, je vois avec papa.

Je pris mon téléphone et expliquai tout.

— Tout le monde va bien ? demanda-t-elle aussitôt.

— Oui. Sédiline veut déjà recommencer demain. Megan a repris sa forme normale. On a réussi à la convaincre de rester.

Un soulagement passa dans sa voix.

— J'avais une piste avec ce que Megan m'a raconté sur la chouette et Athéna. Mais sa transformation change la donne…

— Tu pensais à quoi ?

— Aux Euménides. Des sorcières mythiques. Mais elles ne se métamorphosent pas, à ma connaissance.

— C'est quoi, exactement ?

— Une lignée très ancienne. Gardiennes de l'équilibre entre les mondes. On dit qu'elles descendent des Dieux.

— Rien que ça… Et elles fument quoi pour croire à leur propre légende ?

— Ne te moque pas, Syrius. Tu ne connais pas tout. Et Megan a vu Athéna. Ça ne sort pas de nulle part. A-t-elle rêvé d'elle à nouveau ?

Je pensai à Megan, à son regard quand elle parlait de ses rêves.

— Je crois qu'elle a parlé à une chouette dans le jardin… mais je lui demanderai.

— Fais-le. Et dis à ton frère d'appeler ton père.

Je n'insistai pas quand elle refusa de l'appeler elle-même. Leur histoire restait une plaie ouverte. Encore une bonne raison de ne pas s'attacher trop fort.

— Et son mari ?

— Il n'est pas rentré chez lui depuis dimanche. Mais un vampire est venu fouiller la maison.

— Un vampire ?

— Un ancien, probablement. Je vais me préparer au cas où.

Cette nouvelle me glaça. Les anciens, on ne savait jamais ce qu'ils pouvaient vraiment faire.

Je raccrochai avec un poids dans la poitrine.

Le soir se passa sans incident. Megan dormait déjà quand Yzalinia revint. Je passai la voir avant de me coucher.

Elle était paisible. La musique murmurait doucement dans sa chambre. Je restai un moment à la regarder respirer, soulagé qu'elle soit encore entière.

Le lendemain matin, nous étions déjà mercredi. Le temps filait trop vite, comme si quelqu'un avait appuyé sur avance rapide alors que nous n'étions pas prêts. Il fallait comprendre qui cherchait Megan, qui la possédait autrefois, et surtout pourquoi.

Quand j'arrivai dans le jardin, les filles s'entraînaient déjà. Le soleil perçait à peine et la rosée brillait encore sur l'herbe. Megan transpirait, concentrée, attentive à chaque geste de Sédiline. Son corps bougeait avec plus d'assurance qu'avant, plus d'équilibre aussi.

Mais elle restait… normale. Pas de griffes, pas de peau qui se modifie, pas d'aura étrange. Je soufflai discrètement.

Sédiline, elle, ne cachait pas sa déception.

— Dommage… j'aurais aimé voir si ça recommençait.

— Pas moi, répondit Megan avec un demi-sourire fatigué.

Il y avait dans sa voix un mélange de soulagement et de crainte, comme si elle redoutait autant ce qu'elle était que ce qu'elle ne comprenait pas encore.

Je la laissai filer à la douche, puis au petit déjeuner, et retournai m'enfermer avec Égédias dans notre mer de dossiers. L'organigramme prenait forme, mais c'était une toile d'araignée faite de vide : des sociétés-écrans, des prête-noms, des filiales sans visage. Plus on creusait, plus tout semblait conçu pour ne jamais mener à personne.

— Ils savent ce qu'ils font, murmura Égédias. Ce n'est pas du bricolage.

Ça ne me rassura pas.

Quand Megan nous rejoignit, encore humide de la douche, les cheveux relevés à la va-vite, je la regardai s'installer en face de moi. Elle avait l'air plus calme que la veille, mais je sentais une tension sous sa peau, comme un fil trop tendu.

Je lui transmis ce que ma mère m'avait dit. La chouette. Athéna. Les Euménides.

Elle pâlit légèrement.

— J'ai rêvé d'elle encore cette nuit, me dit-elle. Elle m'a parlé comme si elle me connaissait depuis toujours.

Elle me raconta les mots d'Athéna, sa voix, son regard. Plus elle parlait, plus j'avais l'impression que le réel se fissurait un peu plus.

Une déesse. Pas une illusion, pas un symbole. Une présence.

— Donc… elle existe, murmurai-je. Pas ici. Pas comme nous. Mais elle existe.

Megan hocha la tête, troublée.

— Elle dit que j'ai des sœurs. Deux. Quelque part.

Sa voix trembla légèrement.

— Tu te rends compte ? Je ne suis peut-être pas seule au monde…

Ce simple espoir me serra la gorge.

Elle me bombarda ensuite de questions sur les Euménides. Je dus avouer que je n'en savais presque rien. Des ombres dans l'histoire, des gardiennes mythiques dont on parlait à voix basse.

— Mon père en saura plus, promis-je.

Quand je vis son regard s'accrocher à cette promesse comme à une bouée, je compris à quel point elle avait besoin de réponses. Pas pour la curiosité. Pour survivre sans se perdre.

— Quoi que tu sois, Megan, tu n'es pas une erreur, ajoutai-je doucement. Et tu ne seras pas seule pour le découvrir.

Elle me sourit, un vrai sourire cette fois. Fragile, mais sincère.

Et je me fis la même promesse en silence : peu importe ce qu'elle deviendrait, je serais là pour le voir... et pour l'aider à ne pas se briser.

Chapitre 22

Magda

Elle devenait de plus en plus folle. Elle avait fait fouetter l'homme qui lui avait appris la destruction des deux entrepôts et la libération des otages. Plus de garous à disposition pour ses prélèvements, j'avais retenu une petite danse de la joie. Elle pensait que c'était une catastrophe ? Elle était loin du compte.

Cet évènement en avait caché un autre, l'avènement des Euménides ! La prophétie que m'avait énoncée Athéna s'était réalisée. Les Érinyes, telles qu'elles existaient au commencement de tout, renaissaient à travers les trois sœurs. Je devais maintenant aider ces femmes à maîtriser leurs pouvoirs. Je ne pouvais toujours pas m'échapper, la garce me tenait, mais je connaissais quelqu'un qui allait pouvoir : Lucius, le roi des vampires.

Il avait certainement décelé cet afflux de magie, du fait de son ancienneté et de ses talents. Je devais juste le motiver pour qu'il s'y intéresse encore plus. Je passai mon premier coup de téléphone dès lundi. Je n'eus pas à insister, il était déjà prêt à enquêter sur le sujet. Il me fut aisé de lui communiquer la position d'Alex et de Tisha, concernant Megan, je n'avais malheureusement pas d'indications. Lui l'avait repérée dans le Vaucluse, c'était une première piste.

J'avais donc profité de l'absence de la folle, le lendemain, pour fouiller dans son bureau. Et j'avais découvert un rapport expliquant qu'elle était soi-disant mariée à un des médecins en charge des inséminations, un grand malade apparemment. Pauvre enfant ! Je communiquai l'adresse à Lucius qui me confirma qu'il envoyait quelqu'un. Il attendait aussi la visite de Tisha, chez lui. Elle était celle qui, pour le moment, présentait le plus de difficulté à maîtriser ses nouveaux pouvoirs, d'après lui. La partie d'échecs, entamée il y a des années de cela, me donnait enfin un peu d'espoir. D'ici peu, j'allais être en mesure de réparer mes erreurs. Je ne réintègrerais jamais ma place au sein de mon clan, mais j'allais sauver les nôtres.

Chapitre 23

Elle

Je n'étais entourée que d'incompétents !

Ils avaient trouvé les entrepôts. Ils n'auraient jamais dû.

Ma magie devait les rendre invisibles. Intouchables. Intouchés. J'avais sacrifié des garous pour cela, vidé leurs corps, broyé leurs âmes... et malgré tout, tout avait disparu. Plus rien. Plus de cages. Plus de chaînes. Plus de cris.

Plus de cobayes...

La rage me brûlait la gorge. Cédric ferait mieux de ne pas m'avoir menti sur sa dernière création. Elle devait fonctionner. Elle devait réparer cet échec.

Heureusement, mes femelles étaient pleines. Leurs ventres arrondis portaient mon avenir. Ma vengeance. Encore vingt ans. Trente peut-être. Mais je bâtissais une armée qui ne me trahirait pas.

Je trouverais le responsable de ce fiasco.

Et je le ferais supplier avant de mourir.

Marius... Il redevenait fort. Le sauveur. Il fallait le faire tomber encore. Et encore. Jusqu'à ce qu'il ne reste de lui qu'un nom sali...

Les vampires... ceux que nous avions capturés. Il était temps que leur roi soit informé de leurs disparitions, si ce n'était pas encore le cas. Je devais m'occuper de ça en priorité. Et après ? Après, je devais attraper un ou deux *Guardians* de plus, les placer avec Adrien. Je guiderais Lucius jusqu'à eux comme on guide un chien jusqu'à sa gamelle.

Un scandale. Un drame. Une crise.

Et moi, au centre de tout, enfin visible.

Mais avant tout, il me fallait de l'argent. La guerre coûte cher. Même la vengeance a un prix. J'allais devoir vendre quelques œuvres d'art afin de renflouer les caisses. Je fis signe à Thomas qui patientait devant les escaliers. Il emboita le pas, son énergie n'était pas comme d'habitude. Jérôme ouvrit la portière, je m'y glissais et attendis que nous démarrions.

— Qu'y a-t-il, Thomas ? Je te sens énervé.

— Vous avez fait fouetter un de mes hommes seulement parce qu'il vous avait appris une mauvaise nouvelle ! hurla-t-il.

— Et ?

— Et vous pensez que cela envoie quoi comme message ce type de sévices ? Vous êtes notre protectrice, pas notre bourreau !

Il s'enflammait, sa nature profonde apparut. Croyait-il me faire peur ?

— As-tu oublié à qui tu parles, Thomas ?

Je lui coupai le souffle. Littéralement.

Ses mains se portèrent à sa gorge, ses yeux s'écarquillèrent. Il tenta d'avancer vers moi. Je le frappai. Sec. Fort. Précis.

— Je pourrais te tuer maintenant, murmurai-je. Et personne ne me reprocherait quoi que ce soit.

Je sentais sa peur couler en moi comme une drogue.

— Tu m'appartiens. Vous m'appartenez tous. Je suis votre reine. Votre loi. Votre fin.

Je serrai encore. Je voulais voir jusqu'où je pouvais le pousser. Ses yeux roulèrent, son aura se déchirait.

Aucune pitié. Aucun regret. Sa mort ne serait qu'un détail.

Je le relâchai avant qu'il ne meure. Il s'effondra, haletant.

— Vous... vous avez failli me tuer...

— Oui.

Il me regardait comme on regarde un monstre.

— Pensais-tu que ce que nous étions te protégerait ? Je ne suis plus cette femme-là. Depuis trente ans, je vis pour une seule chose : la chute de Marius. Je le veux seul. Trahi. Brisé. À genoux devant moi. Et quand j'aurai son trône, j'écraserai les Euménides. Toutes. Femmes, enfants, sang mêlé ou sang vide. Ils finiront dans la terre comme du bétail.

Je m'approchai. Il recula. J'adorai ça.

Je lui caressai le visage.

— Tu es à ma droite, Thomas. Mais seulement tant que tu m'es utile. Je sacrifierai les miens sans trembler si c'est nécessaire. Alors... es-tu avec moi ?

Je libérai mon aura. Je l'enchaînai à moi. Il n'avait plus la force de me haïr.

Quand je reculai, il était de nouveau mien.

Encore du travail. Encore des volontés à briser. Être reine était si fatigant...

Mais la vengeance m'attendait.

Et je comptais commencer par ceux que Marius aimait le plus.

Chapitre 24

Alaric

J'avais passé de nouveau la pièce au peigne fin et j'étais tombé sur une cachette dissimulée dans le parquet.

Un endroit qui ne pouvait appartenir qu'à Megan. À l'intérieur, j'y avais trouvé un livre appartenant à une certaine Nana Pollon. Ce nom me disait quelque chose, sans que je puisse remettre la main immédiatement sur le souvenir associé.

Je demandai à Mason, notre champion de la recherche en ligne, de se renseigner. Cela ne lui prit pas longtemps. Mme Pollon était une sorcière, qui avait eu une liaison plus que longue avec l'actuel roi des Elfes, et elle était la mère de ses cinq enfants.

Autant dire que j'allais devoir marcher sur des œufs, la diplomatie allait être de mise.

Elle tenait apparemment la boulangerie du village. Je trouvais étrange qu'une magicienne se soit attachée à Megan. Hasard ? J'avais toujours eu du mal avec ce concept-là.

J'enfourchai ma CBF 1000 et partis en direction du bourg. Je trouvai rapidement le lieu, situé en plein centre. Je poussai la porte, curieux de voir ce que j'allais découvrir ici. Une belle femme à la peau d'ébène me sourit à mon arrivée.

— Mais qu'est-ce que le vent m'amène ? Étonnant de vous rencontrer en ces lieux, vampire, dit-elle sans détour.

— C'est exact, sorcière. Je viens en paix, je suis à la recherche d'une amie.

— Tiens donc, je ne pense pas avoir aperçu l'ombre d'un vampire ici depuis deux décennies, au minimum.

— Elle n'est pas une des nôtres, c'est une humaine. Une de vos amies, apparemment.

Elle fronça légèrement les sourcils.

— Ah bon ? Et comment le sauriez-vous ?

— J'ai mes sources. Son prénom est Megan.

— Megan ? Que lui voulez-vous ?

Elle semblait réellement étonnée. Pensait-elle donc que Megan était une simple mortelle, sans importance particulière ? Je tentai une approche un peu plus intrusive et je me heurtai à un mur solide. La dame se protégeait, donc elle était au fait de ma venue. Créer une potion pour se prémunir d'un vampire télépathe, ce n'est pas le genre de chose que l'on fait par hasard.

— Sa famille est à sa recherche et je suis missionné pour la retrouver.

— Tiens donc ! Et quelle famille ?

— Ça, je ne peux vous le dire, gente dame. Vous imaginez bien que la discrétion fait partie de ma fonction.

Elle m'observa un long moment. Avait-elle l'intention de m'attaquer ? Toute sorcière qu'elle était, je pouvais la mettre KO en deux secondes, mais cela créerait un incident diplomatique que Lucius ne me pardonnerait pas.

— Suivez-moi, s'il vous plaît.

Elle me précéda dans l'arrière-salle, là où, visiblement, elle cuisinait.

— Je vous sers quelque chose ?

— Non merci.

Je n'étais pas assez stupide pour lui donner l'occasion de m'empoisonner. Elle sourit, semblant se douter du cheminement de mes pensées.

— Vous ne lui voulez pas de mal ?

— Je vous jure sur mon roi que je n'ai aucune intention malveillante à son égard.

— Et ceux qui vous dirigent ?

— De même.

— Bien... Je vais vous dire ce que je sais. Megan s'est enfuie de chez elle il y a quelques jours.

— Enfuie ? Mais pourquoi ?

— Son mari la battait. Les dernières punitions sont allées au-delà de ce qui était supportable. Je ne savais rien de son calvaire avant qu'elle n'arrive ici, contusionnée, peinant à se mouvoir. Elle avait peur, elle n'avait pas d'argent, pas de téléphone, aucun ami à part moi... Alors j'ai fait ce que j'ai pu. Je lui ai donné tout le liquide en ma possession et je ne l'ai plus revue depuis.

— Vous n'avez aucune idée d'où elle est ? Vous en êtes certaine ? Je suis en mesure de l'aider.

— Malheureusement, je dirais que vous arrivez avec quelques jours de retard. Elle aurait sûrement apprécié votre soutien.

— Et vous, pourquoi ne l'avez-vous pas prise sous votre aile ?

— Elle a refusé, me certifiant que son mari était dangereux et influent. Et puis, elle n'était pas des nôtres. Je n'ai pas insisté.

Cette femme me débectait. Ne pas l'aider sous prétexte qu'elle ne faisait pas partie de sa communauté, quelle absurdité. Elle avait donc dû disparaître avant dimanche, la sorcière aurait senti sa magie autrement.

— Quand est-elle partie ?

— Samedi ou dimanche. Son mari a déboulé ici dimanche soir, la cherchant. Une folle, d'après lui. Je lui aurais bien réservé un traitement particulier, mais cela aurait été contraire à la loi...

— Qu'importe la loi ! Celle des hommes aurait suffi. Vous auriez pu l'aider à le dénoncer.

— Elle ne voulait pas. Il fallait qu'elle parte loin de lui. J'ai fait ce que je pouvais.

Elle montait dans les tours. Je compris que je ne pourrais rien tirer de plus sans provoquer un incident. Je me levai et quittai la boulangerie sans un regard en arrière. J'avais l'impression d'être passé à côté de quelque chose, mais quoi ?

Je repris la route pour Avignon. Rester ici était inutile. Échouer si près du but m'agaçait profondément. Je ne savais pas exactement pourquoi Lucius nous avait envoyés, Orion et moi, mais il ne l'aurait pas fait sans raison. Il allait être déçu, et je n'aimais pas ça.

Je rentrai dans ma chambre d'hôtel, il n'était pas loin de midi. Mon rendez-vous téléphonique n'était prévu que vers quatorze heures trente. J'avais le temps.

Je contactai Orion afin de savoir où il en était. Sa présence au milieu des métamorphes, et surtout si près d'Isabella, devait lui peser plus qu'il ne voulait bien l'admettre.

— Salut frérot !

— Bonjour, Alaric. Que me vaut le plaisir de ce coup de fil ?

— Je voulais juste savoir si tout se passait bien pour toi. Tu as du nouveau ?

— Alexandra est partie rejoindre notre roi et sa sœur. Elle est... intéressante, cette jeune femme.

— Intéressante comment ?

— Un règlement de comptes entre femmes. Celle qui a dégusté ne l'avait pas volé, mais je ne m'attendais pas à ça.

— À quoi, exactement ? Tu vas arrêter de me servir les infos au compte-gouttes ?

— Tu devrais être plus patient, vu ton âge.

— Et toi plus discret, vu que t'es mort depuis deux siècles ! Alors ?

— Elle s'est transformée en partie et a littéralement écrasé le mental de l'autre. Elle lui a imposé des images de sa propre vie, sans pour autant la réduire à l'état de légume. Moi qui passe mon temps dans la tête des gens, je t'assure qu'elle m'a impressionné.

— Et voilà, encore un sous leur charme...

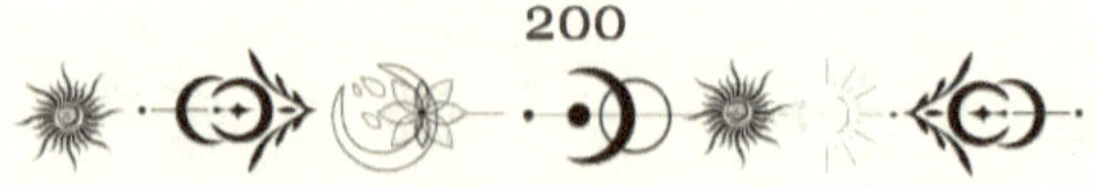

— Hein ? Non, pas du tout. J'admire la technique, c'est tout. Qui est sous son charme ?

— Notre roi et Mathias semblent conquis par Tisha.

— Sacré caractère, de ce que j'ai pu en voir... Amusant.

— C'est tout ce que ça t'inspire ?

— Si ça permet à Lucius de reprendre un peu goût à la vie et d'éviter de finir enterré...

Vu comme ça, en effet, c'était une bonne chose. Il n'avait pas évoqué LE sujet. Devais-je le faire à sa place ?

— Tu es toujours là ?

— Oui, oui. Et Isabella ? Elle est partie avec Alex ?

— Non, pas cette fois. Elle est restée au camp avec les Guardians. Elle est plutôt appréciée, ici.

— Tu te sens bien ?

— Arrête de me poser la question à chaque fois, Alaric. Ça commence à m'agacer. Je vais bien. Ma mission devrait bientôt se terminer et elle ne saura même pas que j'étais là. C'est mieux pour tout le monde.

— Tu aurais dû en parler à Lucius.

— Non. C'est du passé. On se tient au courant.

Il raccrocha sans me laisser le temps de lui dire au revoir. Mais oui, bien sûr... il allait bien. Tu parles.

Je me tournai vers le bar de ma chambre, histoire de voir s'il y avait quelque chose de potable. Du whiskey, moyen de gamme, mais ça ferait l'affaire. J'avais encore deux heures à tuer.

Je repensai à cette jeune femme. La réaction de la sorcière me restait en travers de la gorge. Elle avait les moyens de l'aider et ne l'avait pas fait, uniquement parce qu'elle ne faisait pas partie de sa communauté. Dans quel monde vivions-nous ? Cet individualisme gangrenait même les surnaturels.

Pourtant, à une époque, nous avions dû nous serrer les coudes pour éviter notre destruction complète. Lucius faisait de son mieux pour maintenir de bonnes relations entre les espèces et, de temps en temps, j'aimais jouer les ambassadeurs.

Certes, il n'était pas encore prêt à se montrer, ses réactions étant parfois trop extrêmes... mais l'attachement à la jeune Tisha pourrait s'avérer intéressant.

J'allumai la télévision pour m'abrutir quelques minutes en attendant la bonne heure. De la télé-réalité. Pathétique. Le téléphone sonna enfin : Mathias était avec Lucius. Ce qu'ils m'apprirent ne m'apaisa pas, bien au contraire. Elle n'était même pas mariée à ce salaud. Des années de mensonges, de coups, de soumission...

Je me proposai aussitôt pour interroger le faux conjoint. Loi ou pas, notre rencontre n'allait pas lui faire plaisir. Cette mission me plaisait déjà beaucoup trop. Je notai l'adresse de son laboratoire et filai.

J'observai les lieux un moment : que des humains. J'attendis que l'accueil soit vide pour m'y présenter. La secrétaire me dévisagea avec un intérêt à peine dissimulé, parfait.

— Bonjour, monsieur.

— Bonjour... Véronique, c'est ça ? Un joli prénom pour une très jolie femme.

Elle rougit aussitôt. Facile.

— Je cherche un vieil ami, Cédric Villera. On m'a dit qu'il travaillait ici.

— Oui, il est directeur du laboratoire. Il doit être dans son bureau.

— Je ne veux pas le déranger. Vous savez à quelle heure il part ?

— Tard. Je finis à dix-sept heures trente et je ne le vois jamais sortir avant.

Je sondai brièvement son esprit : Villera la draguait. Elle était à deux doigts de céder. Parfait, j'allais lui éviter une erreur. Je sortis une carte de visite et la touchai en la lui tendant. Son regard se voila.

— Tu ne m'as jamais vu. Si Villera t'invite, tu refuses. Il est dangereux.

— Je ne vous ai pas vu. Je refuse s'il me propose un rendez-vous. Il est mauvais.

— Bien.

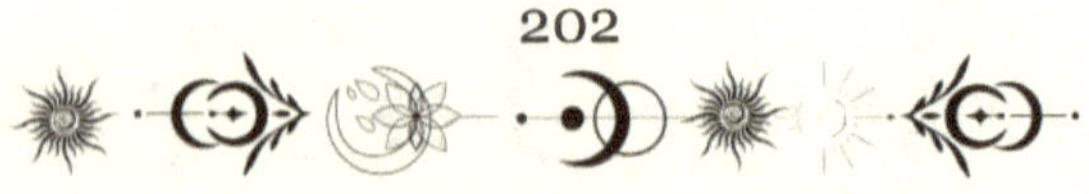

Je repris ma carte et quittai le bâtiment.

Je me postai en surveillance à l'extérieur et demandai à Mason le plan de l'immeuble et une photo de ma cible. Il existait une entrée B par le parking. Impossible de tout couvrir seul. J'improvisai. J'installai une mini-caméra au niveau -3, parfaitement placée, avec détecteur de mouvement, puis repris mon poste.

Il sortit après dix-neuf heures, l'air satisfait. Je ne fouillai pas son esprit : j'aurais tout le loisir plus tard. Il monta dans une BMW noire. Je le suivis. Le trajet fut court. Je fis relever les noms sur l'interphone par Mason, puis me téléportai dans l'immeuble. Dernier étage. Parfait.

Je montai par l'escalier pour lui laisser le temps de s'installer. Les appartements étaient bien isolés. Le luxe a parfois du bon.

L'appartement-terrasse appartenait à une certaine Béatrice Ballier, collègue de Villera. Tant pis. Si elle était innocente, je l'endormirais. Sinon...

Je frappai. Il entrouvrit, chaîne encore mise.

— Oui ?

— Bonjour, Béatrice est là ?

— Non. Problèmes familiaux. Elle est partie quelques jours.

— Dommage. Je suis son voisin du dessous. Elle devait me prêter son plat à couscous pour demain... Elle a dû oublier.

— Un plat à couscous ?

— Oui, je sais où il est. Je peux le récupérer ?

Il hésita, visiblement mal à l'aise.

— Entrez.

Je le laissai fermer la porte et passer devant moi.

— Je n'ai pas votre nom...

Il se retourna et blémit.

Je venais de lui montrer ce que j'étais vraiment.

Chapitre 25

Cédric

Merde. Un vampire.

Mon regard fila partout à la recherche d'une issue, n'importe laquelle, mais il n'y en avait pas. Le balcon donnait sur le vide, le dernier étage... sauter, c'était mourir. Il ne venait peut-être pas pour moi. Peut-être pour Béatrice. Oui. C'était logique. Il demandait Béatrice.

Je reculai. Il avança. Toujours la même distance entre nous.

— Qu'est-ce que vous voulez ? Je vous ai dit que Béatrice n'était pas là...

Ma voix tremblait. Mes jambes aussi. Je haïssais les vampires autant que les garous, mais eux... eux me terrorisaient. Ils voyaient trop. Ils savaient trop. Et ils étaient vicieux.

Quand il annonça que j'étais sa cible, quelque chose se brisa en moi.

— Pourquoi ? Je ne vous ai jamais rien fait, je vous le jure !

Il m'attrapa par le bras et serra fort pour me faire tomber dans le fauteuil du salon. Je me frottai l'endroit, certain que j'allais avoir un bleu.

— Tu n'aimes pas la violence quand elle t'est destinée, n'est-ce pas, Cédric. C'est tellement plus amusant lorsque tu t'en prends à une femme !

Ses canines étaient sorties, je me remis à trembler comme une feuille.

Il était là pour qui ? Megan ? Mes cobayes ? Les autres ? Si je lui demandais de qui il s'agissait, il allait certainement davantage s'énerver. Il fronça les sourcils et son expression se fit encore plus dure. Je n'avais pourtant rien lâché.

Je sentis la sueur couler le long de mon dos.

— Je ne sais pas ce que vous croyez savoir, mais...

Il me coupa. Pas avec des mots. Avec son regard. Comme s'il entrait dans ma tête sans frapper.

— Pourquoi penses-tu à des cobayes ?

Je n'avais rien dit. Rien. Je le savais. Pourtant, il l'avait entendu.

— Je... je ne...

— Tu l'as pensé.

Mon esprit se mit à courir dans tous les sens. Ne penser à rien. Juste un mot. Un seul. Mur. Mur. Mur.

Il sourit.

— Tu es mauvais à ce jeu, Cédric. Megan ne t'a donc pas suffi ? Il a fallu que tu t'en prennes à d'autres femmes !

— Non... oui... enfin les autres, ce ne sont que des expériences. Elles sont humaines, cela ne vous concerne pas, non ?

Chaque mot me rapprochait du gouffre.

Je voulais nier. Je voulais mentir. Mais chaque mensonge me revenait au visage avant même de franchir mes lèvres.

— Où est passée ta soi-disant femme, Cédric ? Parle !

Là, je paniquai. Soi-disant. Il avait dit soi-disant. Donc il savait que ce n'était pas vrai. De quoi d'autre était-il informé ? Était-il au courant pour les expériences ?

Je ne savais pas quoi dire pour m'en sortir. Ses yeux avaient viré au rouge, je compris que cela montrait un sacré degré d'énervement.

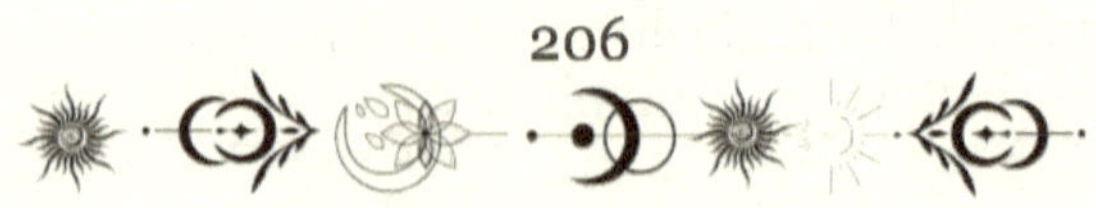

— Nous allons commencer par Megan. Depuis quand est-elle avec toi ?

— Depuis... longtemps.

Son poing partit avant que je puisse corriger.

— Dix ans, murmurai-je dans un souffle.

Il n'avait même plus besoin de mes mots. Il fouillait, il voyait, il prenait.

Et à chaque image qu'il arrachait à ma mémoire, son visage se fermait un peu plus.

Je compris que ce n'était plus seulement un interrogatoire.

C'était une condamnation.

— Pourquoi je vois ton labo détruit dans ton crâne ?

— On ne sait pas ce qui s'est déroulé, je n'étais pas là lorsque c'est arrivé. Le feu a pris et toutes les personnes sur place sont mortes, asphyxiées ou brûlées. La patronne a pensé que Megan avait des pouvoirs puisqu'elle était la seule encore vivante. Quand elle s'est réveillée, elle ne se souvenait de rien. Ni de sa famille, ni de l'enlèvement, ni du laboratoire. Madame a voulu qu'on la garde à l'œil. Nous avons continué les expériences en prétextant une maladie, elle l'a cru.

Je toussai, ma morve m'empêchait de respirer.

— Le plus drôle c'est que cette idiote a développé le syndrome de Stockholm, elle a flashé sur moi. Ça m'a amusé, jusqu'à ce que Madame me demande de la draguer. J'ai obéi, je n'avais pas le choix. Quand j'ai compris que la mémoire lui revenait, à travers ses rêves, j'ai trouvé un traitement afin de la maintenir dans un brouillard constant. Ça la rendait faible et encore plus malléable. Je pouvais lui prélever tout ce que je désirais, elle n'en gardait aucun souvenir. Et puis, une fois majeure, nouvelle super idée de Madame ! Elle voulait que je la conserve à l'abri, mais toujours à notre disposition. J'ai refusé dans un premier temps, mais l'intervention musclée de deux métamorphes m'a fait changer d'avis. Je n'allais pas pousser la connerie jusqu'à l'épouser. Je me suis arrangé

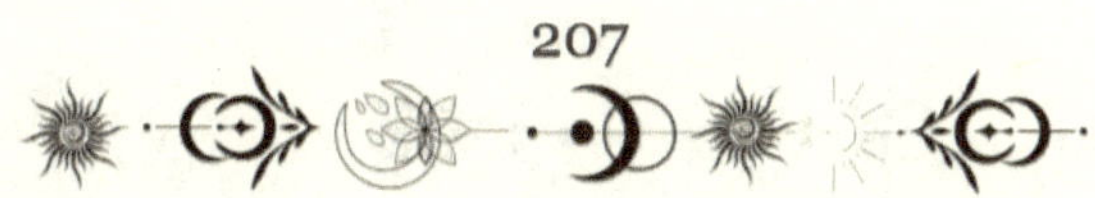

avec le maire de l'époque qui me devait un service. Et c'était fait. Megan a tout gobé.

Je souris en me rappelant mes petits plaisirs de cette période. Ça ne fut pas du goût du vampire qui s'en prit violemment à ma main. Je tombai dans les pommes.

Cette fois-ci, je me réveillai dans la baignoire, nu, l'eau me dégoulinait dessus. Mon bourreau était toujours là.

— On revient parmi nous ? Parfait. J'ai préféré te mettre ici, tu salissais le plancher avec ton sang. Bien que ta collègue ait l'air de mériter un sort quasi similaire au tien, j'aime la propreté.

Je tremblai, j'avais mal partout, j'étais en état de choc complet. Je regardai ma main gauche. Il ne me restait plus que le pouce. Je n'allais plus pouvoir exercer, j'étais fini.

— Avant de songer à ta carrière, tu devrais d'abord penser à ta vie. Nous allons parler de celles que tu appelles tes cobayes, maintenant. Dis-m'en un peu plus.

— Pourquoi ? Vous allez me tuer…

— Cédric, mon Cédric, la mort te serait trop douce. Non, je vais te faire regretter chaque seconde passée avec moi.

Son regard devint dangereux. Pas violent. Froid. Calculateur.

Je lui avouai tout : la femme garou qui était derrière tout ça depuis des dizaines d'années, mon enthousiasme à l'idée de créer une nouvelle race en combinant deux métamorphes en un, l'insémination, la production de bébés qu'on arrachait aux mères.

— Elle se constitue son armée…

— Où sont ces femmes ?

— Une partie est au sous-sol de mon laboratoire, une vingtaine, dont Elena, ma plus belle réussite !

Nous n'avions pas pu aller au bout tous les deux, quel dommage… Mais je l'avais inséminée et le résultat allait être magnifique.

— Où sont-elles ?

Il n'eut pas besoin de me menacer encore pour ces informations, l'important, c'était Elena. Elena qui était à l'abri. Mon graal.

— Tu avais programmé de t'enfuir avec Elena ?

— J'ai tout prévu. Elle n'est déjà plus là. Eh ouais, monsieur le vampire. Elle est dans un endroit que je ne connais même pas. C'était au cas où Madame se rende compte de son absence. Je ne pouvais pas être incriminé... On va me contacter demain matin et je la rejoindrai.

Je vis à la tête du vampire que ce que je disais ne lui plaisait pas. Mais il ne pouvait plus rien me faire. J'avais bien compris qu'il voulait sauver toutes ces femelles.

— Si vous me blessez encore, lorsque le téléphone sonnera, je donnerai l'ordre de la tuer elle, ainsi que toutes celles qui sont dans mes laboratoires. Plus de femmes, plus de bébés !

Il me regarda fixement, et un sourire étira son visage. Je frissonnai de peur, je n'aurais pas dû le menacer. Il sortit son portable et appuya sur une touche.

— Orion, c'est moi. J'ai besoin de toi !

Chapitre 26

Megan

Les informations que m'avait données le père de Syrius me laissèrent muette pendant de longues minutes. Les Euménides existaient donc vraiment. Des sorcières d'un genre particulier, chargées de préserver la paix. Une mission immense, presque irréelle. Mais elles vivaient cachées, dans le secret le plus total, et personne ne savait où elles se trouvaient.

J'aimais cette idée, cette légende vivante. Elle me fascinait autant qu'elle m'effrayait. Mais une question revenait sans cesse me heurter l'esprit : si Athéna apparaissait dans mes rêves, est-ce que cela voulait dire que j'étais l'une d'elles ?

Je n'avais pourtant aucun pouvoir. Rien. Juste ce corps entraîné, ces réflexes qui n'étaient pas naturels chez une fille comme moi. Quelqu'un m'avait appris à me battre, à survivre. Mais qui ? Et pourquoi ? Qu'est-ce que j'avais été avant d'être cette coquille vide ?

Syrius m'avait proposé de passer par son père pour tenter de les contacter. J'avais refusé sans même réfléchir. Je ne savais pas si je pouvais faire confiance à ces femmes. Et si je n'étais pas ce qu'elles espéraient ? Pire... si j'étais ce qu'elles traquaient ?

Je ne savais même pas ce que j'étais moi-même. Comment aurais-je pu leur faire confiance ?

Athéna m'avait demandé de m'endurcir. Alors je m'y appliquai toute la journée du mercredi. J'avais mal partout, le corps meurtri, mais l'esprit encore plus fatigué. Je n'oubliais pas ma promesse de sauver ces femmes, jamais. Mais je savais aussi que seule, je ne pourrais rien faire. Et mes amis non plus, sans l'accord de leurs conseils, de leurs rois, de leurs lois.

Tout était toujours compliqué, lent, entravé par des règles, alors que des vies étaient en jeu.

Le soir venu, j'étais vidée. Je me couchai tôt, espérant une nuit calme. Espérant presque ne pas penser.

Mais je rêvai.

Cette fois, Athéna n'était pas là.

J'étais face à l'océan.

Je ne savais pas comment je le savais, mais j'en étais certaine. L'air avait ce goût salé, ce souffle immense qui vous traverse la poitrine. J'étais assise sur un promontoire, les jambes repliées contre moi, à regarder les vagues se fracasser contre les rochers en contrebas. Elles rugissaient, se déchiraient, recommençaient sans cesse.

Et moi, j'étais bien. Calme. Comme si cet endroit m'avait toujours appartenu.

J'aimais ce lieu. J'aimais mon île.

Je sentis une présence à ma droite. Je tournai la tête. C'était moi.

Les mêmes yeux. Le même visage. La même âme.

Puis quelqu'un me toucha le bras à gauche. Je me retournai encore. Elle me ressemblait aussi. Totalement.

Chacune me prit une main.

Alors je compris. Et mes larmes coulèrent sans que je puisse les retenir.

C'étaient mes sœurs.

Je ne savais pas comment je le savais. Je le savais, c'est tout.

J'entendis ces mots résonner en moi, comme une promesse gravée dans ma chair :

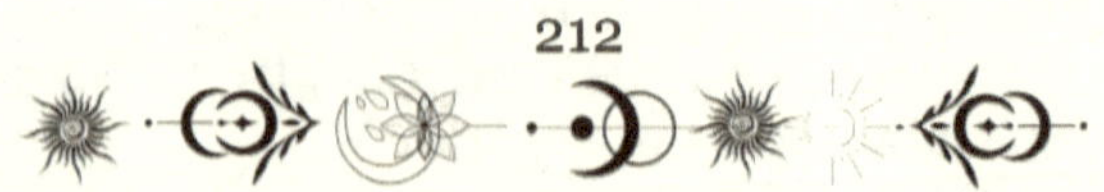

« Unies à jamais. »

Je me réveillai en sanglotant, le cœur déchiré, comme si on venait de m'arracher quelque chose de vital. J'avais la sensation d'avoir perdu bien plus qu'un rêve.

Il fallait que je les retrouve.

Je ne pouvais peut-être pas faire confiance aux autres. Mais à elles, oui. Je le sentais jusque dans mes os.

Il n'était même pas cinq heures du matin quand j'attrapai l'ordinateur que Syrius m'avait offert. Mes doigts tremblaient un peu quand je tapai : « île océan Atlantique ».

Puis j'ajoutai « France ».

Les résultats défilèrent : Noirmoutier, Oléron, Yeu, Aix, Ré, l'île aux Moines...

La France semblait couverte d'îles, chacune avec ses secrets.

Je fermai les yeux, essayant de revoir mon rêve. Le vent. Les rochers. L'impression qu'il y avait d'autres îles proches. J'en étais sûre.

Je passai deux heures à comparer des images, à scruter des falaises, des criques, des promontoires. Certaines photos de l'île aux Moines, de l'île d'Arz, me serraient le cœur sans que je sache pourquoi.

Mais pouvais-je vraiment me fier à de simples impressions ? À un rêve ?

Je fis les cent pas dans ma chambre, perdue, frustrée, tiraillée entre l'urgence de savoir et la peur de me tromper.

Puis je regardai l'heure. Mince !

Je jurai entre mes dents, enfilai un short et un tee-shirt à la va-vite, et sortis rejoindre Sédiline dans le jardin.

Mon corps allait s'entraîner.

Mais mon esprit, lui, était déjà ailleurs. Sur une île que je n'arrivais pas encore à nommer.

— Hé ! J'ai failli attendre. Une panne de réveil ?

— Je suis debout depuis cinq heures du matin, Didine.

— Arrête avec ce surnom. Tu me fatigues.

— C'est bien plus facile que Sédiline. Tu en as un autre à me proposer ? Diline ? Liline ? Sédi ? Non ! Alors ce sera celui-là, imposai-je.

Elle soupira en levant les yeux au ciel.

— Et qu'as-tu fait pendant tout ce temps ?

— Des recherches sur une île... Je t'expliquerai, on s'y met ?

— Tu connais les échauffements, je te laisse trente minutes.

Je tentai de me concentrer sur le moment présent. Bien trop de choses dans la tête. Tant que j'en étais à m'échauffer, ça allait. Mais en face de Didine, je risquai de prendre cher. Elle ne me faisait pas de cadeau, la garce.

Elle me fit signe de m'arrêter, rendez-vous sur le tatami. Je me positionnai face à elle, elle m'attrapa la main aussi sec et me projeta à l'autre bout du périmètre. Super ! Ça commençait bien.

— On se concentre ! m'assena-t-elle.

Je grognai en guise de réponse. Elle avait raison. Je réussis à parer ses coups suivants, cela me remit d'aplomb. Je restai focalisée sur elle, tâchant de la dérouter. J'y parvins deux ou trois fois. Par contre, lorsqu'elle me touchait, elle ne faisait pas semblant. Elle intensifia sa vitesse, je fis inconsciemment de même. Tout coulait naturellement, je ne réfléchissais plus vraiment. Lorsqu'elle chercha à atteindre mes côtes d'un coup de poing, une ouverture se dessina aussitôt. La chute au sol fût immédiate, suivie d'un fauchage net et d'une clef d'immobilisation sans lui laisser le temps de réagir. Elle tapa sur le tapis. Victoire !

— Super ! Bien joué, Megan. J'aimerais bien rencontrer ceux ou celles qui t'ont entraînée, ils ont fait du beau boulot. On reprend ?

— C'est parti.

Je réussis encore une fois à la clouer au sol, mais elle me mit la pâtée la fois d'après. Qu'importe, je me sentais plus forte, ma peur de tout s'évanouissait. Cédric n'avait qu'à bien se tenir.

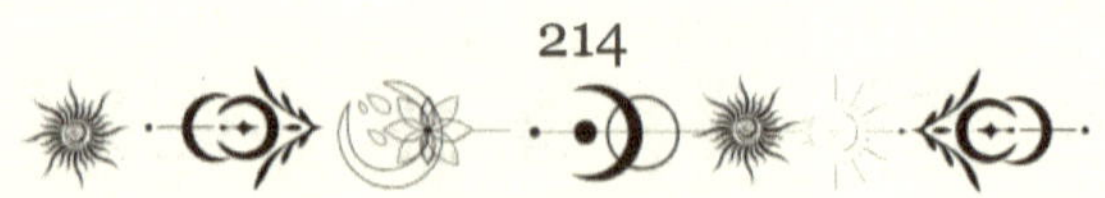

Égédias arriva pour ma seconde séance d'entraînement. Cette fois, il voulait m'initier au tir. L'idée ne m'enchantait qu'à moitié : tirer au milieu de résidences n'avait rien de rassurant. Mais la magie était passée par là. Le terrain avait été isolé, à la fois physiquement et phonétiquement, depuis notre arrivée. Même si je ratais ma cible, personne ne risquait rien. J'avais besoin de cette certitude pour accepter d'essayer.

Égédias commença par les bases : le fonctionnement d'une arme semi-automatique, les règles de sécurité, la position des mains, celle du corps. J'écoutais, concentrée, en essayant de tout mémoriser. Puis vint le moment de passer à la pratique.

La première détonation me fit sursauter comme une gamine. Le bruit, le recul, la sensation dans les bras... tout me parut brutal. Je recommençai, encore et encore, jusqu'à ce que la peur se tasse un peu. Mais je le sentais bien : ce n'était pas fait pour moi. Là où le corps à corps me semblait presque naturel, le tir me résistait. Les gestes ne rentraient pas, la coordination me manquait.

Au bout de trois quarts d'heure, Égédias m'arrêta. J'étais fatiguée, frustrée, et pas vraiment fière de moi. Cette arme-là ne deviendrait jamais mon amie.

— Visiblement, ça ne t'a pas été inculqué, c'est dommage.

— Autant me battre me semble... normal, autant avoir une arme dans les mains...

— Ça en dit un peu plus sur tes origines. Seuls les plus puissants ne manient pas les armes. Même les métamorphes ont une unité d'élite, les Guardians, qui sont experts en tir.

Je passai les heures suivantes à fouiller dans les dossiers. C'est au moment du repas que Sédiline évoqua mes recherches du matin. Syrius insista pour que l'on regarde ça après le déjeuner.

— Tes rêves sont importants, tu ne dois pas les ignorer. C'est peut-être l'heure pour toi de retrouver ta famille. Tu te sentais bien avec elles, n'est-ce pas ?

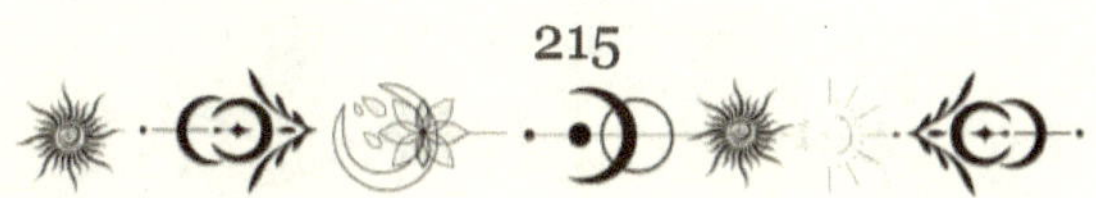

— Je ne saurais te dire à quel point. J'étais... complète. Je me sentais aimée, comprise...

— Alors, pas d'hésitations. Tu continues tes visionnages concernant ces îles. Nous devrions peut-être prévoir d'aller sur place. Cela aiderait encore plus.

— Partir ? Et laisser toutes ces femmes ?

— Il y a un second laboratoire, Megan, me dit Égédias. Nous pensons qu'il est temps d'en discuter plus ouvertement avec nos dirigeants. Le roi des garous, Marius doit aussi être informé. Quelqu'un fait tout ce qu'il peut pour le destituer. Or, c'est un roi apprécié par les autres décideurs et par son peuple. Nous ne pouvons plus nous taire. J'ai sollicité une entrevue avec mon père et Nana s'occupe du conseil des sorciers.

— Pourquoi pas Syrius, il en est membre, non ?

— Je reste pour te protéger et t'accompagner. Et il est inutile d'en discuter, Sédiline vient aussi.

— Et nous ? On pue ? demanda Yzalinia.

— Non, mais vous n'avez pas tout à fait les compétences nécessaires pour assurer la sécurité de Megan, donc vous demeurerez ici, assena Sédiline.

— Ah, ouais... Carrément ! Merci d'avoir pris des gants, ajouta Nathaniel.

— Ne vous fâchez pas, intervint Syrius. Vous allez continuer de fouiller dans les dossiers pendant ce temps.

— Encore mieux ! Vous vous amusez, et nous, on effectue du travail de bureau. Génial !

Linia sortit de table à la fin de sa tirade. Je vis Syrius et Égédias sourire. Je ne trouvais pas ça divertissant, moi. Je ne voulais pas que l'un de mes amis se sente rejeté ou inutile. Je connaissais trop bien ce que ça faisait...

— Ils pourraient quand même nous accompagner ?

— Merci, Megan, je savais que je pouvais compter sur toi, me dit Nathaniel avec un grand sourire.

— Nous ne pourrons pas veiller à leur sécurité, en plus de la tienne, Megan. Sois raisonnable, ajouta Syrius.

Je lui lançai un méchant regard. C'était quoi ce ton condescendant ?

— Je suis parfaitement capable de me défendre toute seule, et j'imagine que ta sœur et ton frère ne sont pas manchots, non plus ? Vous avez bien suivi les mêmes formations, non ?

— Euh... oui, bien sûr, mais...

— Pas de « mais », on est dans un pays libre que je sache. Nous avons déjà épluché les dossiers dans tous les sens. Vous connaissez l'endroit où ils sont, nous avons les noms des diverses sociétés. La seule information qui manque, c'est elle. Aux autres de faire le boulot ! Ce roi Marius doit bien avoir une idée de qui veut lui piquer son trône ? Ce n'est certainement pas une inconnue !

Il regarda Égédias, cherchant du soutien. Ce dernier haussa les épaules. Il se tourna vers Sédiline qui leva les mains en l'air.

— Bien ! C'est décidé ! Et vu que vous n'avez pas été sympas, vous êtes de corvée : débarrassage de table et de vaisselle.

Nathaniel applaudit et commenta le mouchage en règle de ses ainés, pour finalement s'enfuir avant que des représailles sanglantes aient lieu. Il hurla à tue-tête dans la maison pour avertir sa sœur. Je souris. Envolée la petite Megan qui se laissait marcher sur les pieds ! J'aimais bien ce que je devenais. Je surpris le sourire de Syrius qui m'observait. Visiblement, il ne m'en voulait pas. Tant mieux.

Je visionnai des images à m'en arracher les yeux pendant l'heure suivante. Mon choix penchait pour l'île d'Arz, les photos me parlaient. Syrius fit le nécessaire pour réserver un train dès le lendemain, départ à 7 h 18 du matin, arrivée à Paris et ensuite un autre à 13 h 22 pour aller à Rennes. Une fois sur place, il avait loué une voiture. Rien que de savoir que j'allais peut-être enfin revoir ma famille, j'en tremblais d'avance...

J'eus droit à mon second entraînement de la journée avec une Sédiline un peu énervée par mon intervention, apparemment. Elle ne me fit pas de cadeau, me poussant dans mes retranchements, accélérant la violence de ses coups. Syrius voulu y mettre le holà, mais je le lui interdis.

— Laisse ! Si nous tombons sur des personnes qui me veulent du mal, ils ne feront pas semblant non plus. On continue, Sédiline.

Son sourire se fit moins sadique, mais elle repartit sur le même rythme. J'allais devoir m'enfiler une pleine bouteille de la potion d'Yzalinia pour m'en remettre, c'était certain. La transformation eut lieu sans que je la sente arriver, alors que je venais de prendre un méga coup de pied dans le ventre. J'étais à deux doigts de vomir mon déjeuner. J'éprouvai des frémissements dans mes mains, ma peau devint plus épaisse, plus grise aussi. Des espèces de griffes sortirent à la place de mes ongles. Beurk ! C'était pas cool ! Les battements de mon cœur furent moins rapides, je me sentis étrangement calme.

— Megan ?

Je me tournai vers Syrius qui venait de me parler. Non, je n'avais pas envie de l'attaquer. Sédiline bougea légèrement, souhaitant sans doute prendre un peu de distance avec moi. Je l'observai sans ressentir quoi que ce soit. C'était super bizarre.

— Tu es avec nous, Megan ? insista Syrius.

— Ça va, ne t'inquiète pas.

— Eh bien, ta transformation n'a pas l'air de vouloir s'arrêter à tes mains cette fois... Alors, si, je suis un peu soucieux pour le coup.

Mes bras prenaient la même teinte, mes jambes aussi. Je sentis un fourmillement dans le dos, c'était quoi ça ? Je n'avais pas envie de devenir un monstre, je respirai calmement, me remémorant le promontoire sur lequel j'étais assise dans mon rêve, à côté de mes sœurs. La démangeaison s'atténua.

— Tu es sur la bonne voie, ta peau change de nouveau, me confirma Syrius.

Cool ! Je n'allais pas me métamorphoser en un truc hideux, genre Godzilla, attaquant tout le monde. Cela me prit un bon moment pour que tout revienne à la normale.

Sédiline me fit asseoir à côté d'elle, pendant que Syrius allait me chercher à boire.

— Tu as géré comme une cheffe.

— Tu as eu la trouille, hein ?

Je la taquinais.

— Pour tout te dire, j'aimerais bien être certaine que, si tu devais finaliser cette transformation, assez cool au demeurant, tu n'en profiterais pas pour me mettre la pâtée en représailles de nos entraînements. Donc, oui. Un peu. Mais ne le répète à personne, ajouta-t-elle en me faisant un clin d'œil.

— Ça sera notre petit secret, la rassurai-je.

Je me mis à trembler, encore plus que la dernière fois.

— Ça ne va pas, Megan ?

Elle se rapprocha de moi et me toucha.

— Tu es gelée. C'est certainement une conséquence de ton changement. Avec ce que ton corps subit, c'est normal. Syrius ! hurla-t-elle.

Elle me releva tant bien que mal, je ne tenais plus sur mes jambes. Je voulus lui parler, mais ma gorge semblait frigorifiée de l'intérieur. Syrius arriva, accompagné de Linia. Cette dernière poussa un léger cri.

— Son aura est noire ! C'est pas bon signe ça ! Sédiline, fais-lui couler un bain tiède. Syrius. Emmène-la dans sa chambre, et déshabille-la. Je vais préparer une potion. Ne trainez pas !

Linia semblait paniquée, j'avais peur. Je me retrouvai collée contre Syrius qui m'emporta. Il me déposa délicatement sur le lit et déboutonna mon short.

— Je suis désolé, Megan. Je vais te laisser tes sous-vêtements, d'accord ? Sédiline, grouille-toi de me rejoindre ! On échange les rôles.

Il était tout gêné et il s'éclipsa dans la salle de bains dès que Sédiline apparut.

— C'est bien le moment de jouer les prudes. Ces hommes ! Ne t'inquiète pas, Megan. On va gérer !

Je voyais bien qu'elle avait eu peur. Nos relations avaient changé depuis lundi : en quelques jours, elle était

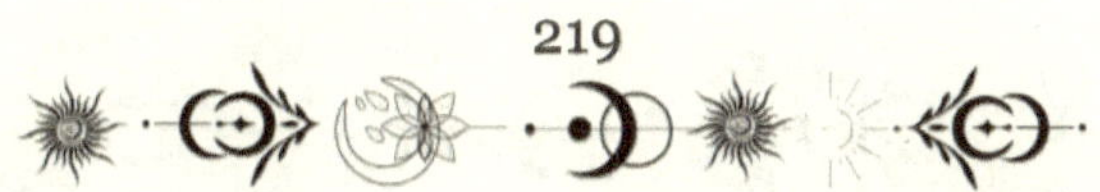

devenue une amie, une vraie. Pouvoir me casser la figure régulièrement lui avait, semble-t-il, suffi pour sceller notre pacte. Cette pensée m'arracha un sourire.

La fatigue me tomba dessus d'un coup. J'avais envie de dormir, profondément, de disparaître dans le noir. Je fermai les yeux... et on me secoua aussitôt.

— Interdiction de roupiller !

Elle appela son frère pour m'aider à rejoindre la salle de bains. Il ne savait clairement pas où poser les yeux ; elle lui donna une petite tape derrière la tête pour le remettre dans l'axe. Du coup, il fixa uniquement mon visage pendant qu'il m'aidait à entrer dans la baignoire. L'eau chaude me traversa comme une vague de soulagement.

Yzalinia débarqua alors comme une tornade, chassa Syrius d'un geste sec et me tendit un mug avec une paille.

— Bois tout ! Ça va relancer ton système et tu te réchaufferas plus vite.

J'obéis sans discuter. Elle augmenta doucement la température de l'eau, surveillant chacune de mes réactions. Peu à peu, le froid se retira de mes os, le brouillard dans ma tête se dissipa. Je retrouvai ma voix, puis mes forces. Linia ne me quitta pas d'une semelle, jusqu'à ce que je sois capable de sortir de la baignoire et de m'habiller seule.

Quand j'arrivai enfin au salon, on me serra dans tous les bras. J'avais compris : je leur avais fait peur. Et, à vrai dire, moi aussi je n'étais pas passée loin de la panique.

La soirée se termina devant un vieux film drôle, *Le Gendarme de Saint-Tropez*, choisi par Nathaniel à la courte paille. Les rires finirent de chasser les dernières tensions. Je montai me coucher apaisée, le cœur encore serré, mais plein d'espoir, en me demandant si, dès le lendemain, je serais enfin un peu plus près de mes sœurs.

Chapitre 27

Orion

Alaric avait toujours eu ce talent particulier pour me pousser à faire des conneries monumentales. Attaquer un laboratoire pour libérer une trentaine de femmes, enceintes pour la plupart, sans en avertir Lucius... Là, il battait des records. Il parlait d'urgence, de temps perdu en palabres inutiles, et surtout d'éviter de noyer notre chef sous des « détails ». Moi, je lui en aurais servi, des détails... à la pelle.

J'étais déjà posté près du second site dont il avait arraché l'adresse au presque-mari de Megan, la sœur des deux autres Euménides. Rien que cette phrase ressemblait à un sac de nœuds, mais l'histoire entière en était un.

J'avais fait mine de rechigner au début, surtout pour le plaisir de l'entendre me supplier. Et puis, soyons honnête : rester en planque près d'Isabella ne m'enchantait pas des masses. Finalement, j'avais monté une équipe de huit vampires, assez anciens pour se faire oublier quand il le fallait, et surtout assez fidèles pour me suivre sans poser trop de questions. J'avais aussi trouvé un car de tourisme : pour exfiltrer une trentaine de femmes, des voitures n'auraient servi à rien. Une bonne partie de la nuit y était passée.

À présent, j'attendais son feu vert. L'opération devait se faire en simultané : de son côté, Alaric attaquait un labo à Avignon pour récupérer une certaine Elena. Quand je disais que cette histoire puait les ennuis à des kilomètres. Alaric connaissait trop bien mon côté chevaleresque : il lui avait suffi de me décrire ce que ces femmes subissaient pour que je lâche tout le reste.

Grâce au plan de Mason, l'infiltration s'annonçait presque simple. Je fis un signe à Félina ; elle me confirma que tout était en place. Mon téléphone vibra encore : Lucius. J'ignorai l'appel. On réglerait ça plus tard. Je savais ce que nous faisions : attaquer des humains sans l'aval de qui que ce soit. C'était osé, et probablement stupide. J'espérais juste que ça ne retomberait pas trop violemment sur Lucius. Et si ça tournait mal... ceux qu'on trouverait dans ce sous-sol n'étaient pas innocents. Ils participaient à l'enlèvement, à la séquestration et à l'exploitation de ces femmes comme simples matrices.

— Félina, on évite de tuer les gardes si c'est possible. On leur effacera la mémoire.

— Comme tu veux, Orion. Mais ce serait quand même plus simple de les éliminer, fit-elle remarquer.

Félina allait toujours au plus rapide : la mort, nette et propre. Mais elle respectait les ordres, en général. Le message d'Alaric arriva enfin : feu vert.

Nous étions déjà près de l'entrée secondaire, dans une ruelle discrète, à l'abri des regards, parfait pour nous. Deux des miens étaient à l'accueil, occupés à faire ouvrir toutes les portes menant au sous-sol. Hypnotiser des humains restait d'une facilité déconcertante. Félina sonna au portail des livraisons. Avec son air de poupée blonde un peu perdue, elle n'éveillait jamais la méfiance. Les hommes, humains ou surnaturels, la voyaient trop tard : ils finissaient à terre sans avoir compris ce qui leur arrivait.

Cette fois ne fit pas exception. Le garde armé ouvrit grand, déjà prêt à secourir la pauvre petite égarée. Ils n'étaient que deux à ce niveau. Une fois neutralisés et ligotés, nous prîmes l'escalier menant au sous-sol.

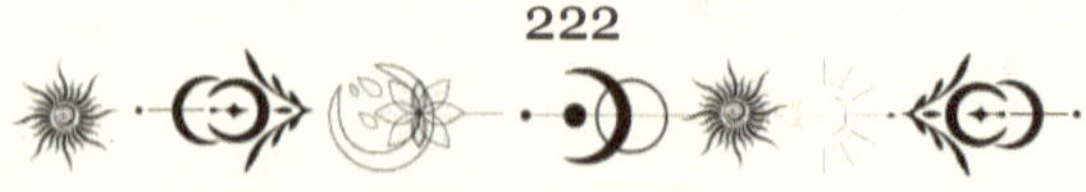

Avec la carte d'accès récupérée sur l'un d'eux, entrer dans le « laboratoire » fut presque trop facile. Laboratoire... le mot sonnait faux. C'était une prison. Félina et deux des miens nettoyèrent le passage au fur et à mesure. Ils n'avaient aucune chance.

Dans le couloir, nous longeâmes des chambres vitrées. Des femmes y étaient enfermées. Toutes enceintes. Certaines à un stade avancé, à en juger par la rondeur de leur ventre. Il faudrait agir vite, et surtout calmement : pas question de provoquer des accouchements en pleine panique.

Félina revint vers moi en courant, les mâchoires serrées, les yeux sombres.

— Tout est sécurisé, Orion. Et on n'en a tué aucun, ajouta-t-elle en me tendant un badge, comme si chaque mot lui arrachait quelque chose.

— Merci, Félina. Je sais à quel point ça te coûte.

— Quand je vois ces femmes, je te jure que j'ai envie de cracher sur tes ordres. Ils ne méritent pas de respirer.

Sa colère vibrait dans l'air, presque palpable.

— Je sais. Mais le plus dur commence maintenant. Il faut toutes les sortir sans qu'elles paniquent. Fais passer le mot : je ne veux pas qu'elles comprennent ce que nous sommes.

— Je m'en charge.

J'ouvris la première porte à droite. À l'intérieur, une jeune femme était assise, immobile, le regard vide. Elle ne réagit même pas en me voyant entrer. Son aura était sombre, lourde, presque morte. Elle ne luttait plus. Je ne percevais même pas ses pensées.

Je m'approchai lentement.

— Mademoiselle... je suis là pour vous sauver.

Aucune réaction.

Je posai doucement la main sur son bras pour établir un contact. Rien. Comme si elle était déjà partie ailleurs. Une rage froide me traversa : qu'avaient-ils bien pu lui faire pour la briser à ce point ?

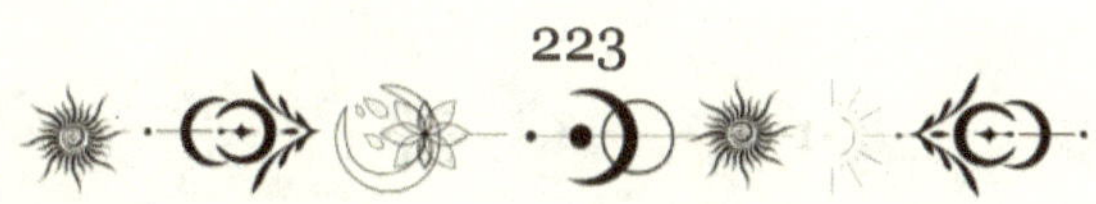

Je plongeai dans ses souvenirs... et faillis reculer sous le choc. Cinquième grossesse. Cinquième fois qu'on l'utilisait, qu'on la vidait d'elle-même. Elle avait abandonné. Elle respirait encore, mais l'espoir, lui, était mort.

Je passai par la télépathie.

Myriam... écoutez-moi. C'est fini. Je suis venu vous sortir d'ici. Plus personne ne vous enfermera.

Son regard se réveilla, lentement, comme s'il revenait de très loin. Elle me vit enfin. Recula légèrement.

— Je... je ne rêve pas ? murmura-t-elle.

Ses pensées se bousculaient : *c'est un piège... une nouvelle torture... je veux mourir...*

Elle n'avait même pas vingt-cinq ans. Et ils l'avaient déjà détruite.

— Vous ne rêvez pas. C'est terminé. On vous emmène à l'abri.

Elle s'accrocha à mes yeux comme à une bouée. À cet instant précis, j'aurais pu tuer chacun de ces hommes de mes propres mains sans la moindre hésitation.

Je l'aidai à se lever et appelai un des miens.

— Charles, je te la confie. Myriam, suivez-le. Il va vous conduire dans un bus. Nous sortons toutes vos compagnes de cellule d'ici.

— Je suis... sauvée ? Pour de vrai ?

Des larmes roulèrent sur ses joues. Elle posa la main sur son ventre.

— Le bébé... il a bougé...

— C'est bon signe. Il est en sécurité maintenant. Vous aussi.

Elle hocha la tête et se laissa guider par Charles.

Dans le couloir, Félina m'attendait, les poings serrés, prête à exploser.

— Rappelle-moi pourquoi je ne dois pas massacrer tous ces fils de... Parce que là, j'ai un trou noir et une énorme envie de me défouler.

— Parce qu'on n'est pas censés être là. Et parce que ces femmes ont besoin de nous plus que de notre colère.

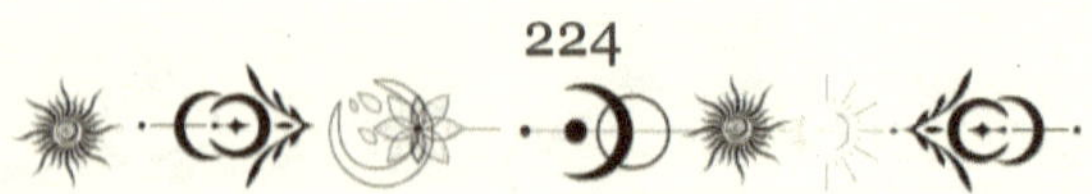

— Elles sont mortes à l'intérieur, Orion. Ils les ont vidées.

Sa voix tremblait de rage.

— Justement. Il faut les ramener. Si elles ne te répondent pas, passe par la télépathie. Demande aux autres anciens de t'aider. Pas d'hypnose, pas plus de violence dans leur tête.

— D'accord... Mais certains gardes risquent de tomber très maladroitement dans les escaliers.

Je croisai son regard. Sa colère était la mienne. Et chaque porte qu'on ouvrirait allait l'alimenter encore un peu plus.

Elle s'éloigna en appelant ceux capables de communiquer par télépathie. De toute façon, Félina faisait rarement les choses à moitié... ni comme on le lui demandait exactement.

Je repris ma tournée des chambres. Porte après porte, regard après regard vidé, ventre après ventre trop rond pour des femmes si jeunes. Il nous fallut plus de deux heures pour remplir le bus. Deux heures de colère refoulée, de dents serrées, d'envies de meurtre étouffées par la nécessité d'avancer.

Quand la dernière femme monta, j'eus enfin le sentiment qu'on arrachait quelque chose à ce lieu maudit.

Demeurait désormais la partie du plan que je détestais le plus : les emmener chez moi.

Faire entrer des étrangers dans mon domaine... Alaric savait pourtant à quel point j'aimais la solitude. Mais nous n'avions pas d'autre option. Il vivait la plupart du temps chez Lucius et ses propres propriétés n'étaient pas faites pour accueillir autant de monde alors que la mienne si.

Physiquement, elles allaient bien. Trop bien, même. Comme si leurs corps s'étaient adaptés à l'horreur. Mais leurs esprits, eux, étaient en ruines. Aujourd'hui, je pouvais les mettre à l'abri. Demain, il faudrait autre chose. Des médecins, des psychologues, des gens capables de recoller ce qu'on leur avait arraché.

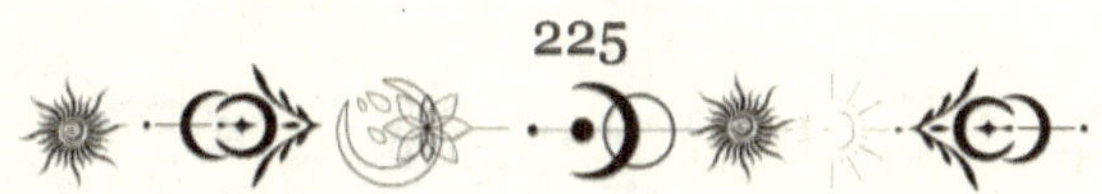

Je fis le tour du bus, vérifiai que tout le monde était installé, puis nous partîmes.

Je n'avais pas le choix : il valait mieux leur dire ce que nous étions avant qu'elles ne le découvrent seules. Une révélation brutale pourrait suffire à tout faire basculer.

Je me plaçai au milieu de l'allée.

— Mesdames, je m'appelle Orion. Je serai votre hôte jusqu'à demain. Nous vous conduisons dans une de mes propriétés pour vous mettre en sécurité. Une fois arrivées, j'aurai besoin de vos identités et des coordonnées de proches susceptibles de vous aider. Si vous n'avez personne, ne vous inquiétez pas : nous veillerons sur vous.

Elles me regardaient comme on regarde un mirage. Pour elles, j'étais celui qui avait ouvert les portes.

Je laissai planer un léger apaisement autour de moi, juste assez pour amortir le choc.

— Je dois être honnête avec vous... nous sommes des vampires. Mais vous ne risquez rien avec nous. Je vous en donne ma parole.

Des murmures, des regards effrayés. Myriam se leva.

— Orion... pourquoi nous avoir sorties de là ? Quel rapport avec vous ?

— Aucun. Ces humains n'ont aucun lien avec nous. Nous sommes tombés sur leur existence en recherchant une des nôtres.

— Donc vous nous avez sauvées... juste comme ça ? Par gentillesse ?

Je souris, un peu las.

— Disons que nous n'aimons pas voir des mortels jouer avec les gènes pour créer de nouvelles races de surnaturels. Et une fois les deux laboratoires découverts, nous ne pouvions plus détourner les yeux. Nous ne sommes pas des monstres... enfin, plus maintenant.

Ça leur suffit, pour l'instant. Myriam se rassit.

Le reste du trajet se passa dans un calme fragile, presque irréel.

Quand nous arrivâmes près de Notre-Dame-des-Landes, en Loire-Atlantique, les murmures reprirent, cette

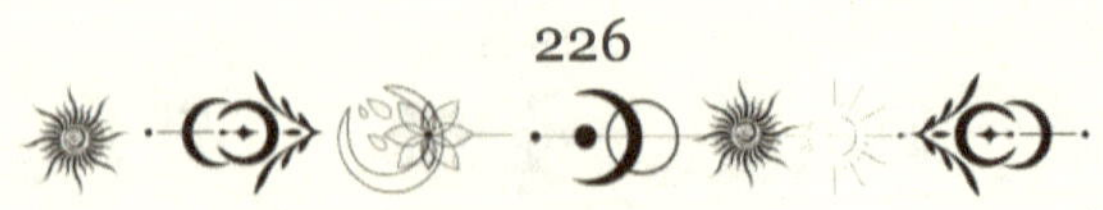

fois émerveillés. Mon domaine s'étendait sur plusieurs hectares, et le château, planté au milieu, imposait toujours le silence.

— C'est chez vous ? chuchota l'une d'elles.

Je ne pus m'empêcher de me redresser légèrement. Félina, à côté, me lança un regard moqueur en voyant ma fierté.

Elle savait ce que ce lieu représentait pour moi.

J'avais fait venir plus de personnel pour les accueillir. Pour une nuit au moins, elles dormiraient en sécurité. Et rien, absolument rien, n'aurait le droit de franchir ces murs sans mon accord.

— Nous sommes arrivés, mesdames. Un déjeuner sera offert d'ici trente minutes dans la salle à manger. Si vous vous sentez trop fatiguées pour le prendre, des plateaux peuvent vous être servis dans vos chambres. Vous êtes totalement libres de vous promener dans le parc, de préférence par deux, au cas où un heureux évènement viendrait à se produire plus tôt, afin que nous soyons avertis. Félina et tout mon personnel se tiennent à votre disposition pour répondre à vos besoins et à vos interrogations.

Je descendis, pas mécontent de passer le flambeau. Félina, elle, ne semblait pas enchantée... mais elle allait prendre soin d'elles, j'en étais certain. Je me dirigeai vers mon bureau, il fallait que je consulte mes messages et que j'appelle aussi Lucius. Une fois installé, je commençai par écouter celui de Lucius et je tombai des nues. J'étais passé à côté d'une demande primordiale pour lui en ne réagissant pas à son coup de fil, ce matin. Il était déjà midi, je n'avais aucun moyen de récupérer Megan. Je contactai immédiatement Alaric afin de voir où il en était, et si, lui aussi, il avait reçu ce message. Je tombai sur son répondeur.

Il ne me restait plus qu'une solution, la surveillance vidéo afin d'essayer de repérer cette jeune femme. Elle devait ressembler aux deux autres, sauf qu'elle était

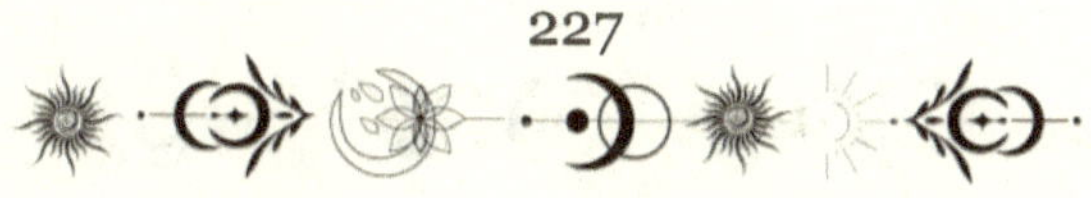

rousse. Un peu de chance ne serait pas du luxe sur ce coup-là. Je joignis Mason.

— Orion. Mais vous ne me lâchez plus en ce moment. Comment vas-tu ?

— Très bien, Mason. J'ai besoin de ton aide. Je viens d'écouter le message de Lucius concernant la jeune Megan à récupérer. Malheureusement, j'étais occupé ailleurs et je n'ai pas pu effectuer la mission. Pourrais-tu me brancher sur le système de surveillance de la gare de Lyon à Paris ?

— Sans souci, Lucius m'avait donné l'heure d'arrivée approximative et je me suis connecté, au cas où. Je crois que je l'ai identifiée, mais elle n'était pas toute seule...

— Comment ça ?

— Elle était accompagnée de deux femmes et de deux hommes. L'image n'était pas géniale, mais j'en ai reconnu un. Il s'agit de Syrius, membre récent du conseil des sorciers.

— Que viendraient faire des sorciers dans cette histoire ? Ça commence à faire beaucoup de monde...

— À ce sujet, je peux t'aider. Alaric m'a demandé dernièrement des informations sur une sorcière, ancienne maîtresse du roi des Elfes, avec qui elle a eu cinq enfants, dont Syrius. Les trois autres font partie de la même famille, j'ai vérifié. Je pense que madame Pollon a pris Megan sous son aile et a sollicité un coup de main à sa progéniture.

— Tu as vu où ils partaient ?

— Non, mais j'ai trouvé leurs réservations. Ils vont attraper le train de Paris Montparnasse en direction de Rennes. Celui-ci arrivera à 15 h 25 à Rennes. Tu devrais pouvoir les intercepter.

— Bonne nouvelle ! Merci, Mason, tu es un vrai chef.

— Je sais. Pour info, Lucius est avec le roi des métamorphes en ce moment, Mathias l'accompagne. Si tu as besoin de le joindre...

— Avec Marius ? Pourquoi ?

— Ils ont retrouvé les vampires disparus, ils étaient emprisonnés avec un autre garou que les Euménides et

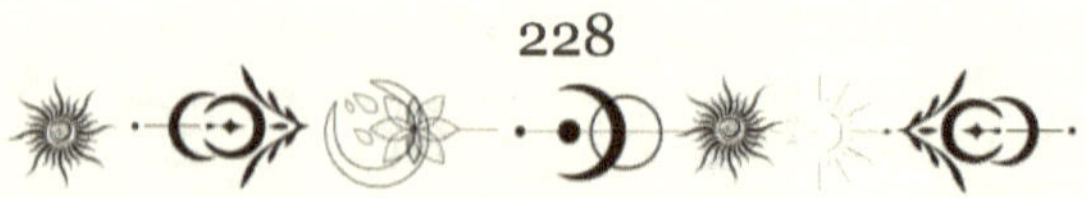

Marius recherchaient. Apparemment, il y a eu un problème avec une des sœurs, Alexandra, je crois. Ils ont décidé de rester avec elles.

— C'est inhabituel, mais c'est une excellente nouvelle ! Lucius s'ouvre de nouveau au monde.

— En effet, je pense que Tisha n'y est pas étrangère. Allez, j'ai encore du boulot, moi. À plus, Orion.

— Merci encore, Mason.

Il me fallait environ une heure et demie pour arriver à Rennes. Je pouvais toujours remplir ma mission.

Chapitre 28

Alaric

Cet idiot croyait vraiment que j'allais le laisser mener la danse. Avec l'aide d'Orion, monter deux commandos pour libérer les femmes des deux laboratoires avait été presque trop simple. En revanche, pour la dénommée Elena, je devais jouer plus fin.

Quand le téléphone sonna, Cédric était soudain très coopératif. Il faut dire que je lui avais déjà arraché deux doigts de la main droite. Et cette fois, je tenais sa virilité entre des tenailles. Au moindre mot de travers, il perdait ce qu'il chérissait le plus. Triste, non ? Moi, je trouvais ça plutôt pédagogique.

Il parla vite. Très vite. Il me donna l'adresse où Elena était retenue. Je fouillais ses pensées en même temps que je l'écoutais : il se voyait encore s'en sortir, comme toujours. Cette illusion me donna envie de lui briser le cou sur-le-champ. Mais je pensai à toutes celles qu'il avait détruites. La mort serait trop douce pour lui. Il méritait mieux. Ou pire, selon le point de vue.

Quand il eut raccroché, je le relevai brutalement.

Je trouvai des menottes dans la commode de la fameuse Béatrice. Pas des jouets : du solide, du sérieux. Je l'attachai dans la baignoire, mains derrière le dos, chevilles entravées, bâillon enfoncé entre ses dents. Il allait patienter. Longtemps. Et réfléchir à ses choix de vie.

Moi, j'avais Elena à aller chercher.

Je sortais à peine de l'appartement quand mon téléphone vibra. L'équipe envoyée sur le laboratoire d'Avignon était en ligne.

— Alaric.

— Tout s'est bien passé, les femmes vont bien. Une est sur le point d'accoucher. Tu es sûr qu'on doit les emmener jusqu'à la propriété d'Orion ? C'est loin.

— En hélicoptère, ça ira vite. Hypnotise celles qui paniquent si besoin. Orion a tout prévu : elles seront examinées et protégées. Merci pour ton aide, Mika.

— De rien, c'était plutôt fun. Les gars n'ont pas trop aimé ta consigne, tu sais...

— Je m'en doute. Mais l'opération n'était pas validée par Lucius. La mort d'humains lui aurait causé de sérieux ennuis.

— Je comprends. Je t'appelle à l'arrivée.

— Merci, Mika.

Une crise de réglée. Je n'avais toujours pas écouté le message de Lucius, mais mes priorités étaient ailleurs. Si cette mortelle portait réellement un hybride, il ne fallait surtout pas qu'elle retombe entre les mains de cette femme. Dans l'esprit du faux médecin, j'avais vu que les hommes engagés étaient des pros. Mais ils n'étaient que dix. Je pouvais gérer.

J'empruntai la voiture de mon nouvel ami. Je ne savais pas dans quel état se trouvait Elena. Ils ne l'avaient pas cachée bien loin : un appartement dans un quartier tranquille. Je me garai à quelques pas et sortis repérer les lieux. Pour un vampire averti, ils étaient loin d'être discrets : deux sur le toit, deux devant l'immeuble, quatre à l'étage, deux avec la jeune femme. J'entendais leurs échanges.

Entrer fut facile : ils laissaient passer tous ceux qui avaient une clé ou un code. Je glissai mon esprit dans celui

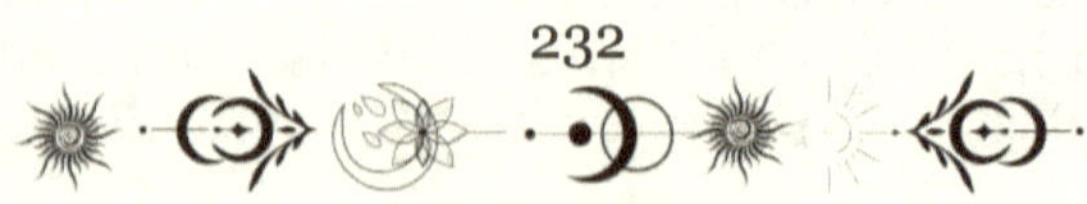

d'un type, son code : « 007 ». Sérieusement… Un fan de James Bond apparemment. Vu l'heure, je fis un détour par une boulangerie. Deux avantages : ça me rendait banal et Elena pourrait manger.

Je rentrai, pris l'ascenseur jusqu'au septième, puis descendis à pied. Je déposai mon casse-croûte dans un coin. Pas question qu'un des quatre donne l'alerte. J'allais m'amuser.

Un mercenaire approcha de l'escalier.

— Je fais un tour des étages.

Parfait. Il portait une oreillette bien visible : pratique. Je me fondis dans l'ombre. Il passa près de moi, s'arrêta, scruta autour. Bon instinct. Trop tard. Un coup suffit. Je récupérai son oreillette.

J'entrouvris la porte : les trois autres étaient là, dont un planté devant un palier. C'était forcément cet appartement. Personne dans celui d'à côté. Je me téléportai à l'intérieur et longeai la cloison. Trop fine pour être vraiment isolante, tant mieux.

Deux hommes râlaient contre le retard de leur patron. Si la configuration des appartements était la même partout, il y avait deux chambres. Je tentai le coup et me retrouvai dans l'une d'elles, vide ! Mauvaise pioche. Je fis de même dans la seconde et trouvai enfin Elena.

Elle était allongée, les mains attachées, en tenue d'hôpital. Droguée, sans doute. Je pouvais l'emporter ainsi, éviter la bagarre… dommage.

Quand je la soulevai, elle gémit.

— T'as entendu ?

— Ouais. Elle se réveille. Va lui remettre une dose.

— Le toubib a dit une seule.

— Je m'en fous. Il n'avait qu'à être à l'heure.

Une chaise racla. Des pas approchèrent. Je reposai Elena et me plaquai derrière la porte. L'homme entra, observa.

— Elle dort encore. J'ai dû rêver, cria-t-il.

— Balance la dose, Jo, et reviens que je finisse de te piquer ta paye au poker..

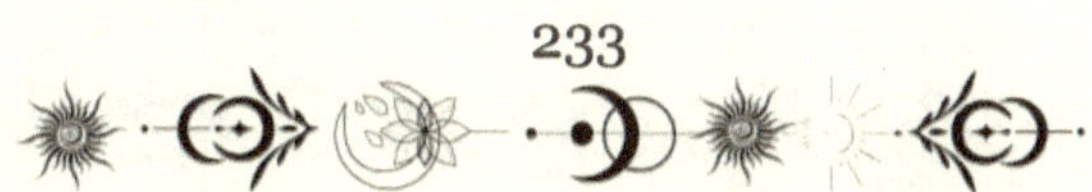

L'autre râla. Il attrapa le bras d'Elena. Je ne pouvais pas prendre le risque que cela l'atteigne elle ou le bébé. Je me glissai derrière lui et le touchai. J'écrasai sa conscience en une seconde et le fis tomber à terre. Un de moins. Je me retournai en entendant des pas.

— Putain Jo, on n'est pas là pour s'amuser. T'en profites pour la peloter, hein, gros dégueulasse !

Son sourire disparut en me voyant. Il voulut parler. Trop tard. Même sort.

Ils ne feraient plus jamais de mal à personne.

Elena ouvrit alors les yeux, prête à hurler. Je lui couvris la bouche. Elle me mordit, fort. Le sang coula. Elle en avala quelques gouttes.

Merde.

Ses yeux s'écarquillèrent. Oui, mon sang avait bon goût. Et surtout, il me donnait un moyen de la calmer. Je lui ordonnai mentalement de se taire, la pris dans mes bras, passai dans l'appartement voisin, puis dans l'escalier. Je récupérai mon sac et descendis.

Au rez-de-chaussée, je me cachai. Avec l'oreillette, je simulai un appel paniqué. Deux hommes filèrent : un vers l'ascenseur, l'autre dans l'escalier. Restait les snipers.

Une jeune femme entra, chapeau et veste colorée. Je l'hypnotisai, pris ses affaires et les fis enfiler à Elena. Elle obéit. Nous sortîmes main dans la main.

Les snipers nous signalèrent... mais ne tirèrent pas. Elle ne correspondait plus au signalement. Ils fouillaient déjà les appartements. Bonne chasse.

Je fis monter Elena dans la voiture et pris la route vers mon nouveau QG.

J'attendis d'être dans l'appartement avant de libérer la jeune femme. Elle s'éloigna aussitôt, le visage fermé, la peur dans le ventre, mais le regard combatif. Elle attrapa une lampe posée sur une table et la brandit vers moi comme une arme.

— Calmez-vous, Elena, je suis venu pour vous aider.

— Ah ouais ? Et me balancer vos trucs de vampire dans le sang, c'était aussi pour m'aider ?

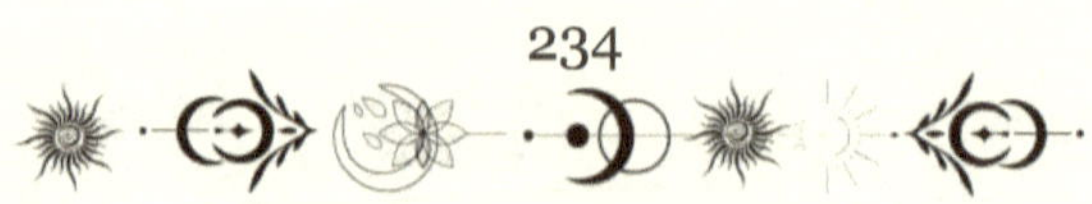

— Oui. Je voulais vous sortir de là le plus vite possible. C'est vous qui m'avez mordu. Ça a simplement facilité les choses.

— C'était instinctif ! Vous m'empêchiez de crier !

Heureusement que l'appartement était parfaitement isolé.

— Il y a ici un homme que vous connaissez bien : le docteur Villera. Je lui ai arraché quelques informations parce que je cherchais quelqu'un. Quand j'ai appris ce qu'il vous faisait, à vous et aux autres, j'ai monté cette opération pour vous sortir de là. Vous ne risquez rien avec moi, Elena. Je suis vraiment venu pour vous aider. Quel serait mon intérêt à vous faire du mal ?

— Je n'en sais rien... Vous êtes peut-être aussi dérangé que lui.

Elle se mit à trembler, sans doute sous le contrecoup de tout ce qu'elle venait de vivre. Elle allait s'asseoir quand elle aperçut des traces de sang sur le sol. Elle blêmit et se réfugia dans la chambre voisine. Je la laissai faire. Je fermai simplement la porte d'entrée à clé et glissai la clé dans ma poche : je n'avais aucune envie de courir après elle si elle paniquait.

Je passai par la salle de bains pour vérifier le toubib. Il était livide, attaché, inconscient. Parfait, j'avais un peu de temps devant moi. Je vis qu'Orion avait tenté de me joindre. Il allait falloir le rappeler. Avant ça, je récupérai le sandwich de la boulangerie.

— Elena, j'ai de quoi vous nourrir. Je le pose devant la porte. Si vous me cherchez, je serai dans le salon.

Je lui laissai le temps de reprendre ses esprits. J'écoutai mes messages. Celui de Lucius me fit grimacer : il avait essayé de nous joindre, Orion et moi, et nous avions tous les deux été injoignables. Je rappelai ensuite Orion. Il m'annonça qu'il pouvait encore rattraper les choses en se rendant sur Rennes et me donna la position de Lucius. Un hélicoptère m'attendait pour emmener Elena... et son bourreau. Restait à savoir si elle supporterait de voyager avec lui à proximité.

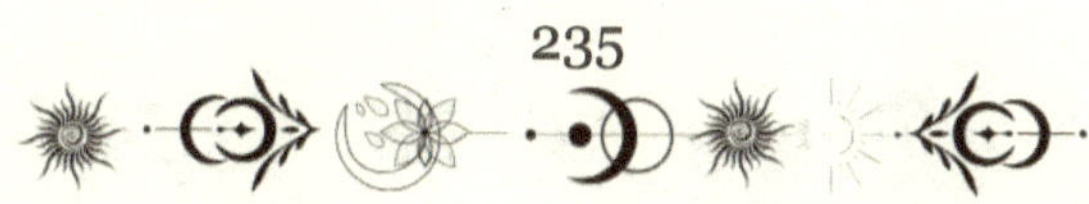

Elle réapparut une quinzaine de minutes plus tard. Son cœur battait trop vite, mais elle se tenait droite et me fixa sans détour.

— Où est-il ?

— Qui ?

— Ce taré qui m'a enlevée. Le toubib.

— Il est dans la baignoire. Vous voulez vérifier ?

Elle ne me faisait pas totalement confiance. Voir Villera de ses propres yeux allait l'aider. Je lui indiquai la direction et la laissai y aller seule. J'entendis un cri étouffé, puis elle revint vers moi.

— Vous l'avez torturé...

Ce n'était pas un reproche. Juste un constat. Je hochai la tête.

— Il n'a pas été très bavard au début.

Un mince sourire passa sur ses lèvres. Le docteur n'était clairement pas dans ses bonnes grâces.

— D'accord... Vous m'avez sortie de là, mais les autres ?

— Elles sont en route vers un lieu sûr. On va essayer de retrouver leurs familles. Elles seront probablement suivies médicalement un certain temps, surtout à cause de leurs grossesses.

Elle posa instinctivement les mains sur son ventre.

— Vous savez pour moi...

— Je sais que vous avez été inséminée. Le docteur pense avoir réussi à créer un hybride métamorphe. Ce serait une première.

Elle se laissa tomber dans un fauteuil.

— Je ne sais même pas ce que je veux... Je ne sais même pas si je suis vraiment enceinte.

— Vous avez le temps de réfléchir. C'est votre corps, votre vie. Et je connais des gens capables de vous accompagner dans tout ça.

Elle sembla se détendre un peu et me détailla du regard.

— Et maintenant ?

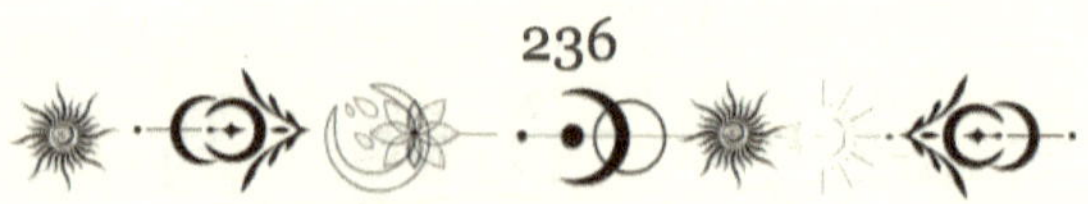

— Je vous propose un petit tour en hélicoptère, avec le docteur et moi. Si vous êtes d'accord, je préviens mon roi.

— Un roi... Je vais rencontrer la royauté, carrément ?

— En fait, deux. Le roi des métamorphes voudra sans doute vous voir aussi.

— Je dois m'inquiéter ?

— Honnêtement, non. Marius est connu pour sa bienveillance. Et quand on sait que ce qui se passait dans ces laboratoires visait à le renverser, vous pouvez être certaine qu'il fera tout pour vous protéger et retrouver les responsables.

Elle inspira profondément.

— Alors je vais faire confiance à mon instinct et vous laisser téléphoner. J'aimerais juste me doucher et me changer.

— Cet appartement appartient à une femme, vous devriez trouver de quoi vous habiller.

— Merci.

Chapitre 29

Tisha

Non mais il délirait complètement ce mec. Accuser ma mère. Ma mère !

Je me levai d'un bond, prête à lui sauter dessus. Tout le monde me regardait, certains jaugeaient ma réaction, d'autres scrutaient celle de la soi-disant suspecte.

— Et comment cette idée saugrenue a-t-elle germé dans votre tête, Adrien ? demanda ma mère avec un calme qui me donnait envie de hurler.

— Je les ai entendus parler d'une femme proche de la royauté, avec des pouvoirs. Et à part vous et Marius, personne n'était au courant de ma mission. C'est logique.

— Donc, si je te suis bien, j'aurais pris le risque de te laisser entendre ce genre de conversations, peut-être même en présence de complices, avant de t'emprisonner le samedi ? Comme stratège, je me pose là. N'aurait-il pas été plus simple de te tuer tout de suite ?

— Ça vous aurait désignée coupable, répliqua Adrien sans céder d'un pouce.

Je sentis la colère me monter à la gorge.

— Tu as été drogué, non ? Tu ne crois pas que tu as pu mal interpréter ce que tu as entendu ? Imaginer que ma mère voudrait affaiblir mon père, c'est complètement stupide, Adrien. Visiblement, tu n'es pas encore remis !

Mon père posa une main apaisante sur mon bras.

— Calme-toi, Tisha. Adrien a quand même apporté des éléments intéressants. On sait maintenant qu'une femme est impliquée et qu'elle possède des pouvoirs. Mais cela pourrait aussi désigner l'une de mes filles, tu ne crois pas, Adrien ?

Il me regarda avec plus d'attention. Et il hocha la tête.

Je me mis à rire, un rire sec, presque hystérique.

— Donc maintenant, on suspecte toute la famille ? Et pendant ce temps-là, James est toujours introuvable ! Franchement, j'en ai marre de vos théories bancales. Je retourne auprès de ma sœur.

Je sortis avant de faire quelque chose que je regretterais. J'étais tellement en colère que j'aurais pu les envoyer valser tous les uns après les autres.

Je rejoignis Claire, restée près d'Alex.

— Des changements ?

— Non... Elle a l'air plus paisible depuis quelques minutes.

Je m'assis près de ma sœur et pris sa main. Elle semblait moins crispée, moins torturée, et pourtant je sentais que ce calme n'était qu'une façade.

Et si j'essayais de la rejoindre... Avec mes nouveaux pouvoirs et les siens, j'aurais peut-être une chance.

— Je vais tenter quelque chose, Claire. Si tu vois que ça devient dangereux, tu sors.

— Dangereux comment ?

— Si je me transforme.

Elle eut d'abord un petit sourire amusé, puis comprit que je ne plaisantais pas.

— Te transformer ? En garou ?

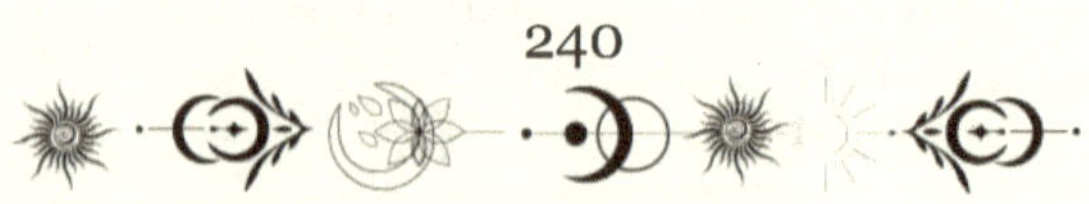

— Pas exactement... Mais je ne suis pas toujours moi-même dans ces moments-là. Promets-moi de t'éloigner si ça arrive.

— D'accord, Tisha.

Je fermai les yeux et cherchai mon “nœud de pouvoir”. Je le trouvai presque aussitôt, vibrant, brûlant. J'y puisai en appelant Alex. Rien. Je laissai la magie m'envahir davantage, quitte à perdre le contrôle. Je ne pouvais pas échouer. Pas cette fois.

— Tisha... tu changes...

Je le sentais aussi. Cette part de moi, plus froide, plus dangereuse, s'installait. Je la laissai prendre plus de place que jamais. Si Lucius avait été là, il m'aurait arrêtée.

Claire quittait la pièce quand j'ouvris les yeux.

Cette autre moi observa Alex longuement. Ça ne lui plaisait pas plus qu'à moi de la voir ainsi. Elle s'approcha et planta ses griffes dans ses mains.

Je paniquai.

Arrête ! Tu lui fais mal !

Ne t'énerve pas. Je veux aussi la sauver.

Alors pourquoi tu la blesses ?

Elle doit sentir que je suis là. Elle et moi sommes pareilles. Nous sommes sœurs.

Je me faisais peur. Je me parlais à moi-même comme à une étrangère.

Je retirai les griffes et vis le sang couler. Je me coupai à mon tour et posai mes mains sur celles d'Alex. Une vague me traversa, et soudain je basculai dans sa tête.

Elle se tenait devant une porte. Elle guettait.

Elle se tourna vers moi.

— Tu n'as pas pu attendre, hein ?

— Alex, reviens. Tu me fais peur.

— Je vais bien, Tisha. Je dois rester. Je dois aider James.

— Où est-il ?

— Je ne sais pas. Parfois la porte s'ouvre et je peux prendre sa douleur. Quelqu'un le torture, avec de l'argent. Moi, ça ne me fait rien.

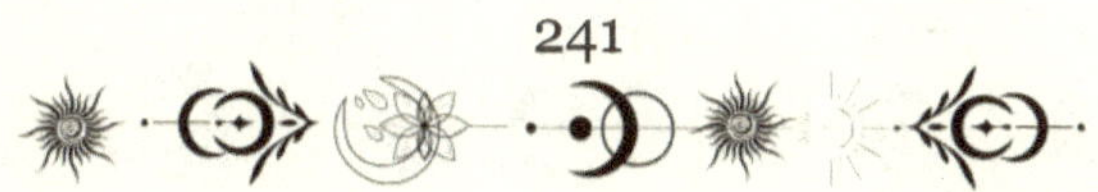

— Mais j'ai besoin de toi pour le retrouver.

— Si je pars, il va mourir. Je ne l'accepterai pas. C'est grâce à notre lien qu'il tient. Trouve qui est derrière tout ça. Adrien va t'aider.

— Ce crétin ? Il accuse maman !

— Rentre et rassure-les. Ça va.

La porte s'ouvrit. Alex se figea. Elle me lança un dernier regard et me repoussa hors de sa tête.

Je me retrouvai au sol, presque nue, en larmes.

Elle m'avait menti. J'avais vu sa douleur quand la porte s'était entrouverte. Elle prenait sur elle ce que James subissait.

Je la regardai tressaillir dans son sommeil.

Je ne pouvais pas la laisser faire ça.

Même pour James.

Lucius apparut et m'aida à me relever.

— Tu vas bien ?

— À ton avis ? lui répondis-je, les joues encore humides.

— J'ai senti que tu utilisais tes pouvoirs. Mathias aussi... mais je lui ai demandé de rester en arrière.

— J'ai parlé avec Alex. Elle protège James. Et elle souffre, Lucius... Elle a tellement mal.

Je me laissai aller contre lui. Je ne savais toujours pas comment cet homme avait pris une telle place dans ma vie, mais il était là quand tout s'écroulait. Toujours. Il essuya mes larmes avec une douceur qui me serra la poitrine.

— Qu'est-ce qu'on peut faire ?

— Trouver James. Ou briser le lien. Alex me détestera si on choisit la deuxième solution... mais je ne peux pas la perdre.

— On va vous aider.

Son téléphone sonna. Il sourit en voyant le nom.

— Orion ! Il était temps... Dis-moi que tu as localisé Megan ?

Je vis tout de suite à son visage que ce n'était pas ça. Puis son expression changea, et il me fit même un clin d'œil.

— À Rennes ? Tu es sûr ?... Tu y es déjà ? Parfait... Donc les sorciers sont dans le coup... génial... Je préviens Marius pour ces femmes... Appelle-moi dès que tu es avec Megan... Merci, Orion.

Il raccrocha et m'embrassa.

— On a beaucoup de choses à dire à ton père. Il faut retourner au conseil.

— Des nouvelles de Megan ?

— Oui. Orion a dû intervenir ailleurs avant de recevoir mon message. Mais Megan sera dans dix minutes à la gare de Rennes. Il va l'intercepter.

Ma gorge se serra. *Megan... ma sœur...*

— Elle n'est pas seule. Apparemment, elle est entourée de sorciers très puissants. Ne me demande pas comment. Mais les nouvelles sont bonnes.

Je sentis les larmes revenir. Cette fois, c'était différent. C'était de l'espoir.

— Elle est vivante... murmurai-je.

Je me jetai dans ses bras et l'embrassai. Il me serra plus fort, ses mains se crispèrent contre ma taille. Je reculai d'un pas, le sang en feu. Il m'attrapa le visage et posa sa bouche sur la mienne. Je le laissai faire, portée par le besoin de sentir quelque chose de vivant, de fort, de vrai. Je me collai contre lui, ma volonté se dissout trop vite. Mes vêtements glissèrent, ses mains étaient partout. Je cherchai les siennes, puis son ventre, puis son jean.

Il me bloqua, haletant.

— Purée, Tisha... tu choisis vraiment tes moments.

Je tentai de reprendre le contrôle, mais il ne me lâcha pas.

— Même si ça me tue de le dire, on doit aller parler à ton père. Mais garde ça en tête pour plus tard.

— Et si je n'en avais plus envie, plus tard ?

Ses yeux brillèrent.

— Je saurai te le rappeler. Où est ta chambre ?

— Pourquoi ? Je croyais qu'on n'avait pas le temps.

— Parce que je ne partage pas.

Je ris en réalisant que j'étais quasiment nue et pourtant prête à aller devant le conseil. Il me téléporta jusqu'à ma chambre, puis se réfugia derrière la porte pour « éviter toute tentation ». Je n'étais clairement pas la seule à lutter.

Son téléphone sonna encore alors que nous allions entrer dans la salle. Cette fois, c'était Alaric.

— Tu plaisantes ?... Sérieusement ?... Reste en ligne. Je te mets sur haut-parleur dans deux minutes.

Il me fit signe. J'ouvris la porte.

Le silence tomba quand nous entrâmes. Adrien était rouge de rage. Ma mère, étrangement, souriait.

— Marius, j'ai des informations cruciales. À vous de voir si vous faites assez confiance à tous ici pour qu'ils les entendent.

Mon père regarda Adrien droit dans les yeux.

— J'ai confiance en chacun autour de cette table.

— Alaric, tu es sur haut-parleur. Sont présents : le roi Marius et ses enfants, les unités d'élite des Guardians, Cassandra et Tisha, les Euménides, Isabella et Mathias.

— Bonjour à tous.

— Qu'avez-vous trouvé ? demanda mon père.

— Majesté, en cherchant Megan, je suis tombé sur l'homme qui se faisait passer pour son mari. Je vous parlerai en face de ce qu'elle a subi. Mais sachez que Cédric Villera la détenait depuis son enlèvement. Il a mené des expériences sur elle et sur d'autres métamorphes, sous les ordres d'une femme dont il ignore le nom. Son but : créer une armée de garous.

Mon père blêmit. Ma mère étouffa un sanglot.

— Les enlèvements récents avaient ce but. Il tente de créer des hybrides. Il a développé un sérum, testé sur des humaines porteuses d'un génome compatible. Avec Orion, nous avons attaqué deux laboratoires. Cinquante femmes, enceintes, ont été libérées. Elles sont à l'abri. J'ai aussi récupéré une autre mortelle, Elena, potentiellement enceinte d'un hybride. Je lui ai garanti le choix. C'est sa décision.

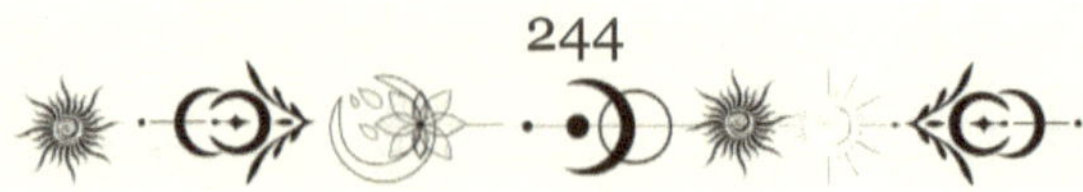

— Bien entendu, répondit Marius. Est-elle avec vous ?

— Oui. Et l'homme responsable aussi. Il est vivant... mais pas très en forme.

— Pouvez-vous nous rejoindre ?

— Un hélicoptère m'attend.

— Rejoins-nous, confirma Lucius.

Après l'appel, Lucius ajouta :

— Cinquante femmes enceintes de futurs garous. Certaines voudront garder l'enfant. D'autres non. Il faut des solutions.

— On peut les accueillir ici, proposa Louis.

— Mais les humains ne verront pas ça d'un bon œil, ajouta Anthony.

— Cette femme veut te renverser, papa. Il ne faut pas que les mortels soient au courant.

— Le cacher me ferait encore plus de tort, Tisha. On va gérer la crise. Où sont-elles ?

— Chez Orion...

— Près de Notre-Dame-des-Landes, compléta Isabella.

Je la vis vaciller. Elle regarda Luc et Gabriel comme si elle leur disait adieu.

— Puis-je partir ?

— Bien sûr. Tout va bien ?

— Je ne sais pas. C'est ce qui arrive quand les morts reviennent à la vie.

Elle se téléporta.

Lucius et Mathias échangèrent un regard lourd de sens.

— Dernière chose, Marius. Orion a localisé Megan. Il doit être avec elle à l'instant.

Mon père se figea. Ma mère se redressa. L'espoir brûlait dans leurs yeux.

Et à cet instant précis, le téléphone sonna.

Chapitre 30

Megan

Dans le train, j'avais senti comme un frémissement. Ma tête avait bourdonné, brièvement, assez pour m'inquiéter. À quoi cela était-il dû ? Je n'en savais rien. Je décidai de ne pas m'y attarder et me concentrai sur ce qui m'attendait : mes sœurs. Peut-être. J'avais tellement envie d'y croire.

Est-ce qu'elles m'avaient cherchée ? Est-ce qu'elles seraient heureuses de me retrouver ? Notre premier contact télépathique m'en avait donné l'impression... mais si je me trompais ?

Syrius ne me quittait pas des yeux. Il était assis juste en face de moi. Avait-il peur que je perde le contrôle ?

— Tu sembles inquiet ? Je me maîtrise, tu sais.

— Non... Ce n'est pas ça. C'est toi que je sens inquiète. Et j'aimerais t'aider.

— J'ai peur. Et si la mémoire ne revenait jamais ? Tu imagines ? Être face à mes sœurs sans les reconnaître... sans rien ressentir... Je ne suis même pas sûre de savoir qui je suis, moi, lui avouai-je.

— Si je retrouvais une sœur disparue depuis dix ans, je m'en moquerais qu'elle ne se souvienne pas de moi. Je la serrerais juste dans mes bras. Ne réfléchis pas autant, Megan. Rien ne dit que ça se passera mal.

— Tu as raison. Des nouvelles de ta mère ou d'Égédias ?

— Trop tôt. Dans deux heures, peut-être. Essaie de te reposer. Ce qui t'attend va être éprouvant

Je me calai contre la vitre du train et fermai les yeux. J'entendis Sédiline discuter avec Syrius du conseil des sorciers. Tout ce monde était encore si flou pour moi. J'essayai de ne pas penser à ce que j'avais perdu, seulement à ce que je pouvais retrouver. Leurs voix finirent par m'apaiser et je m'endormis.

Je me réveillai quand le train entra en gare de Lyon. Sédiline était déjà sur le qui-vive, prête à intervenir au moindre signe suspect. Je lui demandai de respirer un peu.

— Tu n'imagines pas comment il peut être facile de trouver un visage dans l'anonymat d'une foule. Ton mari, ou l'organisation qui est derrière lui peuvent avoir placé des surveillances dans ce type de lieu, m'avertit-elle.

Je consultai Syrius du regard, inquiète pour le coup.

— Entre tes aptitudes, et nous tous, tu ne risques rien, Megan, dit-il rassurant.

Nous attrapâmes un taxi pour changer de gare. Après un bon déjeuner, nous montâmes de nouveau dans un train, à destination de Rennes, cette fois. Personne ne m'avait fixée, tout semblait calme. Syrius reçut un coup de fil qu'il alla prendre sur la plateforme. Quand il revint, il avait le sourire aux lèvres.

— Tout va bien Le conseil et mon père sont d'accord. Ils veulent que nous contactions le roi Marius à notre arrivée.. Sa résidence principale n'est pas très loin.

— Pourquoi, nous ? Je croyais qu'ils allaient prendre le relais.

— Mon père pense que ta présence est indispensable. Il était étrange... mais s'il dit que c'est sans danger, je le crois.

Je le regardai, un peu dubitative. Rencontrer le roi des métamorphes. J'avais eu une drôle d'impression quand je

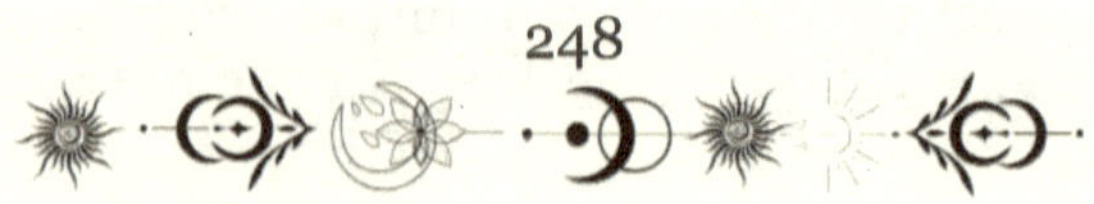

l'avais observé à la télévision. Je ne savais pas à quoi elle était due.

Mes doutes me revinrent en pleine face. J'avais constamment l'impression d'être prise dans un ouragan. Le doute me submergea. Mon cœur s'emballa, ma peau brûla. Yzalinia, assise à côté de moi, sentit tout de suite que je n'allais pas bien. Elle m'attrapa la main et me parla.

— Pas maintenant, Megan. Il faut que tu te contrôles ou nous allons avoir des problèmes. Inspire... expire... Continue... C'est bien.

Je suivais ses instructions à la lettre, mes battements ralentirent, ouf...

Je la remerciai de son aide et je croisai les doigts pour ne pas avoir le même réflexe en face du roi.

Arrivés à Rennes, nous devions récupérer une voiture réservée. Alors que nous avancions vers l'agence de location, je sentis Sédiline se tendre. Syrius stoppa net et me fit passer derrière lui. Nous avions un problème.

Je tentai de regarder sur le côté ce qui avait généré cette action. J'aperçus un géant approcher, brun, cheveux courts. Ses traits, comme taillés à la serpe, ne diminuaient en rien sa beauté. Il m'observait tout en s'avançant et me sourit. Je ne pus m'empêcher de lui répondre, au grand désarroi de Nathaniel qui me cacha lui aussi.

— Bonjour Megan, entendis-je.

— Qui êtes-vous ? demanda sèchement Syrius.

— Vous devez être Syrius, enchanté de vous rencontrer. Je me nomme Orion. J'ai été missionné pour retrouver la jeune femme que vous protégez si farouchement.

Missionné ? Mais par qui ? Syrius lui posa la question.

— Par ses sœurs, Tisha et Alexandra, avec le soutien de mon roi, Lucius, que vous devez au moins connaître de nom.

Waouh ! Mes sœurs côtoyaient du beau monde. Si je me souvenais bien, Lucius était égal à Maître des

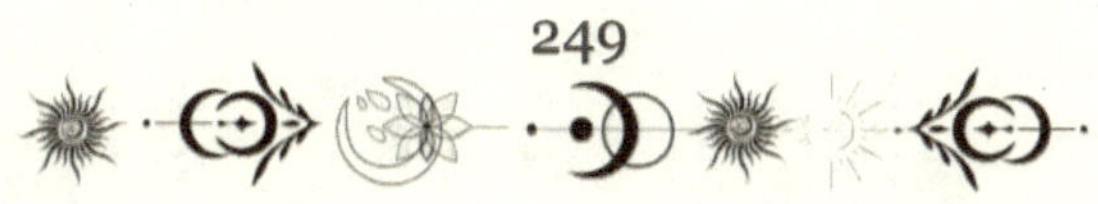

vampires. Nathaniel tenta de m'empêcher d'avancer, mais je ne tenais plus en place.

— Purée, Megan... reste derrière moi ! me dit Syrius.

Je ne lui répondis même pas, trop pressée d'avoir des informations.

— Elles sont où ? Je peux les voir ?

— Elles sont actuellement à la résidence du roi Marius, cela vous parle-t-il ?

— Je sais qu'il y a un roi des métamorphes, mais pourquoi mes sœurs seraient-elles là-bas ?

— Eh bien... elles ont une mission en cours pour lui, en tant qu'Euménides, je suppose.

Il avait botté en touche. Je le fixai droit dans les yeux, j'allais attraper un torticolis si je restais trop longtemps comme ça. Sédiline amorça un mouvement, montrant bien, qu'elle aussi, avait détecté un mensonge dans cette affirmation.

— Vous mentez !

— Savez-vous qui vous êtes, Megan ? me demanda-t-il gentiment.

— Non, pas vraiment. Je n'ai pas de souvenirs antérieurs à mes quinze ans. J'espère que le fait de voir mes sœurs me permettra de les récupérer. Que connaissez-vous exactement sur moi ?

— Votre enlèvement avait fait grand bruit à l'époque et certains d'entre nous étaient informés de votre filiation. Marius a missionné vos sœurs pour retrouver les métamorphes disparus et elles ont réussi. Je crois deviner que c'est d'ailleurs à ce moment-là que vous avez communiqué avec elles. Avez-vous découvert de nouvelles aptitudes depuis ce lundi ?

— Mais comment savez-vous tout ça ?

— Je suis un des premiers lieutenants de mon roi, qui est très attaché à vos sœurs. Un des nôtres, Alaric, est malheureusement arrivé trop tard chez vous, enfin, à l'adresse du docteur Villera. Il a d'ailleurs conversé avec votre mère, Syrius. Très bien joué de sa part de vous

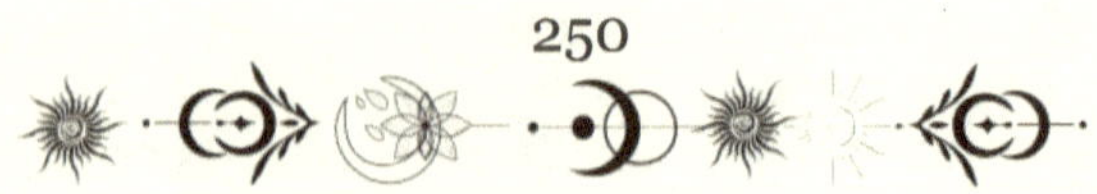

confier la jeune femme. Je suis heureux que vous l'ayez sortie de là.

— Mais quoi ? Un vampire est venu me chercher ?

— Oui, c'est vrai qu'avec tout ce qui s'est passé, j'ai un peu oublié de t'en parler, dit Syrius.

Je lui jetai un regard noir qui amena un grand sourire au dénommé Orion. Il n'en était que plus beau.

— Je constate que le caractère est une marque de fabrique familiale, vous ressemblez beaucoup à vos sœurs, Megan, ajouta-t-il.

Je me sentis bien à ces mots.

— Je veux les voir.

Je n'avais pas réfléchi. C'était sorti tout seul.

— Je suis là pour ça, vous venez avec moi ? Ou préférez-vous rester avec vos amis et nous nous suivons ? précisa-t-il en voyant Syrius sur le point d'éclater.

— Je pense que nous allons vous suivre, confirmai-je.

Il était inutile de stresser encore plus Syrius. Ce dernier se calma un peu à mes mots.

— Je passe un coup de fil afin de rassurer tout le monde. Souhaitez-vous discuter avec une de vos sœurs en même temps ?

Mes émotions me submergeaient, j'allais savoir qui j'étais, peut-être même rencontrer mes parents... étaient-ils en vie, seulement ? Je hochai la tête, incapable de parler. Il me sourit et sortit son téléphone. J'entendis sonner, une voix grave répondit. Cela me donna des frissons.

— Oui Lucius, elle est en face de moi, bien entourée. Elle semble bien aller, ajouta-t-il en me questionnant des yeux.

J'acquiesçai. Oui, je me sentais de mieux en mieux.

— Elle voudrait parler à ses sœurs, en as-tu une près de toi ? Tisha ? Parfait. Je lui passe le téléphone. Ah ! Elle n'a pas de souvenirs avant ses quinze ans, précisa-t-il.

Il me tendit le combiné. Je le pris en tremblant.

— Allo ?

— Megan ? C'est bien toi, petite sœur ?

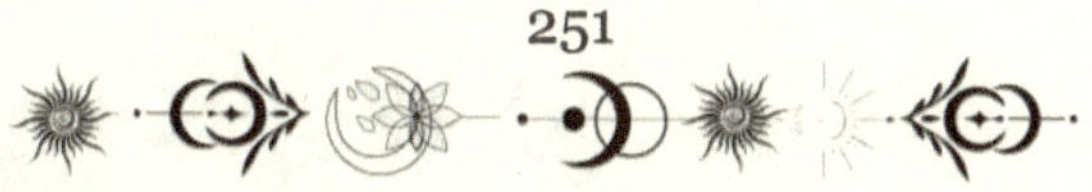

Sa voix me fit un choc, je me mis à pleurer.

— Je crois bien que oui. Tu es donc ma grande sœur ?

— Nous sommes des triplées, Megan. Et tu es la plus jeune. *Par Athéna,* je n'en reviens pas de t'avoir au bout du fil ! On t'a cherchée partout, tu sais ?

Elle sanglotait elle aussi. Si j'avais eu un doute sur son émotion, sur sa volonté de me retrouver, il avait définitivement disparu. J'avais du mal à lui parler tellement mes larmes coulaient. Syrius me tendit un mouchoir. Je lui souris à travers le voile.

— Nous allons être enfin réunies, tu arrives quand ? me demanda-t-elle, tout en reniflant.

Je consultai Orion du regard.

— Deux heures de route, me dit-il.

Je répétai l'information à ma sœur.

— Cela va certainement être les deux plus longues heures de ma vie. Nous t'attendons, Megan. Nous avons plein de choses à nous dire. Et ne t'inquiète pas pour ta mémoire, elle reviendra quand tu seras prête, j'en suis sûre.

— À tout à l'heure, Tisha.

Je tendis le téléphone à Orion, tout sourire. Linia me prit dans ses bras, les larmes aux yeux, elle aussi.

— Putain, ce n'est pas possible ! Vous allez arrêter de chialer toutes les deux ! aboya Sédiline.

Je ris, je sentais bien qu'elle était à deux doigts de se laisser aller à nous suivre.

— Bon, le vampire, je monte avec toi, histoire que tu ne me la fasses pas à l'envers, OK ?

— Vous pouvez m'appeler Orion, Sédiline. Vous êtes telle que l'on vous avait décrite.

— Ça veut dire quoi ça ? Mesurez vos paroles, je pourrais bien vous les faire avaler, avec un couteau en prime !

Je jetai un regard vers ce couple improbable, Orion semblait amusé. Sédiline, un peu moins.

— Tu viens, Megan ?

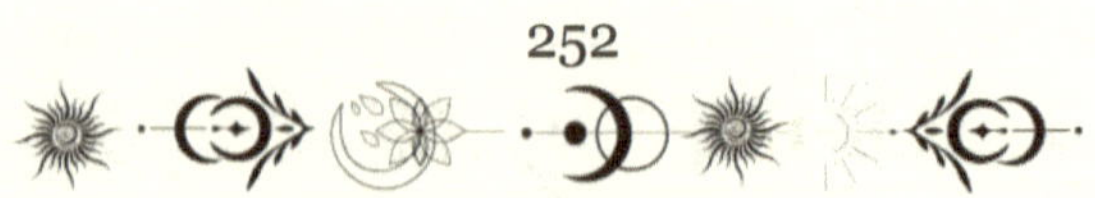

Syrius me montra Nathaniel avec des clefs dans la main. Il avait profité de ces quelques instants de discussion pour récupérer la voiture. Je saluai Orion d'un geste de la main et suivis mes amis. L'aventure se poursuivait. Je restai silencieuse un long moment dans l'habitacle, tentant de reprendre la maîtrise de mes émotions. J'étais assise devant, à côté de Syrius qui conduisait. Son regard revenait régulièrement sur moi, inquiet. Orion roulait à quelques mètres plus loin, Sédiline à côté de lui. Je ne voyais pas de mouvements brusques dans la voiture, donc, tout devait bien se passer.

— Je n'en peux plus de ce calme, lança Yzalinia. Tu ne peux pas mettre de la musique ?

Syrius fit le nécessaire et des chants retentirent dans l'habitacle. Je reconnus rapidement les morceaux qui composaient ma playlist. Je lui souris, il fit de même.

— Ça va mieux ? me demanda-t-il.

— Je pense que les retrouvailles vont être compliquées. Et que je vais jouer au yoyo avec mes émotions, mais je fais face. Je suis sur le point de découvrir qui je suis. C'est... à la fois angoissant et merveilleux !

— Je comprends. J'ai l'impression que cet Orion a volontairement omis quelques informations...

— Je m'en suis rendu compte. Ce n'est pas grave, je n'ai pas la sensation que ce soit dans le but de me faire du mal. J'ai plus le sentiment que c'est l'inverse. Heureusement que vous êtes là, avec moi.

— T'inquiète, poulette, me dit Nathaniel. On va découvrir du beau monde grâce à toi. Deux dirigeants ! Rien que ça ! Dont un que personne ne voit habituellement, d'ailleurs. Tes sœurs doivent véritablement être incroyables pour que le roi mette des hommes à leur disposition.

Je ne répondis pas. C'est vrai que c'était étonnant. Mais tout ce qui m'arrivait depuis plusieurs jours était surprenant. Cédric était à l'écart de mes pensées, maintenant. Cette période me semblait loin, tellement loin. Pouvait-on guérir aussi vite ? Non, certainement pas.

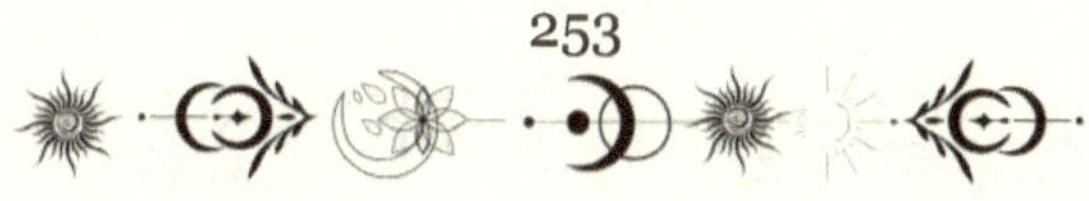

Mais j'avais tellement de choses à gérer, d'informations à enregistrer… Cela m'aidait à enterrer cette fraction de ma vie.

Les heures s'égrenèrent et nous arrivâmes devant un portail bloquant l'accès à un magnifique parc. Les battants s'ouvrirent, les voitures purent avancer. Les gardes me firent de grands gestes en me laissant passer, ils semblaient vraiment heureux de me voir.

— Quel accueil ! À croire que tu fais partie de la royauté, toi aussi, dit Yzalinia.

— Ce serait le pompon, ajouta Nathaniel.

Mes émotions se heurtaient les unes aux autres. Peur. Espoir. Joie. Vertige.

Syrius me serra la main en guise de soutien.

— Je vais mettre un nom sur ce que je suis, murmurai-je Et ça me terrifie autant que ça me donne envie de vivre.

Il me sourit.

— Tu ne seras pas seule. Quoi que tu apprennes.

Je hochai la tête en guise de remerciements.

Que tout se passe bien. Par pitié… que tout se passe bien.

Chapitre 31

James

Je m'étais réveillé solidement attaché par de l'argent, dans un lieu qui aurait fait sensation au temps de l'Inquisition. Une cave froide, brute, taillée pour faire plier les corps et les esprits. Mon lien avec les Euménides m'offrait une résistance supérieure à la normale face à cet alliage, mais certainement pas au point de m'en libérer.

J'avais été d'une stupidité affligeante.

Quand le vigile de l'entrée était venu me remettre ce mot d'Alexandra, me demandant de la rejoindre discrètement, je n'avais pas hésité une seconde. L'écriture était la sienne, le garde m'avait juré qu'elle lui avait donné le message dix minutes plus tôt. Et je l'avais même aperçue, de loin, juste après avoir quitté le périmètre.

Je n'avais pas réfléchi au détail le plus évident : elle ne me répondait pas par télépathie.

Forcément… puisque ce n'était pas elle.

J'avais mal. Partout. Mais plus encore, j'étais furieux contre moi-même. Je secouai les menottes qui m'enserraient les poignets. Inutile. Mes pieds ne touchaient même pas le sol : j'étais suspendu, offert, cloué sans croix. Impossible de trouver un point d'appui pour forcer une attache.

Des pas résonnèrent. Je me figeai.

Elle entra. Magnifique. Froide. En colère.

Son visage me troubla par sa familiarité sans que je puisse remettre un nom dessus.

— Te voilà réveillé, James. Tu as été facile à berner, mon petit. Ah, l'amour… Que de bêtises commises en son nom.

— Épargnez-moi les phrases toutes faites. Où suis-je ? Et surtout… qui êtes-vous ?

Un garou entra derrière elle. Il me lança un regard chargé de haine.

— Thomas, je crois que tu vas devoir lui apprendre la politesse. On ne parle pas ainsi à sa reine. Côtoyer Marius lui a donné de très mauvaises manières.

Il s'approcha, lentement, un sourire aux lèvres. Le long couteau qu'il sortit glissa sur mon torse.

— Un complexe à compenser, Thomas ?

Il ne comprit pas tout de suite. Je regardai son arme, puis son entrejambe. Il devint écarlate. Le couteau traça une longue entaille diagonale, appuyée. Mon tee-shirt céda aussitôt.

Mauvais calcul, j'aurais peut-être dû fermer ma grande gueule.

Je serrai les dents. La douleur était vive, brûlante, mais je refusais de lui offrir un cri.

— Enlève-lui son haut, ce sera plus simple, ordonna-t-elle.

— Ne vous faites pas d'illusions, je suis l'homme d'une seule femme.

Elle sourit. Thomas traça une nouvelle ligne. Cette fois, ma mâchoire trembla. Salopard !

— Il paraît que tu couches avec une de ses bâtardes. Tu dois avoir faim pour te rabaisser à ça. Pourtant, tu viens d'une lignée prestigieuse. Quand je serai au pouvoir, ce genre de mélange ne sera plus toléré.

— Vous pensez vraiment y parvenir ? Les garous ont été retrouvés. Nous avons des alliés puissants. Ce n'est plus qu'une question de jours avant que vous ne tombiez.

Elle pâlit.

— C'est impossible. Mon avenir m'a été révélé depuis longtemps... Arrête, Thomas. S'il est trop abîmé, les vampires ne croiront pas qu'il a comploté avec Adrien pour enlever les leurs. Appelle l'entrepôt. Dis-leur que nous le leur envoyons.

— Bien, ma reine.

Il obéissait comme s'il n'existait plus par lui-même. Je sentais moi aussi une attraction étrange émaner d'elle, une pression sourde dans l'esprit, une envie absurde d'obéir. Mais je résistais. Lui non.

— Personne ne répond, ma reine.

— Quoi ? Essaye encore !

— Toujours rien.

Je souris malgré moi.

— Mauvais signe, non ? J'ai peur que vos plans aient rencontré quelques... complications.

Elle tremblait de rage. Elle arracha le téléphone des mains de Thomas, tenta elle-même. Le silence lui répondit. Elle le jeta au sol, s'empara du poignard et s'approcha, la lame contre ma gorge.

— Si je n'ai plus ni les vampires ni Adrien, tu ne me sers plus à rien.

— Dommage... Je ne pourrai pas donc pas vous voir à ma place d'ici peu. Mais une chose est sûre : votre fin est proche. Vos oracles se sont plantés en beauté.

Je pensai à Alexandra que je ne reverrais pas. Nous n'avions eu droit qu'à un court instant tous les deux, mais je ne regrettais rien. Je chérissais chaque moment, chaque rire, chaque caresse. Si j'étais accueilli dans le royaume d'Athéna, comme elle me l'avait assuré, j'allais la retrouver un jour. Et là, ce serait pour l'éternité.

Je sentis la lame s'enfoncer, je fermai les yeux pour me concentrer sur le visage de la femme que j'aimais plus que ma vie.

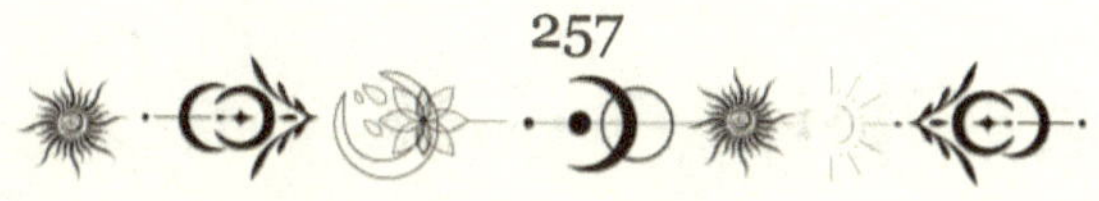

— Ne fais pas ça !

J'ouvris les yeux au son de cette injonction. Une petite femme entra. Elle fit un mouvement de la main qui éjecta le couteau loin de moi, elle me plaisait bien, celle-là.

— Comment oses-tu, Magda !

— Tu laisses encore ta colère décider à ta place. Cet homme compte pour Marius. Il est de la lignée des Brake, de la meute des Valembeau. Et d'après ce que nous savons, il a sauvé Alexandra... qui serait tombée amoureuse de lui. C'est pour ça que tu l'as choisi, n'est-ce pas ?

Elle eut un sourire dur.

— Oui. Je voulais que Lucius le tue. Cela aurait détruit Marius.

— Encore faut-il être certaine que ton plan a échoué. Ceux que tu as envoyés n'étaient que des brutes. Peut-être ont-ils simplement coupé leurs téléphones ? Qu'en savons-nous vraiment ?

Elle me jeta un regard rapide, calculateur. La reine, comme elle aimait qu'on l'appelle, pesa mes mots.

— Très bien. J'enverrai quelqu'un vérifier. J'ai des hommes près de ce hangar. Mais si Adrien et les vampires se sont enfuis... tu regretteras de m'avoir arrêtée. Tu paieras pour eux. Thomas ! Occupe-toi de ça.

Il s'inclina et sortit aussitôt. Magda resta.

— Merci...

— Ne me remercie pas. Si elle a perdu ses pions, elle se vengera sur toi.

— Cette femme est folle. Pourquoi lui obéissez-vous ?

— Parce qu'elle retient quelqu'un qui m'est cher. Et parce que je porte une part de responsabilité dans ce qu'elle est devenue.

Elle s'approcha encore. Son regard se figea.

— Vous êtes lié aux Euménides...

— Je ne répondrai pas.

— Ce silence suffit. Voilà pourquoi je n'ai pas pu vous laisser mourir. Vous êtes des nôtres.

— Vous êtes une Euménide ? Mais vous êtes censée préserver l'équilibre...

— C'est plus compliqué que ça. Et je n'ai pas le temps… Vous devez fuir !

Thomas revint avec deux hommes.

— Madame se demande ce que tu fabriques, dit-il, méfiant.

— Je vérifiais l'état du prisonnier.

— Il est désormais sous surveillance. Tu n'as plus rien à faire ici.

— Et toi, rappelle-toi que tu ne me donnes pas d'ordres. Je pourrais te mettre à terre en un claquement de doigts.

Il recula d'un pas, contrarié, puis lui fit signe de sortir. Elle obéit, non sans me lancer un dernier regard et mimer silencieusement : « Échappez-vous. »

L'idée me plaisait, évidemment. Mais avec deux gardes collés à moi, ce serait tout sauf simple.

Je tentai plusieurs fois de capter leur attention, de provoquer une faille. En vain. Ils étaient trop attentifs, trop méthodiques. Je renonçai pour l'instant, misant sur une occasion future.

J'avais tort.

Elle revint, plus sombre encore que la première fois, son fidèle serviteur sur ses talons.

— Tu as vu juste, James. Je me retrouve sans vampires et sans Adrien, mais je t'ai, toi ! Et tu vas devenir mon nouveau jouet. Thomas !

Il siffla et deux autres hommes s'approchèrent. Ils me détachèrent pour me positionner sur une table, nu. J'essayais de me débattre afin de m'enfuir, sans succès. Solidement attaché et exposé, elle attrapa une espèce de râteau avec des piques aiguisés.

— On l'appelait « le chatouilleur espagnol » à une certaine époque. J'ai remplacé les piques en fer rouillé par de l'argent. Un peu plus coûteux, mais tellement plus douloureux.

Elle le plaça en haut de mon torse et le fit rouler. Les piques s'incrustèrent dans ma chair, la souffrance était atroce. Elle alla jusqu'à mes pieds et remonta. Chaque

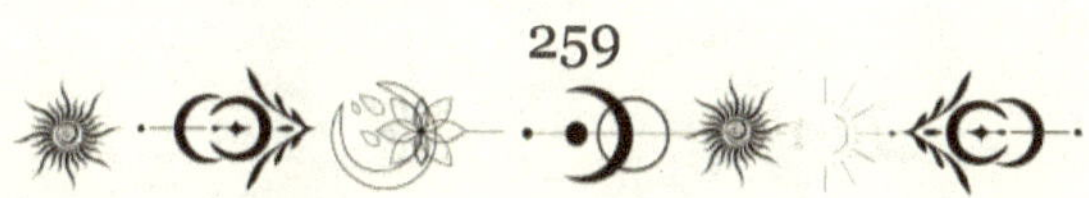

passage était un supplice. Je me refusais à crier, je ne voulais pas lui faire ce bonheur.

— Amusant. Cela me manquait ! Donner du plaisir à ta petite amie va t'être difficile... Oups... j'oubliais que tu n'allais jamais la revoir...

Elle reprit son jouet et recommença. Les minutes s'égrenèrent, un des gardes dut s'éloigner rapidement pour vomir dans un coin de la pièce. Elle ordonna qu'il soit fouetté, elle n'avait rien à gagner à garder des petites natures, précisa-t-elle.

Je ne pouvais plus m'empêcher de crier, la douleur était insoutenable. Je finis par m'évanouir. Elle revint plusieurs fois, me laissant juste quelques heures pour souffler.

Je sentais la présence d'Alex, dans ma tête. Elle était là, elle me soignait. La souffrance s'atténuait, comment pouvait-elle faire ça à distance ? J'appréciais chaque pause à sa juste valeur. J'étais poisseux de mon propre sang, je ne sentais plus mes mains. Elle s'était amusée à passer à de nombreuses reprises dessus. Mes os étaient brisés.

— C'est moi, James. Magda. Nous sommes seuls. *Par Athéna*, que vous a-t-elle donc fait !

Ma vision se précisa, elle avait les larmes aux yeux en me regardant.

— Je suis tellement désolée. J'aurais dû la laisser vous tuer, cela aurait été plus rapide.

— ... pas votre faute, arrivai-je à prononcer.

Ma gorge était douloureuse à force d'avoir crié, parler était compliqué. Elle fit glisser un peu d'eau dans ma bouche, je faillis m'étouffer avec. Les mouvements me déclenchèrent des spasmes, elle ne m'avait pas loupé.

— J'ai senti la magie des nôtres, elles vous aident ?

— Alex... c'est Alex...

Elle se mit à faire les cent pas à côté de moi, rien que l'air déplacé me fit mal.

— ... stop... s'il vous plait...

— Quoi ?

— Mal... quand... bougez...

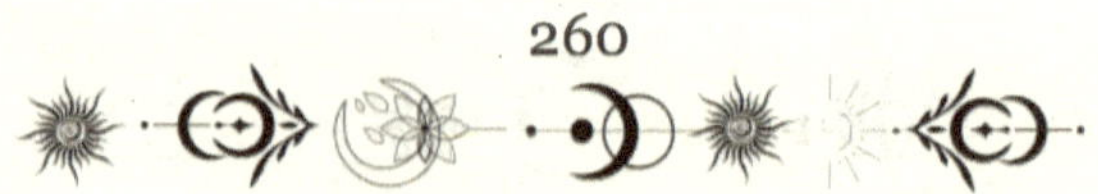

— Oh pardon ! Écoutez James, je sais qu'Alex tente de vous sauver, mais elle risque d'y laisser sa peau aussi, si Athéa continue.

Elle se retourna soudainement, puis disparut de ma vue.

— À qui parles-tu ? demanda un des gardes.

— J'ai soif...

— Tu peux toujours rêver, je n'ai pas envie de me retrouver à ta place ! répondit-il en riant.

Je fermai de nouveau les yeux, trop épuisé pour faire quoi que ce soit d'autre. Je fus réveillé par de l'eau glacée sur le visage.

— Alors, James ? On se reposait bien, Je n'en ai pas encore fini avec toi, mon chou.

Elle était revenue, ses yeux brillaient de joie. Cette femme était complètement folle, prendre son pied en faisant souffrir des individus de cette manière. Elle ne me posait même pas de questions.

— J'ai appris que tu avais demandé de l'eau. J'ai amené ce qu'il fallait.

Elle fit un signe sec à l'un de ses hommes. Il m'enfonça brutalement un tuyau dans la bouche, si profondément que l'air me manqua aussitôt. Je hoquetai, pris de panique, tentant de me débattre, mais impossible de l'arracher. Un entonnoir fut fixé à l'autre extrémité, tandis qu'un second sbire y versa un liquide.

Elle voulait me noyer.

Non... c'était bien pire.

La brûlure fut immédiate. Je sentis les particules d'argent se diffuser dans mon corps, s'infiltrer en moi comme un poison vivant. Elle avait mélangé l'eau avec cet alliage maudit. L'ingérer, c'était signer une condamnation lente, atroce, une agonie étirée jusqu'à l'insupportable.

Je secouai la tête frénétiquement, cherchant à échapper au supplice, mais elle m'immobilisa d'un geste, sa magie me clouant sur place. Une sorcière, donc... La révélation ne fit que traverser mon esprit, aussitôt balayée par la douleur qui se propageait dans chacune de mes veines.

Cette fois, je n'avais plus aucun doute : j'étais en train de mourir.

Que m'avait dit Magda déjà ? Qu'Alex risquait de souffrir en cherchant à me soigner... Je ne pouvais pas la laisser faire. Pas à ce prix.

Il fallait rompre le lien.

Le monde se mit à tanguer. Une vague noire m'emporta, et j'entendis un cri déchirer l'air tout près de moi. Il me fallut quelques secondes pour comprendre : c'était le mien.

Puis la sensation reflua. L'inflammation diminua. Alexandra...

Non...

Je n'avais pas le droit de l'entraîner avec moi.

Je me repliai au plus profond de mon esprit, là où le lien avait pris racine. Il pulsait comme un fil vivant, ancien, sacré, tissé par les Euménides elles-mêmes. Chaque battement de mon cœur y répondait.

Alors je priai. Pas avec des mots, mais avec ce qu'il me restait d'âme. J'implorai Athéna de trancher ce fil, d'arracher cette connexion avant qu'elle ne consume Alexandra.

La réponse fut immédiate.

Une présence écrasante s'abattit sur moi, froide et lumineuse à la fois. La douleur se mua en une lame divine, nette, implacable. Le lien se tendit... puis se rompit.

Alex disparut.

Un vide abyssal s'ouvrit dans ma poitrine, aspirant l'air, la chaleur, l'espoir. J'eus l'impression qu'on m'arrachait une partie de moi-même. Les larmes jaillirent sans que je puisse les retenir, glissant sur mes tempes, se perdant dans mes cheveux. J'avais condamné notre lien sacré.

Un rire s'éleva à côté de moi. Elle exultait, persuadée d'avoir remporté la partie. Elle ignorait tout de ce qui venait de se jouer.

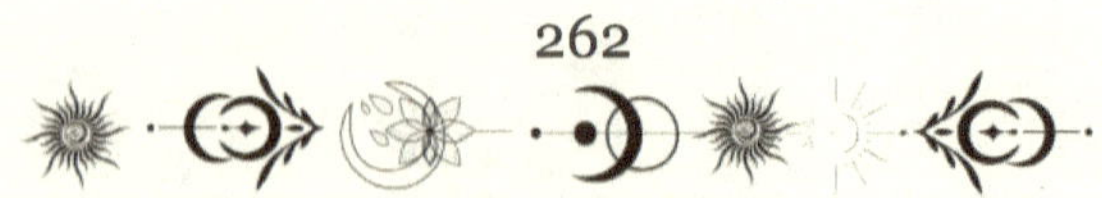

L'eau empoisonnée ne coulait plus, mais le feu restait. Je brûlais de l'intérieur, comme si l'argent sacrilège dévorait ma chair et mon esprit. Mes nerfs vibraient sous une douleur surnaturelle, et mon corps se mit à trembler, brisé, offert au supplice.

— Il n'aura pas tenu si longtemps, finalement. Tant pis... Laissez-le comme ça. Je veux qu'il sente la mort arriver !

Elle s'éloigna sans un regard de plus. J'entendis l'un des gardes murmurer quelque chose, presque compatissant, avant que la porte ne se referme lourdement.

J'appelai la faucheuse de toutes mes forces, la suppliant de venir me chercher au plus vite, d'en finir avec ce supplice. Chaque seconde s'étirait à l'infini, se transformant en une éternité de douleur. Je criai jusqu'à ce que ma voix se brise, jusqu'à ce qu'il ne reste plus que des râles étranglés.

Je sombrai à plusieurs reprises, arraché aussitôt à l'inconscience par une souffrance trop violente pour me laisser partir. Même l'oubli me refusait son secours.

Puis je sentis une présence. Une main, douce, hésitante, se posa sur moi.

J'écartai péniblement les paupières.

Magda était là. Des larmes ruisselaient sur son visage. Elle voyait enfin l'étendue de mon calvaire.

— Je ne peux plus vous laisser endurer cela, murmura-t-elle. Pas pendant des heures encore. Je vais vous aider à partir, James. Vous rejoindrez Athéna... et vous reverrez Alexandra, un jour.

Elle inspira difficilement avant de poursuivre :

— Même s'ils vous retrouvaient maintenant, ce serait trop tard. Votre corps ne tiendrait plus. Je suis désolée... Je voulais vous sauver.

Je clignai lentement des yeux. Que tout s'arrête. C'était tout ce que je désirais encore. J'avais déjà perdu Alexandra ; perdre la vie ne m'effrayait plus.

Elle approcha une petite fiole de mes lèvres et m'en fit avaler le contenu.

— Cela agira rapidement. Merci pour votre sacrifice. Je sais ce que cela vous a coûté. J'expliquerai tout à Alexandra. Je vous en fais la promesse.

La chaleur se dissipa. La douleur s'évanouit, comme balayée par une main invisible. Mon corps s'allégea, libéré de son fardeau.

Enfin.

Chapitre 32

Alexandra

Il avait disparu.

Plus rien.

Plus aucune présence, plus aucun écho. Le vide.

Je me redressai brusquement sur le lit, le cœur battant à m'en briser la poitrine, une douleur sourde irradiant jusque dans mes tempes. Claire sursauta, manquant de tomber de sa chaise.

— Alex ! Tu es revenue ! Tu nous as fait tellement peur... Mais... pourquoi pleures-tu ?

Je ne m'en étais même pas rendu compte. Les larmes coulaient librement, silencieuses, brûlantes. Je fermai de nouveau les yeux, refusant d'y croire, fouillant désespérément ce fil invisible qui me liait à lui. Je l'appelai. Encore. Plus fort.

Rien.

Alors quelque chose se brisa.

Un cri m'arracha la gorge, un hurlement de rage et de douleur mêlées, trop grand pour mon corps. Il n'était plus là. Plus nulle part. Le lien avait disparu, comme arraché à vif. Était-il mort ? L'idée me lacéra l'âme. Il n'y avait plus rien... absolument rien.

Tisha surgit dans la chambre comme une tornade.

— Claire, sors. Maintenant.

Puis elle fut contre moi, ses bras tentant de me contenir alors que je tremblais de tout mon être.

— Je suis là, Alex... je suis là. C'est James, hein ? Dis-moi...

Je relevai les yeux vers elle. Je n'eus pas besoin de parler. Elle comprit immédiatement. Je vis la certitude la frapper de plein fouet, suivie de la douleur. Ses yeux s'embuèrent.

— Je suis tellement désolée, Alex...

Elle me serra plus fort encore. Et là, la colère monta. Une colère dévastatrice, brûlante, incontrôlable. J'avais envie de hurler, de frapper, de réduire ce monde en cendres. Pourquoi lui ? Pourquoi toujours ceux que j'aimais ? Était-ce donc leur destin : disparaître, me laisser seule avec des ruines ?

— Alex ?

Je levai la tête. Mathias. Son sourire de soulagement s'évanouit aussitôt, remplacé par l'inquiétude... puis par cette pitié que je refusais. Elle m'écœurait presque.

Je n'avais pas besoin de compassion. J'avais besoin de justice.

Quelque chose changea alors en moi.

Je laissai la partie la plus froide, la plus ancienne, s'étendre dans mes veines. Elle étouffa la douleur, musela la rage, verrouilla mon cœur. Les sanglots s'espacèrent, puis cessèrent. Je repoussai doucement Tisha, sans brutalité.

Je sentis sa peine, sa colère, son chagrin à elle aussi. James comptait. Il était devenu son ami. Je ne voulais pas la blesser davantage.

Je me levai et posai mon regard sur Lucius. Il se tenait près de Mathias, attentif, prêt à intervenir. Tout devenait d'une clarté presque dérangeante.

— Des informations ? demandai-je calmement. En savons-nous plus ? Et je ne parle pas de la théorie stupide d'Adrien.

— Tisha ? tenta Lucius.

— Donne-moi une minute, répondit-elle en fermant brièvement les yeux pour se reprendre.

Je me tournai vers elle. La seule capable de comprendre, ne serait-ce qu'en partie, ce que je traversais. Elle prit mes mains dans les siennes.

— C'est terrible de t'annoncer ça maintenant... Megan arrive. Elle est au portail.

Ses larmes changèrent de nature, la joie se mêlant à la peine.

Je souris. Une bonne nouvelle. Une très bonne nouvelle, même. Megan était en vie. Elle revenait.

Et pourtant... je ressentais tout cela comme à travers une vitre.

— Parfait, dis-je simplement. Allons l'accueillir.

— Alex, tu n'es pas dans ton état normal, protesta Mathias.

Je croisai son regard. Je voyais son inquiétude, mais elle glissa sur moi sans m'atteindre. Tisha glissa ses doigts entre les miens. Je la laissai faire. C'était important pour elle.

Lucius m'observait attentivement. Redoutait-il une explosion ? Elle viendrait. Plus tard. Pour l'instant, tout était sous contrôle.

— Ne t'inquiète pas, Mathias. Tout va bien. Je ne vais pas me transformer ni décimer qui que ce soit. Je veux simplement retrouver ma sœur.

— J'aimerais entendre la vraie Alex, pas l'Euménide.

Je penchai légèrement la tête.

— C'est la seule version capable de tenir debout, pour l'instant.

Il céda, sans être convaincu, et resta néanmoins à mes côtés avec Lucius.

Je croisai mes parents dans le couloir. Ma mère recula instinctivement et retint mon père.

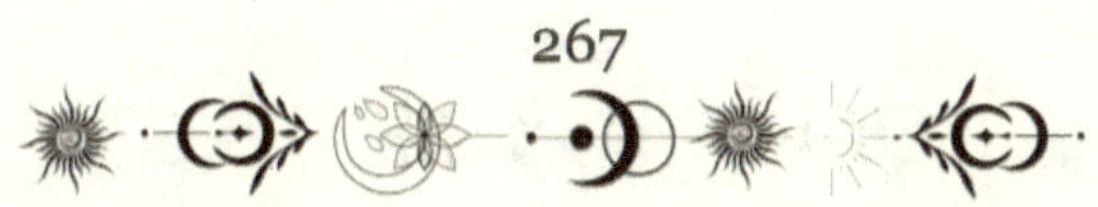

— Elle n'est pas vraiment elle, murmura-t-elle.

— Bien sûr que si, protesta Marius. C'est Alex !

— Écoute la, papa, c'est mieux comme ça, répondis-je calmement.

Je les dépassai sans un regard, la main de Tisha toujours dans la mienne.

À l'extérieur, deux voitures venaient de se garer. Je sentis Megan avant même de la voir. Sa présence m'effleura l'esprit, familière et pourtant différente.

Je m'avançai.

La portière s'ouvrit. Une jeune femme apparut. Les mêmes yeux, la même stature… mais marquée par le temps, par l'absence. Ses cheveux roux étaient plus sombres, son corps trop mince. Son regard passa de Tisha à moi, hésitant, chargé d'émotion.

Tisha ne tint pas. Elle courut vers elle et la serra contre elle.

Je souris, malgré tout.

Je les rejoignis plus lentement. Mes deux sœurs pleuraient, incapables de parler. La voix de ma mère résonna dans mon esprit : Megan ne se souvenait que des dix dernières années.

Ils nous l'avaient volée. Effacée. Brisée.

Un vampire sortit de la voiture. Puis une femme. Une sorcière… et autre chose. Je restai en alerte. Plus personne ne ferait de mal à ma famille. Je reconnus Syrius. Les photos ne lui rendaient pas justice. Cela me rappela immédiatement qui pouvaient être les autres. Il en manquait un, par contre. Celui qui avait le plus de ressemblance avec son père.

Je me tournai légèrement vers Mathias qui donna l'accolade au vampire. Un ami donc, Orion ou Alaric ?

Je restai près de Tisha et de Megan. Protectrice. Déterminée.

L'Euménide était là. Et elle n'avait pas fini.

— Je n'en reviens pas de te tenir dans mes bras… c'est merveilleux ! s'exclama Tisha. N'est-ce pas, Alex ?

— C'est formidable, répondis-je. Tu devrais quand même la laisser respirer un peu, non ?

Tisha éclata de rire et desserra son étreinte. Megan se tourna vers moi. Son regard était curieux… et légèrement méfiant. Forcément, mon accueil n'était pas à la hauteur de celui de ma sœur. Je tentai alors une approche différente, plus intime, plus sûre.

Je suis désolée de ne pas être aussi expressive. Sache que je suis vraiment heureuse de te retrouver. Nous t'avons cherchée partout.

Ses yeux s'agrandirent.

— Oh ! Tu me parles dans ma tête ! C'est trop cool !

Un sourire étira brièvement mes lèvres.

— Avec un peu d'entraînement, tu pourras le faire aussi. Avec Tisha également. Ça deviendra naturel, je te le promets.

— C'est incroyable… murmura-t-elle. J'ai su tout de suite qui vous étiez quand je vous ai vues.

— Nous aussi, ajouta Tisha. Le reste reviendra petit à petit.

— J'espère… J'ai tellement de questions !

— Nous aussi, répondit Tisha avec douceur. Te sens-tu prête à rencontrer nos parents ?

— Oh… ils sont là ? Elle lissa nerveusement sa robe. Je devrais peut-être me changer…

— Je t'assure qu'ils se fichent de ta tenue comme de leur première chaussette. Viens.

Je pris sa main. Sa magie me frappa de plein fouet, brute, sauvage, encore indisciplinée. Une décharge me remonta le bras.

— Waouh ! Ça pique ! s'exclama-t-elle en se reculant.

— Tu es surchargée, constatai-je. C'est plutôt bon signe. Tes pouvoirs sont récents, non ? Depuis lundi ?

— Oui… comment tu sais ?

— On a beaucoup de choses à t'expliquer. Mais d'abord, notre famille.

Je repris sa main. Cette fois, l'énergie se stabilisa. Tisha attrapa son autre main. La magie circula entre nous, fluide, presque vibrante. Un lien. Un vrai.

C'était... vertigineux.

Nous avançâmes vers nos parents. Anthony et Louis se tenaient non loin, visiblement à deux doigts de se jeter sur elle. Victoire observait la scène avec plus de retenue, fidèle à elle-même.

Mon père, lui, ne tint pas. Il la serra contre lui avec une force désespérée.

— Ma petite fille... ma petite fille...

Il répétait ces mots comme une prière. Megan comprit immédiatement. Elle se laissa aller contre lui, submergée. Ma mère les rejoignit, les larmes ruisselant librement sur son visage. Dix ans de manque explosaient enfin.

Tisha se colla contre moi, secouée de sanglots. Je passai une main dans ses cheveux, geste ancien, instinctif. Comme avant.

Dix ans. Dix années d'attente, de douleur contenue.

Anthony et Louis finirent par s'approcher, expliquant brièvement les liens, les rôles, la famille. Victoire lui fit la bise, geste presque miraculeux, connaissant notre passé.

Lucius et Mathias accueillirent les amis de Megan. Mon père invita tout le monde à se rassembler sur la terrasse, près de la piscine.

Les rires s'élevèrent. Les voix se mêlèrent. La joie était réelle, palpable.

Et moi... j'étais ailleurs.

Je ne pouvais pas leur en vouloir. Retrouver Megan éclipsait tout. Même la mort. Même James.

Mais mon cœur, lui, n'était plus qu'un champ de ruines gelées.

Je m'éloignai discrètement et attrapai une bouteille. Je me préparai un mojito beaucoup trop chargé. Je sentis Mathias avant même qu'il ne parle.

— Tu tiens le coup ? Tu as le droit de hurler. Ou d'aller t'effondrer dans ta chambre. Personne ne t'en voudrait.

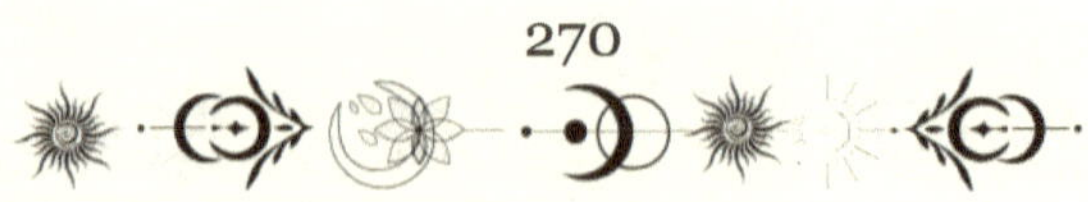

— Je ne veux pas pleurer, répondis-je sans le regarder. Je ferai ça quand son cadavre sera à mes pieds. Pour l'instant, je veux me venger.

Il se figea.

— Tu t'es coupée, Alex. Je le sens. Tu te souviens de ce que tu m'avais dit ? Que tu voulais maîtriser ça. Ne pas te perdre.

Je relevai enfin les yeux vers lui.

— Ça, c'était avant. Avant qu'une femme dont j'ignore tout enlève James. Avant qu'elle le torture au point que je ne puisse même plus l'aider. J'ai tout ressenti, Mathias. Tout.

J'invoquai encore une fois l'Euménide, le froid balaya en partie la peine et la colère.

— Il a rompu notre lien volontairement. Pour me protéger. Et je l'ai perdu. Malgré mes pouvoirs. Malgré mon amour. Il est mort. Et je suis seule.

Je le laissai là.

Un vampire se plaça sur mon chemin.

— Je ne suis pas certaine que ce soit une bonne idée de me barrer la route aujourd'hui.

— Bonjour, Alexandra. Je m'appelle Orion. Et vous avez cruellement besoin de vous défouler.

— Vous vous proposez comme cible ? Dans mon état, je risque de ne pas m'arrêter.

— J'encaisse très bien.

— Dans ce cas… la salle d'entraînement.

— Le parc sera moins destructeur.

Il tentait de m'apaiser. Mauvaise idée.

— Pas faux. Allons-y.

— Alex ! intervint Mathias. Qu'est-ce que tu fais ?

— Ton ami veut jouer au punching-ball. Tu as une objection ?

— Orion… sois prudent.

— Je sais. Elle a besoin d'évacuer. Et moi, je suis disponible.

Son sourire avait quelque chose de dangereux. Comme Mathias.

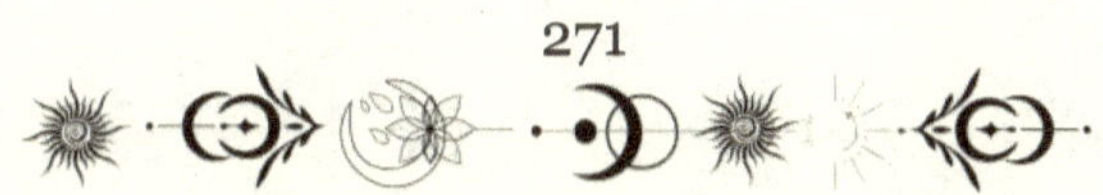

— Mathias ?

— Oui ?

— Tu n'as pas vu Isabella ?

Un léger silence. Orion se crispa imperceptiblement. Les regards se croisèrent.

— Mon retour a dû la perturber, admit-il.

— Mauvais termes ?

— Elle me croyait mort.

Intéressant.

Si Isabella ne voulait pas le voir, j'allais le renvoyer séance tenante chez lui, celui-là.

— Mathias, peux-tu vérifier qu'elle va bien ?

— Bien sûr. Et Alex... évite de trop l'abîmer.

— Je suis très calme.

— En surface seulement, murmura Orion.

Je souris.

Ça allait être douloureux. Pour lui.

Tu veux que je vienne ?

Reste avec Megan. J'ai juste besoin d'un moment.

Ne le tue pas. Lucius l'aime bien.

Je sais. Et Mathias aussi. Mais ce n'est clairement pas un enfant de chœur.

Chapitre 33

Elle

Tout se désagrégeait autour de moi. La petite séance de torture avec le garou m'avait un peu détendue, heureusement, mais le constat restait préoccupant : les laboratoires où je gardais mes métamorphes, détruits. Celui dans lequel j'avais emprisonné les vampires et cette saleté de *Guardian* : idem. Par bonheur, j'allais bientôt accueillir une nouvelle brassée de bébés garous. D'ailleurs, ça faisait un moment que je n'avais pas pris de nouvelles de Cédric. Je saisis mon téléphone et l'appelai. La sonnerie retentit de nombreuses fois sans qu'il ne décroche. Étrange ! J'essayai Béatrice, elle devait avoir solutionné ses problèmes familiaux depuis le temps... rien du tout.

J'avais un mauvais pressentiment. Je contactai la ligne du standard et demandai à parler au docteur Villera. La femme de l'accueil m'informa qu'on ne l'avait pas vu aujourd'hui. Je raccrochai brutalement au nez de cette idiote et appelai Thomas.

— Prépare la voiture ! Nous devons aller tout de suite au laboratoire d'Avignon !

Il s'exécuta. Je montai rapidement et ordonnai à Jérôme de ne pas trainer. Il battit des records de vitesse.

Nous passâmes par le parking sous-terrain afin de ne pas être vus. Je sus en ouvrant la porte que nous avions été découverts. Ce n'était que gémissements et plaintes de tous les côtés, certains étaient d'ailleurs encore dans les vapes, ou morts ?

Je croisai un des vigiles, je l'attrapai et lui réclamai des explications. Il fut incapable de m'en donner, il ne se souvenait de rien. Je demandai à Thomas et à Jérôme d'interroger tout le monde, tandis que je faisais le tour du laboratoire. Toutes les chambres étaient vides, mes bébés avaient disparu. Je hurlai ma rage, des fioles explosèrent à proximité. Les humains se ratatinèrent. Qui ? Qui avait pu arriver jusque-là ? Cédric m'aurait-il trahi ? Non, il n'en avait ni le courage ni la compétence. Effacer la mémoire d'humains était une activité très vampirique, il n'en connaissait pas que je sache. Je pensai d'un seul coup à Megan ! Merde ! Je rappelai mes deux garous et les sommai de me conduire chez Cédric. Si elle aussi avait disparu, je n'avais plus de joker pour m'en tirer. Je serrai mes mains jusqu'au sang, Thomas m'observa, sans prononcer une parole. Je tentai régulièrement de joindre mes deux collaborateurs mortels, mais aucun ne répondit.

Je laissai Thomas s'introduire dans la maison, pas de voiture à l'horizon. Lorsqu'il ressortit, sa tête me confirma le pire. Elle n'y était pas. Je fonçai voir à l'intérieur. Un ouragan avait dû passer par là : les tiroirs étaient renversés, les placards grand ouverts déversaient leurs contenus... Quelqu'un avait cherché quelque chose... mais quoi ? Je fis le tour des pièces, le bureau était le moins impacté. Les portes du placard avaient été arrachées, mais il n'y avait rien dedans. La chambre me confirma ce que je craignais, les affaires de Megan avaient disparu. Elle avait dû s'enfuir, avec ou sans Cédric. Comment était-ce possible ?

Tout se bousculait dans ma tête, il avait pourtant programmé mon avènement. Mais avec tout ça, comment était-ce encore envisageable ? Je devais réfléchir. Je montai dans la voiture et repris le chemin de ma résidence.

Il me restait toujours mon armée, certes un peu limitée et jeune. Mais je pouvais le battre, il me fallait juste un plan. Je devais garder mon sang-froid et Magda devait tout ignorer de la disparition de sa protégée. Arrivée à mon domicile, j'appris par mes gardes que le prisonnier était mort. Dommage, je me serais encore bien acharnée sur lui.

Chapitre 34

Megan

J'allais de surprise en surprise depuis mon arrivée.

En quelques heures à peine, mon existence s'était dilatée à l'extrême. J'avais retrouvé deux sœurs... puis appris que j'en avais une troisième. Deux grands frères. Et des parents.

Des parents vivants.

Le coup de grâce avait été mon père. Le roi des métamorphes.

Cette vision qui m'avait tant bouleversée quelques jours plus tôt prenait enfin sens. Mon corps l'avait reconnu avant mon esprit. Comme s'il avait toujours su.

Ma mère, en revanche, me laissait plus perplexe. J'avais senti son bonheur, indéniable, presque douloureux. Mais après l'étreinte, quelque chose s'était refermé en elle. Une retenue étrange. Une distance qui ne semblait troubler personne d'autre que moi.

Je poserais des questions à Tisha. Plus tard.

Nous étions justement toutes les deux à présent. Alexandra s'était éclipsée.

Elle m'avait surprise, elle aussi. Dès mon arrivée, elle s'était placée légèrement devant moi, comme un rempart silencieux. Ses yeux n'avaient cessé de balayer les alentours, évaluant chaque présence, chaque issue.

Je la suivis du regard tandis qu'elle s'éloignait. Elle paraissait si froide...

Non.

Ce n'était pas de la froideur.

C'était du désespoir tenu à bout de bras.

— Je suis désolée, Megan, murmura Tisha.

— Hein ? Pourquoi ?

— Je vois bien que tu te poses des questions à propos d'Alexandra. Elle n'est pas elle-même.

Elle inspira doucement avant de poursuivre.

— Elle vient de perdre James. L'homme qu'elle aimait.

Mon cœur se serra.

— Il a été kidnappé par la femme responsable de tout ce qui t'est arrivé : ton enlèvement, les expériences, les disparitions de garous et de vampires. Nous pensons qu'elle cherche à déstabiliser Marius, mais nous n'avons toujours pas réussi à l'identifier. Elle a enlevé James ce matin.

Je sentais la douleur de Tisha vibrer sous ses mots.

— Alex avait un lien très particulier avec lui. Elle pouvait le soulager quand il était torturé. Mais le lien s'est rompu. Elle l'a senti s'éteindre... juste avant que tu nous rejoignes.

Je compris alors.

La froideur. La tension. Ce gouffre dans son regard.

— Quelle horreur... soufflai-je. Ne peut-on rien faire pour l'aider ?

— Elle a besoin de se défouler. Orion s'est proposé. Le pauvre... il ne sait pas ce qu'il va prendre, ajouta-t-elle avec une pointe d'ironie.

— Alex pourrait vraiment le battre ? C'est un vampire, non ? Un ancien... Syrius m'a dit qu'ils étaient presque invulnérables.

— Presque, confirma-t-elle.

Puis son regard se fit plus pénétrant.

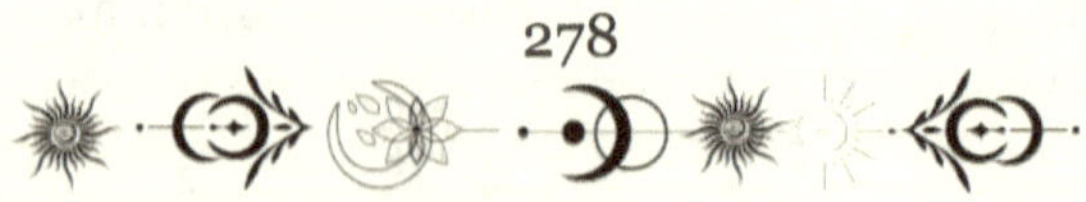

— Et toi… te sens-tu différente depuis lundi ? Des transformations ? Une sensation de froid intense, juste après ?

Je me figeai.

— Comment tu sais ça ?

Un sourire doux éclaira son visage.

— Parce que tu deviens une Euménide.

Elle marqua une pause.

— Je vais devoir te raconter l'histoire de tes origines. Mais d'abord… as-tu déjà rencontré Athéna ?

Je hochai la tête, encore sonnée.

Je l'écoutai ensuite parler. Des dieux. De notre lignée. D'une déesse avec laquelle nous pouvions communiquer. De métamorphoses. De pouvoirs insensés.

Voler, même ?

Je crus vaciller.

Je ne cessais de jeter des regards dans la direction qu'Alexandra avait prise. Une attraction irrépressible. Comme si une part de moi cherchait la sienne.

— Tu veux qu'on la rejoigne ? demanda doucement Tisha.

— Comment sais-tu que je pense à elle ?

— Parce que moi aussi. J'ai besoin que nous soyons toutes les trois. Allons-y.

Lucius nous observait tout en discutant avec mes amis. Sa présence était… impressionnante. Magnétique.

Je surpris un sourire complice de Tisha dans sa direction.

— Tu es avec le roi des vampires ? lui demandai-je à mi-voix.

— Euh… pas exactement. Disons que nous sommes en phase d'observation, répondit-elle, amusée.

Lucius dut entendre, car ses sourcils se haussèrent et il lança un regard faussement sévère à Tisha. Elle éclata de rire.

— Il n'a pas l'air d'accord avec ta version.

— Disons que nous avons fait quelques avancées…

Nous nous éloignâmes quand trois silhouettes surgirent soudainement autour de nous.

Trois loups. Immenses. Superbes.

— Eh bien, je me demandais quand vous alliez arriver, lança Tisha avec chaleur.

Puis elle se tourna vers moi.

— Megan, je te présente Gwendal, Malin et Terwur. Ils sont avec nous depuis nos dix ans. Terwur est le tien.

Mon souffle se coupa.

L'un d'eux s'approcha. Dès que je croisai son regard, une vague de bien-être m'envahit.

— Terwur... murmurai-je. Tu es magnifique. Nous avons les mêmes couleurs.

Je me penchai pour le caresser. Il se pressa contre moi sans hésiter. Je collai mon visage à sa fourrure chaude, le grattant avec ferveur.

Je me sentais entière. Complète.

Chez moi.

Les deux autres se joignirent à nous. Je riais et pleurais à la fois, incapable de contenir ce qui débordait de moi. Tisha nous rejoignit.

Quand ils reculèrent enfin, Terwur resta près de moi.

— Terwur et Gwendal t'ont défendue au péril de leurs vies quand tu as été enlevée, m'expliqua Tisha. Nous avons failli les perdre. Malin était resté avec moi.

Je les caressai de nouveau, profondément émue.

— Ils sont... plus grands que des loups normaux, non ?

— Oui. Et ils vivront bien plus longtemps. Notre lien les a changés.

Nous reprîmes notre marche. Des bruits me parvinrent bientôt.

— Nous arrivons, murmura Tisha.

Je ne m'attendais pas à voir ma sœur ainsi métamorphosée.

La vision me coupa littéralement le souffle.

Alexandra était... sublime et terrifiante à la fois. Deux ailes immenses jaillissaient de son dos, déployées comme celles d'une divinité guerrière. Son corps, puissamment

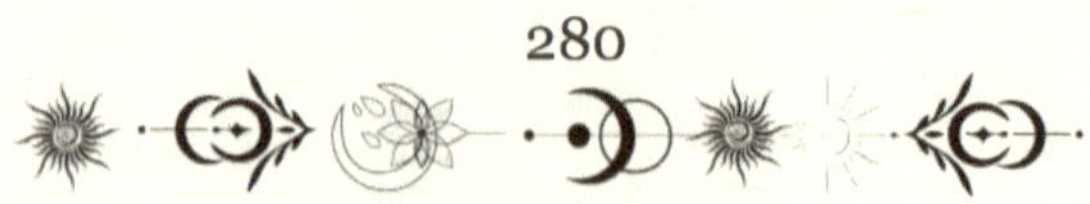

musclé, était dépourvu de tout vêtement, mais sa peau avait pris une teinte grise, presque minérale, comme sculptée dans la pierre.

Elle encaissait les coups d'Orion sans sembler en ressentir les effets. Ses mains, prolongées de griffes tranchantes, lacéraient régulièrement le vampire, entaillant sa chair avec une facilité déconcertante. Et pourtant... il continuait à sourire, à se battre, comme si rien de tout cela ne l'atteignait vraiment.

Notre arrivée suffit à la distraire une fraction de seconde.

Une seule.

Cela fut suffisant.

Orion en profita pour porter un coup d'une violence inouïe qui l'envoya s'écraser contre un arbre. Le bruit sourd de l'impact résonna dans tout mon corps. Mon cœur manqua un battement.

La peur me submergea aussitôt. Une peur primitive, viscérale.

Et avec elle... la colère.

Alex se releva presque aussitôt, à peine sonnée, et contre-attaqua avec une rage renouvelée. Mais quelque chose en moi s'était fissuré. Je respirais trop vite, trop fort. Mon cœur battait à m'en rompre la poitrine. Une sensation brûlante se répandait dans mes veines.

– Megan ! Inspire doucement ! Tout va bien ! Alex n'est pas en danger, je te le jure ! tenta Tisha.

Je voulais l'écouter. Vraiment.

Mais la peur était trop forte. L'idée qu'il puisse arriver quoi que ce soit à ma sœur me rendait folle.

Mes mains changèrent, comme la dernière fois. Mes os craquèrent, ma peau brûla. J'eus l'impression que mon sang s'était transformé en lave en fusion. Mes vêtements se déchirèrent sous la pression de mon corps qui se modifiait.

Tisha tenta de me retenir, mais elle n'y parvint pas.

Je me jetai sur Orion.

Non.

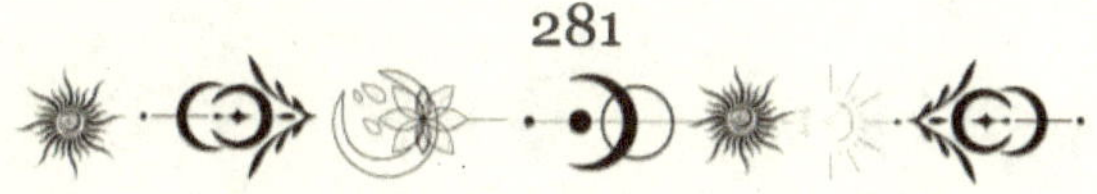

Plus jamais personne ne nous ferait du mal.

Plus jamais personne ne nous séparerait.

Le vampire me vit au dernier moment. Il esquiva, mais pas assez. Mes griffes entaillèrent son visage, traçant une balafre nette sur sa peau pâle. Elle se referma presque aussitôt, sous mes yeux.

— Hé, les filles ! lança-t-il en riant. Je suis joueur, mais à deux contre un, c'est de la triche !

Alexandra s'interposa aussitôt. Elle réussit à me bloquer, m'enserrant fermement pour m'empêcher d'attaquer de nouveau.

— Calme-toi, Megan. Ce n'est qu'un entraînement. Orion ne m'attaque pas réellement, je te le promets.

Je l'entendais. Mais ma raison avait déserté.

Je voulais le détruire. Le frapper. Le faire souffrir.

Cette sauvagerie qui coulait dans mes veines réclamait de sortir, de s'exprimer.

Orion m'observait, prêt à réagir, attendant de voir si Alex réussirait à me contenir.

Elle y parvenait. À mon grand regret.

Elle me tenait fermement contre elle. Tisha s'approcha à son tour, sans me toucher directement. Je ne pouvais pas leur faire de mal. Pas à elles.

Mais je tremblais de tout mon corps, secouée par des spasmes bien plus violents que la première fois.

— Ne t'inquiète pas, murmura Alex. Cela nous est arrivé à nous aussi. Ce besoin de détruire, de déchiqueter... Il va s'estomper. Essaye de te calmer. Nous sommes là. Nous allons t'aider à traverser ça.

Sa voix, posée et grave, m'atteignit enfin.

Les caresses de Tisha dans mon dos achevèrent de fissurer la tempête.

— Qui veut mes couvertures ? lança Lucius avec un large sourire.

Tisha en attrapa une et m'en enveloppa aussitôt. Je compris pourquoi quelques secondes plus tard, lorsque je sentis mon corps reprendre sa forme humaine.

Et surtout... lorsque je réalisai que j'étais nue.

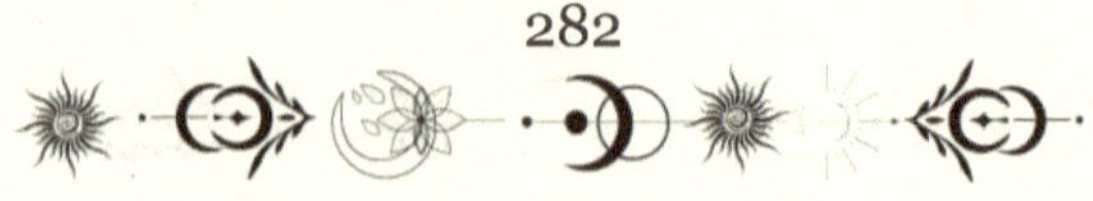

— Non mais… c'est quoi ce délire ? m'écriai-je, paniquée.

— Petit inconvénient de la transformation, répondit Tisha en riant. On s'y fait.

— Ou pas, ajouta Alexandra en s'emparant de la seconde couverture. Merci, Lucius.

— Je t'en prie ! Vous êtes magnifique, Megan. Nous avons donc trois Euménides maintenant… Je sens qu'on ne va pas s'ennuyer.

Yzalinia arriva en courant et me tendit une fiole. Je la bus sans réfléchir.

— Hé ! Qu'est-ce que tu lui as donné ? s'inquiéta Tisha.

— Une potion pour la réchauffer. Elle en a déjà pris une la dernière fois, mais seules ses mains s'étaient transformées.

Je baissai les yeux. Autour de nous, beaucoup de personnes avaient assisté à la scène.

Ils m'avaient vue.

Vue devenir… ça.

La honte me submergea d'un coup.

— Megan ! Redresse-toi. Qu'est-ce qui te prend ? lança Tisha.

— Je suis un monstre… murmurai-je.

— Oui, mais un monstre puissant, capable de mettre une raclée à tout le monde ici. Franchement, c'est plutôt cool.

Je relevai lentement la tête.

Tisha était sérieuse. Totalement.

Je croisai le regard de Syrius. Pas de dégoût. Pas de peur. Juste une forme de fascination respectueuse.

Je parcourus les visages autour de moi : étonnement, admiration, parfois même de la joie. Pas de rejet.

Je devais me souvenir que, dans ce monde, la monstruosité n'était pas une anomalie.

Alex m'entraîna doucement vers la maison.

— Un bon bain chaud te fera du bien.

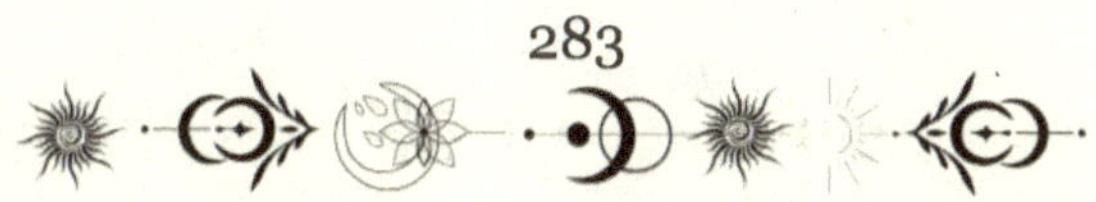

Elle maintenait sa couverture sans la moindre gêne, indifférente aux regards qu'elle pouvait susciter. Arrivée à la hauteur d'Orion, elle se tourna vers lui.

— On prendra notre revanche une autre fois. Quand ma petite sœur adorée n'aura pas des pulsions meurtrières à gérer.

Il éclata de rire.

— Je reste à ta disposition, Alex. Et à la vôtre aussi, mesdames.

— T'as vraiment un truc qui cloche, toi, répliqua Tisha. T'es bien comme tes potes.

Lucius sourit et se rapprocha d'elle.

— Avoue que tu aimes ça, murmura-t-il.

Elle haussa les épaules, légèrement rougissante, et continua d'avancer.

Elles me conduisirent jusqu'à une chambre immense.

Dès que j'en franchis le seuil, une étrange sensation m'envahit.

Un frisson.

Une impression troublante de déjà-vu.

— C'était la mienne...

Les mots sortirent tout seuls, chargés d'un poids inattendu.

— Oui. Nous n'avons rien modifié, répondit Alex doucement. Ça peut te sembler un peu glauque, mais... personne n'a jamais eu le courage d'y toucher.

— En dix ans, tes goûts ont dû évoluer, ajouta Tisha. Franchement, la déco pique un peu.

Je fis lentement le tour de la pièce.

Superman. Pirates des Caraïbes. Jane Eyre. Casino Royale.

— Ce sont des affiches de films... J'aimais ça ?

— Tu adorais le cinéma, répondit Alex avec un sourire nostalgique. Tu nous traînais partout, et après la séance, il fallait absolument te ramener un poster.

— Je faisais diversion, compléta Tisha. Et hop, Alex récupérait tout avec son pouvoir.

Je fronçai les sourcils.

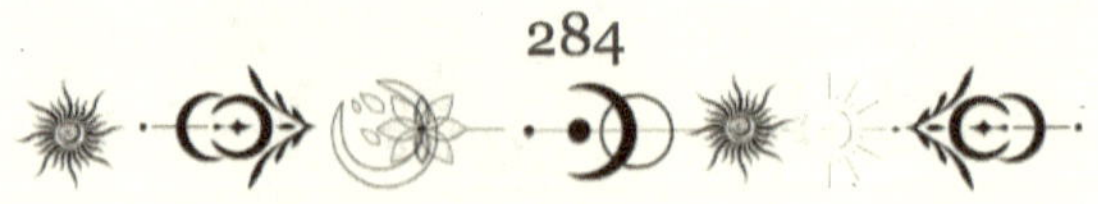

— Attendez... on les volait ?

— Ben oui ! Tu étais une petite sœur très peu patiente.

— Et moi, je faisais quoi pendant ce temps-là ?

— Tu attendais sagement. Tu n'avais pas encore de pouvoirs.

— Ah... Et pourquoi maintenant, alors ?

Tisha s'interrompit, soudain moins légère. Elle hésita. Alex prit le relais.

— Quand nous avons essayé de te retrouver. Nous n'en avions pas le droit, mais... nous avons lancé un sort pour te localiser.

Le silence s'épaissit.

— Tu allais très mal, Megan. Tu nous as suppliées de t'aider. Alors nous avons invoqué Athéna.

Je sentis mon cœur se serrer.

— Nos pouvoirs t'ont été transmis. Nous avons failli en mourir. Nous ignorons encore exactement ce qui s'est produit ce jour-là.

— Notre tante nous avait lancé un sort, reprit Tisha. Elle nous a fait oublier cet instant.

— Elle ne l'a levé que récemment, juste avant de mourir, précisa Alex.

— Pourquoi ?

— Le conseil nous aurait sévèrement punies. Nous étions trop jeunes pour un tel sort. Elle a voulu nous protéger... et s'assurer que nous ne recommencerions jamais.

— Ce que nous aurions fait, asséna Tisha, encore amère. Parce que ça avait marché.

Je laissai ces mots infuser. Puis une évidence s'imposa.

— Vous aviez perdu la mémoire... comme moi. Et à la même période.

Alexandra me fixa. Ses yeux s'illuminèrent.

— Petite sœur... tu es brillante.

— Si tu le dis.

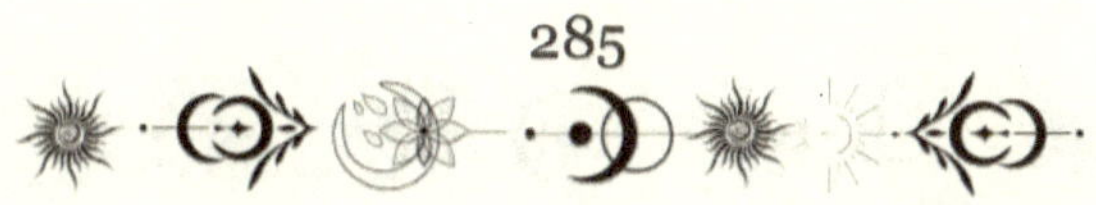

— Le sort a dû t'affecter à cause de notre lien. Ta perte de mémoire n'est peut-être pas liée uniquement aux traumatismes... mais à la magie.

— Tu crois ?

— Avons-nous quelque chose à perdre à essayer de le briser ?

— Mais... notre tante est morte.

— Aucun problème, répondit Tisha avec un sourire carnassier. À trois, on va l'exploser.

— En douceur, Tisha, tempéra Alex. On parle de sa mémoire, pas d'une cloison.

— C'est risqué ? demandai-je.

Tisha fit un geste approximatif avec ses doigts. Très approximatif. Alex élargit l'écart.

— Ah... oui. Quand même. Si je pouvais éviter de finir en légume...

— On en parlera à maman. Elle nous aidera à sécuriser tout ça. Et pour l'instant... on avait parlé d'un bain, non ?

Je la suivis jusqu'à la salle de bains.

Je restai bouche bée.

— Mais... on tient combien là-dedans ?

— Trois minimum, répondit Tisha en riant. Tu demanderas à Isabella.

— Qui est Isabella ?

— Ma meilleure amie. Et je ne l'ai pas vue depuis mon retour, ce qui est étrange.

— L'arrivée d'Orion a remué quelque chose, expliqua Tisha. Elle a quitté le conseil dès qu'elle a entendu son prénom. Son regard était... particulier.

— Quel genre de regard ?

— Un regard d'adieu. Pour Luc et Gabriel.

Alex se raidit.

— Je dois la retrouver. Je peux vous laisser ?

— Bien sûr. Tant que je n'assiste pas à une agression en règle, je devrais éviter de me transformer, lança-t-elle en s'éloignant.

Je la regardai partir, puis me tournai vers Tisha.

— Elle allait mieux, non ?

— Tant qu'elle agit, ça ira. La nuit sera plus dure. Mais elle est solide... Un jour ou l'autre, elle se relèvera.

Un sourire en coin.

— J'en connais un qui serait ravi de l'y aider.

— Mathias ? Le vampire ?

— Tu observes bien. Mais ce n'est pas le moment d'y penser. Il faut du temps pour oublier.

Sa façon de le dire me toucha. Elle m'incluait.

Je lui souris, reconnaissante de ne pas forcer la conversation.

Je fis couler l'eau pendant qu'elle m'annonçait qu'elle repasserait dans une heure pour dîner.

— Il y aura du monde. Ça ira ?

— Oui. J'ai vécu plusieurs jours chez Syrius et les siens. Je m'adapterai.

— Tu me raconteras comment tu es tombée sur ce sorcier. Tu n'as pas choisi le plus moche.

— Il est formidable. Comme Égédias, Sédiline, Nathaniel, Yzalinia... et Nana. C'est elle qui m'a sauvée.

— Qu'Athéna la bénisse. À tout à l'heure.

Quand Tisha quitta la pièce, je me laissai tomber sur le lit.

Quelle journée !

Mes sœurs étaient extraordinaires. J'avais envie de tout apprendre d'elles. De nous.

Et si elles réussissaient à me rendre la mémoire...

Un frisson me parcourut.

Voulais-je vraiment savoir ce qu'il m'avait fait ?

Non.

Mais retrouver mon enfance... oui.

Me souvenir de nos jeux, de nos disputes, de nos rires. Regarder mes parents et me rappeler leur voix, leurs gestes, leur amour.

C'était ça, l'essentiel.

Le reste...

Je le rangerais dans une boîte, bien fermée.

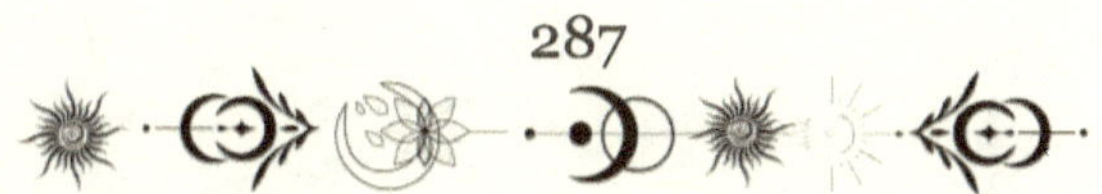

Chapitre 35

Isabella

J'avais besoin d'air.

Il était vivant. On m'avait menti.

Et s'il venait ici... Non. Il n'en avait pas le droit.

Luc. Gabriel. Tout s'emmêlait dans ma tête, des fils trop anciens qu'on venait de tirer d'un coup sec. Je me laissai glisser jusqu'à mon salon préféré, celui où l'on trouvait toujours de quoi anesthésier les pensées. J'allais sans doute devoir décimer le bar pour ressentir le moindre effet, mais Marius survivrait à cette perte.

Je sortis les bouteilles une à une. Whisky ou rhum.

Choix existentiel.

Je commençai par le rhum. J'ajoutai des cacahuètes, ridicule, mais rassurant, comme si donner un air festif à la scène pouvait la rendre moins pathétique. Installée dans l'un des fauteuils les plus confortables, je bus la première rasade sans respirer. Puis une autre. Le brouhaha au-dehors me parvenait assourdi, lointain. Je décidai de l'ignorer.

Quoi qu'il arrive, ça pouvait attendre.

Si Alex allait mal, si James... quelqu'un viendrait me chercher.

Je passai au whisky.

À partir de quand les bouteilles cessèrent-elles de compter ? Aucune idée. Ce fut sa présence qui me ramena brutalement à moi-même.

Rester. Partir.

Trop tard.

— C'est donc ici que tu t'es cachée, Bella.

Je grimaçai. Ce diminutif me heurta plus violemment que prévu. Lui seul l'avait jamais prononcé ainsi. Enfin... le prononçait encore.

— Casse-toi, grognai-je. Tu es mort.

— L'annonce de ma mort a été grandement exagérée, si je puis dire.

Sa voix.

Son sourire en coin. Les fossettes. Les yeux bleus. Intacts.

Chienne de vie.

Il ramassa les bouteilles vides, les aligna tranquillement sur la table basse, comme s'il était chez lui. Comme s'il avait toujours été là.

— Tu n'as rien perdu de ta descente.

— Et toi, de ta grande gueule. Tu es revenu pour échanger des banalités ?

— Non. Je ne comptais même pas te laisser découvrir que j'étais vivant... enfin, si l'on peut dire.

— Alors faisons semblant, tranchai-je. Je ne t'ai pas vu. Tu n'es jamais venu. Tchao, Orion.

Ses sourcils se froncèrent. Une fissure, infime.

— Tu m'en veux à ce point ?

Un rire sec m'échappa.

— Pourquoi t'en voudrais-je... Voyons. Peut-être parce que tu as disparu il y a cinquante ans. Parce que tu m'as laissé croire que tu étais mort. Parce que pendant que je te pleurais, tu allais parfaitement bien.

Les derniers mots partirent comme un crachat. Il recula d'un pas, surpris malgré lui.

— Je peux t'expliquer.

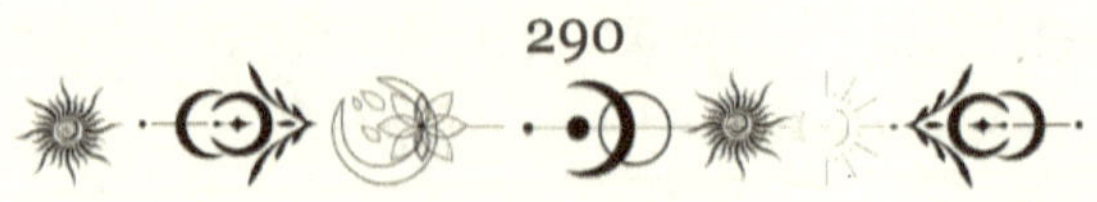

Je sentis la rage se mêler à autre chose. Bien plus dangereux.

— La phrase mythique. Je peux t'expliquer : J'ai couché ailleurs, je peux t'expliquer . J'ai fui, je peux t'expliquer . Je me suis fait passer pour mort, je peux t'expliquer.

Je le pointai du doigt.

— Rien à foutre, Orion. Pour moi, tu es mort et enterré. Et en prime, tu viens de ruiner une des plus belles bitures de mon existence. Tchao, bello.

Je disparus avant qu'il ne puisse répondre, avant que mes jambes ne me trahissent. Direction la pièce où se trouvait Alexandra.

Elle n'y était plus.

La lucidité me tomba dessus d'un coup, brutale. Trop brutale. Je dessoulai presque instantanément, ma magie reprenant ses droits, et la panique remplaça l'alcool.

Je tentai de la joindre.

Cette fois, plus rien ne pouvait attendre.

Alex ?

Isa... Je te cherchais justement. Tu te sens bien ?

Oui. Où es-tu ? Et James ?

Un silence. Trop long.

Alex ?

Il est mort, Isa. Elle l'a torturé... et elle l'a tué.

Le sol se déroba sous mes pieds.

Où es-tu ? Dis-moi où tu es.

Je vais dans ma chambre.

J'arrive.

Ce n'était pas possible. Pas James.

Il était trop puissant, trop ancré pour nous avoir quittés ainsi.

Je glissai contre un mur au moment où Alexandra apparut. Nos regards se croisèrent. Elle tenta un sourire — pathétique, fragile — et je lui ouvris les bras sans réfléchir. Elle s'y engouffra aussitôt, comme si tout son corps ne demandait que ça. Je la serrai contre moi, la laissant pleurer, sangloter, se vider.

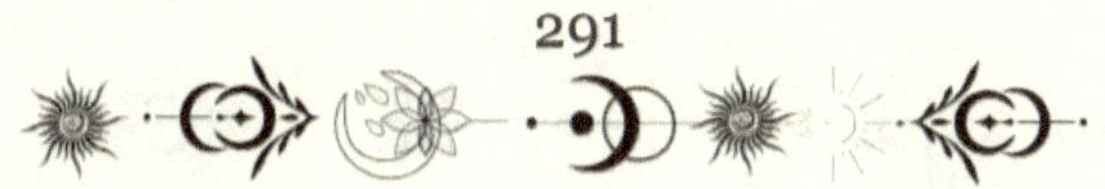

Putain… quelle amie de merde j'avais été.

Absente. Égocentrée. Aveuglée par mon propre chaos.

Je m'étais focalisée sur mon petit, enfin grand problème, oui, deux mètres de souvenirs mal digérés, et j'avais laissé la personne la plus importante de ma vie affronter l'horreur seule.

Au bout de longues minutes, elle se recula enfin, attrapa un mouchoir, les yeux rouges, le visage vidé.

— Désolée, murmura-t-elle.

— Désolée ? Pourquoi ? Parce que tu craques ? C'est normal. C'est moi qui devrais l'être. Je n'étais pas là.

— J'ai cru comprendre qu'un souci t'était tombé dessus…, ajouta-t-elle en me scrutant.

Je balayai ça d'un geste.

— Rien d'important. Raconte-moi. Que s'est-il passé ? Si tu veux en parler.

Elle inspira profondément, comme pour rassembler les morceaux.

— Elle le torturait. Il souffrait tellement… J'ai réussi à atténuer la douleur, mais ça ne faisait qu'empirer. Et puis… il a coupé le lien. Il a renoncé. Il m'a abandonnée.

Ces mots-là me fendirent.

— Tu as tout ressenti…

— J'étais avec lui. Je tenais bon ! Il aurait dû me faire confiance !

Sa voix trembla.

— Ne lui en veux pas, Alex. S'il a fait ça, c'était pour te protéger. Il n'avait sans doute plus aucune autre option. Tu dis qu'elle le torturait… Tu sais qui c'était ?

— C'est difficile à expliquer, mais oui. Je suis certaine que c'était une femme.

— Alors on va la retrouver.

— Oui…

Elle marqua une pause, puis releva la tête.

— Et maintenant, parle-moi de cet Orion.

J'eus une micro-seconde d'hésitation, je tentai une fuite élégante.

— Pourquoi est-il ici ?

— Il a accompagné Megan.

— Ta sœur est là ? Vous l'avez récupérée ? Purée… on ne peut pas s'absenter cinq minutes sans que tout explose !

— N'essaie pas d'enterrer le sujet. C'est qui, Orion, pour toi ?

Je serrai la mâchoire.

— Mon passé. Et ça va le rester.

— Tu veux en parler ?

Je la regardai un instant. Bien sûr qu'elle écouterait. Mais lui accorder encore une place, même minime… non.

— Comme je te l'ai dit. Du passé.

— D'accord. Je suis là, ajouta-t-elle en posant une main sur mon épaule.

Je hochai la tête.

— Je sais. Alors… elle est comment, ta sœur ?

— Épatante. Et elle s'est transformée. Elle a voulu attaquer Orion.

— Je l'aime déjà. Tu me la présentes ?

— Elle est dans sa chambre. Tu te souviens, après les premières mutations, notre organisme se refroidit. Elle avait besoin d'un bain chaud.

— OK, ça attendra. Et maintenant, c'est quoi le programme ?

— Franchement, je n'en sais rien. Le conseil s'est réuni cet après-midi. J'ai attrapé deux ou trois infos au passage, mais pas plus.

— Alors je pars à la pêche pendant que tu prends une bonne douche.

Elle hésita quelques secondes avant d'accepter. Je n'aimais pas l'idée de la laisser seule, mais elle avait aussi besoin de silence pour encaisser.

Je l'embrassai sur la joue et sortis.

Mathias m'attendait, le visage tendu.

— Comment va-t-elle ?

— Comme une femme qui vient de perdre l'homme qu'elle aime. Mal.

— Elle a utilisé ses pouvoirs pour atténuer la douleur… Elle le fait toujours ?

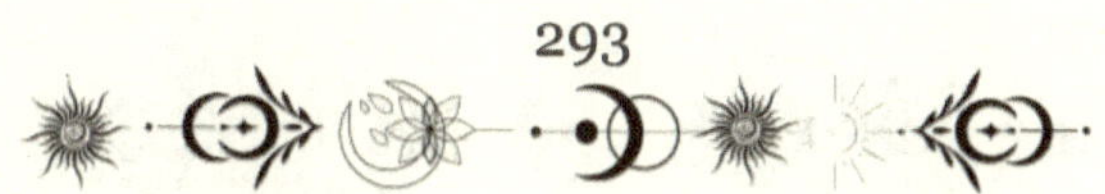

— En partie. Mais elle a pleuré. Je crois que c'est bon signe. On va être là pour elle. Et la présence de Megan aidera sûrement.

— Il est temps d'en finir avec cette femme. Il faut l'attraper. Et l'éliminer.

— Cent pour cent d'accord. D'ailleurs, tu me feras un résumé complet de ce qui s'est dit.

— Et… tu as réglé tes comptes avec Orion ?

Évidemment. Mon départ précipité n'était pas passé inaperçu.

— Qu'est-ce que tu sais exactement ?

— Ce qu'il a bien voulu m'en dire…

— Je n'ai rien à ajouter là-dessus, Mathias, répondis-je, un peu trop sèchement.

— Pas de souci. C'est votre histoire. Je te fais le topo ?

Il m'attrapa par le bras pour m'éloigner de la porte.

Alex avait besoin de calme.

Et moi, d'informations.

Chapitre 36

Alaric

Nous arrivions enfin à bon port.

Elena faisait bonne figure, mais je voyais bien que la présence de Cédric la heurtait. Elle lui lançait des regards chargés de colère, presque de haine. Sa bouche se pinçait régulièrement, dessinant ce pli caractéristique qui trahissait son dégoût. Je l'avais hypnotisé pour qu'il ne la remarque pas. Le simple fait qu'il lui adresse la parole aurait suffi à déclencher un véritable tsunami.

Elle avait choisi de s'installer à l'arrière du véhicule, me laissant Cédric sur le siège passager. Je comprenais parfaitement. Mettre de la distance, même symbolique, était parfois la seule chose supportable.

Nous passâmes enfin le contrôle et nous engageâmes dans la grande allée bordée d'arbres. Le domaine se dévoilait peu à peu, majestueux, presque irréel. Même après toutes ces années, il conservait ce pouvoir-là.

Dans le rétroviseur, je vis les yeux d'Elena s'écarquiller. Son regard glissait d'un arbre à l'autre, absorbant chaque détail.

Je réalisai soudain que je ne savais presque rien d'elle. D'où elle venait. Si quelqu'un l'attendait quelque part. Si elle avait laissé derrière elle une vie, un métier, un foyer. Tout ce qu'elle était avant... s'effaçait peu à peu.

Je me garai devant la résidence. À peine le moteur coupé, Lucius apparut.

— Bienvenue, mon ami. Quel plaisir de te retrouver !

Son sourire était sincère, chaleureux, mais toujours chargé de cette autorité naturelle impossible à ignorer.

— Bonjour, Lucius. Je suis surtout heureux d'être arrivé. J'ai un colis encombrant dont j'aimerais bien me débarrasser.

— Je comprends.

La portière arrière s'ouvrit. Je me tournai vers Elena.

Elle fixait Lucius, figée. Complètement happée.

J'avais oublié ce détail. L'aura.

Je m'approchai d'elle et la guidai doucement vers mon ami.

— Elena, je te présente Lucius, le roi incontesté des vampires. Lucius, Elena.

— Enchanté, Elena. Le trajet n'a pas été trop pénible ?

Le simple fait qu'il s'adresse à elle la cloua davantage sur place. Je la vis déglutir, aspirer l'air avec difficulté, comme si ses poumons refusaient soudain de fonctionner normalement.

Lucius capta immédiatement la situation. Il m'adressa un bref regard et atténua son aura.

Elena inspira enfin, secoua légèrement la tête, comme pour se libérer d'un poids invisible.

— Enchantée... majesté ?

— Appelez-moi Lucius, je vous en prie.

— Bien... Lucius.

Sa voix tremblait encore un peu. Résister à un tel pouvoir n'était pas chose aisée pour une mortelle.

— J'avoue que la compagnie du déchet humain n'a pas été une partie de plaisir, ajouta-t-elle sans détour. Je suis soulagée d'être arrivée.

Lucius esquissa un sourire entendu.

— Je comprends. Nous allons vous en débarrasser immédiatement.

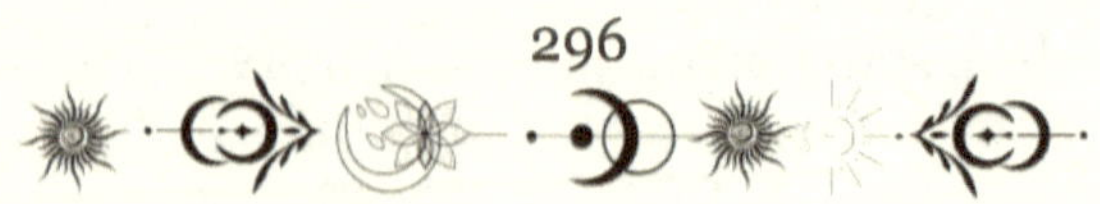

Isabella apparut alors.

Je l'avais croisée plusieurs fois déjà, mais je m'étais toujours arrangé pour l'éviter. J'étais sans doute le seul ici à connaître toute l'histoire. Mathias la suivait de près. Pas d'Orion à l'horizon, et tant mieux.

— Vous tombez bien, dit Lucius. Isabella, peux-tu t'occuper de cet homme ? Je pense que Marius voudra l'interroger.

— C'est celui qui détenait Megan ?

— Oui.

Ses yeux s'illuminèrent aussitôt. Un sourire lent, dangereux, étira ses lèvres. Un sourire qui me fit instinctivement me raidir.

— Ne joue pas trop avec lui, précisai-je. J'ai déjà extirpé quelques informations.

Elle se pencha pour sortir Cédric de la voiture. Elle l'observa avec une attention presque clinique, comme on examine un objet dont on va bientôt disposer. Puis elle se tourna vers moi.

— Pas mal.

— Il n'était pas très coopératif.

— J'espère bien qu'il continuera à ne pas l'être.

L'instant d'après, elle disparut avec lui.

Et je ne pus m'empêcher de penser que, pour une fois, Cédric allait sincèrement regretter d'avoir survécu jusque-là.

— Bon, maintenant que c'est réglé, nous pourrions vous installer, dit Lucius.

Elena regardait toujours l'endroit d'où avaient disparu Isabella et Cédric, je la sentis sur le point de craquer.

— Elena ?

Elle cligna des yeux, comme si elle revenait de loin, puis se tourna enfin vers moi.

— Voulez-vous bien nous suivre ? reprit Lucius avec douceur. Vous pourrez vous reposer dans une chambre confortable d'ici quelques minutes.

— Oui... merci. J'avoue que j'ai un sérieux coup de barre, là.

— C'est normal.

Sans vraiment réfléchir, je lui tendis la main.

Elle me dévisagea, surprise, puis la saisit. Ses doigts étaient froids. Je ne savais pas pourquoi j'avais fait ça. Son air perdu, sans doute. Ou ce besoin étrange de m'assurer qu'elle était encore bien là.

Lucius et Mathias échangèrent un regard intrigué.

Je suis juste gentil.

Nous n'avons rien dit, dit Lucius.

Pourquoi es-tu sur le qui-vive, mon ami ? ajouta Mathias.

Je me le demande moi-même, admis-je, un peu soucieux..

Je coupai court à la discussion et guidai Elena à l'intérieur de la résidence.

À peine avions-nous franchi le seuil qu'une belle blonde aux yeux verts arriva à notre rencontre. Sa magie l'enveloppait d'un halo multicolore, vibrant, presque vivant. Lucius se rapprocha instinctivement. Aucun doute possible : Tisha.

— Et voilà enfin le dernier de la bande. Alaric, je suppose ? Et vous devez être Elena ? Enchantée, je suis Tisha.

Elena murmura un bonjour à peine audible. Cela faisait beaucoup pour elle, trop vite. Je me présentai.

— Alaric. Heureux de te rencontrer, Tisha. On m'a beaucoup parlé de toi.

Elle lança un regard appuyé à Lucius, puis à Mathias.

— Quoi qu'on t'ait raconté, dis-toi que c'est encore pire.

Je ris malgré moi. Elena esquissa un léger sourire.

— Puis-je vous accompagner jusqu'à votre chambre, Elena ?

Elle me lança un dernier regard, hésitant, puis hocha la tête.

— Messieurs, à plus tard.

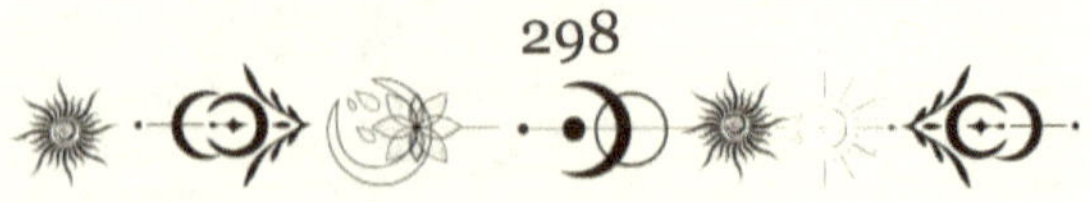

Elles disparurent dans l'escalier au moment même où Orion nous rejoignait.

— Je propose qu'on aille se servir un verre, lança Mathias.

La suggestion fut accueillie avec enthousiasme. Il nous conduisit près de la piscine. L'air était doux, presque tiède, et l'eau me fit immédiatement de l'œil. Une grande table avait été installée, derrière laquelle trois personnes officiaient : cocktails à la demande, alcools forts, boissons plus sages.

Je repérai déjà quelques garous, ainsi que les enfants de la sorcière. Elle m'avait bien eu, celle-là.

Les présentations s'enchaînèrent. J'observais Lucius du coin de l'œil, toujours surpris de le voir aussi détendu, lui qui s'était tenu à l'écart du monde pendant si longtemps.

— Impressionnant, hein ? murmura Mathias.

— Il a l'air... heureux. C'est étrange, mais franchement génial.

— Effet Tisha.

— Ça nous facilitera la tâche s'il décide de revenir sur le devant de la scène.

— Quoi ? Tu n'aimais pas me remplacer au conseil ? Je suis peiné de l'apprendre, plaisanta-t-il.

— Parce que toi, ça te plairait ?

— J'avoue préférer mon rôle au tien.

Il me tendit une bière en guise de calumet de la paix. Je l'acceptai.

Familles royales, *Guardians*, sorciers... Nous commencions à être nombreux.

Soudain, je sentis un afflux de pouvoir dans mon dos. Nous nous retournâmes tous en même temps.

Les Euménides venaient d'apparaître, Isabella en tête, accompagnée d'Elena. J'appréciai que Tisha ait pensé à ne pas la laisser venir seule.

Le spectacle était saisissant.

Ces femmes étaient belles, oui, mais surtout... dangereuses. Leur magie ondulait autour d'elles, dense,

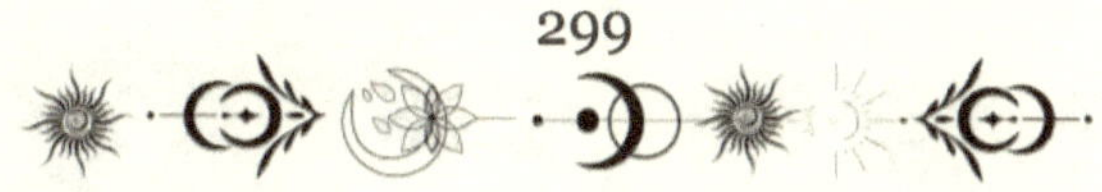

maîtrisée, prête à jaillir. Une puissance brute, presque sacrée.

Seuls les garous semblaient ignorer le risque potentiel qu'elles représentaient. Il valait mieux qu'elles restent dans notre camp. Sinon… c'était la fin.

Mathias et Orion jurèrent à voix basse. Lucius, lui, ne quittait pas Tisha des yeux.

— Tout à fait d'accord, soufflai-je.

Elles firent le tour de l'assemblée, présentant Elena et Megan à ceux qui ne les connaissaient pas encore. Elena était la seule humaine présente, mais elle ne paraissait ni écrasée ni effrayée. Curieuse, attentive, elle observait tout avec de grands yeux.

Je la sentais plus calme qu'à notre arrivée. Tant mieux.

Isabella resta près des garous. Orion fronça les sourcils, mais ne bougea pas.

Elena engagea la conversation avec une des louves. Je les rejoignis. Elles se turent à mon approche.

— Bonsoir. Je ne voulais pas vous interrompre. Je voulais simplement m'assurer qu'Elena était bien installée.

— Tout va bien, Alaric. Je te présente Claire, pédopsychiatre.

— Enchanté.

— De même. Je sais que vous êtes à l'origine de la libération de cette jeune femme et d'une cinquantaine d'autres. Bravo.

— Nous sommes tombés sur ces laboratoires un peu par hasard. Nous suivions surtout la piste de Megan. Mais tout est bien qui finit bien… ou presque, ajoutai-je en apercevant Alexandra.

Claire suivit mon regard et son visage s'assombrit.

— Ils étaient magnifiques, tous les deux. Un couple… incroyable. J'ai encore du mal à y croire.

— Il avait de la famille ?

— Oui. Son grand-père était là il y a deux heures. Il est reparti prévenir le clan. Ça va être très dur pour eux.

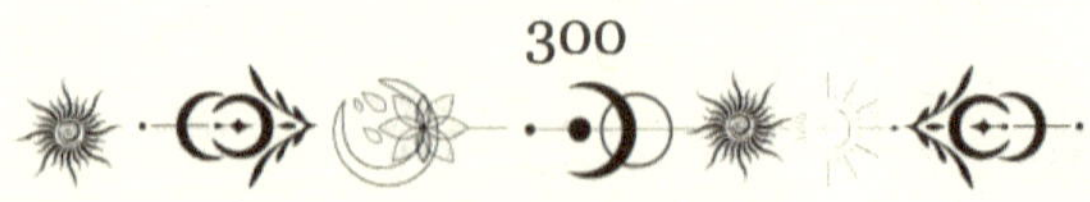

— J'imagine...

— Quand rapatrierez-vous les autres femmes ? demanda Elena.

— Demain. Elles sont en sécurité, et Orion a veillé à ce qu'elles soient bien prises en charge.

— J'aiderai les médecins. Ils vont être débordés avec toutes ces patientes.

— Un suivi psychologique sera indispensable, confirma Claire. Elles sont proches du terme. Les jours à venir vont être éprouvants.

— Et... que va-t-il se passer pour elles et leurs bébés ? demanda Elena.

À cet instant, l'un des fils du roi, Louis, si ma mémoire était bonne, s'invita dans la conversation.

— Je peux, en partie, répondre à cette question, ma chère. Louis, pour vous servir, dit-il en s'inclinant légèrement.

— Comment vois-tu les choses ? demanda Claire.

Louis inspira profondément avant de répondre.

— Nous devons d'abord déterminer quelles femmes souhaitent réellement devenir mères, surtout d'enfants garous. Une fois ce point clarifié, nous chercherons des familles adoptives pour ceux qui seront confiés. Cela ne devrait pas être compliqué : dans notre communauté, ces enfants sont considérés comme une bénédiction. Les volontaires ne manqueront pas.

— Et pour celles qui veulent garder l'enfant ? demanda Elena.

— Là, les choses se compliquent, admit-il. Nous envisageons de les intégrer à une meute, afin qu'elles soient entourées et aidées. Élever un enfant garou n'a rien de comparable avec un nourrisson humain. À défaut, nous pourrions leur assigner un tuteur... Rien n'est arrêté. Nous avançons prudemment, sans vouloir leur imposer davantage de contraintes.

Il passa une main nerveuse dans ses cheveux.

— Si je mettais la main sur celle qui est à l'origine de tout ça...

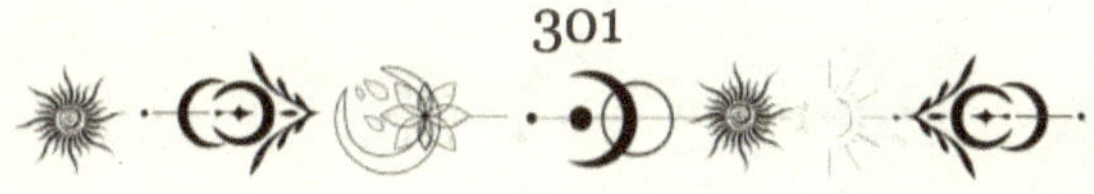

Claire hocha la tête, grave.

Elena baissa la sienne, visiblement submergée par les implications.

— Je suis désolé, Elena. Je ne voulais pas vous inquiéter davantage. Mais les enfants garous demandent… une attention particulière.

— Et leurs parents doivent être capables de les maîtriser, murmura-t-elle. Ce qui risque d'être compliqué pour une humaine comme moi.

— Nous ne ferons rien sans votre consentement, la rassura Louis.

— Et nous ne savons même pas encore si tu es enceinte, ajoutai-je doucement. Attendons déjà la confirmation.

Je l'avais tutoyée sans y penser. Elle ne releva pas, et me répondit de la même manière.

— Tu as raison. Quand pourrai-je faire les tests ?

— Dès demain matin, si vous le souhaitez. Je peux venir vous chercher et vous conduire à l'hôpital de fortune, répondit Louis.

— Les tentes près du domaine ?

— Exactement. Disons… 8 h 30 ?

— Parfait.

Une étincelle passa dans son regard. Elle reprenait pied. Louis s'éloigna avec Claire.

— Puis-je t'offrir un verre ?

— Pourquoi pas. Cet endroit est splendide. Tu étais déjà venu ici ?

Je l'entraînai vers le bar.

— Chez Marius ? Non. Tu devrais voir la résidence d'Orion. Un ancien château aussi, mais entièrement modernisé.

— Et toi ?

— Moi ? Je ne m'attache pas aux lieux. J'aime pouvoir partir quand je veux. Lucius me garde toujours une chambre chez lui.

— Un nomade, donc. Tu n'es pas du genre à te poser.

La question me fit sourire.

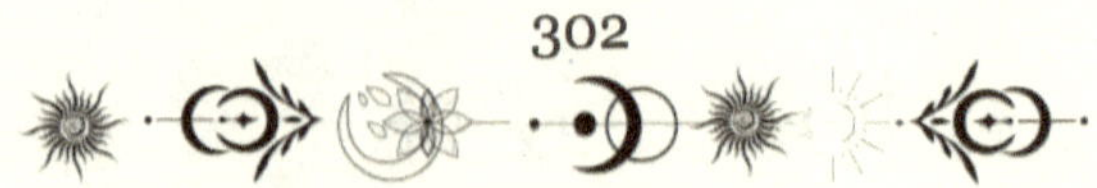

— À mon âge, il faut savoir se renouveler.

— Ton âge ? Tu ne semble pas si vieux, répondit-elle en riant.

Je fus sauvé par l'arrivée du serveur.

— Un mojito m'aurait bien plu, mais...

— Prends donc un Virgin mojito pour le moment.. Tu verras demain.

Elle acquiesça. Pendant que le barman s'affairait, elle observa les alentours.

— Si on m'avait dit que je me retrouverais un jour entourée de vampires, de rois et de loups-garous...

— Et pourtant, tu y es.

— J'imaginais votre monde très différent. Mais quand je vous regarde... vous êtes tous comme ça ?

— Comme ça ?

— Sublimes. Forts. Charismatiques. Prêts à sauver la veuve et l'orphelin...

Son regard ne me quittait pas. Elle savait exactement ce qu'elle faisait.

— Ne te fais pas d'illusions, Elena. Nous ne sommes pas des anges.

— Pourtant, tu m'as aidée. Tu as sauvé les autres femmes.

— Je ne suis pas insensible. Mais ne me prends pas pour un héros. Ma famille passe avant tout. Si j'avais eu d'autres priorités, je t'aurais laissée derrière.

Il fallait poser une limite.

Le serveur lui tendit son verre. Elle en but une gorgée.

— Délicieux.

Il sourit, visiblement sous le charme. C'était pourtant un garou, il devait garder ses distances.

Elle fit glisser la paille entre ses lèvres, lentement. Et sourit en remarquant mon regard.

— Donc, tu es un très dangereux vampire que je ne devrais pas approcher, c'est ça ?

— Exactement. À une époque, je t'aurais vidée de ton sang et laissée mourir dans une ruelle.

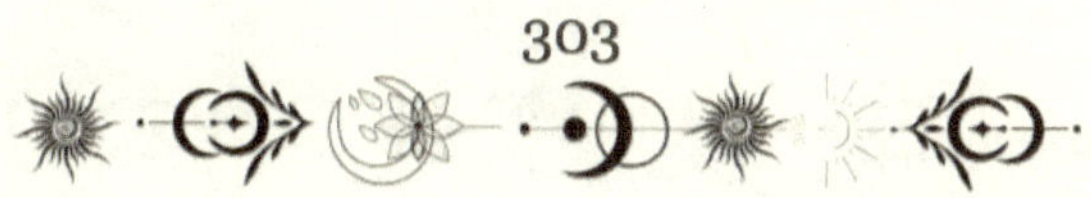

— Et aujourd'hui ? demanda-t-elle, faussement innocente.

Elle était douée, et sexy. Elle s'était encore plus rapprochée de moi et je sentais bien son désir.

Sa force de caractère me fascinait. Elle n'avait pas pleuré, elle n'avait pas haussé le ton depuis que les évènements s'étaient enchaînés autour d'elle. Même le trajet en compagnie de son bourreau ne l'avait pas fait flancher. Oh oui, elle me plaisait…

Je me penchai légèrement vers elle.

— Aujourd'hui… je ferais exactement ce que tu imagines que je ferais.

Son cœur s'emballa. Je le sentis. Ses pupilles se dilatèrent.

— Fais attention… j'ai beaucoup d'imagination.

— Et moi des siècles d'expérience. Tu ne t'en remettrais pas. Tu ne pourrais plus supporter le contact des tiens après moi.

— Et si je voulais vérifier ?

— Ce ne serait pas raisonnable.

— Et si je ne l'avais jamais été ?

Chaque fibre de mon être hurlait de céder. Mais je n'en avais pas le droit.

— Je ne m'approche pas des mortelles. Vous êtes trop fragiles pour nous.

— Je suis plus solide que tu ne le crois, Alaric. Mais… je comprends.

Elle recula d'un pas.

— Je ne quémande pas, c'est une de mes règles. Je vais donc te laisser.

Je lui attrapai le bras avant de m'en rendre compte.

— Où vas-tu ?

— Ce n'est pas ton rôle de veiller sur moi. Je me suis toujours débrouillée seule. Enceinte ou pas.

Je la laissai partir.

Elle rejoignit Claire, entourée de Guardians. Elle y fut bien accueillie. Orion apparut à mes côtés.

— Tu as bien fait.

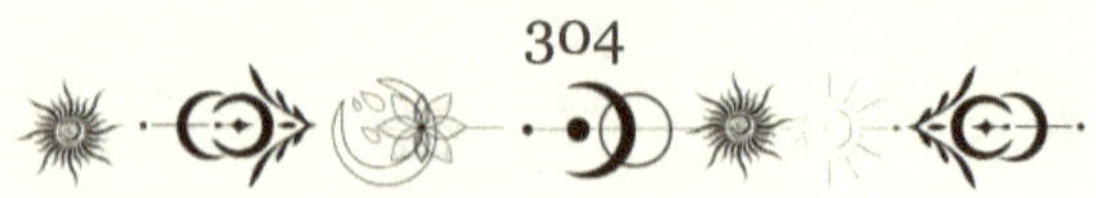

— Tu en es sûr ?

— Absolument. Nous sommes trop dangereux pour elles. Je te l'ai prouvé.

— Ça pourrait être différent. Juste une nuit...

— Ou deux semaines. Ou une vie.

Je fermai les yeux.

— Mon verre est vide.

— Alors laisse-moi t'en offrir un autre.

Et je sus que cette histoire était loin d'être terminée.

Chapitre 37

Marius

Elles étaient arrivées ensemble.

Trois silhouettes avançant côte à côte, comme si le monde avait enfin décidé de réparer ce qu'il avait brisé. Dix ans. Dix années d'attente, de nuits sans sommeil, de fausses pistes et d'espoirs déçus. Et pourtant, à cet instant précis, tout cela semblait s'effacer.

Je ne me lassais pas de les regarder.

Alexandra, droite et fière.

Tisha, attentive, presque féline.

Et Megan… Megan, enfin là.

Cassandra s'approcha de moi et suivit mon regard. Je sentis son souffle se calmer contre mon épaule.

— Elles sont incroyables… murmura-t-elle.

Je hochai lentement la tête, incapable de détacher mes yeux d'elles.

— Le cauchemar est terminé. Nous l'avons récupérée. Enfin.

Ma voix trembla légèrement. Megan était là. Ma fille. La dernière pièce manquante de notre famille.

— Pas tout à fait, répondit-elle après un silence. Il faudra encore du temps pour refermer définitivement cette plaie. Mais oui… elle est revenue parmi nous.

Elle s'appuya contre moi. J'aimais ces instants où elle laissait tomber ses défenses, même brièvement.

— Que vois-tu ? lui demandai-je.

— Trois sœurs qui étaient destinées à être ensemble. Une puissance qui dépasse tout ce que j'avais imaginé… et des menaces, Marius. La réincarnation des trois Érinyes n'annonce jamais rien de paisible.

Je soupirai, mais refusai de céder à la peur.

— Tu vois toujours le pire.

— Parce que je sais comment fonctionnent les dieux. Une force pareille sur terre signifie qu'ils nous aident… et s'ils interviennent, c'est que le danger est immense. Bien pire que ce que nous avons connu.

Je voulais croire à autre chose. J'en avais besoin.

— Nous allons clore cette affaire. Trouver celle qui a orchestré tout ça. Elle paiera pour chaque vie brisée, chaque torture. Ensuite… la vie reprendra son cours.

Je m'efforçais d'y croire. Après tout ce que nous avions traversé, nous avions enfin Megan.

Nous parlâmes alors du lendemain, de la réunion, de tous ces cerveaux rassemblés pour faire tomber la responsable. Cassandra avoua ses doutes, son incapacité à imaginer un ennemi capable d'une haine aussi personnelle. Et puis, sans détour, elle lâcha la phrase qui me coupa le souffle.

— Je pense démissionner du conseil.

Je la regardai, certain d'avoir mal entendu.

— Pardon ?

Elle m'expliqua. Le poids des décisions passées. La culpabilité. Les filles. Cette ligne qu'elle refusait désormais de franchir. J'appris ce que je pressentais depuis longtemps : le pouvoir des Euménides ne leur était jamais retiré. Il était volontairement étouffé, contenu, pour éviter qu'elles ne deviennent une menace.

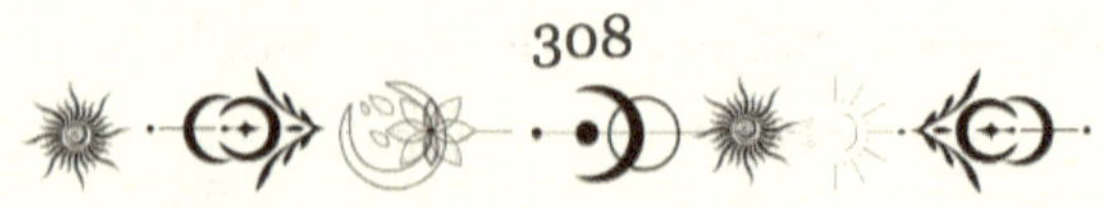

— C'était risqué, Cassie. Ça aurait pu ne pas fonctionner.

— Certaines sont parties. Nous n'avons pas pu les retenir.

Je compris alors bien des choses. Le comportement de nos filles. Leur colère. Leur liberté farouche.

— Et si tu quittes le conseil… tu me rejoindras ? Officiellement ?

Son silence me transperça.

Je l'entraînai à l'écart.

— Pourquoi toujours refuser ? Après tout ce que nous avons vécu ?

— Parce que cela fragiliserait ton règne. On me tolère dans l'ombre, pas à tes côtés.

— Je m'en moque ! J'ai vécu trop longtemps pour les autres. J'ai même épousé une femme que je n'aimais pas.

— Tu as été un bon mari.

— Peut-être. Mais c'est toi que j'avais dans la peau. Et quand elle est morte… j'ai eu honte de me sentir libéré.

Les mots sortirent enfin. Tout. La culpabilité. Le mensonge. La fatigue d'un rôle qui n'était plus le mien.

— Je peux abdiquer, lâchai-je.

Elle pâlit.

— Marius, non…

— Pourquoi pas ? Anthony est prêt. Louis, Victoire… nos filles. C'est le moment. Je veux vivre. Être père. Être homme. Être avec toi, sans me cacher.

Je lui avouai ce que je désirais vraiment : une vie simple. Du temps. De l'amour. Des gestes libres.

Ses yeux s'embuèrent.

— Il y a cent ans, je suis tombée amoureuse d'un prince trop sûr de lui, murmura-t-elle. Je t'aime. Et je veux vieillir avec toi.

Je la pris dans mes bras. Le baiser fut d'abord tendre, puis brûlant, comme si le temps n'avait jamais existé entre nous. Elle me rendait fou. Toujours.

— Tu sais qu'il y a du monde tout près, soufflai-je.

— Dommage, répondit-elle, mutine.

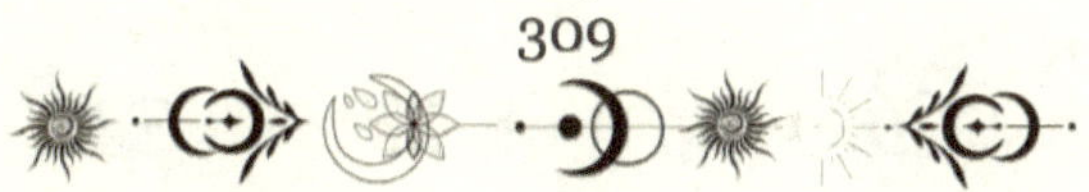

Nous rîmes doucement. Puis elle résista, à contrecœur, et me rappela à mes obligations. Mais cette fois, je gardai sa main dans la mienne.

Plus tard, lorsque je m'approchai de Megan, mon cœur battait comme celui d'un homme qui s'avance vers l'inconnu. Je voulais la prendre dans mes bras, sentir qu'elle était réelle... mais je n'osais pas. Elle ne se souvenait pas de moi. J'étais son père uniquement par le sang, pas encore par le cœur.

Ce fut elle qui combla la distance.

Elle attrapa ma main et la garda dans la sienne, naturellement, sans crainte. Le geste me transperça. Je dus inspirer profondément pour ne pas laisser mes émotions me submerger.

— N'hésite pas, dit-elle avec un sourire sincère. Je sens que vous tenez tous à moi... et je crois que j'aime ça.

Je sentis mes yeux me brûler.

— J'ai attendu ce moment si longtemps... murmurai-je. Nous allons veiller les uns sur les autres, Megan. Plus jamais personne ne nous fera de mal.

Elle releva le menton, déterminée.

— Je te le promets aussi. Je ne serai plus jamais une victime.

À cet instant, je compris. Elle était brisée, oui. Mais elle n'était pas faible. Aucune d'elles ne l'était.

Je levai les yeux vers Cassandra. Elle me regardait, émue, coupable peut-être, mais pleine d'espoir. Notre famille était enfin réunie. Imparfaite. Fragile encore. Menacée, sans doute.

Mais entière.

Et tant que je respirerais, je protégerais ce cercle, coûte que coûte.

Parce qu'un roi peut perdre un trône.

Mais un père ne survit pas à la perte de ses enfants.

Et cette fois... je les avais toutes retrouvées

Chapitre 38

Tisha

Il fallait que nous parlions à maman.

C'était une évidence, presque une urgence.

Si nous voulions tenter de rendre sa mémoire à Megan, son aide serait indispensable. Elle seule maîtrisait suffisamment ce type de sort pour en comprendre toutes les ramifications... et tous les dangers. Car il ne s'agissait pas d'une simple incantation destinée à délier quelques souvenirs épars. Le rituel était complexe, instable, et pouvait, s'il était mal exécuté ou mal supporté, mener à la folie.

Nous l'avions expliqué à Megan. Sans rien édulcorer. Sans lui mentir.

Elle savait ce qu'elle risquait. Et pourtant, elle avait accepté.

Je la comprenais mieux que personne. Malgré la peur qui serrait encore son ventre, malgré l'angoisse à l'idée de revivre ce qu'elle avait enduré dans ce premier laboratoire, le désir de se souvenir de nous, de retrouver sa place, de redevenir pleinement elle-même, l'emportait sur tout le reste. Se rappeler qui elle était avant qu'on ne la brise… avant qu'on ne l'arrache à sa famille… c'était plus fort que la douleur.

Retrouver ses souvenirs, c'était reprendre le contrôle. C'était cesser d'être une victime pour redevenir notre sœur. Et pour cela, Megan était prête à affronter ses propres ténèbres.

Maman ?

Oui Tisha ?

As-tu discuté avec Alex concernant la mémoire de Megan ?

Non. Pourquoi ?

Nous pensons que le sort jeté par Tante Elena est à l'origine de la perte de son passé.

Vous voulez pratiquer le rituel ? C'est dangereux sans Elena.

Nous en avons le potentiel, bien au-delà de ce qu'Elena était en mesure de faire. Je suis certaine que ça marcherait. Et Megan est d'accord. Nous lui avons parlé du risque… Avec ton appui ?

Bien sûr ! Nous allons sécuriser les choses au maximum. Il est hors de question que quoi que ce soit lui arrive. Quand ?

Demain, avant la réunion générale.

On dit huit heures, dans le parc ? Gaïa nous aidera.

Merci maman.

De rien, je suis tellement heureuse de vous avoir enfin toutes les trois.

L'émotion rendait sa voix chevrotante.

J'avais l'impression de retrouver ma mère des vacances d'été, celle qui s'autorisait à baisser la garde, celle qui riait sans calculer, qui aimait sans retenue. Pas la stratège, pas l'Euménide redoutée… juste maman.

Je ne pus me retenir. Je fis quelques pas vers elle et l'enlaçai. Elle me rendit mon étreinte avec chaleur, puis m'offrit ce sourire que je n'avais pas vu depuis bien trop

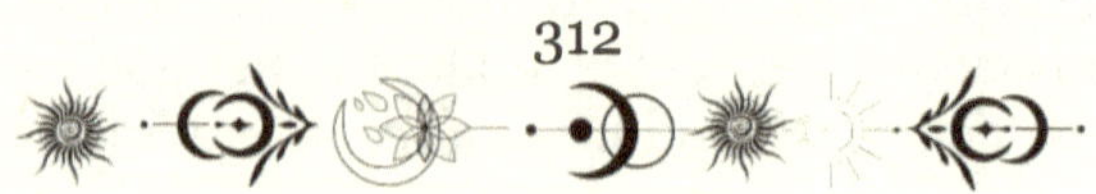

longtemps. Celui qui me rappelait que, malgré tout ce que nous avions traversé, malgré les erreurs et les silences, nous étions encore une famille.

La soirée se poursuivit dans une ambiance animée et presque légère, comme si chacun avait besoin de souffler après ces semaines de tension. Les rires fusaient, les conversations s'entremêlaient, et pour la première fois depuis longtemps, je me surpris à penser que peut-être... nous allions y arriver.

Les amis de Megan étaient adorables. Vraiment.

Ils gravitaient autour d'elle avec une bienveillance presque instinctive, comme s'ils craignaient qu'un simple courant d'air ne puisse encore la blesser. Cela me toucha plus que je ne l'aurais cru. Elle n'était plus seule. Elle avait trouvé, malgré l'horreur, des alliés sincères.

Je remarquai aussi Syrius.

Le membre du conseil ne la quittait pratiquement pas des yeux. Il se tenait toujours à proximité, attentif sans être envahissant, protecteur sans être oppressant. Megan, de son côté, n'hésitait pas à le toucher — une main sur son bras, un appui furtif contre son épaule — sans la moindre arrière-pensée. Elle était simplement... à l'aise.

Et ça, c'était précieux.

La voir ainsi me permettait d'espérer. D'imaginer un avenir où elle pourrait se relever, reconstruire quelque chose de stable, de sain. Pour l'instant, elle donnait le change. Elle souriait, participait, observait tout avec cette curiosité prudente qui la caractérisait déjà autrefois.

Mais je savais.

J'avais vu trop de survivants pour me mentir. Ce genre de maltraitances ne disparaît pas avec un décor plus lumineux ou des visages amicaux. À un moment ou à un autre, les fissures réapparaissent. Il faudrait qu'elle parle. Qu'elle s'autorise à déposer ce fardeau auprès d'un professionnel. Et nous serions là pour l'y accompagner, pas pour la forcer.

Le rituel, s'il fonctionnait, serait une première étape. Se souvenir de nous. Se rappeler l'amour, la sécurité, l'identité qu'on avait tenté de lui voler.

Cela ne guérirait pas tout. Mais ce serait une base solide. Un ancrage.

Je regardai mes sœurs, puis maman. Demain, nous tenterions quelque chose de dangereux. Mais pour la première fois depuis longtemps, je me sentais confiante.

Parce que nous étions enfin réunies.

— Tu es bien songeuse, murmura Lucius à mon oreille.

Sa voix grave me tira de mes pensées. Je n'avais pas réalisé à quel point je m'étais isolée du reste du monde.

— Je pensais à Megan... à tout ce qu'elle va encore devoir traverser.

— Elle n'est plus seule, répondit-il calmement. Vous serez là. Toutes.

Vous.

Le mot résonna étrangement.

— Et toi ? demandai-je sans détour. Où seras-tu, Lucius ?

Il se tourna vers moi, visiblement surpris par la question. Son regard s'attarda sur mon visage, comme s'il cherchait à en décrypter le sens caché.

— Que me demandes-tu exactement ?

— Nous allons retrouver celle qui a orchestré tout ça. Elle va payer. Mais après... reprit-je en baissant légèrement la voix, qu'adviendra-t-il de toi ? Tu retourneras auprès des tiens, comme si rien ne s'était passé ?

Un silence s'installa. Autour de nous, la fête continuait, mais j'eus la sensation que tout venait de se figer.

— Veuillez nous excuser, lança-t-il soudain à la cantonade.

Avant même que je n'aie le temps de protester, il me saisit et le décor disparut.

Ma chambre.

— Hé ! protestai-je en reprenant mes esprits. Tu fais quoi, là ?

— Je nous offre un peu d'intimité, répondit-il simplement. Ta question mérite mieux que des oreilles indiscrètes.

— Elle était pourtant claire.

— Justement.

Il s'approcha, suffisamment près pour que je sente sa présence, sa puissance, cette aura qui m'électrisait malgré moi.

— Qu'attends-tu de moi, Tisha ? reprit-il plus doucement. Dis-le-moi franchement. Tu veux que je parte ? Ou tu veux que je reste ?

Je déglutis.

— Oh... calme-toi, beau brun, dis-je avec une pointe d'ironie pour masquer mon trouble. Je me demandais juste si j'allais pouvoir profiter de ta présence plus que quelques jours.

Un sourire étira lentement ses lèvres.

— L'avantage d'être ce que je suis, répondit-il, c'est que les distances n'ont jamais été un problème. Si tu as envie de me voir... je saurai être là.

Il était si proche désormais que je n'aurais su dire lequel de nous avait fait le dernier pas. Son regard s'assombrit, plus intense, plus brûlant. Je frissonnai.

Voulais-je le revoir ?

La réponse était évidente.

Il sembla la lire dans mes yeux. Ses mains vinrent encadrer mon visage avec une douceur déconcertante. Il se pencha lentement, laissant planer une attente presque cruelle. Sa bouche effleura la mienne, à peine. Puis une seconde fois, plus insistante.

Mes doigts se crispèrent sur sa chemise.

— Tu en veux plus, murmura-t-il contre mon oreille, ses lèvres traçant un chemin brûlant le long de ma peau.

— Bien plus...

— Personne ne viendra nous interrompre ?

Je souris, dangereusement sincère.

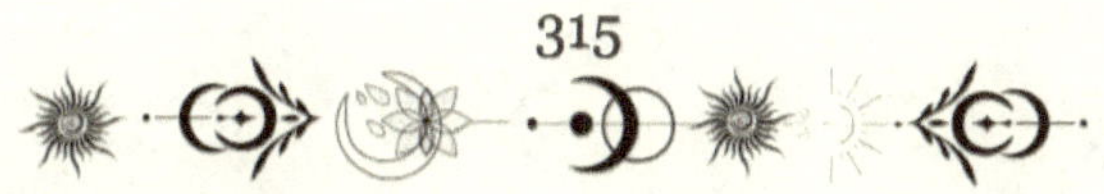

— Je tuerai celui qui osera essayer.

Je le sentis sourire contre mon cou, ses lèvres effleurant ma peau comme une promesse. Son souffle chaud me fit frissonner, et quand sa bouche remonta vers la mienne, je me perdis dans la lenteur de son baiser. Le désir m'envahit, brûlant, liquide, me transformant en cire sous ses doigts.

Mes mains, impatientes, s'agrippèrent à sa chemise. Les boutons cédèrent sous ma fièvre, libérant son torse sculpté. Je laissai mes doigts errer sur ses muscles saillants, savourant chaque relief, chaque frémissement sous ma caresse. Il me laissa faire, tout en gardant ses lèvres collées aux miennes, explorant ma bouche avec une lenteur calculée. Sa langue glissa contre la mienne, et je m'ouvris à lui, tremblante. Par *Athéna*... Ce baiser était une drogue.

Je parcourus son corps du bout des doigts, traçant des chemins invisibles sur sa peau, tandis qu'il répondait à chaque effleurement par un frôlement plus audacieux. La chaleur entre nous devint insoutenable. Ce qui avait commencé comme une danse timide se mua en une valse enflammée. D'un geste vif, il me débarrassa de mon top, et je fis de même avec sa chemise, nos vêtements tombant en désordre sur le sol.

Je reculai vers le lit, le défiant du regard. Ses yeux, déjà sombres de convoitise, s'illuminèrent d'une lueur presque prédatrice. Il avança, chaque pas chargé d'une assurance qui me fit fondre. Je déboutonnai mon pantalon, le laissant glisser le long de mes hanches, révélant mes dessous de dentelle. Sa réaction fut instantanée : il fut sur moi avant que je ne puisse respirer, ses mains partout, sa bouche avide, dévorant ma peau comme s'il voulait en absorber chaque saveur.

Il prit mes seins en coupe, baissant la dentelle d'un geste expert. Sa langue traça des cercles autour de mes tétons, et je haletai, le feu en moi devenant insupportable. Dans un élan de magie un peu maladroite, je fis disparaître

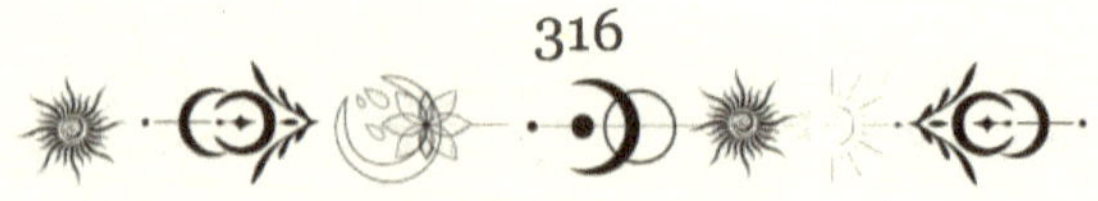

le reste de ses vêtements... et, par accident, son caleçon. Il rit contre ma peau, sa voix rauque vibrant contre mon sein.

— Oups... Désolée !

— J'en ai d'autres, murmura-t-il, sans cesser ses caresses.

Nous basculâmes sur le lit, nos corps presque nus l'un contre l'autre, ne nous séparant plus que par un fin tissu. Le sentir contre moi, son bassin pressé au mien, me rendit folle. Je me cambrai, cherchant son contact, et il jura, ses doigts se crispant sur mes hanches. Je glissai une main entre nous, mais il l'attrapa, relevant la tête. Ses yeux avaient viré au rouge sang, ses canines luisaient, menaçantes. Il était sublime.

— Je pourrais te blesser, gronda-t-il, la voix rauque.

— Je sais que non, chuchotai-je en l'attirant de nouveau vers moi. Viens...

Il céda, frémissant quand ma langue effleura ses crocs. Je retirai définitivement mon soutien-gorge, et il s'attarda sur ma poitrine, chaque baiser, chaque succion, me rapprochant un peu plus de la folie. Il descendit mon tanga avec une lenteur torturante, et je me consumai sous son regard affamé.

— Tu es magnifique, murmura-t-il, la voix chargée d'une ferveur qui me transperça.

Je ne répondis pas. Je ne pouvais plus. Je le dévorai des yeux. Un dieu. Un dieu de marbre et de feu, prêt à me consumer. Je l'attirai sur moi, et le contact de son sexe contre le mien me fit gémir. Je me frottai à lui, avide, et il grogna, ses hanches répondant à mon appel.

— Putain, Tisha... Tu veux ma mort ?

— Non, je te veux, toi. Maintenant !

Il sourit, puis obéit. Je le sentis glisser en moi, m'emplissant si profondément que je crus défaillir. Il se retira, puis plongea de nouveau, ses yeux rivés aux miens. Chaque mouvement était une vague, plus haute, plus forte, me poussant vers un abîme de plaisir. Il accéléra, sentant mon corps se tendre, se préparer à l'explosion. Je n'étais plus que sensation, que désir, que pulsion.

La vague me submergea, violente, et je criai, m'arc-boutant contre lui. Il ne s'arrêta pas, prolongeant mon extase jusqu'à ce que, quelques secondes plus tard, il se raidisse à son tour, son propre cri se mêlant au mien.

— Je peux mourir, aujourd'hui, murmurai-je, comblée, les doigts enfouis dans ses cheveux.

— À ce point ? Ce serait dommage... Je ne t'ai pas encore montré les avantages à être avec un homme expérimenté, répondit-il en traçant des sillons de baisers sur ma peau.

— Hum... Tu as raison... Je vais attendre un peu, alors.

— Parfait. Ton éducation ne fait que commencer...

Je ne dormis que par bribes cette nuit-là, mais étrangement, je ne regrettai rien. Chaque souvenir de la veille me faisait sourire, mon corps encore électrisé par sa présence.

Le lendemain, il nous fut difficile de quitter le lit, puis la salle de bains, puis la chambre. Je n'arrivais pas à me rassasier de lui, et il semblait partagé entre l'envie de me retenir et celle de m'embrasser encore. Chaque geste, chaque frôlement avait quelque chose de magnétique, et s'éloigner de cette bulle de chaleur et de tension demandait un effort presque surhumain. Sans l'urgence de lever le voile sur les souvenirs de Megan, je serais restée là, simplement avec lui, perdue dans ce moment hors du temps.

Mathias était déjà dans la salle à manger, assis près d'Alex. Son regard croisa le mien et je constatai que son sourire n'était pas tout à fait naturel, qu'il peinait à cacher la fatigue et les émotions de la veille. Un pincement me traversa le cœur : je m'étais éloignée, absorbée par ce qui venait de se passer, et je l'avais laissée seule. La culpabilité

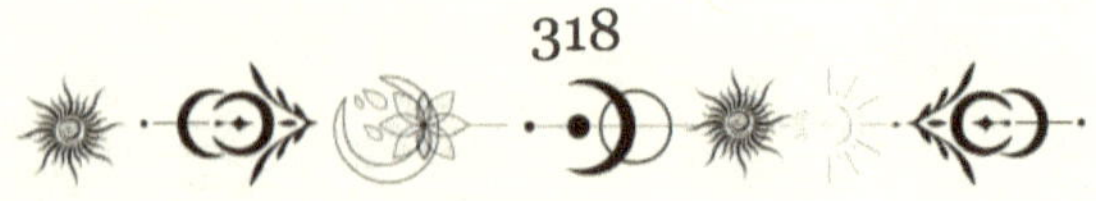

s'infiltra, même si je savais que chaque geste de la veille était nécessaire pour apaiser la tension, pour moi et pour lui.

Je vais bien, Tisha, et je vois que la nuit a été bonne...

Je t'ai plantée, désolée...

Tu ne m'as pas laissée tomber et je suis heureuse pour vous deux. Isabella et Mathias ne m'ont pas quittée de la soirée, Jason non plus, ainsi que tous les Guardians. Je n'ai pas été seule une seconde, même pas pour dormir. J'ai dû me fâcher !

Isabella ou Mathias ?

Les deux... En fait, Megan a gagné, haut la main. On a pu discuter comme ça. J'ai adoré. Comme quand nous étions petites...

Zut ! J'ai loupé ça !

Je ne suis pas certaine que tu le déplores réellement, non ?

Je jetai un œil à Lucius, assis à côté de moi.

Non. Je ne regrettais pas ma nuit.

Elle me fit un clin d'œil en entendant ma réponse. Mathias lui glissa quelque chose à l'oreille, et Alex se détendit légèrement. Elle semblait soulagée, enfin entourée, ce dont elle avait terriblement besoin.

Megan arriva, un brin stressée.

— Prête à perdre la tête ? lui lança Mathias.

— Non, mais ça ne va pas bien dans la tienne, de dire ça à ma sœur ! répliqua Alex en tapant son épaule.

— Euh... c'était de l'humour, Alex. Bon, un peu lourd peut-être, mais de l'humour quand même, fit-il, tout contrit.

Megan éclata de rire en voyant sa tête, et je ne pus m'empêcher de partager son hilarité. Alex sourit, menaçant Mathias du doigt, qui se renfrogna comme un enfant pris en faute.

Puis, tout bascula. Alex détourna le regard, cherchant à partager ses sentiments avec quelqu'un, et là, comme un voile, son expression se fit sombre. Elle avait voulu parler à James... et il n'était plus là. Je la vis inspirer

profondément. La mélancolie qui l'assaillait me submergea. J'eus soudain envie de pleurer. Lucius m'attrapa la main.

Il faut que tu sois forte pour deux, voire pour trois. Alex n'est pas en état de réguler ses sentiments. Je peux t'aider, si tu le désires.

Ses mots portaient un poids rassurant. Je pouvais enfin respirer, sentir cette présence apaisante tout autour de nous.

J'accepte avec plaisir.

Une vague d'émotions positives me traversa, calmant instantanément ma tension et celle de mes deux sœurs. Nos deux vampires échangèrent un regard, et je compris que Mathias remerciait Lucius silencieusement. Si, à un moment, il avait été attiré par moi, il était clair que ce n'était plus le cas.

Mathias a des vues sur Alex ?

Je sais qu'il l'apprécie énormément. Mais il se contente d'être présent dans l'immédiat. Il est conscient que ce n'est pas de circonstance. L'avantage, c'est que nous avons l'éternité.

Vous, oui ! Mais pas nous !

Crois-tu ? Vous descendez des dieux, vous avez toutes les caractéristiques de vos ancêtres. À ta place, je n'en serais pas si sûre !

L'idée d'immortalité me fit frissonner. Une question de plus à poser à Athéna si jamais elle décidait de reparler... Je la laissai de côté et terminai mon petit-déjeuner.

Luc et Gabriel s'approchèrent, entourant Isabella, visiblement fatiguée. La présence d'Orion devait lui peser, et ses deux amoureux ne respiraient pas la joie de vivre non plus.

Tiens, quand on parle du loup... Orion arriva, accompagné d'Alaric. Ils saluèrent tout le monde. Isabella se crispa lorsque son ancien amant passa à côté d'elle. Elle n'avait pas voulu s'éterniser sur le sujet, mais avait au

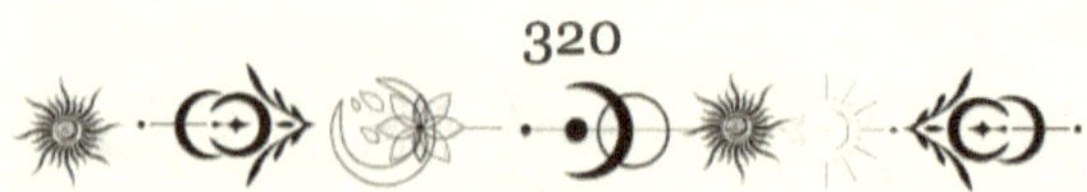

moins lâché cette information. Je pense que j'aurais deviné toute seule.

Sédiline, l'une des sœurs de Syrius, se présenta. Peu d'échanges jusqu'ici, mais son attitude me plut immédiatement. Son regard affichait un clair « je vous emmerde tous », doublé d'une puissance palpable. Je sentais que c'était une adversaire redoutable. Il faudrait que je la teste un jour...

Elle s'installa près de Megan et prit de ses nouvelles. Une demi-heure passa rapidement, rythmée par ces petits échanges et cette ambiance à la fois chaleureuse et tendue.

Il était temps de rejoindre notre mère dans le jardin. Lucius voulait nous accompagner, ainsi que Mathias. Je donnai mon accord, après avoir consulté mes sœurs du regard. Ensemble, nous allions avancer, protégées et soudées.

Dès que nous mîmes le pied dehors, nos loups nous sautèrent dessus, bondissant avec une joie incontrôlable. Megan éclata de rire et afficha un sourire radieux qui ne la quitta plus jusqu'à ce que nous arrivions devant notre arbre-cabane. L'endroit respirait la nostalgie et les souvenirs heureux. C'était là que nous avions décidé de rompre le sort. Après tout, quoi de mieux que de retrouver un lieu rempli de souvenirs pour en créer un nouveau, cette fois positif et libérateur.

— Prêtes les filles ? demanda notre mère après nous avoir embrassées toutes les trois.

Papa se tenait à ses côtés, le visage tendu et l'inquiétude palpable dans chacun de ses gestes.

— Prête ! répondit Megan, le cœur battant pour toutes. Je veux me souvenir de tout.

— Parfait ! Bois cette fiole, Megan. Elle va t'aider à entrer en transe. Alex et Tisha, vous pénétrez dans le cercle avec elle, je l'activerai de l'extérieur et vous le renforcerez de l'intérieur. Avec vos nouveaux pouvoirs, c'est plus prudent !

Nous suivîmes ses instructions à la lettre. Assises sur le sol, les mains jointes, nous lançâmes le sortilège de

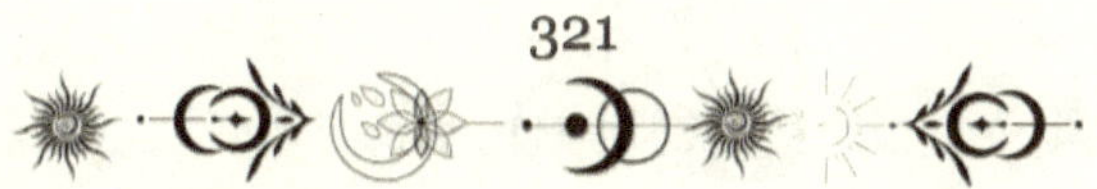

protection. L'air vibrait autour de nous, chargé d'une énergie presque tangible. Ensuite, Alex se pencha vers Megan pour lui expliquer ce qu'était une transe.

— Tu dois te concentrer sur ta respiration et garder ton esprit ouvert à nos pensées. Nous allons te guider et tenter de débloquer le sort. Mais nous ne le ferons que si nous sommes certaines d'en être capables.

— Et comment le saurez-vous ?

— C'est difficile à expliquer... c'est plus une sensation, un instinct. La magie a toujours fait partie de nous, et c'est la nôtre qui coule dans tes veines.

— Je vous fais confiance, nous dit-elle, sûre d'elle.

Nous nous mîmes en position, sentant le pouvoir nous envelopper et vibrer entre nous trois. Une légère tension me parcourut, mes poils s'hérissant, mon esprit éveillé à chaque fluctuation. L'énergie crépitait autour de nous, prête à se libérer.

— C'est le bon moment, dit Alex, la voix calme mais ferme.

— Je suis d'accord, confirmai-je, le souffle contenu, le cœur battant à tout rompre.

Et alors, la magie explosa doucement, comme un souffle chaud et puissant. Je me sentis glisser à l'intérieur des souvenirs de Megan, comme une brise emportant des fragments de son passé, prêts à être redécouverts. Tout était là, devant moi : l'ombre des cauchemars passés et la lumière de ce que nous allions reconstruire ensemble.

Chapitre 39

Megan

Je flottai un instant, puis je fus attirée vers le bas. Je vis trois petites filles, de cinq ans à peine, en train de jouer. Et puis, d'autres enfants arrivèrent et commencèrent à houspiller la jolie rousse.

— Sans pouvoir, sans pouvoir ! Tu n'as pas ta place, ici.

Cela ne plut pas aux deux autres qui échangèrent un regard. Elles se prirent la main et un vent violent se leva, repoussant les pestes. Elles m'entourèrent pour me câliner, séchant mes larmes.

— Tu es notre sœur, nous serons toujours là pour te protéger.

Je me sentis arrachée à la terre ferme pour me retrouver dans une résidence, c'était celle de mon père. Il courait, moi juchée sur ses épaules, tandis que mes frères essayaient de nous attraper.

— On va se cacher, Megan, ils ne nous trouveront pas.

Je riais aux éclats en tirant la langue à Antony et à Louis qui se trainaient volontairement, pour ne pas nous capturer.

Je basculai de nouveau, j'avais dix ans. Nous étions encore dans la résidence. Mon père était agenouillé près de nous, il avait trois louveteaux dans les bras.

— Leur mère est morte, les filles. Alors, je vous propose de vous en occuper. Mais attention, nous leur rendrons la liberté dès qu'ils seront capables de se débrouiller tout seuls, d'accord ?

— Oui papa.

— Jarvis vous aidera à subvenir à leurs besoins.

— Pas la peine, papa, ajouta Alex.

Elle attrapa ma main, la mit dans celle de Tisha, tout en gardant le contact avec elle. Elle s'approcha des louveteaux et ferma les yeux. Je sus qu'elle récitait une formule. Deux secondes plus tard, nous étions en mesure de comprendre nos loups.

— Il leur faut des prénoms, papa. Sinon, ils ne sauront pas quand on les appelle...

— Alors, donnez-leur-en un.

Les bébés s'avancèrent vers nous. Ils s'assirent tour à tour devant l'une d'entre nous, ils avaient choisi. Nous les nommâmes Terwur, Gwendal et Malin, ils nous léchèrent les mains, semblant heureux de ce changement.

Tout bascula à nouveau.

Je marchais dans la forêt, entourée de deux de nos loups et d'une escorte légère. J'aimais ces moments volés, le bruissement des feuilles, l'odeur de la terre humide. Mes gardes, eux, étaient nerveux. Ils auraient préféré rejoindre la résidence sans s'arrêter, mais Terwur tournait en rond dans le SUV. Il avait besoin de courir.

Je sentis le danger avant même de le voir. Les loups se placèrent de part et d'autre de moi, grognant, tendus. Je pivotai vers mon escorte.

Ils tombèrent.

Les uns après les autres, fauchés net, sans un cri, leurs corps s'effondrant dans un bruit sourd. L'odeur du métal et de la poudre envahit l'air. Je me mis à courir, paniquée, cherchant un abri, les loups sur mes talons.

Puis Gwendal s'écroula à son tour, touché de plein fouet. Terwur se jeta sur l'assaillant le plus proche, le renversa, mais les détonations reprirent aussitôt. Il tomba, lui aussi.

Je me laissai tomber près d'eux, les mains couvertes de sang, incapable de comprendre, hurlant leur nom, suppliant que tout s'arrête. Quelqu'un me saisit alors brutalement. Un choc violent. Puis plus rien.

Quand je repris conscience, j'étais immobilisée sur un fauteuil. J'avais froid. J'avais mal partout. Autour de moi, des silhouettes en blanc allaient et venaient, indifférentes, presque pressées.

— La petite chérie est enfin parmi nous, dit une voix sur ma droite.

Je tournai la tête. Un homme grand, blond, me dévisageait avec une insistance qui me donna la nausée.

— Pourquoi suis-je ici ? balbutiai-je. Je veux mes parents.

Il sourit.

— Tu n'es pas près de les revoir. Tu as un si joli visage...

Sa main se posa sur ma joue. Je détournai la tête, mais il suivit le mouvement, sa paume glissant plus bas, trop bas. Mon corps se raidit, la panique m'envahit.

— Les sorcières ont la réputation d'être... ouvertes, murmura-t-il.

Je me débattis, en vain. Les liens me retenaient, implacables.

— Docteur Villera... je ne pense pas que... tenta quelqu'un derrière lui.

— Je me moque de votre avis. Sortez. Tous.

Une infirmière protesta, la voix tremblante.

— Taisez-vous, ou vous le regretterez. Dehors.

Je les vis quitter la pièce, un à un. Je les suppliai du regard, de la voix, mais la porte se referma. Le silence fut assourdissant.

Je tremblais de tout mon être.

— À nous deux, murmura-t-il.

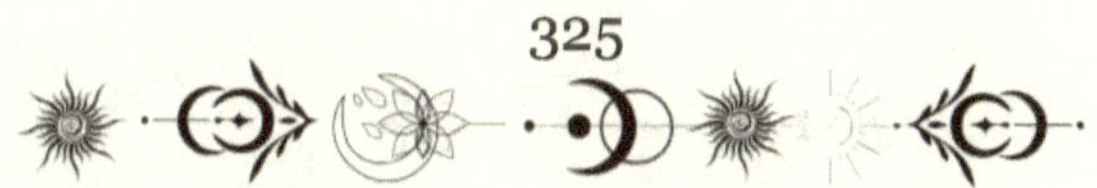

Il s'approcha. Trop près. Je criai, appelai à l'aide. Sa main s'abattit sur mon visage, me coupant le souffle, le monde vacilla.

Il se pencha sur moi.

Et je compris que plus rien ne m'appartenait.

Je rouvris les yeux, brouillés par les larmes. Mes sœurs me tenaient toujours la main. J'étais en sécurité.

Et je me souvenais… de tout.

Nos regards se croisèrent et, sans un mot, quelque chose bascula entre nous. Une compréhension muette, immédiate. La douleur, la colère, l'injustice… tout se mêla, trop fort, trop vite. Nos cœurs se remplirent d'une haine brûlante, dirigée vers un seul homme. Celui qui m'avait volé bien plus que des souvenirs.

Sans réfléchir, nos ailes jaillirent. Le sol s'éloigna brutalement alors que nous prenions notre envol. J'entendis les cris affolés de nos parents, les appels des deux vampires, mais rien ne pouvait nous retenir. Plus maintenant.

Nous atterrîmes devant le bâtiment où Cédric était détenu.

Les *Guardians* en faction nous virent arriver, figés, incertains. Je plongeai dans leurs pensées. Tout était clair, limpide. Personne ne tenterait de nous arrêter. Ils savaient. Ils comprenaient. Cet homme devait répondre de ses actes.

Alex s'avança jusqu'à la caméra menant au sous-sol.

— Laisse-nous entrer, Pedro.

— Chicca… tu n'as pas l'air… comme d'habitude, répondit-il, hésitant, à travers les haut-parleurs.

La voix de mon père résonna alors, ferme, sans appel. Il avait compris. Une vague de nausée me traversa, mes jambes fléchirent un instant.

Tisha resserra sa main autour de la mienne.

Ce n'est pas toi qui dois avoir honte. C'est lui.

Ses mots me redonnèrent de la force. Je redressai la tête et suivis Alex, Tisha juste derrière moi. Elle s'arrêta

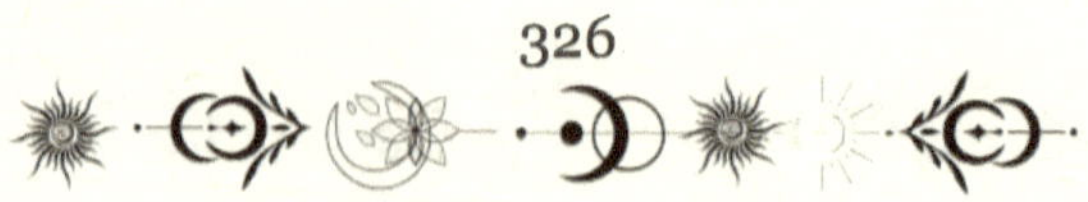

devant une cellule. Le mécanisme s'enclencha dans un cliquetis métallique. Elle s'écarta.

Ta justice.

J'entrai.

Il était là. L'homme que j'avais cru aimer. Celui que j'avais pensé connaître. Il n'était plus que l'ombre de lui-même. Alaric avait veillé à ce qu'il comprenne ce qu'était l'enfermement, la douleur, mais ce n'était qu'un début.

Une vague de souvenirs me submergea. Les examens, les intrusions, la peur constante, la douleur, les silences forcés. Je dus ravaler un haut-le-cœur.

Je le secouai pour le tirer de son apathie. Il était recroquevillé contre le mur, tremblant, abandonné à sa propre misère. Une part de moi constata froidement que ce traitement était le strict minimum.

Quand il leva les yeux et me reconnut, il hurla. Il tenta de se replier davantage, cherchant un refuge là où il n'y en avait plus.

Alex et Tisha me rejoignirent. L'air sembla se figer. Plus personne ne pouvait bouger.

Je pénétrai son esprit, sans douceur, sans détour. Je lui montrai qui j'étais. Ce qu'il avait fait. Ce qu'il avait détruit.

— Megan... Megan, ma chérie... aide-moi... Regarde ce qu'ils m'ont fait...

Sa voix tremblait, suppliante.

Je restai figée.

Comment pouvait-il encore croire que j'étais venue pour le sauver ?

Il me tendait les mains, tremblantes, comme une offrande dérisoire. Je saisis l'un de ses doigts et tirai d'un coup sec. Son cri résonna dans l'air, strident, presque irréel. Je le lâchai aussitôt.

Je ne ressentais rien. Ni remords, ni satisfaction. Juste un vide glacé.

Il pleurait à présent, sanglotant, tentant de ramper loin de moi.

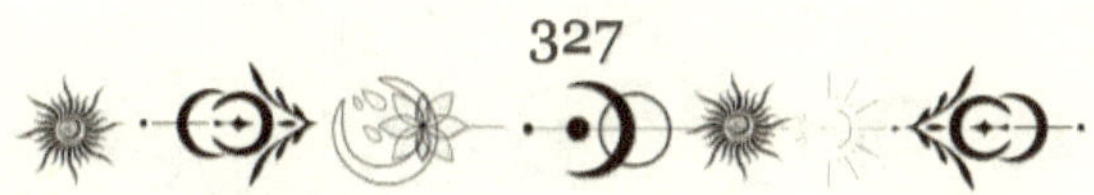

— Je ne voulais pas que ça arrive... c'est elle... je te le jure, Megan. Tout venait d'elle. Je n'ai été qu'un outil. Je ne t'ai jamais voulu de mal...

— Tu mens, répondis-je d'une voix sans couleur. Tu y as pris goût. Tu m'as brisée, Cédric. Et aujourd'hui, tu paies.

Je l'attrapai par les cheveux et le tirai hors de sa cellule. Il trébuchait, gémissait, incapable de se relever seul. Nous progressâmes ainsi jusqu'à l'extérieur, mes sœurs juste derrière moi. À chaque pas, son illusion d'autrefois se désagrégeait un peu plus. Il n'était plus le séducteur sûr de lui, ni le bourreau intouchable. Juste un homme nu face à ses actes.

Dehors, ils étaient nombreux à nous attendre. Ma famille. Mes amis. Les Guardians. Personne ne fit un geste pour nous arrêter.

Alex s'avança et se plaça devant lui.

— Cédric Villera, tu as été reconnu coupable de sévices, de violences et de crimes répétés envers ma sœur, ainsi qu'envers d'autres femmes. Pour ce que tu as fait, aucune peine ne saurait réellement suffire.

— Vous n'avez aucun droit ! Je réclame un tribunal humain ! Vous n'êtes personne ! cria-t-il, affolé.

Tisha répondit avant même que je n'y pense. Son coup le projeta au sol, loin de nous. Il resta étendu, hébété, brisé. La peur s'inscrivait désormais clairement sur son visage. Il avait compris. Il n'y aurait ni négociation, ni pardon.

Je m'approchai et posai ma main sur son front.

Je lui offris tout.

Chaque peur. Chaque nuit sans sommeil. Chaque humiliation. Dix années entières condensées en un seul instant. Il hurla, un cri animal, incapable de contenir ce flot qui le submergeait.

Je sentis alors une autre présence. Elena. Elle se tenait sur le côté, immobile, le regard chargé de sa propre culpabilité. Nos yeux se croisèrent. Elle acquiesça lentement.

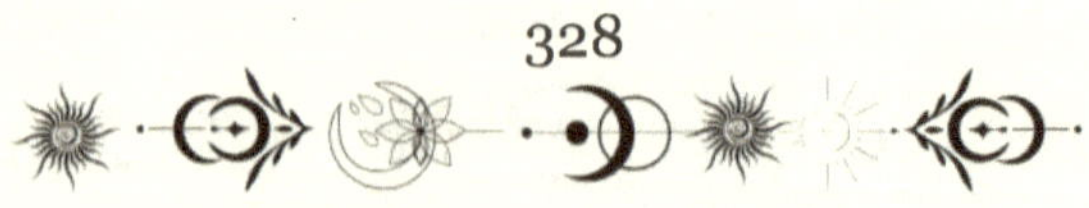

Je pris aussi ce qu'elle portait depuis ces dernières semaines : la peur, le doute, l'attente angoissée d'un avenir incertain. Je les ajoutai au reste et les lui rendis.

Il n'y eut plus que le silence, rompu par un dernier râle. Son corps se vida de toute tension et s'effondra lourdement.

Alex et Tisha ne m'avaient pas quittée. Pas une seconde.

— La sentence a été exécutée, déclara Tisha.

C'était fini.

Je redressai la tête et regardai autour de moi. Personne ne détournait les yeux. Aucun jugement. Aucune pitié déplacée.

Je venais d'entrer dans un monde où la justice n'était pas toujours clémente, mais où les crimes ne restaient pas impunis. Et, pour la première fois depuis dix ans, je me sentis entière.

À ma place.

Alex et Tisha se rapprochèrent instinctivement. Je sentis leur présence comme un ancrage, une certitude. Elles savaient exactement ce qui me traversait l'esprit. Aucune d'elles ne doutait. Aucune ne regrettait.

Moi, en revanche… c'était plus complexe.

— Une bonne chose de faite, petite sœur, déclara Tisha avec un sourire franc.

Je voulus partager cette évidence, m'y accrocher. Pourtant, quelque chose résistait en moi. Pendant dix ans, j'avais survécu en ravalant la rage, en m'effaçant, en me pliant. Et là, cette autre part de moi — ancienne, fière, implacable — venait de reprendre sa place. Elle avait jugé. Elle avait frappé. Elle avait rendu la sentence.

— Bon… maintenant, il faudrait rentrer dans nos chambres avant de se retrouver nues devant tout le monde, ajouta Alex, pragmatique.

Son ton léger me ramena brutalement au présent. À mon corps. À la réalité. J'abaissai les yeux, soudain consciente de notre état.

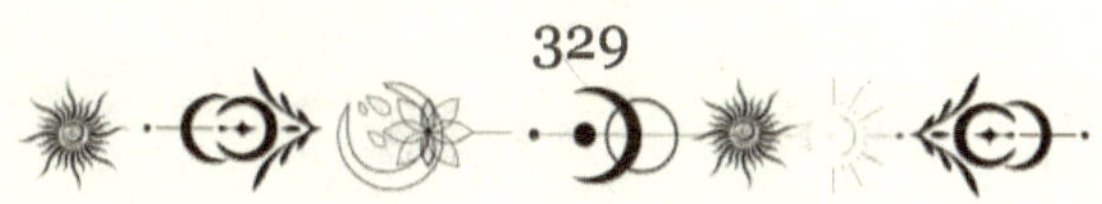

— Avec tout ce que vous avez appris, vous n'avez pas un sortilège pour faire apparaître des vêtements ? demandai-je, mi-sérieuse, mi-désemparée.

— Tu l'entends, celle-là ? lança Tisha en riant. Si c'était aussi simple, crois-moi, on l'aurait déjà fait !

— Attends... elle n'a peut-être pas tort, répondit Alex en plissant les yeux.

— Quoi ? Tu connais une formule ?

— Non. Mais on peut projeter une illusion : nous habillées. Ça suffira.

— Je vote pour ! s'enthousiasma Tisha.

Je sentis la magie onduler de nouveau autour de nous. Mon corps vibra, encore instable, comme s'il hésitait entre ce que j'avais été et ce que je devenais. Alex se concentra, et l'illusion se mit en place juste à temps. Tisha suivit aussitôt.

Nudité évitée.

Nos parents attendaient un peu à l'écart, silencieux, respectueux. Syrius et sa fratrie observaient la scène avec une inquiétude palpable. Je leur adressai un sourire, un vrai cette fois, pour leur signifier que j'étais toujours là. Que je n'avais pas disparu dans la tempête.

Je m'avançai vers ma famille. Celle que j'avais perdue. Celle que je retrouvais enfin. Je les embrassai tour à tour, m'imprégnant de leur chaleur, de leur réalité.

— Alors... tu te souviens de nous ? demanda mon père, la voix tremblante.

— De tout, répondis-je sans hésiter. De nos jeux. De nos disputes. Des mauvais coups faits à Victoire, Louis et Anthony... Et aussi de mes leçons avec toi, maman. Tu voulais que je sache. Que je comprenne.

Elle hocha la tête, émue.

— Et j'ai eu raison. Tu en auras besoin. Comment te sens-tu ?

Je pris une inspiration. Pour la première fois, je ne cherchais pas à minimiser.

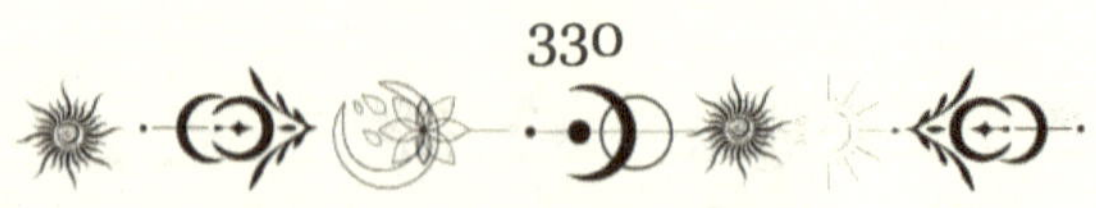

— Partagée. Mais entière. J'ai besoin de temps... Pourtant, je sais qui je suis. Et je suis plus solide que je ne le pensais.

— Eh bien, souffla une voix sur ma droite. Si c'est ça, être plus solide... je te trouve déjà franchement effrayante.

Mathias n'eut pas le temps d'ajouter quoi que ce soit. Alex lui asséna un coup sur l'épaule, parfaitement maîtrisé, sourire compris.

— Quoi ? Ce n'est pas vrai ? demanda-t-il en se tournant vers les autres. Elles foutent la trouille, toutes les trois, non ?

Un murmure approbateur parcourut l'assemblée. L'atmosphère se détendit, presque joyeuse.

— Bien, déclara mon père. Puisque cette affaire est réglée, la réunion commence dans dix minutes.

— On arrive, répondit Tisha. Parce que l'illusion, c'est sympa... mais ça ne tient pas chaud.

Sa grimace me fit rire, un rire vrai, léger, presque étonné de surgir après tout ça. J'avais froid, oui. Mais pour la première fois depuis dix ans, ce n'était pas le froid de la peur.

Chapitre 40

Mathias

Je les regardais mettre fin à la vie de cet homme sans éprouver la moindre compassion pour lui. Aucune. S'il avait fallu choisir, je dirais même qu'il s'en sortait à bon compte. Ce qu'il avait infligé méritait bien pire encore. Pourtant, je dus reconnaître une chose : le supplice avait été... pertinent. Lui faire ressentir, en un seul bloc, tout ce qu'il avait semé. La peur, la douleur, l'humiliation. Une justice brute, sans détour. Efficace.

Alexandra était splendide ainsi transformée. Terrible et lumineuse à la fois. Une vision qui aurait pu m'envoûter si une inquiétude sourde ne s'était pas glissée en moi. Je la connaissais assez pour le savoir : plus elle enfouissait sa peine, plus elle se fragilisait. Elle portait la douleur comme une armure... jusqu'au jour où elle se fendillait.

Je réalisai alors à quel point son état m'atteignait. Bien au-delà de ce qui aurait dû être raisonnable. Son chagrin résonnait en moi comme s'il m'appartenait, comme si quelque chose s'était noué, à mon insu, trop profondément pour être ignoré. Cette pensée me déstabilisa. Je n'avais jamais laissé qui que ce soit m'atteindre de cette façon.

Quand tout fut terminé, un détail très terre-à-terre me revint soudain en tête : les filles allaient se retrouver nues devant tout le monde. J'étais déjà prêt à glisser discrètement pour récupérer des draps quand une évidence me traversa l'esprit et m'arrêta net. Ce réflexe-là, cette attention immédiate portée à elle... ce n'était pas anodin. Ça n'avait rien d'approprié, encore moins de rationnel.

Je chassai aussitôt cette pensée. Elle venait de perdre l'homme qu'elle aimait. Ce n'était ni le moment ni l'état d'esprit pour analyser ce trouble qui m'envahissait.

Et puis... tout le monde le savait. Leur couple était solide. Profond. Un lien rare, de ceux qu'on ne brise pas sans conséquences.

Je la vis s'éloigner vers la résidence. Lucius, à quelques pas de moi, porta soudain la main à son oreille. Son attitude changea instantanément.

— Bonjour, Magda... qu'est-ce qui t'amène ?

— ...

— Quoi ? Oui, nous l'avons récupérée. Elle va aussi bien que possible, vu les circonstances...

— ...

— Comment ça, c'est le moment ?

— ...

— Attends. Tu es sérieuse, là ? Tu savais et tu n'as rien dit ?

— ...

— Quoi ?

— ...

— Je comprends... Pourquoi ?

— ...

— Ce n'est pas un piège, au moins ?

— ...

— Apprends-m'en plus. Ils sont combien ?

— ...

— Allô ? Magda ?... Merde... ça a raccroché.

Je m'approchai aussitôt.

— Qui est cette Magda ?

— Une vieille connaissance. C'est elle qui m'a donné l'adresse de Megan.

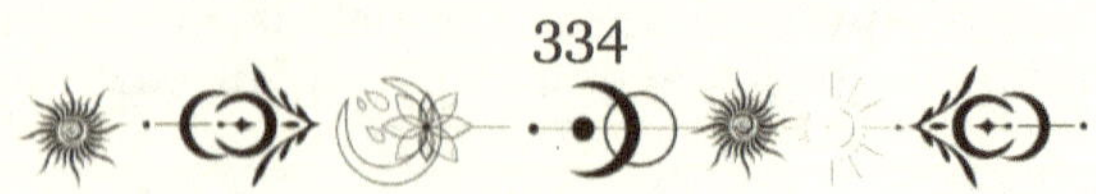

— Et que voulait-elle ?

— Me révéler l'endroit où se cache notre ennemie.

— Tu plaisantes ?

— J'en ai l'air ? Elle attendait que Megan soit en sécurité. Apparemment, c'est pour ça qu'elle s'est tue jusqu'à maintenant.

— Et tu sais qui est cette femme ?

— Non. Elle a coupé avant de me donner son nom. J'espère qu'il ne lui est rien arrivé... On doit en parler immédiatement aux autres.

Je n'hésitai pas une seconde et me glissai dans son sillage. L'information était trop lourde pour attendre.

La grande salle n'était pas encore pleine. Nous dûmes patienter. Lucius alla droit vers Marius et lui rapporta l'échange. À la tête qu'il faisait, il fallut même qu'il répète deux fois. C'était trop facile. Trop propre. Une ennemie livrée sur un plateau, sans identité claire... tout appelait à la prudence.

Puis elles arrivèrent.

Les furies.

Je n'arrivais plus à les penser autrement. Euménides, peut-être, pour la légende. Mais ce que j'avais vu, ce que j'avais ressenti... c'était autre chose. Une colère ancienne. Légitime. Terrifiante. L'exécution avait apaisé quelque chose, oui, mais à peine. Sous la surface, la rage était toujours là, prête à jaillir.

Entre les femmes torturées, les morts accumulées, et James... surtout James... j'avais la certitude que, lorsqu'elles apprendraient la vérité, il n'y aurait aucune retenue. Ce serait un carnage.

Alexandra vint s'asseoir à côté de moi.

Je respirai un peu mieux.

Sa présence me rappelait qu'au milieu de toute cette fureur, il restait encore quelque chose à préserver.

— Tu as l'air soucieux.

— Lucius a de nouvelles informations et je ne voudrais pas que cela te fasse perdre le contrôle.

— Je me maîtrise parfaitement, tu sais.

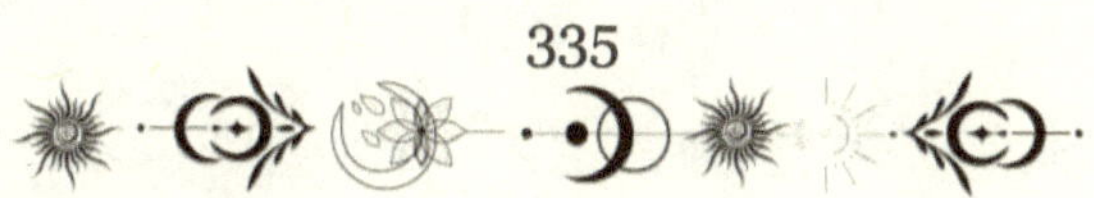

— N'oublie pas à qui tu parles, ma belle. Je vois les vagues de ton pouvoir et elles n'ont jamais été aussi erratiques.

— Tu me le reproches ?

— Non ! Je comprends ta position. Je ne veux pas te perdre, Alex. Je ne veux pas que tu te perdes. La vengeance est une maîtresse exigeante et vicieuse. Que se passera-t-il quand tu auras laissé la peine te submerger et que tu te souviendras de ce que tu as fait à d'autres ?

— Je ne m'attaque qu'à ceux qui ont fait souffrir, pas à des innocents. Forte de ça, je crois que je pourrai vivre avec.

— Je l'espère, Alexandra. Pour toi.

Elle me sourit et m'embrassa sur la joue.

— Tu es un véritable ami, Mathias. Je suis heureuse de t'avoir rencontré.

— Moi aussi, tu ne sais pas à quel point.

Elle m'observa, un peu curieuse. Marius demanda le silence, nous nous tournâmes tous vers lui.

— Mes amis, Lucius vient de m'apprendre une nouvelle… Je n'arrive pas à y croire.

Il regarda ses filles, son expression se fit plus dure.

— Un contact de Lucius l'a appelé pour lui fournir l'adresse de la femme à l'origine de tous nos ennuis.

Je vis Tisha braquer ses yeux sur ce dernier, les sourcils froncés. Mon ami allait devoir s'expliquer. Le brouhaha s'installa pendant quelques minutes, Marius laissa à tout le monde le temps de digérer cette information. Il finit par réclamer le silence et donna la parole à Lucius.

— Je sais que tout cela peut vous sembler étrange, je vais donc reprendre du début. Une femme, que j'ai connue il y a environ soixante-dix années, m'a contacté récemment. Je lui devais un service et quand elle m'a expliqué la mission qu'elle me confiait, j'ai accepté. Il s'agissait de tout mettre en œuvre pour repérer Megan, ici présente, et de réunir les trois sœurs. Pour cela, elle m'a donné l'adresse exacte de son domicile. Alaric est parti

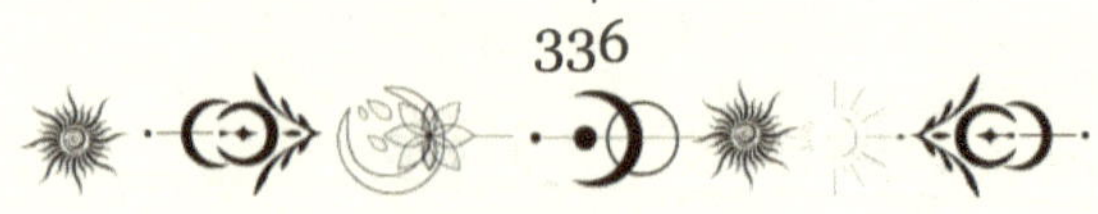

pour la retrouver, il est malheureusement, ou heureusement, c'est difficile à dire au vu des récents évènements, arrivé trop tard. Il est clair que l'objectif de mon contact était de sauver Megan. Elle m'a appelé afin de vérifier si j'avais rempli ma mission. Dès qu'elle a su que tu étais sortie d'affaires, elle m'a informé que c'était le moment, ajouta-t-il en fixant la jeune femme.

— Le moment pour quoi ? demanda Megan.

— Le moment d'attaquer. Elle a eu le temps de me préciser des coordonnées, de me dire que la résistance pourra être d'importance et que Marius devait impérativement être présent si nous voulions nous en tirer. Elle a coupé en pleine conversation, j'espère qu'elle n'a pas été surprise.

— Tu as son nom ? demanda Tisha.

— Oui, mais elle m'a fait promettre de ne pas le révéler, et au risque de vous déplaire, je ne reviendrai pas sur une parole donnée.

— On comprend, Lucius, confirma Marius.

Tisha ne semblait pas très contente d'apprendre ça de cette façon, Lucius allait devoir ramer. Les conversations reprirent, chacun prodiguant son avis sur la prochaine attaque. Je me tournai vers Alex, qui gardait le silence.

— Tu ne dis rien ?

— Non. C'est donc ça qu'il cachait depuis le début, tu étais au courant ?

— Non, il ne m'avait pas donné de détails. Il m'avait juste parlé de la mission sans me préciser de qui elle venait. Je pensais que c'était de sa propre initiative.

Elle n'ajouta rien, se contentant de le fixer.

— Il est du bon côté, Alex. Je te le jure.

— Je n'ai pas de doute là-dessus.

— Alors tu en as sur quoi ?

— Sur sa source. Je n'aime pas quand les personnes se cachent... Ce n'est jamais bon signe.

— Il la croit clean.

— Et tu as confiance en son jugement.

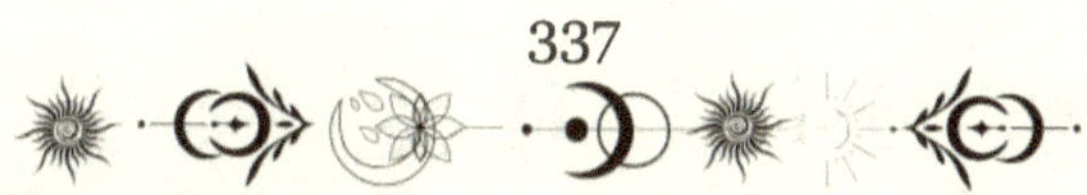

— Il ne s'est trompé qu'une fois depuis que je le connais, et l'affectif était en cause.

— Qui te dit qu'il ne l'est pas dans ce cas-là ?

— Je te l'assure.

Marius demanda le silence à nouveau.

— Ma proposition est la suivante. Nous allons vérifier où nous amènent ces coordonnées, et récupérer des images satellites. Nous lancerons aussi une mission de reconnaissance dans le but de mesurer les forces en présence. Je vous rappelle que, selon nos informations actuelles, des enfants et même des bébés sont impliqués. Nous ne savons pas où ils sont. Il est possible qu'ils soient sur place, mais s'ils ne le sont pas, nous devrons garder des prisonniers afin de les interroger. On avance sur tout ça et on se fait un nouveau point après le déjeuner. Adrien, Tonton, on met les équipes 1 et 2 sur le coup. Et que les autres se tiennent prêtes, nous aurons besoin d'elles.

Tout le monde se leva, je restai à proximité des sœurs. Adrien se dirigea droit vers Alex.

— Bonjour, Alex, je n'ai pas encore eu l'occasion de te remercier de m'avoir sauvé.

Alex lui sourit avec tendresse et le prit dans ses bras.

— Je suis tellement heureuse que nous soyons arrivés à temps. Tu vas bien ?

— Eh bien, grâce aux bons soins de ton nouvel ami, je suis en pleine forme.

— Quel ami ? Quels soins ?

Adrien me montra de la tête, Alexandra soupira, rassurée.

— Ah oui, je me rappelle. Il t'a donné de son sang, c'est ça ?

— Oui. Deux fois.

— Comment ça : deux fois ? Mais c'est dangereux. Mathias ?

— C'est sur sa demande que je l'ai fait, Alex. Il avait des informations qu'il voulait partager rapidement, afin de te sauver.

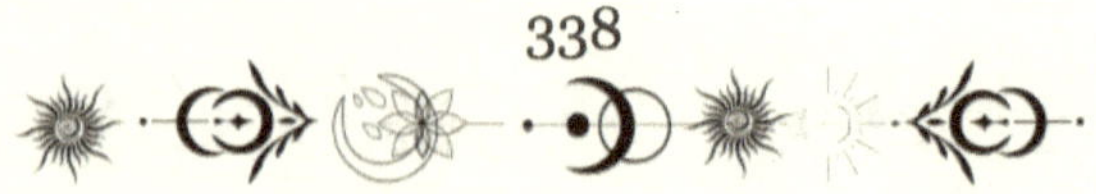

— Celles qui consistaient à accuser ma mère ? lui dit-elle, un peu plus froide.

Je souris intérieurement. Forcément, ça ne lui avait pas beaucoup plu, à la miss.

— Cela semblait un choix logique par rapport aux informations que j'avais.

— Je comprends, Adrien. On se voit plus tard ?

— Tu ne viens pas nous aider ?

— Non, pas cette fois.

— Un peu de repos ne lui fera pas de mal, Adrien. Elle a subi beaucoup de pression, dis-je.

— Bien sûr, j'aurais dû y songer moi-même, marmonna-t-il.

Il s'éloigna, un peu déçu. Alex se tourna vers moi.

— Quels sont les risques ?

— Tu le sais. Il pourrait perdre de son libre arbitre, m'obéir quel que soit mon ordre et, le pire, en redemander.

— Tu en penses quoi ?

— Il va bien pour le moment. Son esprit m'est complètement ouvert, mais c'est normal. Cela devrait s'atténuer avec le temps.

Elle était préoccupée. Cet homme avait encore de l'importance pour elle.

— Tu m'en veux ?

— Pourquoi l'as-tu fait ?

— En toute franchise ? Tu étais dans ce lit, inconsciente. Nous savions que ton état était lié à celui de James. Je ne pouvais pas rester là, sans rien faire. Il a dit que ces informations étaient essentielles, qu'il pourrait certainement te sauver. Très honnêtement, Alex, j'en avais rien à foutre qu'il devienne accro tant que tu revenais parmi les vivants. Si tu dois m'en vouloir pour ça...

— Non, ne t'inquiète pas. Je sais que l'on peut faire des choses idiotes parfois, pour des personnes que l'on apprécie.

J'eus envie de lui en dire plus, mais je me rappelai à temps que ce n'était pas le moment. Je me contentai de mettre la main sur son épaule. Nous nous rapprochâmes

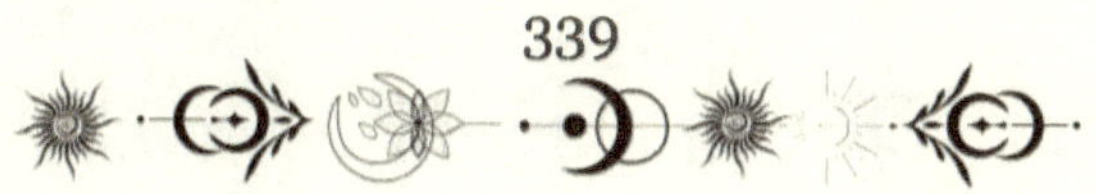

des deux rois, en train de discuter sur leur stratégie. La salle s'était vidée.

— Pour la reconnaissance, le mieux serait que ce soient des vampires, ils seront moins détectables que tes garous.

— C'est vrai, surtout qu'elle doit en être entourée. N'oublions pas non plus que c'est une sorcière, elle a certainement piégé les environs.

— Alors, un vampire avec un sorcier. On peut en parler à Syrius.

Alaric arriva à ce moment-là, accompagné de Louis et d'Elena. Cette dernière semblait perdue.

— Ça va, Elena ?

Elle me fixa sans me voir, puis finit par réagir.

— Je suis bien enceinte, lâcha-t-elle.

Le dire à haute voix lui fit réaliser, elle posa ses deux mains sur son ventre.

— Je ne suis pas prête pour ça, chuchota-t-elle.

Alaric se rapprocha immédiatement.

— Tu feras ce que tu veux. Tu as le temps d'y penser et d'agir en conséquence. C'est ton corps, Elena. Personne ne te met la pression.

— Le premier bébé ayant les caractéristiques de deux garous, Alaric. Quel est le mieux ? Il sera unique au monde... L'exception n'est pas très appréciée, il faut être identique au voisin, se fondre dans la masse.

— Tu ne sais pas encore si le sérum de ce timbré a réellement fonctionné. Si ça se trouve, ce n'est qu'un métamorphe comme les autres.

— Et vous ne serez pas seule, Elena, quoique vous décidiez. Nous n'abandonnons pas nos amis, ajouta Louis.

Elena lui sourit.

— Une chose de bien à mon enlèvement, vous avoir tous rencontrés ! Merci Louis. J'ai besoin de solitude. À tout à l'heure.

Elle s'éloigna, la tête haute et les émotions à fleur de peau. Elle était quand même assez incroyable comme femme, cette façon d'affronter ce qui lui tombait dessus...

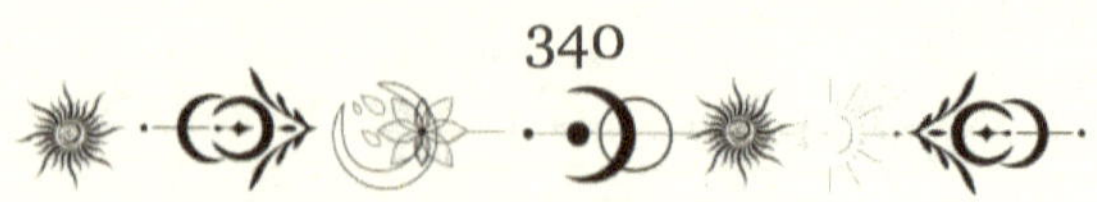

— J'ai vu qu'elle avait eu un très bon contact avec Claire, nous devrions peut-être la prévenir ? dit Megan.

— Excellente idée, je m'en occupe.

Louis sortit rapidement de la pièce, je souris à son empressement. Marius et Lucius le suivirent, partant certainement à la recherche de Syrius.

— Et si on allait se baigner ? proposai-je à Alex.

— Se baigner ?

— Ben oui, votre piscine me tend les bras depuis que je suis ici et je n'ai pas encore fait de plongeons. Tu as besoin de te détendre, non ?

— Pourquoi pas ? répondit-elle avec le sourire. Farniente et trempette pour ce matin, proposition validée. On se rejoint là-bas ?

— Sauf si tu veux de mon aide pour enfiler ton maillot de bain ?

J'en avais marre de surveiller mes paroles. Je l'avais toujours taquinée depuis que je la connaissais, le décès de James ne devait rien y changer.

— Je devrais me débrouiller, merci pour l'offre.

— À ta disposition.

Elle était demeurée souriante, tout allait bien. Je ne devais pas modifier mon comportement habituel, c'était clair maintenant. Elle n'apprécierait pas que je m'impose, mais je pouvais rester son ami. Un jour, elle allait en guérir et là, je ne lui laisserais pas le choix. Megan et Tisha acceptèrent de se joindre à nous, parfait.

Chapitre 41

Orion

Lucius m'avait appelé. Une nouvelle mission, apparemment. Tant mieux.

Rester à proximité d'Isabella et de ses deux amants me tapait sérieusement sur le système. Trop de regards, trop de proximité, trop de souvenirs aussi. Je préférais l'action. Toujours. Ça évitait de réfléchir.

Ma matinée avait déjà été bien chargée. J'avais organisé le rapatriement des futures mères vers le camp, et rien ne s'était déroulé comme prévu. L'une d'elles avait accouché dans la nuit. Une naissance prématurée, brutale, mais sans complication. La mère et l'enfant allaient bien. Elle ne souhaitait cependant pas garder le bébé.

Marius allait devoir s'activer sur ce dossier-là aussi. Encore un.

Quand j'entrai dans son bureau, je saluai son fils aîné, puis sa fille. Une très belle femme. Le genre de regard qui ne trompe pas : j'étais à son goût. Pourquoi pas ? Celle que je voulais n'était plus disponible, de toute façon.

Je fis un rapide compte rendu des événements. Marius, visiblement fatigué, se tourna vers ses enfants.

— Je te laisse gérer cela, Victoire. Vois avec Louis pour que tout soit prêt. Il va aussi falloir réfléchir au placement de ces bébés.

— Je m'en occupe, papa. Avons-nous une estimation du nombre de nouveau-nés à adopter ?

— D'après mes infos, environ quatre-vingts pour cent ne souhaitent pas les garder. Plus par crainte de ne pas pouvoir leur offrir une vie décente que par rejet...

— Peut-être changeront-elles d'avis si on leur propose de vivre au sein d'une meute ? suggéra Victoire.

Je fronçai légèrement les sourcils.

— Des humaines au milieu de garous ? Si elles ont encore de la famille, elles voudront être auprès d'elle. Et même sans ça... ce ne sera pas simple, précisai-je.

— C'est vrai, admit-elle. Mais l'idée de les laisser abandonner leur enfant... j'ai du mal. Un lien se crée forcément en neuf mois.

— Une fois en sécurité, elles auront peut-être une autre perspective, tenta son frère.

Elle hocha la tête, pensive, puis se tourna vers Marius.

— Tu as besoin de moi pour autre chose, papa ?

— Non, ma chérie. Tu as déjà de quoi faire.

— D'accord. À tout à l'heure.

Elle me gratifia d'un clin d'œil auquel je répondis sans me gêner. Intéressante, cette jeune femme.

Anthony me lança un regard noir. Visiblement, il n'avait pas apprécié que je m'intéresse à sa sœur. Je lui adressai mon sourire le plus insolent. Celui qui disait très clairement : je m'en tape de ce que tu penses.

Il se renfrogna aussitôt. Parfait.

Je me tournai vers Lucius.

— Alors ? Quelle est ma prochaine mission ?

— Nous attendons Syrius, mais l'idée serait d'aller reconnaître les lieux et les forces en présence, directement sur le terrain. Je pensais t'envoyer avec Isabella et l'un des sorciers.

Je me raidis aussitôt.

— Pourquoi Isabella ? Je peux très bien me débrouiller seul.

Ce n'était clairement pas le moment. Ni pour moi, ni pour elle. Et encore moins avec ses deux mecs dans le décor.

Lucius me dévisagea un instant.

— Je préfère que vous soyez deux. Un problème ?

Je soutins son regard une seconde de trop, puis haussai les épaules.

— Aucun.

Je savais qu'il avait additionné deux et deux, mais je n'avais pas l'intention d'en discuter avec lui, ni avec qui que ce soit. Syrius arriva, accompagné de sa fratrie.

— Nous voilà. De quoi avez-vous besoin, messieurs ?

Marius lui expliqua l'idée, Syrius opina de la tête.

— Je peux me joindre à vous si cela vous convient ?

— À toi de voir, Syrius. Je n'ai personnellement pas de préférence, mais c'est vrai que tes facultés seraient grandement appréciées, précisai-je.

— Nous avons dit que nous mettrions cette affaire au clair ensemble, je suis tout désigné. Quand partons-nous ?

— J'attends d'avoir les images satellite, mais nous pourrons vous les faire parvenir une fois que vous serez sur place ?

— Alors, départ d'ici trente minutes, Branoux-les-Taillades n'est pas à côté, proposai-je.

— Je te laisse informer Isabella, Orion. Nous nous occupons de votre transport, l'hélicoptère me semble le plus pertinent. Tu es d'accord, Marius ?

— Pas de problème, mes pilotes sont très sollicités en ce moment. Ils sont tous en stand-by.

Je m'éloignai rapidement, réfléchissant à la meilleure façon de prévenir Isabella. Cela allait me retomber dessus, j'en étais certain. Je glissai jusqu'à leur tente de QG, elle était là, comme toujours entourée de ses deux garous. Ils me tapaient sur le système, ceux-là.

— Isabella ?

— Orion ? Un problème ? dit-elle en voyant ma mine.

— Oui et non, Lucius t'a assigné une nouvelle mission, en accord avec Marius, ajoutai-je.

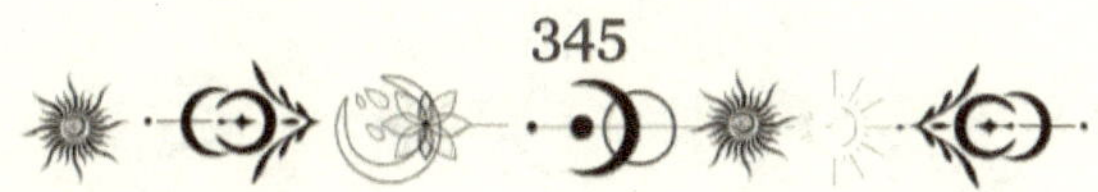

Ses deux mecs étaient prêts à objecter.

— Ah ! Laquelle ?

— Nous devons partir en reconnaissance avec Syrius d'ici trente minutes.

— Et quand tu dis nous, c'est ?

Le ton était plus agressif, ça allait me retomber dessus.

— Toi, moi et Syrius. L'idée ne vient pas de moi.

— Mais bien sûr... J'imagine que je n'ai pas le choix.

— Comme moi ! assénai-je, vexé.

Je pouvais comprendre que la situation n'était pas facile pour elle, mais il allait falloir qu'elle prenne sur elle la demoiselle. Je sortis de la tente pour tomber sur Victoire.

— Tiens donc je ne vois plus que vous, dit-elle avec un grand sourire.

— À croire que nous ne pouvons plus nous quitter... répondis-je, charmeur.

— Attends un peu, Orion ! Oh ! Victoire ! Quelle sympathique surprise...

Il était certain qu'Isabella n'aimait pas ma nouvelle amie, cela pouvait être drôle.

— Isabella...

Et c'était réciproque. Victoire en resta là et patienta, le temps que ma vampire préférée explique son interruption. Isabella la gratifia d'un méchant regard et se tourna vers moi.

— Le rendez-vous est ?

— Nous prenons l'hélicoptère.

— Parfait, on se retrouve là-bas.

Elle fit demi-tour, sans saluer la garou, l'ambiance était bonne.

— Vous partez ?

— Une mission de reconnaissance avec Syrius et Isabella.

— Ah... Je vous verrai donc plus tard.

— Ce sera un plaisir, ma chère.

Je lui saisis la main afin de la lui baiser, très vieux jeu, mais ça faisait toujours son petit effet auprès de ces dames.

Cela ne manqua pas de plaire à la belle, qui me fit un grand sourire avant de s'éclipser. Je surpris ses pensées au passage, un peu plus, et elle aurait pu me faire rougir. J'aimais beaucoup cette génération de femmes qui assumait ce qu'elle voulait et qui n'hésitait pas à vous en informer. C'était rafraîchissant et moins sujet à des hypothèses abracadabrantes. Bon, avec ma capacité de lire dans les esprits, il était certain que cette difficulté n'existait pas. Je glissai de nouveau jusqu'à ma chambre, afin de récupérer quelques couteaux. J'avais l'impression d'être nu sans.

Vingt-cinq minutes plus tard, Isabella et Syrius me rejoignirent. L'appareil décolla immédiatement, je discutai tranquillement avec le sorcier tandis qu'Isabella ne décrochait pas un mot. Il tenta une fois ou deux de la mêler à notre conversation, sans résultat. Il laissa tomber. Au bout d'une heure trente de vol, nous finîmes par atterrir dans une clairière. Une femme nous y attendait, accompagnée de deux hommes et de deux 4x4. Elle était grande, plus de 1,80 m, blonde. Sa musculature était impressionnante.

— Bonjour, Dina, je suis l'alpha de la meute Vallejo.

— Enchanté Dina. Voici Isabella et Syrius. Je suis Orion. Merci de nous aider.

— C'est normal, votre équipe est étonnante quand on sait que cela ne devrait concerner que des métamorphes ?

— Disons que nous nous sommes trouvé des points communs dans cette histoire.

— Très bien. Marius nous a fait parvenir l'image satellite, si vous voulez la consulter sur l'ordinateur ?

Elle nous montra l'appareil, posé sur le capot d'un des véhicules, nous nous approchâmes.

— C'est immense ! s'exclama Syrius.

— En effet, envahir cet espace ne va pas être une mince affaire, répliqua Dina. Il y a plusieurs bâtiments. À première vue, cette grande maison doit être la pièce d'habitation, pas beaucoup de mouvements à l'intérieur. Vous pouvez basculer sur l'infrarouge, si vous préférez.

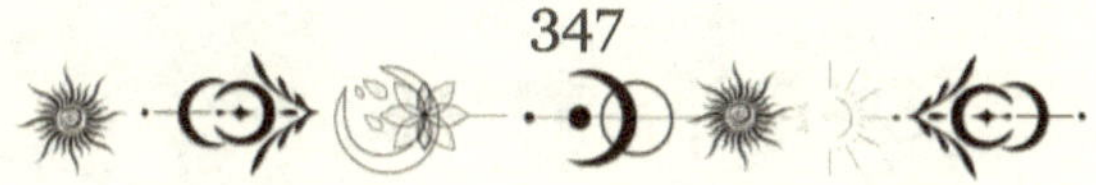

— Donnez-nous votre impression, vous avez eu le temps de regarder en détail. Nous vous faisons confiance, ajouta Isabella.

Tiens, elle avait retrouvé l'usage de la parole. Elle leva les yeux au ciel quand elle vit mon sourire. Elle me connaissait tellement bien.

— Comme vous voulez. Ce grand rectangle semble être leur centre d'entraînement et celui à côté, l'endroit où ses gardes doivent dormir.

— Combien de vigiles ?

— C'est là que ça se gâte... il y a environ 300 hommes et femmes, sans compter ceux qui sont dans cette zone. Marius nous a parlé de bébés et d'enfants présents potentiellement sur le site. D'après les images infrarouges, je dirais que tout cet espace est dédié à la nurserie et au couchage des plus jeunes. Par contre, impossible de s'en assurer sans aller voir.

— C'est pour ça que nous sommes ici. Et ces bâtiments ? J'en compte huit.

— Il y a des individus à l'intérieur. Attendez, je vous mets la vidéo.

Je regardai attentivement. En effet, du monde, mais immobile, réparti par pièce.

— Une école ! Voyez ! Une seule personne semble se déplacer. Cela pourrait correspondre... Mais alors...

— Tous les autres seraient des enfants ? Mais vous vous rendez compte du nombre ? s'inquiéta Dina.

Je déglutis en essayant de comptabiliser les silhouettes. J'avais devant moi, environ quatre cent cinquante à cinq cents jeunes, en cours d'apprentissage, et certainement endoctrinés. Si nous ajoutions les formes visibles dans la nurserie, ils étaient au minimum sept cents. Je croisai le regard effrayé d'Isabella. Comment allions-nous faire pour intégrer cet endroit sans qu'un des enfants ne soit blessé ?

Syrius observa plus attentivement la vidéo.

— Si nous voulons nous glisser, ce point-là me semble le meilleur : pas de bâtiment, peu de gardes.

— Oui, si tu oublies la clôture et le système de surveillance qui doivent être très sympas, ajouta Isabella.

— Ce ne serait pas drôle s'il n'y avait pas un minimum de risques, rétorqua Syrius en se marrant.

Isabella rit avec lui, elle adorait le danger, et l'excitation qui allait avec. L'idée de Syrius était la bonne.

— Dina, au vu de tout ça, il serait préférable que nous attendions la nuit pour entrer. Qu'en penses-tu, Syrius ?

— Je jetterais bien un coup d'œil sur le système de surveillance tant qu'il fait jour, pas toi ?

— Je vote pour, ajouta Isabella.

— Va pour un coup d'œil !

— Tenez. Je vous laisse l'ordinateur. Sur cette carte, je vous ai pointé notre village. Je vais informer les miens, vous pourrez venir nous rejoindre quand vous aurez terminé.

— Merci Dina.

— Soyez prudents !

— C'est un de mes surnoms, répliquai-je.

— Tu parles !

Ma Bella semblait prête à échanger et même à plaisanter, un vrai bonheur. Elle attrapa les clefs que lui lança Dina et monta dans le véhicule. Bon, visiblement, elle avait décidé de conduire. Syrius sourit en voyant ma tête et partit s'installer à l'arrière. Je n'avais donc pas mon mot à dire, place passager.

Elle roulait tranquillement, sans se presser. Je savais qu'elle aurait largement préféré la moto.

— Ta moto te manque ? lui demandai-je.

— Comment tu sais que...

Un rapide coup d'œil de sa part, en effet, j'étais au fait de tout ce qui lui était arrivé depuis que nous n'étions plus ensemble.

— Oui, elle me manque. Elle est toujours au camp des Guardians, il faudra que j'aille la récupérer un de ces jours.

Ce qui signifiait qu'elle était consciente que son futur ne serait pas là-bas. Alors les deux garous, c'était du sérieux ou pas... Syrius me coupa dans mes réflexions en

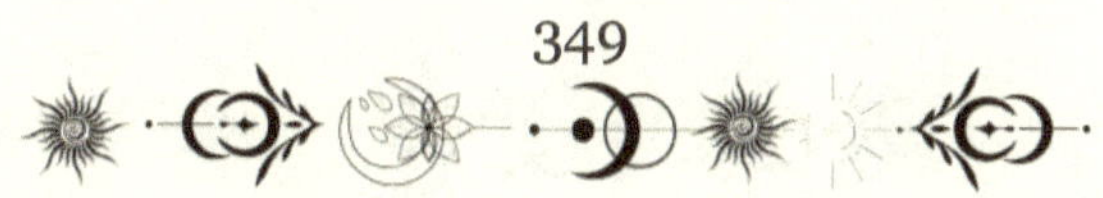

remettant le sujet sur le nombre de gardes présents dans ce camp.

— Comment est-ce possible à votre avis ?

— Nous savons que le timbré est entré à son service il y a au moins vingt ans, et qu'un autre avant lui avait travaillé sur la question, pendant plus de dix ans, semble-t-il. Il était moins productif que lui, mais il a dû en créer quelques-uns. Si tu pars du principe qu'une mortelle met un enfant au monde tous les ans, depuis presque 32 – 35 ans. Elles étaient près de cinquante réparties dans les deux laboratoires.

— Les plus âgés n'auraient donc qu'une trentaine d'années, c'est jeune pour des garous, ajouta Syrius.

— Oui, et c'est certainement ce qui va nous aider : leur manque de maîtrise.

— Elle prépare une guerre, dit Isabella.

— Oui, mais nous allons l'arrêter avant que ça n'aille jusque-là. Je comprends mieux le message de la taupe de Lucius.

— Quel message ? me demanda -t-il.

— Elle a précisé que Marius se devait d'être présent. Lui seul pourra bloquer le lien que cette femme semble avoir sur ses garous. Plus ils sont jeunes, plus cela lui sera facile.

— On ne sait pas quel sort elle utilise pour les garder sous son contrôle, elle doit forcément être en partie métamorphe pour que ça fonctionne, renchérit-il.

— Tu as raison. C'est un point important.

— On arrive, nous coupa Bella.

Elle se gara à proximité d'un bois, sur un chemin invisible de la route.

— Maintenant messieurs, nous allons marcher.

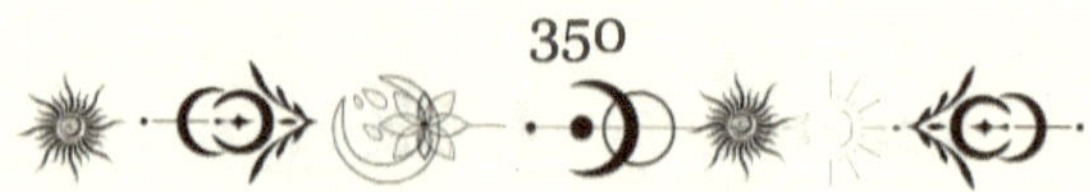

Chapitre 42

Isabella

Nous avancions avec précaution, Syrius vérifiant régulièrement si des sorts étaient dissimulés ici et là. Je consultai le GPS de mon téléphone, nous devions prendre un peu de hauteur. J'attrapai la main de Syrius et glissai tout en haut d'un arbre. Je le stabilisai, il me lança un sale regard.

— Ça t'amuse ?

— J'avoue, un peu...

— Tu aurais pu me prévenir !

— Cela aurait été bien moins drôle, répliquai-je avec le sourire. Bon, que vois-tu ? Des sorts ?

Orion apparut sur le chêne d'à côté.

Toujours aussi impulsive, Bella.

Je t'ai déjà dit de ne pas m'appeler comme ça !

Fais-moi taire !

Je ne relevai pas. De toute façon, il était bien plus fort que moi.

— Rien devant nous, me signala le sorcier.

— Parfait, je nous rapproche. J'utilise de nouveau les arbres, Syrius.

— Tu vois quand tu veux ! Le dialogue, c'est bien.

Il était marrant ce type, pas trop coincé pour un de son espèce. Ceux que j'avais rencontrés m'avaient toujours donné l'impression qu'ils avaient un balai dans le cul. Je nous fis avancer de cinquante mètres. Au bout de la troisième fois, Syrius m'arrêta.

— Je vois des sortilèges. Rien de bien méchant, c'est bizarre.

— Pourquoi dis-tu ça ?

— Cette femme a l'air d'être une psychopathe. Elle doit aussi vouloir abriter sa petite armée. Les protections utilisées ici sont simples, très faciles à annuler.

— Alors, fais-le !

— On ne t'a pas appris la patience ?

— Et toi, la rapidité ?

— Je préfère y aller doucement. Si nous nous faisons repérer, c'est toute l'opération qui capote.

Je respirai un grand coup, il avait raison. Je le laissai donc faire et observai Orion en attendant. Il était sur l'arbre d'à côté en train de scruter au loin.

Putain qu'il était beau ! C'était indécent d'être aussi bien foutu.

Il sentit mon regard et se tourna vers moi.

— Ce que tu contemples t'inspire, ma Bella ?

Et en plus, il me cherchait. Il avait gardé ce côté bad-boy qui m'avait tant plu quand je l'avais rencontré. Une vraie idiote ! D'un autre côté, ce n'étaient pas les cinquante années passées sans le voir qui allaient changer un vampire de plus de sept cents ans.

— Toujours aussi imbu de toi-même !

— Ce n'est pas véridique, je sais juste l'effet que je produis. Et puis, ton regard parlait pour toi, chérie.

— Je me demande bien ce que je te trouvais... Heureusement que certains évoluent.

— Tu penses à toi et à tes deux garous ? Il en faut donc deux pour se rapprocher de ma perfection... Comment veux-tu que je n'aie pas les chevilles qui enflent après ça ?

Il riait le salaud, j'avais oublié son sens de la répartie.

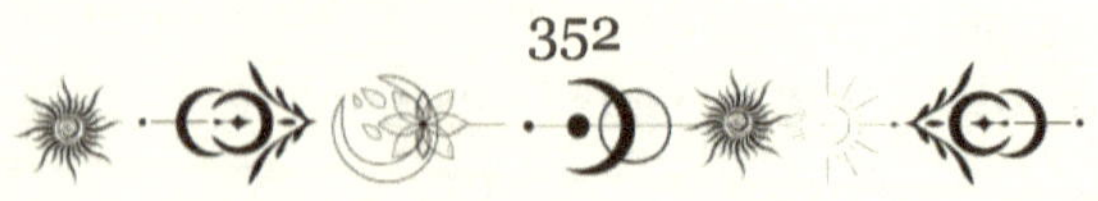

— Si vous avez terminé de vous chercher tous les deux, c'est bon pour moi.

— On ne se cherche pas, répliquai-je, un peu mauvaise.

— Si tu le dis, fit Syrius en levant les mains.

Je glissai de nouveau et me rapprochai du camp. La vue était assez dégagée pour qu'on observe et qu'on entende ce qui se passait dans les bois environnants.

— Encore du boulot pour moi.

Cette fois-ci, je me focalisai sur nos ennemis et me gardai bien de faire attention à l'autre imbécile. Ils ne regardaient pas en hauteur, ils ne nous détectèrent donc pas. Nous continuâmes ainsi jusqu'à ce que les branches soient insuffisantes pour nous cacher. Nous étions du côté de l'école, enfin, si c'en était bien une. Il n'était pas loin de midi, s'il y avait de jeunes métamorphes, il allait falloir les nourrir.

J'entendis une sonnerie. Des gamins de tous âges jaillirent en courant pour se diriger vers un autre bâtiment, certainement la cuisine. Je n'arrivais pas à les compter, ils étaient bien trop nombreux. Une nouvelle sonnerie retentit, elle venait de plus loin. Cette fois, la sortie se fit dans le calme. Je compris pourquoi en voyant des jeunes, presque adultes aller vers le même endroit. Je n'osais imaginer la logistique nécessaire à tout ça.

Comment parvenait-elle à les empêcher d'aller explorer les alentours ? Parce que c'était certain : si ces gamins s'étaient, un jour, promenés à l'extérieur de ce camp, ils auraient tout de suite été repérés.

Impressionnant, non ?

C'est dingue ! Tu te rends compte ? Comment allons-nous faire pour éviter qu'ils se retrouvent coincés entre deux feux ?

Il faudra être nombreux.

Syrius semblait autant abasourdi que nous. Je lui demandai s'il se sentait bien, en chuchotant.

— Tout va bien, mais j'avoue que je ne m'attendais quand même pas à ça.

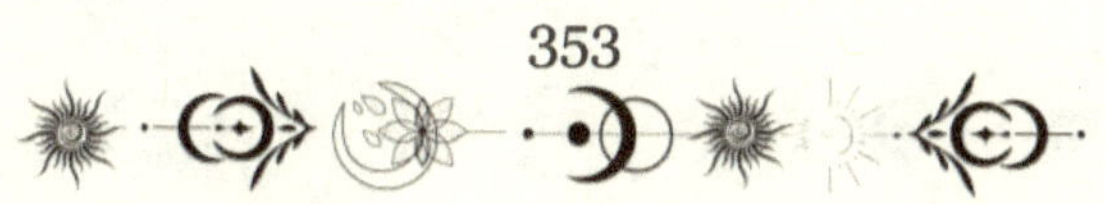

— Je suis d'accord. On persiste encore un peu pour voir comment cela se passe, OK pour toi ?

— Heureusement que je n'ai pas le vertige, dit-il en souriant.

Nous restâmes en position jusqu'à ce que les enfants retournent en cours, une heure trente plus tard. Nous aperçûmes les plus âgés s'éloigner en direction d'un parcours. Après confirmation de Syrius, je changeai d'arbre afin de mieux les voir.

Ils ne rigolaient pas avec l'entraînement, ici.

On se serait cru chez les Euménides. Aucun droit à l'erreur. Celui qui se plantait sur un exercice se prenait des coups de fouet. Je frémis en observant ces gamins endurer ça, sans rechigner. Quelle éducation avaient-ils donc reçue ? Où étaient les sentiments dans ce camp ? J'avais vraiment hâte de me retrouver face à la garce à l'origine de tout cela.

On y va ?

J'arrive !

Je rejoignis Syrius et le ramenai immédiatement à la voiture. Maintenant que je connaissais les lieux, et la voie dégagée par notre petit sorcier, c'était un jeu d'enfant.

Le village de la meute Vallejo était à quarante-cinq minutes du camp. Le portail s'ouvrit dès qu'ils nous virent. Dina nous retrouva sur la grande place alors que je garais le véhicule.

— Tout s'est bien passé ?

— On peut dire ça.

— Vous en faites une sale tête ! C'est à ce point ?

— Il y a une multitude de gosses, Dina, et les plus âgés sont entraînés de la pire des façons. Je ne sais pas comment nous allons faire pour attaquer ce camp sans que ces gamins en pâtissent, lui répondis-je.

— J'ai fait mon rapport à Marius, il attend le vôtre. Vous voulez manger ou boire quelque chose ? Je me suis approvisionnée en sang durant votre absence.

— Merci, Dina, c'est très gentil. Je ne serais pas contre un verre, en effet.

Je la suivis jusqu'à une grande maison, la sienne, apparemment. Les deux autres m'emboîtèrent le pas.

— Entrez ! Je vais vous sortir tout ça.

Elle s'affaira dans le frigo et me tendit une poche avec un mug. Elle me montra où était le micro-ondes.

— Orion ?

— Non merci, je peux m'en passer.

— Syrius ? J'ai du rôti de porc froid avec une salade de riz, ça te dit ?

— Avec plaisir.

— J'en veux bien aussi, ajoutai-je.

— Mets en trois parts.

On dressa une table vite fait et chacun s'installa. Je regardai la jeune femme, elle était réellement impressionnante. Je savais que c'était la seule alpha dirigeant une meute à l'heure actuelle.

— Parle-moi un peu de toi... Comment as-tu fait pour prendre cette place alors que les métamorphes sont de vrai machos ?

— Je ne leur ai pas laissé le choix, tout simplement. J'ai relevé tous les défis qu'ils ont voulu m'imposer, jusqu'à ce que Marius estime que j'avais largement fait mes preuves.

— Combien as-tu dû en affronter ?

— Une bonne vingtaine ! Certains venaient de meutes éloignées juste parce qu'ils avaient entendu dire qu'une femme en dirigeait une. Ils n'ont pas été déçus !

Elle rit à ses mots. Elle me plaisait bien cette femme. Elle m'expliqua le fonctionnement de sa meute pendant quelques minutes, puis le silence se fit.

— Je n'en reviens pas que cette garce est à moins d'une heure de mon village. Quand je pense qu'une des miennes est décédée par sa faute, ça me fout en rage !

— Luna. Je me souviens, ajoutai-je. Si cela peut te faire plaisir, sache que le médecin à l'origine de tout ça est mort, et qu'il en a bien bavé avant.

— Cela ne me la ramènera pas, mais justice est faite, en partie.

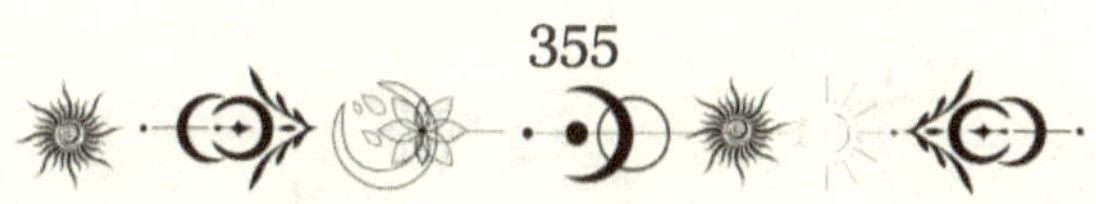

— Nous contactons les boss ? proposa Orion.

— Je crois que c'est l'heure, en effet.

— Allons au QG, ce sera plus facile en termes de communication.

— Merci Dina.

La pièce était immense, comme c'était souvent le cas dans chaque village que j'avais vu. On pouvait ainsi organiser de grandes réunions, sans se marcher sur les pieds. Dina mit en route et lança un appel vidéo, Marius répondit immédiatement.

— J'attendais votre rapport, alors ?

— Les sorts de protection sont très simples, ce qui est bizarre. Mais cela nous a permis de pénétrer dans le camp sans nous faire repérer. Nous allons y retourner ce soir pour nous rapprocher de la maison et vérifier leur armement.

— Parfait, quoi d'autre ?

— Les enfants sont là ! Nous devons trouver une stratégie afin de les préserver au maximum. Leurs méthodes d'entraînement des plus âgés sont archaïques et violentes. Ils sont vraiment très nombreux, Marius, précisai-je, inquiète.

— Oui, nous en avons discuté avec Lucius au vu des images satellite et des vidéos infrarouges. Je vais rameuter les troupes et Lucius m'a offert quelques-uns de ses hommes.

— Nous pouvons également vous aider, ajouta Syrius. Cette femme est une véritable menace pour la paix des espèces, ce sera avec plaisir.

— Merci, Syrius, j'apprécie. À qui penses-tu ?

— Je vais demander à Égédias de vous rejoindre, Sédiline sera enchantée de se mêler à la fête. Je peux aussi vous proposer des gardes du conseil, une petite vingtaine de sorciers entraînés au combat rapproché.

— Bien, j'ajoute ça à notre liste. Cela commence à équilibrer les chances, je voudrais éviter de tuer certains des nôtres et me focaliser sur cette femme. Il faut briser le lien pour qu'ils puissent s'affranchir d'elle.

— Cela nous simplifierait la vie.

— Tu as dit que les sorts étaient contournables, Syrius ? demanda Lucius.

— Tout à fait, j'ai même cru que c'était un piège au début.

— Mon contact doit en être à l'origine, elle essaye certainement de nous faciliter les choses.

— Eh bien, nous la remercierons quand nous la rencontrerons. Je vous laisse continuer votre mission, j'attends votre rapport demain matin, au plus tôt.

— C'est noté, Marius.

Dina mit fin à la conversation, Orion n'avait pas ouvert la bouche pendant toute la connexion.

— Nous avons du temps devant nous, je vais en profiter pour travailler un peu. Puis-je m'installer ici, Dina ?

— Bien entendu, Syrius.

— J'ai besoin de me dégourdir les jambes, on se retrouve plus tard.

Je les laissai sur place et glissai jusqu'à la sortie. Je fis sursauter un garde, je m'excusai en passant.

Je ne me sentais pas au mieux de ma forme, et je savais à qui je le devais. Revoir Orion alors que je le pensais mort, tout me revenait en mémoire à des moments inopportuns. Gabriel et Luc avaient bien compris que nous avions partagé une relation avec Orion. Luc, déjà refroidi par les bêtises d'Anthony, devenait ingérable. Gabriel, lui, semblait attendre. Trop d'hommes auprès de moi, il fallait que je m'éloigne de tout ce merdier.

Je marchais tranquillement dans les bois environnants, Alexandra m'avait convertie à sa méthode de gestion du stress. Je me focalisais sur mes pas, les bruits autour de moi, le vent léger qui me rafraîchissait. Alors que je commençais à me détendre, je sentis une présence : Orion !

— Tu ne peux pas me lâcher la grappe, deux minutes ? dis-je à haute voix.

— Je veille sur toi.

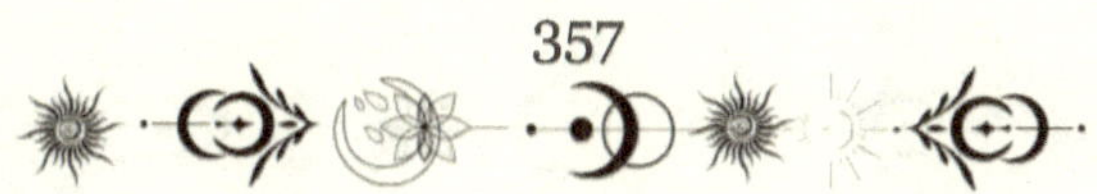

Il apparut juste devant moi, son sourire de beau gosse en avant.

— Cela fait cinquante ans que je vis sans toi, Orion et je suis toujours là...

— Qui te dit que moi je me suis passé de toi pendant toute cette période ?

Je le regardai droit dans les yeux. Que voulait-il exactement ? Recommencer notre histoire ? Il rêvait tout éveillé.

— Qui te dit que j'en ai quelque chose à faire ?

Je glissai immédiatement au QG, de nouveau énervée. Syrius eut un sursaut en me voyant apparaître.

— Je ne vais pas m'y faire, dit-il.

— Désolée, Syrius.

— Pas grave, tu m'as l'air plus crispée qu'en partant.

— C'est le problème de ces vieux vampires qui ne savent pas vous laisser tranquille.

— Ancienne histoire ?

— Histoire terminée !

— Tu en es certaine ? Cela ne t'énerverait pas comme ça si c'était vraiment le cas.

Il sourit devant mon agacement plus que visible. Je m'installai sur une chaise, en tirait une autre pour mes pieds et sortis mes oreillettes. The Score à fond, je fermai les yeux. Le message était clair : laissez-moi tranquille !

Chapitre 43

Alexandra

La matinée était douce, presque trompeuse. Allongée au soleil, je faisais semblant de profiter de l'instant, laissant la chaleur dorer ma peau comme si tout allait bien. Je donnais le change. Grâce à mes nouveaux pouvoirs, surtout.

Dès que la vague montait, cette pression dans la poitrine, cette brûlure derrière les yeux, je l'étouffais. Je puisais. Je verrouillais. Je lissais tout.

Mathias n'était pas dupe. Il me regardait souvent à la dérobée, avec cette expression inquiète, presque désapprobatrice. Tu tires trop sur la corde, disait son silence.

Il avait raison. Je le savais. Mais je n'avais pas le luxe de m'effondrer.

Nous devions mettre un terme aux exactions de cette femme. Tant qu'elle serait libre, personne ne serait en sécurité. Si je laissais la peine me submerger, je deviendrais inutile. Pire : un poids pour les autres.

Tisha, elle, rayonnait. Elle avait fini par faire un choix qui semblait lui convenir. Je comprenais. Lucius s'était montré bien plus fiable que je ne l'aurais cru. Et Mathias… Mathias n'avait pas l'air malheureux non plus. Il jouait au volley dans la piscine avec mes deux sœurs, riant, provoquant, vivant. Cette image me faisait du bien, même si elle me rappelait cruellement ce que j'avais perdu.

Mon regard revenait sans cesse vers Megan. Dix ans. Dix années volées. Et pourtant, elle était là, debout, lumineuse. La mise à mort de Cédric lui avait rendu quelque chose — pas tout, jamais tout — mais suffisamment pour respirer à nouveau. À nous aussi, d'ailleurs.

Cela avait scellé notre métamorphose. Définitivement.

Sur le sein gauche de Tisha et de Megan, la branche d'olivier s'était dessinée, nette, vivante. Le lien entre nous trois vibrait en permanence. Si je l'avais voulu, j'aurais pu plonger en elles, ressentir leurs émotions, entendre leurs pensées.

Je m'en gardais bien. Elles n'avaient pas à porter mon chagrin. Pas maintenant. Peut-être jamais.

Nathaniel et Yzalinia avaient rejoint les autres dans la piscine. Megan riait, éclaboussée, solaire. Ma petite sœur était devenue une femme magnifique. Elle l'avait toujours été, au fond. Généreuse, résiliente. Cette capacité presque insolente à croire encore en la vie. Ça l'aiderait. J'en étais certaine.

Je repensai à tout ce qui s'était enchaîné depuis la récupération de Jason. Trois mois ? À peine. Et pourtant, la sensation de perte me paraissait abyssale. Comme si on m'avait arraché une partie vitale.

Je revis notre première rencontre. Ses maladresses. Ses tentatives dans la voiture. Nos échanges, d'abord légers, puis de plus en plus profonds. Il avait été mon ami avant d'être mon amour.

Si j'avais su que ce serait si court… Oui. J'aurais agi différemment. Je l'aurais emmené avec moi chez Lucius. Je n'aurais pas tergiversé. Je n'aurais pas voulu tout contrôler. Mon égoïsme l'avait conduit à la mort.

Cette pensée me lacérait encore. Je devrais vivre avec. Pour toujours.

Des gouttes d'eau froide éclaboussèrent soudain mes jambes, me tirant brutalement de mes souvenirs.

Encore lui.

Mathias s'accroupit devant mon transat, l'eau ruisselant sur son corps, parfaitement à l'aise, parfaitement vivant. Si l'on pouvait dire cela d'un vampire…

Et moi, je me demandais combien de temps encore je tiendrais ainsi, debout, sans me briser.

— Tu pleures.

Sa voix était douce, sans reproche. Juste un constat.

Je portai la main à mon visage. Humide. Évidemment.

— C'est grave ? tentai-je avec un sourire un peu trop rapide.

— Non. C'est même plutôt sain.

Il marqua une pause.

— Tu as besoin d'une épaule ? Je te prête la mienne.

— Pour finir trempée ? Très peu pour moi.

Je jetai un regard en direction de mes sœurs, puis vérifiai mes boucliers par réflexe. Tout était en place. Trop bien en place.

— Elles n'ont rien vu, reprit-il, mais elles seraient sans doute ravies de t'épauler aussi.

— Quelle abondance d'épaules… Je ne vais plus savoir où m'effondrer.

— Je te signale que je suis le premier à m'être porté volontaire.

Ses doigts effleurèrent ma joue, essuyant les dernières traces de larmes. Ce simple contact fit vaciller ce que je m'évertuais à contenir. J'appelai aussitôt ma part d'Euménide, cherchant à repousser la douleur, à la lisser, encore.

— Ne fais pas ça, murmura-t-il.

— Ça m'aide à tenir, Mathias.

— Non.

Sa voix se fit plus grave, mais pas plus dure.

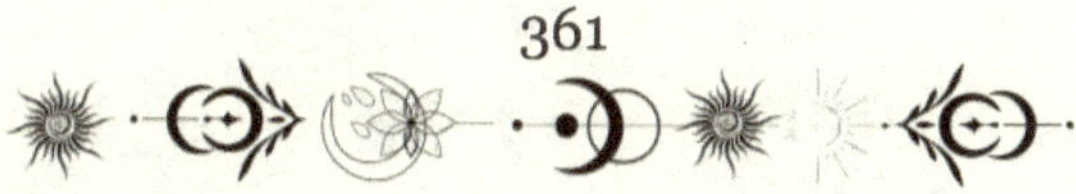

— Tu caches ta peine. Et en faisant ça, tu te déshumanises. Un peu plus à chaque fois.

Je détournai le regard.

— Je n'ai pas d'autre choix pour l'instant. Je refuse de m'apitoyer. Regarde Megan... Ce qu'elle a vécu est bien pire, et pourtant elle tient. Je lui dois au moins ça.

Il se redressa légèrement, visiblement touché à vif.

— Depuis quand on compare les douleurs ?

Il inspira profondément.

— Il y a un barème maintenant ? Violée et torturée, vingt points. Perdre l'homme qu'on aime, cinq ? Tu crois vraiment que ça fonctionne comme ça ?

Je restai silencieuse.

— Chacun encaisse à sa manière, Alex. Et personne n'a à juger comment l'autre survit.

Oui. Je l'avais blessé. Et il avait raison.

— Ce n'est pas ce que je voulais dire... Je sais que je vais mal. Mais je veux d'abord en finir. Retrouver celle qui nous pourrit la vie depuis dix ans. Lui faire payer.

Je relevai les yeux vers lui.

— Après, je m'écroulerai. Promis. Tu me prêteras ton épaule à ce moment-là ?

Son regard s'adoucit immédiatement.

— Tu auras tout ce que tu voudras, Alex.

Un sourire en coin.

— Un petit câlin en attendant ?

Il ouvrit les bras. Cette fois, je ne résistai pas. Je me laissai aller contre lui, à l'abri, juste quelques minutes. Suffisamment pour respirer à nouveau.

Du coin de l'œil, j'aperçus mes sœurs. Elles souriaient, chuchotaient, clairement en train de se moquer. Comme avant, comme lorsque nous étions enfants.

Ça me fit du bien. Fugacement. Mais vraiment.

— Ça va mieux ? demanda-t-il en s'écartant légèrement.

Il encadra mon visage de ses mains. Je frissonnai malgré moi.

— Oui... mais maintenant je suis trempée. Et j'ai froid.

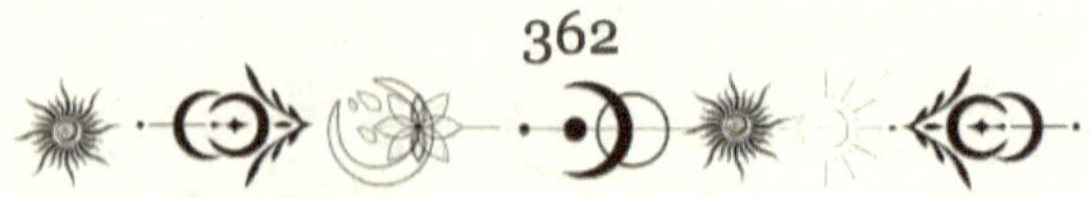

— Problème identifié. Solution immédiate.

Je n'eus pas le temps de protester.

L'instant d'après, je me retrouvai dans l'eau, retenue par un Mathias hilare, visiblement très fier de lui.

— Tu vas voir ce que tu vas prendre !

La force brute n'étant clairement pas une option, j'utilisai la magie. Il coula aussitôt.

Il refit surface en crachant de l'eau, l'air outré. Il n'avait pas besoin de respirer, mais avoir la bouche ouverte au mauvais moment avait eu ses effets.

— Tu veux jouer à ça ? gronda-t-il, faussement menaçant.

— Hé ! C'est toi qui as commencé !

Je me tournai vers la piscine.

— Les filles ! À l'aide !

Et pour la première fois depuis longtemps, mon rire ne sonna pas faux.

Mes deux sœurs et Linia vinrent à mon secours, tandis que Nathaniel prenait clairement le parti de Mathias. Très vite, les éclaboussures remplacèrent les paroles et la mauvaise foi devint collective.

Nous passâmes près d'une heure dans l'eau, à nous défier, à rire, à oublier — provisoirement — pourquoi nous étions tous là.

Quand je sortis enfin de la piscine, j'étais épuisée, mais étrangement apaisée. Comme si cette agitation avait remis quelque chose en place. Il était l'heure de déjeuner. Je montai me changer, encore enveloppée de cette sensation fragile de normalité.

Le repas fut bref. Sitôt terminé, les éclaireurs nous transmirent leur rapport. Mon père prit la parole et l'ambiance changea aussitôt.

Nous n'allions pas affronter un simple groupe isolé, mais une véritable armée. Certes, nos adversaires étaient jeunes, peu expérimentés pour la plupart, mais le nombre faisait la force. Et le nombre, ils l'avaient.

Lucius proposa des hommes à lui, en plus de ses quatre lieutenants. Syrius fit de même. Ma mère annonça

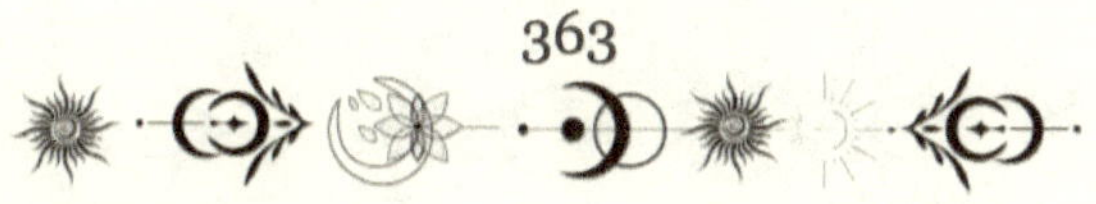

avoir déjà mobilisé une dizaine de nos meilleures sentinelles, sans compter nous trois. Les *Guardians* seraient de la partie.

Anthony suggéra alors d'inclure des membres des meutes, des alphas de préférence, capables d'imposer leur autorité aux plus jeunes. Mon père valida sans hésiter. Ils s'isolèrent aussitôt pour établir une liste.

Je regardais tout cela se mettre en place, consciente que nous frôlions un point de non-retour.

Cela commençait à faire beaucoup de monde. Beaucoup de vies engagées. Et toujours cette même question, lancinante : sur quoi allions-nous vraiment tomber ?

Megan me rappela ensuite ma promesse.

Nous nous entraînâmes toutes les trois pendant près de deux heures. Elle apprenait vite : trop vite, presque. Les réflexes étaient là, précis. Sa mémoire retrouvée libérait des sortilèges qu'elle avait appris autrefois, sans jamais pouvoir les pratiquer. Ils jaillissaient maintenant avec une facilité déconcertante.

Quand nous regagnâmes enfin notre cabane, la fatigue se faisait sentir. Mais sous cette lassitude, il y avait la certitude que nous avancions, chacune à notre manière, vers ce qui nous attendait.

On retourna ensuite toutes les trois dans notre cabane.

— Elle n'a pas bougé, tu vois ? constatai-je.

— Nos frères ont fait du solide, commenta Tisha.

Megan acquiesça sans un mot. Elle semblait ailleurs, pensive, mais apaisée.

— Une fois que tout sera terminé… qu'est-ce qu'on fait ? demanda-t-elle enfin.

La question resta suspendue un instant.

— Aucune idée, répondis-je honnêtement.

Tisha s'assit sur le bord du lit, plus sérieuse qu'à l'accoutumée.

— On pourrait prendre du temps. Juste nous trois. Loin du bruit, loin des décisions à prendre.

Megan esquissa un sourire.

— J'aimerais revoir le village.

— Alors on commence par ça, proposai-je. On y passe quelques jours… et ensuite, on avise. Une maison, quelque part, confortable, calme.

— Toutes les trois ? demanda-t-elle, presque surprise.

— À moins que tu n'aies envie d'autre chose, dis-je doucement. Tu as été privée de choix pendant dix ans.

Elle secoua la tête.

— Non. Être ensemble, ça me va.

Puis, après une hésitation :

— Et… nos amis pourraient venir ?

— Bien sûr. Qui tu as en tête ?

Elle jeta un coup d'œil à Tisha, amusée.

— J'imagine mal Tisha rester éloignée trop longtemps de son… point d'ancrage.

— Je te rappelle que je suis parfaitement autonome, protesta Tisha.

— Autonome, oui. Insensible, non, répliqua Megan avec un sourire en coin.

Je ne pus m'empêcher de rire. L'atmosphère s'était allégée, naturellement.

— D'un autre côté, admit Tisha, certaines tentations sont objectivement difficiles à ignorer.

— Tu n'as pas choisi le plus discret non plus, confirma Megan.

— Hé, je l'ai vu la première, se défendit Tisha. On parle de ton Syrius, maintenant ?

— Je ne vois pas de quoi tu parles, répondit Megan, faussement détachée.

Je surveillais la discussion, attentive. Je craignais qu'elle ne se replie, qu'elle ne se sente mise au pied du mur. Mais elle poursuivit, sereine.

— Il a été… attentif. Présent. Un peu comme Mathias avec toi, Alex.

Je ne relevai pas. Ce n'était pas le sujet, ni le moment.

— Disons que, reprit-elle après un instant, je ne suis pas fermée à l'idée. Pas maintenant. Plus tard. Quand tout ça sera derrière nous.

— Très bien, conclut Tisha. Le sorcier est noté sur la liste des visiteurs potentiels.

— En fait, corrigea Megan, toutes les personnes que j'ai rencontrées ici seront les bienvenues.

— Toujours aussi sélective dans tes fréquentations, lança Tisha.

— J'apprends vite, répliqua-t-elle simplement.

On parla longtemps ensuite. De Megan, surtout. De ce qu'elle avait manqué. De ce qu'elle voulait retrouver. Des études, des voyages, du monde à voir. Et surtout de cette idée qui revenait sans cesse : rattraper le temps, ensemble.

Nous finîmes par regagner la résidence afin de nous doucher et de nous changer. Comme toujours, papa avait prévu une soirée ouverte à tous. Rien de formel : tenue décontractée exigée, sourires encouragés. Une tentative, sans doute, de préserver un semblant de normalité.

À peine arrivée, Jason me repéra et fondit sur moi. Il m'enlaça avec une intensité qui trahissait son état.

— J'ai l'impression que ça fait une éternité que je ne t'ai pas vue.

— J'avais besoin de rester un peu à l'écart… avec mes sœurs.

— Je comprends. Tu tiens le coup ?

— J'essaie. Et toi ?

— Il me manque terriblement. Heureusement qu'on est soudés. J'ai hâte de me retrouver face à cette femme et de lui faire payer.

Je hochai la tête.

— On aura notre revanche, Jason.

Il s'apprêtait à s'éloigner pour me chercher un verre quand Mathias apparut à mes côtés, un mojito déjà en main.

— Inutile. J'ai pris de l'avance pour elle.

Jason marqua un temps d'arrêt en découvrant Mathias, puis se contenta d'un salut poli avant de rejoindre mon unité. Son malaise était palpable.

— Je crois que je ne me suis pas fait un ami, commenta Mathias.

— Il était très proche de James. Sa mort l'a profondément marqué. Il ne sait plus vraiment comment se comporter.

— Je suis désolé pour lui. Et... ma présence ne te met pas mal à l'aise ?

— Non. Pourquoi ?

— Je pourrais te sembler... envahissant.

— Mathias, je t'apprécie beaucoup. J'étais même prête à te pousser dans les bras de ma sœur, c'est dire.

Cette fois, ce fut lui qui grimaça.

Mince. J'avais touché un point sensible.

— As-tu rencontré Victoire ? tentai-je, pour détourner l'attention.

Il me lança un regard étrange, dans lequel je crus percevoir une pointe d'agacement.

— Laisse tomber. C'est peut-être un peu tôt.

— Tu penses vraiment que je regrette Tisha ?

— Je... oui ?

— J'ai très vite compris vers qui allait son cœur. Et pour moi, ce n'était que de l'attirance. Je l'aime bien, mais comme une amie. Rien de plus.

Je me sentis légèrement stupide.

— D'accord. Désolée. Et toi... tu vas bien ?

— Parfaitement. Tu veux une démonstration ?

— Mathias...

— Quoi ? Je veux juste que tu cesses de t'inquiéter pour moi.

— On laisse tomber.

Nos échanges avaient quelque chose d'étrangement décalé, presque irréel, mais sa manière de me provoquer m'aidait à rester ancrée, comme lorsqu'il me bousculait chez Lucius.

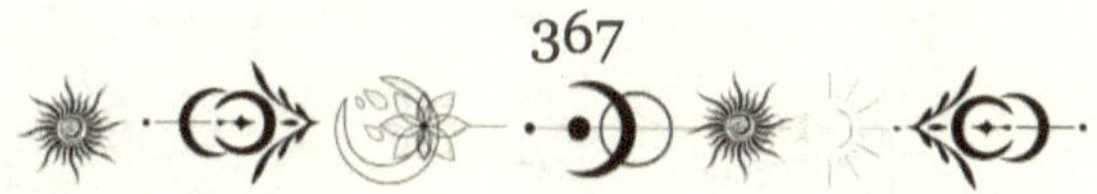

Je terminai l'apéritif avec Mathias, Elena, Claire et Alaric. Louis nous rejoignit ensuite pour dîner. Megan resta avec les sorciers, à l'exception de Syrius, parti en mission de reconnaissance avec Orion et Isabella.

Je surpris Mathias à plusieurs reprises en train de m'observer, comme s'il cherchait à lire à travers moi. Cela me mit vaguement mal à l'aise. Je l'aimais bien, sincèrement, mais uniquement pour ce qu'il était : une présence rassurante, un allié solide, quelqu'un qui savait me faire revenir à l'instant présent quand je m'enfermais trop loin dans ma tête. Rien de plus. Je n'avais plus d'espace en moi pour autre chose. Tout le reste était... fermé.

Plus tard dans la soirée, je remarquai l'absence de Luc. Gabriel, que je trouvai à l'écart, m'expliqua que l'arrivée d'Orion avait profondément ébranlé leur équilibre.

— J'ai peur qu'elle parte, Alex. Elle s'est mise à distance. Je savais qu'elle avait eu des relations avant nous, mais celle-ci... elle a compté.

— Elle ne m'en a rien dit, admis-je. Essaie de calmer Luc. Sa jalousie ne fera qu'aggraver les choses.

— Je sais. Je ne veux pas la perdre. Cette relation est ce qui m'est arrivé de plus beau depuis longtemps. On envisageait même de quitter l'unité ensemble.

— Vous lui en avez parlé ?

— Non. Elle a appris le retour d'Orion pendant la réunion... et tout s'est écroulé.

Je posai brièvement la main sur son bras.

— Ne tire pas de conclusions trop vite. Elle a peut-être simplement besoin de temps.

— J'espère.

Il s'éloigna, le dos voûté. Je restai là quelques secondes, à regarder les gens autour de moi parler, rire, trinquer. Tout semblait normal. Trop normal.

Je croisai ensuite Alaric.

— Que s'est-il passé entre Orion et Isabella ?

— Ce n'est pas à moi de te le dire, répondit-il calmement. S'ils souhaitent t'en parler, ils le feront.

— Oui… tu as raison.

La fatigue me tomba dessus sans prévenir. Une lassitude profonde, bien plus que physique. Je saluai les derniers invités et regagnai ma chambre.

Dès que la porte se referma derrière moi, je cessai de tenir. L'odeur de James flottait encore dans l'air, incrustée dans les draps, dans les oreillers, dans chaque recoin de cette pièce. Je m'allongeai et enfouis mon visage dans son oreiller, comme si je pouvais encore le retrouver là, ne serait-ce qu'un instant.

Je n'appelai pas mes pouvoirs.

Je ne luttai pas.

Les larmes vinrent, silencieuses, incontrôlables. Tout ce que j'avais contenu depuis le matin se fissura enfin. Je laissai la douleur m'envahir, sans colère, sans force, sans justice à rendre.

Juste le manque.

Et l'absence.

Je m'endormis ainsi, brisée, en serrant contre moi ce qu'il restait de lui.

Chapitre 44

Magda

Il avait réussi, Megan en avait réchappé. Quel soulagement ! Elle entra dans ma chambre, sans s'annoncer, comme d'habitude.

— Tu vas bien, Magda ?

— Aussi bien que possible, lui répondis-je.

Je fis attention à me composer un visage serein. Si elle se doutait de quelque chose, tout pouvait capoter. Je me devais de sauver le plus de monde possible.

— Le métamorphe a succombé, tu le savais ?

— J'ai entendu des gardes en parler. Tu as l'air déçue ?

— Disons que j'avais bien envie de me passer les nerfs sur lui, sa mort a été précipitée, non ? Je trouve ça bizarre.

Elle avait des doutes, mais personne ne m'avait vue me glisser dans la salle ni ne m'avait surprise, tandis que je l'aidais à en finir au plus vite. De plus, j'avais un argument.

— J'ai lu son dossier. Il était fortement allergique à l'argent. Lui faire avaler de l'eau contaminée à ce minerai lui aura été fatal.

— Quel dommage ! Enfin, ce qui est fait est fait.

Je décidai de jouer un peu, moi aussi.

— Tu as l'air énervée ?

— Quelques petits soucis... rien de grave.

— Tant mieux.

— J'aimerais que tu fasses le tour du camp et que tu sécurises les lieux.

— Mes derniers sorts ne datent que d'un mois...

— Je sais, mais je préfèrerais que tu vérifies.

— Comme tu veux, je m'en occupe immédiatement.

— Parfait ! Rejoins-moi tout de suite après dans le réfectoire. Je vais avoir besoin de toi pour consolider mes liens.

Je ne posai pas de questions. Elle craignait donc une attaque et elle avait raison. Lucius connaissait notre localisation, maintenant.

Sa demande m'aidait. J'allais m'occuper de mes sorts et les rendre plus simples à annuler. Par contre, pour les garous je ne pouvais rien faire. Seul Marius pourrait nous éviter un bain de sang. Je sortis de la chambre en même temps qu'elle et m'éloignai dans le parc. Tout était calme, mais je savais déjà que cela n'allait pas durer.

Chapitre 45

Syrius

Égédias était en route pour la résidence de Marius. Le conseil avait validé ma proposition d'allouer vingt gardes à cette mission ; de ce côté-là, tout se déroulait comme prévu. En revanche, l'existence d'autant d'enfants, combinée au nombre de guetteurs présents sur le site, m'inquiétait davantage.

La nuit était tombée lorsque nous repartîmes explorer le parc. Il était entendu que nous rentrerions directement après. Installé à l'arrière du véhicule, je subissais la tension presque palpable entre les deux vampires. Le silence était pesant. Orion lançait de fréquents coups d'œil à Isabella qui l'ignorait ostensiblement. Je ne connaissais pas leur histoire, mais il était évident qu'elle n'était pas réglée.

Isabella se gara au même endroit que la veille. Elle m'attrapa par le bras et me téléporta dans l'arbre le plus proche des bâtiments. Je ne fis aucune remarque, mais mon regard parla pour moi. Elle mima un « je suis désolée », auquel je répondis en levant les yeux au ciel. Cette nana avait un grain.

Nous patientâmes quelques minutes afin d'observer les rondes. Les gardes n'étaient pas particulièrement sur le qui-vive, ce qui était rassurant : notre précédente visite n'avait donc pas été détectée. J'avais masqué nos odeurs et la communication télépathique était établie. Isabella devait me rendre invisible. J'étais surpris par l'étendue de ses capacités ; à un peu plus de cent ans, elle n'aurait pas dû être capable d'un tel niveau de maîtrise.

Elle glissa à l'arrière d'un des dortoirs et nous fondit dans l'ombre. Ce procédé troublait ma vision : l'environnement me semblait légèrement flou. Je devais me fier entièrement à elle pour éviter tout regard indiscret.

Notre objectif était la résidence principale, nettement plus surveillée et éclairée. Orion s'était proposé pour cette phase ; ses capacités lui permettraient d'approcher sans être repéré. Je devais rester avec lui afin de neutraliser d'éventuels traquenards.

Je me lance.

Il prit la place d'Isabella et nous fit glisser jusqu'à la grande maison. Aucun sortilège sur le perron, mais un scintillement discret enveloppait la résidence. Une tentative d'intrusion directe risquait d'activer des pièges invisibles. Je partageai mes craintes avec Orion.

Alors je vais faire en sorte que quelqu'un d'autre les déclenche.

Il nous entraîna vers l'un des gardes : un jeune loup d'une vingtaine d'années. Je compris immédiatement qu'il l'avait hypnotisé ; le garçon se figea.

Tu fais quoi ?

Je lui construis une raison crédible d'entrer.

Tu as trouvé ?

Elle a renforcé ses liens de meute. Il ne pense qu'à elle. J'ajoute un léger sentiment amoureux.

Elle ressemble à quoi ?

Elle est floutée… étrange.

Une sécurité au cas où l'un d'eux tomberait entre nos mains ?

Très probable. Voilà, c'est fait.

Il relâcha le jeune garou, qui se dirigea aussitôt vers la maison. Il entra sans être inquiété. Orion nous fit signe de le suivre et nous occulta. Je perçus immédiatement les pièges et lui ordonnai de tout stopper. Le garde, lui, poursuivit sa route et se retrouva pris au centre d'un cercle de magie, hurlant de douleur.

Quatre vigiles accoururent. L'un d'eux, plus âgé, pénétra dans le périmètre ; le piège se désactiva aussitôt. Le jeune s'effondra. Redoutablement efficace.

— Mais qu'est-ce que tu fais là ? demanda celui qui semblait être le chef.

— ... voulais la... voir...

— Merde ! Il est dans un sale état, Thomas.

Ce dernier inspecta les environs avec minutie. Il n'était pas stupide ; quelque chose clochait. Ne détectant rien, il se tourna vers l'un de ses hommes.

— Emmène-le à l'infirmerie.

— Qu'est-ce qui lui a pris ?

— Aucune idée.

Des pas retentirent. Une femme apparut en haut de l'escalier.

— Quel est ce raffut ? Vous allez la réveiller !

— Magda ! Cet idiot est entré dans la maison et a déclenché les alarmes. Je ne comprends pas ce qui lui est passé par la tête !

— Tu veux que je lui demande ?

— Il n'est pas en état. J'en parlerai à madame.

— Tu veux qu'elle fasse une crise ? Non. Je vais apaiser sa douleur. Tu crains un subterfuge ?

— Je trouve ça étrange.

— Je m'en occupe.

C'était une sorcière, sans l'ombre d'un doute. Était-elle la source d'information de Lucius ? Possible. J'espérais qu'Orion n'avait pas compromis notre position.

Elle posa les mains sur le garçon et récita une formule. Sa respiration se calma presque aussitôt.

— Je voulais la voir. Je l'aime... j'avais besoin de lui parler...

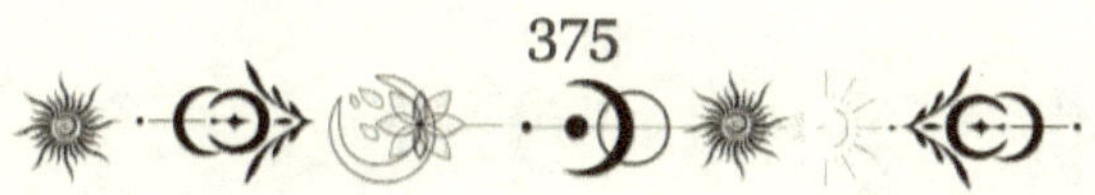

Thomas resta dubitatif.

— Tu en penses quoi ?

— Probablement une conséquence de la cérémonie de cet après-midi. Certains y sont plus sensibles que d'autres. Et il n'est pas le seul à ressentir ça, ajouta-t-elle en le fixant.

Il hésita encore, puis donna l'ordre de le soigner.

— J'en parlerai demain.

— Bien sûr. Si d'autres présentent le même symptôme, nous serons fixés.

C'était clair : cette femme était notre taupe. Sa formulation n'était pas anodine. Je partageai mon intuition avec Orion, qui acquiesça. Il reproduisit le procédé sur d'autres gardes, choisissant des jeunes pour plus de crédibilité. Nous restâmes à distance pour observer.

Une dizaine se présentèrent à la résidence, tous animés du même besoin irrépressible de voir leur reine. Excédé, Thomas finit par renvoyer la sorcière dans sa chambre et ordonna que la porte soit verrouillée.

Notre passage était resté discret, mais nous ne pouvions pas pousser plus loin sans prendre de risques. Nous retrouvâmes Isabella et regagnâmes la voiture.

— Dommage, j'aurais aimé voir à quoi elle ressemble, cette femme, commenta Orion.

— Autant conserver l'effet de surprise, répondis-je. Les sortilèges sont nettement plus puissants à l'intérieur.

— Magda semble de notre côté, ajouta Isabella.

— Oui. Si elle peut les désactiver à notre arrivée, ce sera précieux.

— Les Euménides passeront outre sans difficulté, précisai-je.

— Pourquoi ?

— Parce que cette sorcière en est une. Et c'est elle qui a conçu ces protections.

— Tu en es sûr ?

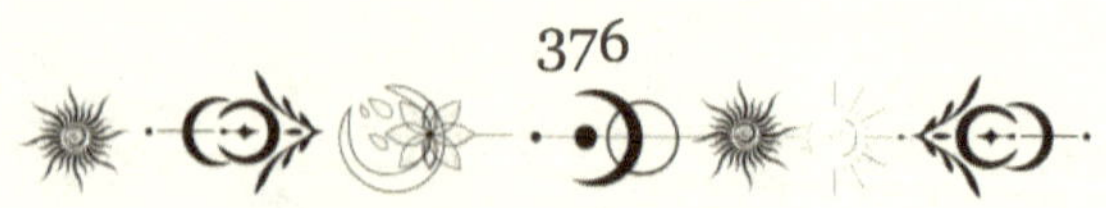

— Absolument. Leur essence est différente de la nôtre. Je sais les reconnaître depuis que je côtoie Megan et ses sœurs.

— Il faut prévenir Cassandra.

J'acquiesçai. Nous rejoignîmes l'hélicoptère et décollâmes aussitôt.

Il était quatre heures du matin lorsque je regagnai ma chambre. La douche attendrait. Je m'effondrai sur le lit et m'endormis instantanément.

On frappa à la porte. J'ouvris péniblement un œil : sept heures.

La porte s'entrouvrit.

— Alors, feignasse ? On a du mal à se lever ?

— Égédias… Tu sais à quelle heure je me suis couché ?

— Oups. Désolé.

Je le laissai entrer en me redressant. Moi qui avais négocié pour que les vampires fassent le rapport du matin… raté.

— Qu'y avait-il d'urgent ?

— Rien. Tu te lèves tôt d'habitude, je voulais vérifier.

— Je vais te tuer.

— Tu m'aimes trop.

Je soupirai.

— De ton côté, tout s'est bien passé ?

— Super ! Ils sont tous plutôt sympas, ici. Megan semble bien. Sa mémoire est revenue, elle paraît plus sereine.

— Tu m'étonnes ! En tout cas, elle n'est plus sans défense, c'est moi qui te le dis.

— Oui, c'est ce que j'ai cru comprendre. Elle m'a expliqué hier. J'ai hâte de voir à quoi elle ressemble complètement transformée.

— Elle est magnifique ! ne pus-je m'empêcher de lancer.

Mon frère eut un petit sourire en coin. Merde, j'aurais dû fermer ma grande gueule.

— Magnifique, hein ? Toujours aussi accro ?

— Pas la peine de me faire la leçon. Je sais ce que tu en penses.

— J'ai changé d'avis.

Je le regardai surpris.

— Ah bon ? Et depuis quand ?

— Depuis hier. Elle va bien, ses émotions sont plus maîtrisées. Le fait d'avoir puni son tortionnaire semble lui avoir fait beaucoup de bien.

— C'est certain. Nous verrons plus tard.

Je ne voulais pas me disperser. Elle était une femme puissante maintenant et une Euménide, surtout.

Je bâillai.

— Papa savait qui elle était, non ?

— Bien que Marius ait toujours caché la naissance de ses trois filles, leurs venues régulières au manoir avaient donné lieu à de fortes présomptions. Sa réaction lors de la disparition de Megan avait achevé de convaincre notre père. Mais il n'en a jamais parlé avec lui, il estimait que c'était du domaine du privé..

— Typique...

— Réunion à dix heures. Tu es attendu.

— J'y serai. Maintenant, dehors ! Et ne me dérange plus.

— Reçu. Dors bien, frangin.

Il sortit. Je replongeai aussitôt dans le sommeil.

Chapitre 46

Lucius

Je la regardais dormir, et j'avais encore du mal à croire qu'elle était là, contre moi.

Cela faisait plus d'une heure que j'étais éveillé, immobile, à lutter contre l'envie presque irrépressible de la toucher. Elle n'avait pas mes facultés. Le repos lui était nécessaire, vital même, pour recharger ses batteries. Cette nuit avait été intense, trop peut-être pour une humaine, et je refusais d'être celui qui l'épuiserait.

Elle remua légèrement dans son sommeil, puis se rapprocha de moi, comme guidée par un instinct ancien. Je la serrai contre moi sans réfléchir et déposai un baiser sur sa tempe. Elle ouvrit les yeux.

— Bonjour.

— Bonjour.

Sa voix était encore voilée de sommeil.

— Tu as la tête d'un homme réveillé depuis longtemps... Quelle heure est-il ?

— Sept heures à peine. Tu peux encore dormir.

Son sourire se fit malicieux. Elle se pressa contre moi, m'embrassa avec cette spontanéité qui me désarmait chaque fois. Je cédai sans résister, incapable, et sans réelle envie de lutter. Mes mains retrouvèrent sa peau, sa chaleur. Je ne me lassais pas de la caresser, de sentir son corps répondre au mien, de la goûter par de simples gestes, de légères morsures. Ses soupirs, ses frémissements, chacun de ses souffles me rattachaient à elle avec une force que je n'avais jamais connue.

Et c'était bien cela qui me troublait le plus.

Je n'avais jamais ressenti une telle connexion. Jamais. Pas même au fil des siècles, pas même dans les alliances politiques ou les passions violentes. Rien ne m'avait préparé à cette évidence-là. Il me fallut un effort constant pour ne pas la revendiquer. Ma part la plus ancienne, la plus sauvage, réclamait l'échange de sang, ce lien irréversible qui l'aurait ancrée à moi pour l'éternité.

Mais je résistais.

Elle n'avait que vingt-cinq ans. Elle ignorait ce que signifiait réellement lier sa vie à celle d'un vampire aussi ancien que moi, à un roi, à un être dont le temps n'avait plus la même valeur. Un jour, je devrais lui expliquer. Lui offrir ce choix en toute connaissance de cause. Mais pas maintenant. Pas tant que je pouvais encore la protéger de ce poids.

Alors je me concentrais sur elle. Sur son plaisir. Sur son sourire. Sur son bonheur, fragile et précieux. Je voulais être présent, pas dominant. À ses côtés, pas au-dessus d'elle.

Il nous fallut encore une heure pour nous décider à quitter la chambre et rejoindre le petit déjeuner. Je la laissai partir devant moi, la regardant s'éloigner avec un sentiment étrange, mêlé de fierté et d'appréhension.

Je rejoignis ensuite Marius. Bien que j'apprécie parfois la nourriture solide, je n'en avais nullement besoin au quotidien. Lui, en revanche, était déjà à l'œuvre. Installé dans son bureau, entouré de ses deux fils, il semblait prêt à affronter une nouvelle journée.

Moi aussi.

Mais avec une pensée persistante, tenace, qui ne me quittait plus : quoi qu'il arrive, je voulais rester dans la vie de Tisha. D'une manière ou d'une autre.

— Où en sommes-nous ? dis-je en entrant.

— Nos amis ont fait du bon travail même s'ils n'ont pas pu identifier la cible. Par contre, ils ont croisé une certaine Magda, ta taupe ?

Il était inutile de continuer à cacher son prénom, vu les circonstances.

— En effet.

— Tu savais que c'était une Euménide ?

— Oui, quand je l'ai rencontrée elle faisait partie des sentinelles.

— D'accord. Apparemment, elle a fait le nécessaire afin que notre intrusion ne soit pas détectée. Tu crois qu'elle a un lien avec mes filles ? C'est pour ça qu'elle n'a rien dit tant que Megan n'était pas à l'abri ?

— Je pense que oui. Tu devrais en parler avec ta femme.

Je vis Anthony et Louis marquer un temps d'arrêt à ces mots. Il était peut-être temps que ses enfants saisissent que la relation qui unissait ces deux-là était plus que du sexe sporadique.

— Elle ne va pas tarder.

On entendit frapper à la porte, Cassandra entra. Elle s'immobilisa, vu le regard qu'Anthony portait sur elle, je le comprenais. Elle ne se démonta pas et avança.

— Un problème, Anthony ? demanda-t-elle.

— Non. Bien dormi ?

— Une des meilleures nuits de ma vie, répondit-elle, en contemplant Marius.

Ce dernier se rengorgea à ses mots, Anthony se renfrogna un peu, Louis esquissa un sourire.

— Nous avons appris qu'une Euménide était avec notre cible, il est fort probable que tu la connaisses.

— Donne-moi son nom.

— Magda.

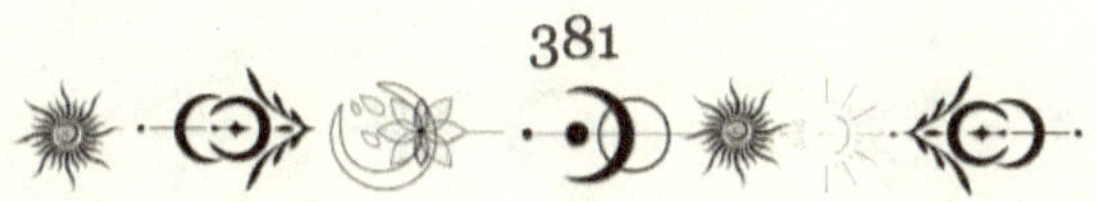

Cassandra devint blanche comme un linge. Elle se laissa tomber dans le canapé.

— Tu en es certain ?

— Oui. Orion et Syrius ont bien entendu ce prénom et Lucius vient de confirmer qu'elle était sa taupe.

— Par *Athéna* ! Je la croyais morte !

— Qui est-elle, Cassie ? insista Marius.

— C'est ma sœur ainée, elle a disparu des radars depuis presque trente-cinq ans.

— Donc c'est la tante des filles. Cela expliquerait pourquoi elle attendait que Megan soit sauve avant de nous donner ces informations.

— Elle ne les a même pas connues... Je ne comprends pas, laissa-t-elle échapper.

Le choc était rude pour l'Euménide. Une des leurs était dans le camp ennemi, du jamais vu.

— Que peux-tu me dire sur elle ?

— Elle était une des plus puissantes d'entre nous, mais elle était éprise de liberté. Elle n'acceptait pas le carcan du conseil et exigeait de tout révolutionner. Elle était sous surveillance quasi constante des plus anciennes. Elle a disparu alors qu'elle était en délégation.

— Tu te souviens où ?

— Je crois que c'était en Italie, je peux retrouver les ordres de mission de l'époque, si tu veux.

— L'Italie, hein... dit Marius à haute voix.

— Tu penses à quelque chose, Marius ? lui demandai-je.

— Peut-être...

Son air s'était assombri. Il lança un bref regard à ses fils, lourd de sous-entendus, mais se garda bien d'ajouter quoi que ce soit. Cassandra, elle, n'avait rien manqué. Ses yeux s'écarquillèrent légèrement tandis qu'elle passait les deux garous en revue, comme si une évidence venait de s'imposer à elle.

Quoi qu'il ait envisagé à cet instant, il venait de le partager avec elle, et cela concernait clairement les garçons.

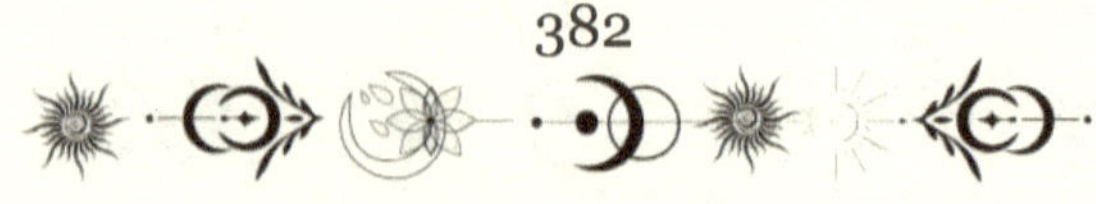

La compréhension me frappa à mon tour, brutale. Les souvenirs affluèrent : les confidences de mon ami, ses errances passées... sa femme. Sa femme présumée morte. Italienne. Voilà donc ce qui venait de traverser l'esprit de Marius.

Je fouillai ma mémoire à la recherche de son prénom, sans succès. Marius posa alors les yeux sur moi et secoua imperceptiblement la tête. Le message était clair : pas ici, pas maintenant, pas devant ses fils. J'acquiesçai d'un simple mouvement de menton. Le silence était de mise.

Si cette hypothèse venait à se confirmer, nous étions peut-être sur le point de mettre le pied dans un guêpier bien plus dangereux que prévu.

La réunion s'acheva abruptement. Marius confia aussitôt d'autres missions à Anthony et Louis, les écartant sans détour. Je les laissai quitter la pièce sans un mot. L'atmosphère était devenue trop lourde pour les retenir davantage.

Cassandra fit un pas de plus et isola l'espace autour de nous. Sa voix se fit plus grave, plus maîtrisée.

— J'ai lancé un sort de silence, nous pouvons parler sans crainte.

Marius passa une main sur son visage, visiblement ébranlé. Cette possibilité venait de s'insinuer en lui et elle le heurtait de plein fouet.

— Putain, Cassandra... Tu crois que cela pourrait être elle ? Mais nous avons retrouvé un de ses doigts et beaucoup de sang... J'ai senti la déchirure de notre lien... Non, c'est impossible !

Elle ne le contredit pas immédiatement. Son regard, au contraire, l'invita à replonger dans ses souvenirs, là où tout avait basculé.

— Pardonne-moi mon ami, peux-tu me rappeler les circonstances de sa disparition ?

Il inspira profondément avant de répondre, comme s'il se préparait à revivre chaque instant.

— Bien sûr. Victoire venait de naître quand ma femme a décrété qu'elle avait besoin de se ressourcer. Notre

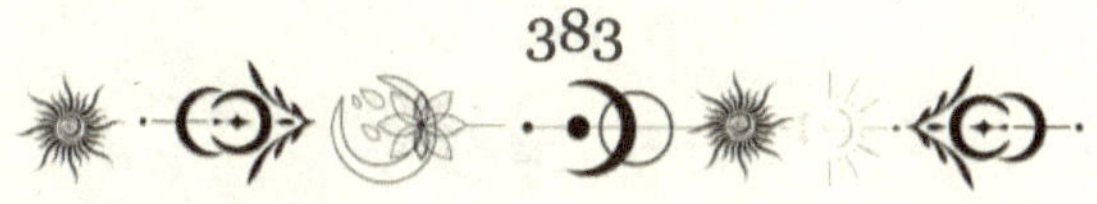

couple n'était pas au mieux, mais j'espérais que les choses allaient s'arranger avec la naissance de notre bébé. Elle est partie avec une escorte à Étretat, sans notre fille, nous y avions une villa. Elle était fatiguée et souhaitait rester seule quelque temps. Je n'ai pas eu d'autre choix que de la laisser faire. Nous nous appelions tous les jours, elle se promenait régulièrement près des falaises. Elle allait bien. Le quatrième jour, elle ne m'a pas téléphoné. J'ai essayé de la contacter, je n'ai pas eu de réponse. J'ai tenté de joindre ses gardes du corps, même problème. Nous avons foncé, avec des Guardians. Il n'y avait plus personne dans la maison. Alors que j'étais en train d'ordonner que l'on fouille les alentours, j'ai ressenti une déchirure. Tu sais ce que ça veut dire ?

Il n'attendait pas réellement la réponse.

— La mort de ta femme.

— Oui ! J'ai cru crever ce jour-là. Nous avons mis un moment à retrouver le lieu où elle avait dû être attaquée. Tous ses gardes étaient morts et une quantité importante de son sang imbibait le sol, près des falaises. Je n'ai jamais compris ce qui s'était passé. J'ai dû revenir pour annoncer à mes enfants que leur mère était décédée et que je n'avais aucune idée du coupable. Victoire a dû grandir sans connaître sa mère !

Le silence retomba, lourd, presque oppressant. Cassandra fronça légèrement les sourcils.

— Cassandra, une sorcière comme ta sœur pourrait-elle simuler la déchirure d'un lien entre époux métamorphes ?

Elle hésita, ce qui, venant d'elle, en disait long.

— Je n'en sais rien. Peut-être ! Je ne me suis jamais intéressée au sujet. Infliger ça à celui qu'on aime, c'est terrible.

Marius serra les mâchoires. Une autre question, plus intime, surgit alors, chargée d'amertume.

— Que te reprochait ta femme, Marius ?

Il baissa un instant les yeux avant de répondre.

— Elle me pensait volage, ce qui était faux. Elle a toujours été jalouse de ma relation avec Cassie. J'avais beau lui assurer que le lien lui témoignait de ma fidélité, que c'était elle que j'avais épousée, elle ne me croyait plus. Elle disait avoir des preuves... Mais je te jure sur ce que j'ai de plus précieux que nos rapports n'étaient plus qu'amicaux à partir du moment où je suis devenu son mari. Elle avait tendance à écouter les mauvaises personnes.

Je repassais mentalement chaque élément. L'ensemble formait un tableau cohérent, dérangeant même, mais il nous manquait encore l'essentiel : une preuve. Je posai les yeux sur Marius. Il semblait vidé, comme si le sol venait de se dérober sous ses pieds. Si sa femme était réellement à l'origine de tout cela, l'impact sur sa famille serait dévastateur.

— Mais elle était une métamorphe, pas une sorcière.

— 100 % garou, je te confirme.

— Comment pourrait-elle aussi être une sorcière ?

Cassandra releva brusquement la tête, comme frappée par une évidence qu'elle n'osait formuler.

— La magie simple s'apprend. Si elle a un lien avec ma sœur, elle a pu être son élève. C'était un des leitmotivs de Magda, tout le monde pouvait devenir sorcier... Par contre, le niveau reste faible, normalement... à moins que...

— À moins que quoi ? demanda Marius.

— À moins qu'elle ne trempe dans la magie noire.

Un frisson me parcourut. Cette hypothèse ne me plaisait pas du tout. La magie noire déformait tout : la pensée, les émotions, la morale. Elle exigeait des sacrifices, laissait derrière elle des morts violentes et une corruption irréversible. J'avais passé des siècles à traquer ceux qui s'y abandonnaient. Je savais exactement à quoi menait ce chemin.

— Si c'est vraiment elle, tu vas devoir préparer tes enfants à ça. Et décider ce que tu vas faire ! Avant de penser que cela pouvait être elle, son élimination était la seule option. Est-ce toujours le cas ?

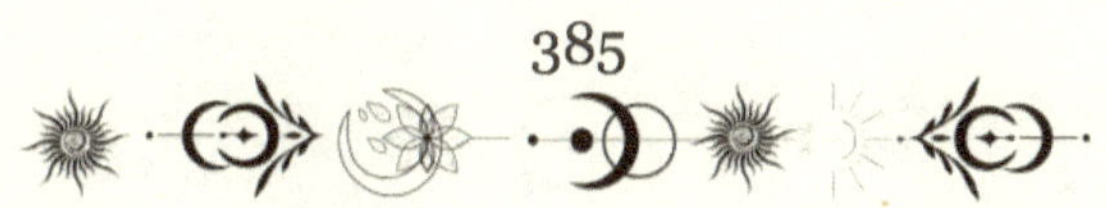

Marius resta silencieux. Son regard se tourna vers Cassandra, perdu, presque suppliant. Elle n'hésita pas une seconde : elle se leva et le prit dans ses bras. La situation venait de basculer dans quelque chose d'inimaginable. Condamner la mère de ses enfants… comment une famille pouvait-elle survivre à cela ?

— Je te laisse, Marius. Je crois que tu as besoin de faire le point. Ce que nous nous sommes dit restera entre nous, dans l'immédiat.

Il acquiesça lentement, toujours accroché à Cassandra comme à une bouée. Elle me remercia d'un signe de tête. Je quittai le bureau avec un poids supplémentaire sur la poitrine, encore plus inquiet qu'en y entrant.

Je décidai d'aller voir Orion. S'il y avait un détail qui nous échappait, il était peut-être passé sous ses yeux sans qu'il en mesure l'importance. Je le trouvai seul, près de la piscine, plongé dans ses pensées.

— En pleine réflexion, mon ami ?

— Comme tu peux le constater… Tu as l'air soucieux.

— Je le suis. Peux-tu me donner tous les détails, suite à ta mission de reconnaissance ? Tu n'as donc pas pu observer celle qui est à l'origine de tous ces morts ?

— Non. Nous n'avons rencontré que ta source, Magda, Thomas, son chef de la sécurité, et quelques gardes. Nous n'avons pas été plus loin que le hall d'entrée, malheureusement.

— Il était comment ?

— Qui ? Thomas ?

— Non, le hall. La décoration ? As-tu vu des symboles ? Des armoiries ? Quoi que ce soit qui nous permet de relier cette femme à une famille ?

Il prit le temps de réfléchir.

— Montre-moi !

Je saisis sa main. Il ferma les yeux et replongea dans ses souvenirs, me laissant accéder à l'instant précis où il était entré avec Syrius. Au début, je ne distinguai rien d'utile. Je lui demandai de recommencer, de ralentir encore, de figer les détails.

Une peinture accrocha soudain mon attention. Orion s'y concentra aussitôt. Je reconnus sans peine les armoiries des métamorphes de France : un visage mi-homme, mi-loup, posé sur une baguette de Mercure entourée de lys. Pourtant, quelque chose clochait. Ces armoiries étaient cerclées de rameaux de chêne et d'olivier — un motif que je connaissais trop bien. Celui de la monarchie italienne.

Je lâchai un juron. Orion tourna vers moi un regard surpris.

— Quel est le problème, Lucius ?

— Tu as vu les armoiries ? Elles t'ont fait penser à quoi ?

— Ce sont celles des garous de France, avec un peu de fioritures ajoutées...

— Les fioritures, comme tu les appelles, correspondent à celles visibles en Italie.

— Donc notre cible serait italienne. Un coup d'État ? Non, c'est stupide.

— Non, pire que ça. Te souviens-tu de la femme de Marius ?

— Celle qui est morte ? Vaguement...

— Elle était Italienne !

Je le vis assembler les pièces du puzzle. Ses yeux s'écarquillèrent légèrement.

— Mais elle est décédée !

— Le corps n'a pas été retrouvé.

— C'est catastrophique... Les enfants sont au courant ?

— Non, Marius vient de penser que cela pourrait être elle, mais il a du mal à l'accepter. Je vais lui parler des armoiries. Garde cela pour toi. Personne d'autre ne doit être au courant.

Orion hocha la tête sans discuter. Je me glissai jusqu'à la porte du bureau et frappai. Marius m'ordonna d'entrer. Il lut immédiatement la réponse sur mon visage, cela confirmait ses pires craintes. Son teint se décomposa davantage encore. J'en eus presque mal pour lui.

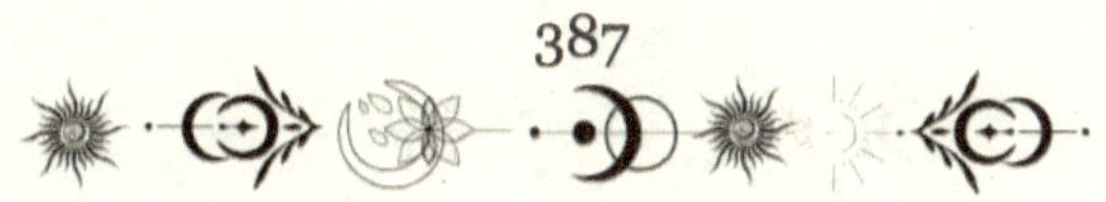

— Qu'as-tu découvert ?

— Orion a vu des armoiries dans la maison, elles correspondent à celle que tu as juste derrière toi, mais avec un détail supplémentaire...

— Lequel ?

— Elles sont entourées des rameaux de chêne et d'olivier, comme celles utilisées en Italie...

Le silence s'abattit, lourd, écrasant. Puis son trouble se mua en rage pure. Il abattit son poing sur le bureau.

— Comment a-t-elle pu... Comment a-t-elle osé faire cela ? À son peuple. À ses propres enfants...

Ni Cassandra ni moi ne trouvâmes quoi répondre. Il passa une main tremblante sur son visage, tentant de reprendre le contrôle. Son regard se posa sur une photo de famille. Lui, plus jeune, entouré de ses trois premiers enfants. La colère céda la place à une tristesse abyssale.

— Victoire...Victoire ne s'en remettra pas. Elle a toujours idéalisé sa mère. Comment pourrais-je lui annoncer qu'elle est devenue quelqu'un capable d'une telle cruauté ? Qu'elle a préféré se faire passer pour morte plutôt que d'élever sa fille ? Elle commençait à peine à trouver sa place...

— Je peux t'aider. J'ai la capacité de diffuser des ondes apaisantes. Je pourrais atténuer le choc.

— Pour combien de temps ? Non, je dois lui dire la vérité.

— Marius, nous n'avons pas encore la certitude absolue que ce soit elle...

— Pourtant, tout concorde, Cassie. Cette volonté de me nuire. Cette emprise sur les garous...

— Tu pourrais vérifier si le lien existe toujours, suggérai-je.

— Non ! Pas maintenant. Si on tente quoi que ce soit, elle s'en rendra compte. Nous devons agir sans éveiller ses soupçons. Je peux l'aider, dit Cassandra.

— Au moins, je serai fixé. Comment procéder ?

— Le mieux serait que nos filles m'assistent. Serais-tu d'accord ?

— J’ai besoin de savoir. Et si nous avons raison, je devrai préparer mes enfants. Appelle-les.

Quelques secondes s’écoulèrent, interminables.

— Elles arrivent.

— Veux-tu que je vous laisse ?

— Non, Lucius. Tes capacités peuvent nous aider à empêcher Marius de se mettre en colère, elle pourrait le sentir.

On frappa à la porte. Tisha entra sans attendre. Elle fut surprise de me voir, puis son inquiétude s’accentua en découvrant l’expression de ses parents. Alex et Megan suivirent aussitôt. Je refermai la porte derrière elles.

Cassandra leur exposa calmement les dernières hypothèses. À mesure qu’elles comprenaient l’ampleur de la situation, elles se rapprochèrent instinctivement de leur père, conscientes du dilemme qui l’écrasait.

— Lucius, je veux que tu diffuses de la sérénité à Marius, il ne faut pas qu’il s’énerve si nous avons raison. Les filles, nous l’entourons en nous tenant la main. Marius, contente-toi de penser à elle, je ferai le reste.

Elles se placèrent comme indiqué. J’obéis, déployant mon pouvoir. Marius était une véritable boule de nerfs ; l’apaiser exigea une concentration totale. Je restai légèrement en retrait, témoin silencieux de cette scène irréelle : quatre femmes, liées par le sang et la magie, prêtes à affronter l’impensable.

Cassandra psalmodia. Je sentis leur magie s’élever, vibrer, encercler Marius. Un flux s’élança vers son cœur, à la recherche du lien. L’énergie enfla, se densifia. Marius hoqueta, sa colère tenta de ressurgir. Je déployai toute ma puissance pour la contenir.

Nous avions notre réponse.

Les filles relâchèrent le cercle. Je continuai encore quelques secondes, par précaution.

— Tu peux cesser, Lucius. Marius n’est plus connecté pour le moment. J’ai atténué le processus. Je suis désolé, chéri.

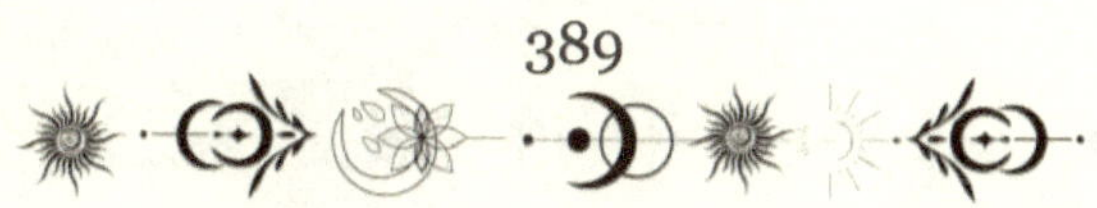

Il s'affaissa finalement sur sa chaise. J'échangeai un regard avec Tisha ; elle semblait désemparée, incapable de trouver comment aider davantage son père.

— Je vais devoir le dire à mes enfants...

— Nous allons rester avec toi, papa. Nous allons affronter ça ensemble, dit Alexandra.

— Merci les filles.

Je les laissai en famille, pleinement conscient que ce qui les attendait risquait de leur coûter bien plus que des certitudes.

Chapitre 47

Victoire

Papa nous avait demandé de venir tous les trois. Rien que cette phrase m'avait crispée.

Je rejoignis mes frères dans le bureau, le pas plus lourd que d'habitude. L'air y était dense, presque irrespirable. Quelque chose clochait. Quelque chose de grave.

Mes sœurs étaient là, ainsi que Cassandra. Je l'acceptais mieux qu'avant, mais je n'arrivais toujours pas à me détendre en sa présence. Les images qu'Alexandra m'avait envoyées n'aidaient pas. Elles s'imposaient à moi sans prévenir, rendant impossible toute neutralité.

Papa nous invita à nous asseoir. Il était tendu comme je ne l'avais jamais vu. Son regard fuyait, ses épaules semblaient porter un poids démesuré. Une angoisse sourde me serra la poitrine.

— Nous avons avancé. Nous avons découvert qui est à l'origine des enlèvements et des expériences.

Mon cœur s'emballa.

— Qui, papa ? demanda Anthony.

Papa inspira profondément, comme s'il cherchait de l'air avant de plonger.

— Je... je ne sais pas comment vous l'annoncer...

Cette attente était insoutenable. Les filles semblaient aussi mal à l'aise que lui. Cassandra, droite, silencieuse, confirmait par sa simple présence que ce qui allait suivre allait nous briser.

— Dis-le, papa. Tu nous fais peur, lâchai-je.

Il leva enfin les yeux vers nous.

— Votre mère... votre mère est vivante. Et elle est responsable de tout ce qui nous est arrivé depuis des années.

Le monde se fendilla.

Ma mère. Vivante.

Une chaleur fulgurante traversa ma poitrine. Une joie absurde, incontrôlable, presque douloureuse. Elle n'était pas morte. Elle n'avait pas disparu pour toujours.

Puis le reste de la phrase me frappa de plein fouet.

Responsable.

Enlèvements.

Expériences.

Megan.

Non. Impossible.

— Tu plaisantes ? souffla Louis, la voix étranglée.

— J'aimerais. Mais non.

Papa poursuivit, méthodique, presque mécanique, comme s'il avait besoin de cette distance pour ne pas s'effondrer.

— J'ai vérifié le lien avec l'aide des filles et de Cassandra. Elle est en vie. Elle a simulé sa mort. Dans un but de... vengeance, peut-être. Je n'en suis même pas sûr.

— C'est faux, répliquai-je aussitôt. Tu te trompes.

Ma voix tremblait.

— Maman ne m'aurait jamais abandonnée. J'étais un bébé. Elle a été attaquée... C'est ce que tu m'as toujours dit.

— Parce que c'est ce que je croyais, Victoire.

Sa voix se brisa.

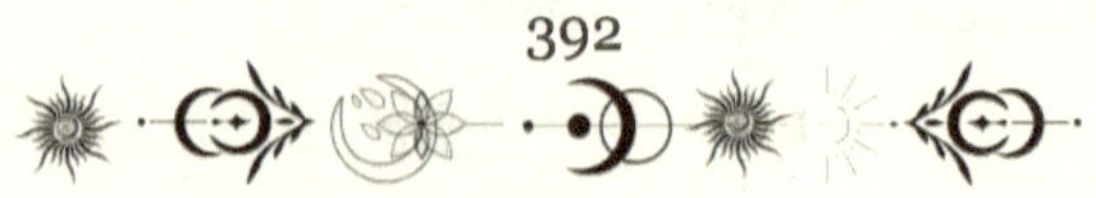

— J'ai ressenti la déchirure du lien. J'ai ressenti sa mort. J'ai cru perdre la raison. Sans vous trois... je n'y aurais pas survécu.

Quelque chose céda en moi.

Elle avait choisi de disparaître... de me laisser. De faire croire à sa mort plutôt que de me garder.

La colère monta d'un coup, brutale, violente, incontrôlable. J'eus envie de hurler, de frapper, de détruire tout ce qui m'entourait. Ma louve gronda, cherchant à surgir.

Megan se rapprocha aussitôt et attrapa ma main. Sa poigne était ferme, ancrée.

— Respire, Victoire. Tu n'es pas seule. Nous sommes là.

Je la regardai sans vraiment la voir.

— Comment ? demandai-je d'une voix trop calme pour être honnête.

— Qui t'a renseigné ? Tu l'as vue ?

— Non. Nous avons croisé les informations. Et le doute n'a plus été permis quand j'ai constaté que le lien existait toujours.

— Comment as-tu pu ne rien sentir avant ? explosa Anthony.

Ses poings se serraient et se desserraient sans cesse. Sa mâchoire était crispée, sa respiration irrégulière. Il était en colère. Blessé. Dévasté.

— Elle a utilisé ses pouvoirs, répondit Cassandra. Elle a modifié le lien. Pas pour le rompre complètement... mais pour le masquer.

— Le lien entre garous est sacré, murmura Louis. Il est censé être indestructible.

— Elle l'a entretenu uniquement pour conserver son statut de reine, poursuivit Cassandra. Et pour espionner Marius. Elle puisait directement dans ses pensées. Voilà pourquoi elle avait toujours une longueur d'avance. Voilà comment elle a su pour Adrien.

Le silence fut terrible.

— Elle peut contrôler les nôtres… dit Anthony, horrifié.

— Oui.

Je regardai mon père. Il semblait vidé. Vieilli de plusieurs décennies en quelques minutes.

Une pensée glaçante s'imposa à moi.

— Et maintenant ? murmurai-je.

— Il était prévu d'éliminer la cible… allons-nous devoir tuer notre mère ?

Anthony secoua la tête.

— Je ne pourrai pas, papa. Je ne pourrai jamais donner cet ordre.

Papa posa une main lourde sur son épaule.

— Je ne te le demanderai pas.

Les yeux de mon frère brillaient dangereusement. Louis, lui, était figé, le regard perdu.

— Alors que fait-on ? demandai-je.

— Nous la capturerons. Elle sera jugée par nos pairs.

— Ce qui revient à une condamnation à mort, dit Louis, la voix dure.

Je ne sus dire contre qui allait sa colère.

Papa redressa la tête, une lueur farouche dans le regard.

— Je ne peux pas la laisser s'en tirer. Pensez à ce qu'elle a fait. Megan. James. Les humaines. Les nôtres. Rien ne justifie ça. Rien.

Mes frères baissèrent la tête. La réalité nous écrasait.

— Quand attaquons-nous ? demandai-je.

— Je dois coordonner avec nos alliés. Je voulais vous laisser un peu de temps.

— Elle peut lire dans ton esprit, papa, intervint Alexandra. Si nous attendons, nous perdrons l'avantage.

Anthony et Louis acquiescèrent.

Je sentis les larmes monter. Je les refoulai aussitôt. Elle ne méritait pas mes pleurs. Pas après m'avoir abandonnée sans un regard en arrière.

— Nous devons l'attaquer aujourd'hui, papa. Pour notre peuple. Pour toi. Tu ne lui dois rien.

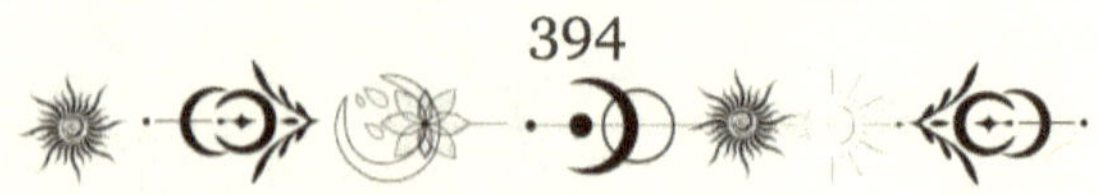

Je relevai le menton.

— Je serai avec toi.

Il me regarda comme s'il me découvrait.

Puis il m'attira contre lui.

— Je suis désolé, Victoire. Vous ne méritiez pas ça.

— Je sais, papa. Et ce n'est pas ta faute.

— Nous serons là, ajouta Louis. Tous les trois. Nous te prêterons notre force.

— J'informe les dirigeants, annonça Cassandra. Réunion dans trente minutes ?

— Vas-y.

La guerre venait de changer de visage.

Et pour la première fois, je ne pleurais pas une mère perdue…

Mais une mère qui ne m'avait jamais voulue.

Cassandra se retira, mes sœurs l'accompagnèrent, nous déposant chacune un baiser furtif comme si elles craignaient de nous briser. Je les regardai s'éloigner, consciente que leur présence avait été un rempart. Je les avais elles. C'était déjà beaucoup.

Mes frères nous rejoignirent alors, et nous nous retrouvâmes dans une dernière étreinte maladroite, silencieuse, chargée de tout ce que nous n'arrivions pas à formuler. Quand ils se détachèrent de moi, je sentis un vide immédiat.

Je redoutais la réaction de nos alliés, leurs questions, leurs jugements… mais ce n'était rien comparé à la peur qui me nouait l'estomac à l'idée d'affronter les nôtres. Le jour où elle se tiendrait devant nous. Le jour où je verrais son visage autrement qu'à travers des souvenirs idéalisés.

Je sortis du bureau un peu hébétée et me réfugiai dans ma chambre. J'avais besoin d'air. De silence.

Je me plantai devant le miroir. On voyait ses traits dans les miens, on me l'avait toujours dit, comme un compliment. Pour la première fois de ma vie, cette ressemblance me donna la nausée. J'eus l'impression de porter une trace d'elle sur la peau.

Deux noms revenaient sans cesse, comme une litanie impossible à faire taire : Megan. James.

Ce qu'elle leur avait fait. Ce qu'elle avait permis.

À la place d'Alex, je ne savais pas si j'aurais eu la force d'encaisser une telle vérité. Mes sœurs avaient été catégoriques : la responsable mourrait. Pourtant, pas un mot, pas une réaction pendant la réunion. Acceptaient-elles ce revirement monstrueux ? Ou envisageaient-elles d'agir seules, comme elles l'avaient toujours fait ?

Au vu de leur puissance, personne ne pourrait les en empêcher. Et le pire... c'est que je n'étais pas certaine de vouloir qu'on le fasse.

Je quittai finalement ma chambre et rejoignis la salle de conférence. Je m'assis près de mon père, presque instinctivement, désireuse de lui offrir ce que je pouvais encore : ma présence.

Peu à peu, tout le monde arriva. Syrius et sa famille. Lucius et ses quatre lieutenants. Cassandra, mes sœurs. Adrien et Tonton.

L'atmosphère était lourde, oppressante. Je surpris le regard d'Orion posé sur moi ; il savait déjà.

Mon père exposa les dernières découvertes. La stupeur fut générale. J'appris alors que la sorcière qui avait épaulé ma mère était la tante de mes sœurs. La trahison avait décidément pris des proportions presque grotesques.

Magda, elle, semblait vouloir réparer. Cette intention ne trouvait aucun écho en moi.

Les discussions s'enchaînèrent : délais, rapatriement des Guardians, des Alphas, des vampires, des sorciers, des Euménides. Plusieurs heures seraient nécessaires. Il n'était pas encore onze heures. C'était jouable.

La décision tomba : l'attaque aurait lieu à minuit, pour protéger les enfants.

Mon père refusa de mobiliser tous les alphas. Il voulait des sûrs, des forts, des loyaux. Anthony l'aida à faire le tri pendant que les autres contactaient leurs homologues.

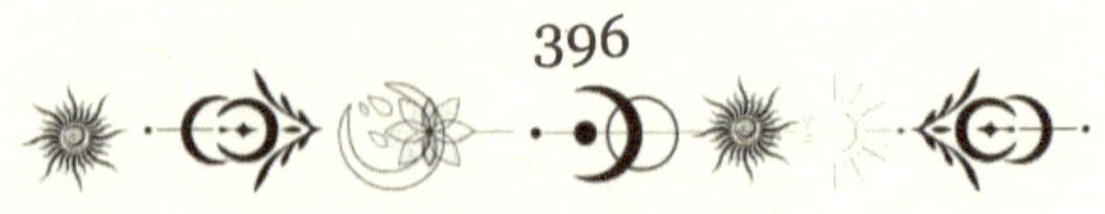

Je finis par quitter la salle avec mes sœurs. Je me sentais inutile. Trop pleine pour rester immobile.

Je leur demandai de m'entraîner. J'allais être en première ligne pour la première fois de ma vie. Je devais savoir ce que je valais vraiment.

Elles acceptèrent sans discuter.

Après m'être changée, je les rejoignis dans la salle d'entraînement. Tisha et Megan s'échauffaient déjà. Leurs mouvements étaient fluides, précis, presque gracieux. Un ballet mortel.

Alex m'interpella d'un signe de tête. Mon courage vacilla, mais je m'avançai.

— Ne flippe pas, je ne vais pas te tuer, dit-elle avec un sourire.

— Je sais... mais je débute.

— Tu es une garou, Victoire. Tu as ça en toi. Voyons ce que notre Guardian t'a appris.

Nous commençâmes doucement. Elle retenait ses coups, et heureusement. Mon corps suivait, mais mon esprit résistait. Trop de pensées. Trop d'images.

— Stop.

Sa voix claqua.

— Victoire, où es-tu, là ?

— Ici... Je me place mal ?

— Non. Tu n'es pas dans le combat. Et c'est comme ça qu'on meurt. Quand tu te bats, il n'y a rien d'autre. Rien. Tu observes, tu anticipes, tu neutralises.

Elle avait raison.

Je demandai deux minutes. Juste deux. Je fermai les yeux et respirai comme Raphaël me l'avait appris. Lentement. Profondément. Jusqu'à ce que le bruit du monde s'éteigne.

Quand je relevai la tête, elle ne me fit plus aucun cadeau.

Une heure plus tard, j'étais couverte de bleus. Mon corps protestait, mais je me sentais étrangement plus solide. Plus ancrée.

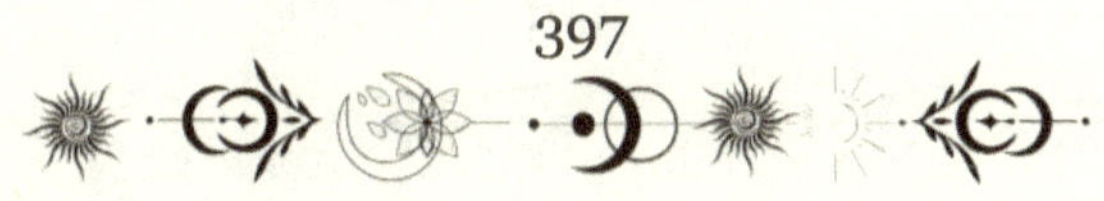

Les marques disparaîtraient vite. Pas ce que j'avais compris.

Alex ne faisait jamais les choses à moitié.

Et ce soir-là, je savais que je n'en aurais plus le droit non plus.

Chapitre 48

Tisha

Megan était impressionnante. Infatigable. Elle enchaînait les mouvements sans la moindre hésitation, concentrée, fluide. Je ne l'avais jamais vue aussi sereine, pas même avant son enlèvement.

Et pourtant... les révélations auraient dû la briser. Sa vengeance ne serait pas totale. Elle aurait pu vriller, réclamer le sang, refuser tout compromis.

Rien de tout cela.

Je détournai le regard vers Alex, occupée avec Victoire. Cette dernière progressait vite. Trop vite, même. Elle n'était pas parfaite, loin de là, mais elle avait quelque chose. De l'instinct. Une vraie bonne nouvelle, vu ce qui nous attendait.

— Un souci, Tisha ?

La voix de Megan me ramena à elle.

— Je vous trouve étonnamment calmes, toutes les deux. Honnêtement, je pensais que vous refuseriez le compromis de papa. Après tout... vous avez payé cher à cause d'elle.

Megan haussa légèrement les épaules.

— Nous sommes loin d'être les seules à avoir souffert. Et je ne me vois pas tuer la mère de toute une fratrie uniquement pour me soulager. Ce serait... égoïste, tu ne crois pas ?

— Et alors ? lâchai-je, un peu trop vite.

Elle me regarda avec ce demi-sourire qui signifiait qu'elle me connaissait par cœur.

— Tu sais très bien que tu ne le penses pas. Et Alex est arrivée à la même conclusion.

— Mouais... Il n'y a plus qu'à espérer que cette... femme ne nous donne pas trop d'occasions de la descendre sur place. La tentation pourrait être forte.

— Tu es consciente qu'elle finira condamnée, quoi qu'il arrive ?

— Oui. Mais à quel prix ? Capturer est toujours plus risqué que tuer. Et je refuse que certains des nôtres meurent pour ce choix-là.

Megan resta silencieuse quelques secondes.

— Je n'avais pas envisagé les choses sous cet angle... Tu as raison. Si ça dégénère, il faudra décider vite.

Nous nous comprîmes sans ajouter un mot. Il était hors de question de pleurer d'autres victimes.

L'après-midi se transforma en un enchaînement de réunions interminables. Certains alliés étaient présents physiquement, d'autres en visioconférence depuis le village de Dina. Les jeunes *Guardians* avaient été déplacés chez nous pour protéger la résidence, entre blessés et femmes enceintes. Zéro prise de risque.

L'attente me rendait folle, même si je savais qu'elle était nécessaire.

Le bilan des effectifs finit par tomber : une trentaine de *Guardians*, autant d'alphas, une vingtaine de gardes sorciers, autant de sentinelles Euménides. En ajoutant Lucius et ses lieutenants, la famille de Syrius, la nôtre... près de cent vingt surnaturels. Tous hors normes.

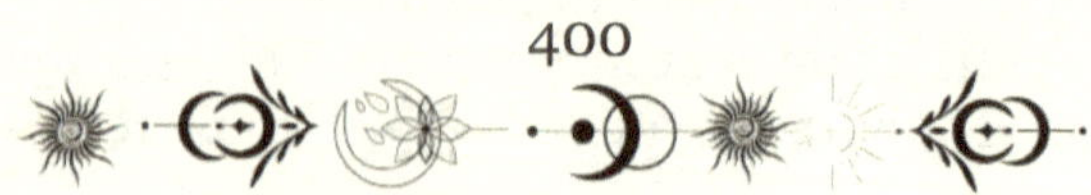

Ça devrait suffire.

Le moment du départ arriva. Elena et Claire nous accompagnèrent jusqu'à l'entrée. Leur inquiétude était palpable.

— Arrête, Claire, on va gérer.

— Je ne veux perdre personne. Ni vous, ni aucun enfant.

— On a un plan, des moyens... et surtout, nous sommes toutes les trois là. Plus puissantes que jamais. On arrêtera tout avant qu'il y ait le moindre blessé.

— Je vous tiendrai informées, ajouta Alex.

Des hélicoptères militaires nous attendaient. Un prêt discret du président français. Papa avait dû le prévenir vu la concentration surnaturelle près des zones humaines. Il avait réussi à éviter une évacuation civile. Une chance.

Je restai près de ma famille. Lucius l'avait compris. Je sentais néanmoins sa présence constante, jamais loin. Le voir aussi soucieux pour moi était presque attendrissant.

Pour détendre l'atmosphère, je racontai à Megan nos missions pendant son absence, en insistant sur les détails les plus croustillants. Les rires fusèrent. Alex parla de sa rencontre avec Isabella. Megan posa une avalanche de questions sur les liens de sang avec les vampires. Je compris vite qu'elle cherchait surtout à me transmettre ce qu'elle savait.

Je n'étais pas prête.

Dina nous attendait à l'atterrissage. Isabella m'avait beaucoup parlé d'elle. Je fus ravie de la rencontrer enfin. Nous rejoignîmes l'ensemble des troupes dans le village. Le mélange était... saisissant.

— Incroyable, non ? murmura Alex.

— Elle a réussi là où nous avons toujours échoué : unir tout le monde.

— Et encore, les elfes auraient pu être là, ajoutai-je. Égédias m'a dit que son père avait proposé son aide.

— Vous savez qu'on est invitées chez eux ? reprit Megan.

— Tu plaisantes ? La cité des elfes ?

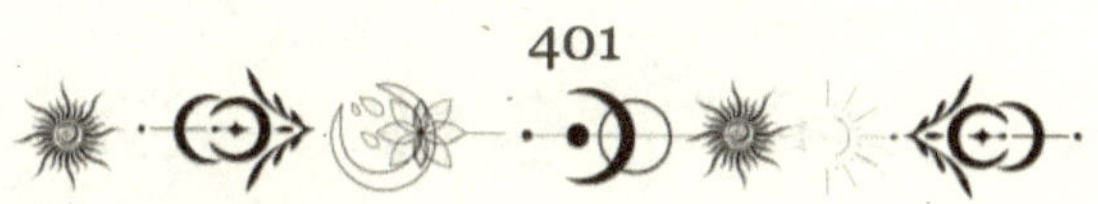

— Il semblerait qu'on ait éveillé leur curiosité. Et nos liens avec leurs enfants n'y sont peut-être pas pour rien.

— Trop bien ! On y va quand ?

— Reste concentrée, Tisha.

La voix de la sagesse. Elle finirait par remplacer Athéna à ce rythme.

Ce qui me fit remarquer une chose étrange : plus aucune visite, même en rêve.

La nuit tomba sur le camp. Les enfants nous observaient, fascinés. Il fallait les comprendre : la famille royale entourée de plus de cent surnaturels, ça impressionnait. La place du village avait été transformée en immense salle à ciel ouvert. J'eus une image absurde du banquet final d'Astérix. Mon esprit partait parfois dans des directions douteuses.

Le plan fut confirmé. Protection des enfants en priorité, avec les alphas les plus puissants, appuyés par quatre vampires, dont Alaric, Orion et une certaine Félina que j'appréciais déjà. Sédiline, Nathaniel et Yzalinia seraient chargés d'éviter les pièges.

Nous serions en première ligne. Plus vite Athéa tomberait, mieux ce serait.

La tension monta encore. Les garous étaient à fleur de peau. Papa diffusait son aura avec l'aide d'Anthony, Louis et Victoire pour les apaiser.

Puis vint l'heure.

Nous avançâmes par équipes, silencieux. Les sentinelles et sorciers ouvraient la voie. Rien ne garantissait qu'Athéa soit dupe. Elle avait peut-être renforcé les protections.

Lucius restait collé à moi. Mathias faisait pareil avec Alex. Je me demandai quand elle finirait par comprendre que son intérêt n'était pas qu'amical.

Megan, elle, était d'un calme déroutant.

Tu es incroyablement zen.

Un problème ?

Non... juste surprise.

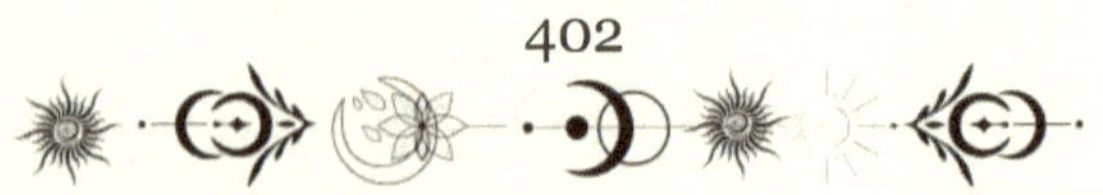

Votre présence me stabilise. Depuis notre transformation, je ressens vos émotions. Comme vous êtes calmes, je le suis aussi.

Donc si je m'énerve...

Il y a un risque, oui...

Nous atteignîmes enfin la clôture entourant le parc.

À partir de là, plus aucun retour possible.

Même répartis en petits groupes, dissimuler autant de personnes sollicitait énormément nos pouvoirs. Je sentais la pression constante derrière mes tempes, comme un bourdonnement sourd. Habituellement, nous opérions seules ou à deux. Là, coordonner plus d'une centaine d'individus relevait presque de la démesure.

Nous étions toutes reliées entre nous. Comme mes sœurs, j'avais accès aux pensées des Guardians, un flux permanent d'images, de sensations, d'alertes muettes. À cela s'ajoutait notre nouveau lien avec les vampires.

Lucius avait insisté pour que nous puissions interagir pleinement avec lui et ses lieutenants. Mes sœurs avaient donc dû boire une goutte de son sang, ce qui avait déclenché quelques discussions tendues avec mes frères, inquiets de la nature exacte de ce lien.

Moi, je n'avais pas eu à faire cet effort : notre connexion existait déjà.

Alex et Megan avaient accepté sans hésiter, convaincues que cela ne pourrait que faciliter l'opération.

Elles avaient raison... mais le revers était immédiat : se concentrer sur mon environnement devenait compliqué. Trop de voix. Trop de présences.

Si une seule personne de plus s'était ajoutée à ce réseau mental, j'en étais sûre, ma tête aurait littéralement explosé.

La voix d'Adrien s'imposa brièvement dans le lien.

Groupe en place près de la clôture des enfants. Tout est prêt.

Il était temps de bouger.

Les vampires prirent les devants. Ils saisirent les différentes équipes et nous firent passer la clôture sans un

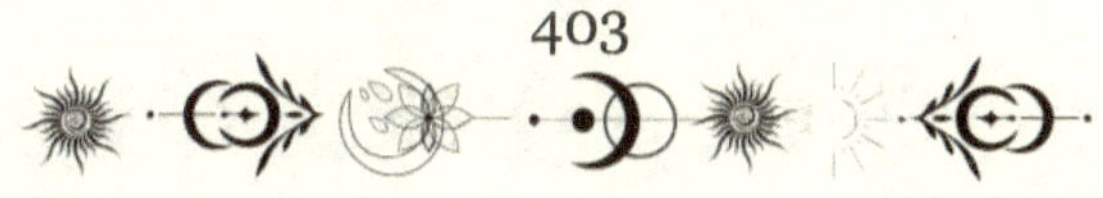

bruit, profitant de la végétation dense. Mes pieds touchèrent le sol souple du parc. Aussitôt, tous mes sens s'aiguisèrent.

Nous avancions lentement, calculant chaque pas. Malgré nos précautions, les branches craquaient parfois sous nos semelles.

Soudain, Syrius leva le poing.

Arrêt immédiat.

Je distinguai des silhouettes mouvantes devant nous. Des gardes.

Avant même que je puisse analyser la situation, Lucius et Mathias disparurent. Littéralement. Une fraction de seconde plus tard, ils réapparurent derrière nous, chacun portant un garou inconscient sous le bras.

Ils les déposèrent sans ménagement près d'un des leurs qui se chargea de les entraver avec de l'argent et de les bâillonner.

Nous repartîmes aussitôt.

Avec mes sœurs, je pris un peu de hauteur. Nous progressions d'arbre en arbre, glissant presque dans les airs grâce à nos pouvoirs. De là-haut, j'avais une meilleure visibilité.

Quatre autres vigiles apparurent sur notre trajectoire. Avec l'aide de nos deux vampires, ils furent neutralisés en silence, sans qu'aucune alerte ne soit donnée.

Tout se déroulait encore parfaitement.

Trop parfaitement, presque.

Le nombre de gardes restait limité. Athéa devait toujours se sentir en sécurité.

Je percevais mon père légèrement sur ma droite, mais à peine. Il camouflait son aura, et celles de tous les garous présents, avec une maîtrise impressionnante. Je n'avais jamais ressenti sa puissance de façon aussi nette.

Diffuser… c'était tellement plus simple que contrôler. Et pourtant, il le faisait pour des dizaines d'entre nous, sans faillir.

Progressivement, nous atteignîmes notre premier objectif : les dortoirs.

Dina et cinq autres alphas se positionnèrent autour des bâtiments. Ils serviraient de relais à la domination de mon père, lui permettant de continuer à avancer sans rompre le contrôle.

Notre cible restait Athéa. Toujours.

Lucius répartit rapidement ses troupes.

Quatre vampires par dortoir, accompagnés de nos garous, de deux sorciers... et de deux sentinelles.

Ils étaient nombreux à dormir à l'intérieur. Si l'alarme se déclenchait trop tôt, nous risquions d'être submergés. Et dans ce cas, impossible d'éviter blessés et morts.

Les sentinelles devaient donc sceller les bâtiments de l'intérieur, avec l'aide des sorciers. Une prison magique temporaire.

La même stratégie était prévue pour les enfants, mais avec un sort d'endormissement. Nous refusions qu'ils paniquent ou se blessent.

À mesure que nous avancions, les cachettes se raréfiaient.

Nous savions, grâce au repérage préalable, que nous devrions nous dévoiler à un moment donné. Mais ce serait notre choix.

Nous patientâmes encore de longues minutes.

Un groupe venait de tomber sur des gardes. Ils les avaient endormis, mais avaient pris du retard.

Perchée sur un arbre, Alex m'interpella dans le lien.

Mouvement sur ta gauche.

Je focalisai immédiatement mon attention sur la zone indiquée. Quatre vigiles approchaient. Silencieux. Organisés.

Plus âgés. Plus expérimentés.

Lucius, quatre sur ta gauche.

Nous nous mîmes en mouvement simultanément.

Lucius, Mathias, mes deux sœurs et moi.

Alex lança un sort de silence avant même qu'ils ne puissent réagir. Megan se projeta sur le plus proche, pas le plus chétif, et l'abattit en deux secondes. Je n'eus même pas le temps de m'inquiéter.

Mathias et Lucius neutralisèrent les deux suivants avec une efficacité clinique.

Alex m'envoya le dernier d'un coup de pied retourné parfaitement exécuté. Je l'accueillis d'un coup de poing en plein visage.

Il s'effondra.

Il ne se réveillerait pas avant longtemps.

Nous regroupâmes les corps et les entravâmes. Alex conclut avec le même sort que celui destiné aux enfants.

Nous étions trop proches de la résidence principale pour prendre le moindre risque.

La confirmation d'Adrien tomba enfin : toutes les équipes étaient en place.

Chaque bâtiment devait être magiquement neutralisé en moins de dix minutes.

L'attente recommença.

Je distinguais clairement les garous d'Athéa autour de la grande maison. Bien plus nombreux que ce que nos informateurs avaient annoncé. Toujours par deux.

Elle ne lésinait pas sur sa propre sécurité, au détriment du reste du camp.

Je savais aussi que certains se trouvaient à l'intérieur. Combien ? Impossible à dire.

Les secondes s'étiraient. La patience n'avait jamais été mon point fort. Sans doute mon côté garou.

Une vague de calme me traversa soudain.

Je jetai un regard amusé à Lucius.

Je peux me contenir, tu sais.

Tu étais sur le point d'exploser. Et tes émotions commençaient à contaminer Megan.

Ce lien entre nous… Alex n'était pas plus impatiente que d'habitude. Elle capta ma pensée

Je suis plus sage maintenant, m'envoya-t-elle pour me provoquer.

Depuis James, elle utilisait surtout la magie des furies. Je redoutais le jour où tout remonterait.

Mon père leva la main.

Le signal.

Lucius, Mathias et Jonas nous saisirent toutes les trois. En une impulsion, nous glissâmes jusqu'au perron.

Au même instant, mon père relâcha son aura.

Et la nuit changea de visage.

Chapitre 49

Megan

Nous y étions enfin.

L'attente m'avait rendue presque folle.

Jonas, un ami de Lucius et de Mathias, me téléporta sur la droite du perron. À peine mes pieds touchèrent-ils le sol que je me concentrai pour me transformer. Mes sœurs et moi savions que cette forme serait notre meilleure protection.

Elle avait un prix : elle décuplait notre sauvagerie. Et avec elle, le risque de perdre le contrôle.

Notre apparition provoqua une panique immédiate chez les garous.

Puis l'aura de mon père se déploya.

Je la ressentis comme une onde de choc. Deux métamorphes devant moi s'immobilisèrent net, écrasés par sa domination. Jonas et moi n'eûmes aucun mal à les assommer.

Je me retournai aussitôt pour repérer mes sœurs.

Trop tard.

Je ne vis pas l'un des gardes. Ses griffes s'enfoncèrent dans mon dos. La douleur me fit hurler.

Je pivotai violemment et le frappai à mon tour. Il était à demi transformé : seuls les alphas les plus puissants parvenaient à bloquer une mutation complète.

Il chargea, visant mon visage.

Je tournai sur moi-même et déployai une aile. Le choc fut brutal. Le garou fut projeté dans les airs et alla s'écraser contre le mur avec un craquement sinistre.

Je puisai dans la magie et lui envoyai une énorme jardinière en pleine tête.

Terminé.

À peine j'eus le temps de reprendre mon souffle que je vis un guépard fondre sur Victoire par-derrière.

Sans réfléchir, je projetai tout ce que je trouvai dans sa direction. Pierres, morceaux de bois, éclats de métal. Puis je décollai et me plaçai entre elle et lui.

Victoire affrontait déjà un ours. Elle maniait une grande épée d'argent, le tenant à distance avec une détermination farouche.

Le guépard m'observa, calculateur. Puis il bondit.

Je me déportai d'un pas et le cueillis en plein vol avec ma jambe. Il retomba sur ses pattes, prêt à repartir.

Un coup de feu claqua.

Louis !

Les balles en argent firent leur œuvre. Le guépard s'effondra.

Je repartis aussitôt vers le perron.

De nombreux gardes jonchaient le sol, mais d'autres affluaient déjà. Pire : un des dortoirs venait d'être libéré de la magie. Des renforts allaient arriver.

Nous ne pouvions pas nous permettre d'être submergés.

Je cherchai mon père du regard.

Il achevait un léopard.

Je m'envolai.

— C'est le moment, papa !

Il me saisit la main et je l'emmenai en haut des escaliers. Alex et Tisha se positionnèrent immédiatement

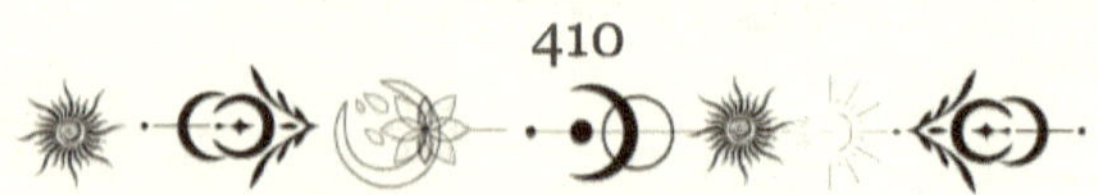

de chaque côté. Anthony, Louis et Victoire nous rejoignirent en courant.

Syrius se plaça devant la grande porte… et la fit exploser.

Notre seule chance était de stopper Athéa.

Si elle tombait, ses garous déposeraient les armes.

Mon père entra, entouré de nous tous. Lucius et Mathias glissèrent à l'intérieur, déjà happés par le combat. Ma mère scella l'entrée par un sort, nous offrant quelques précieuses secondes. Athéa n'était pas là.

Mais des métamorphes, oui. Partout.

– C'est maintenant, Marius. Tu dois tenter le tout pour le tout !

Il allait répondre lorsqu'un énorme loup lui sauta à la gorge.

Alex se projeta, le saisit et l'envoya valser à travers la pièce. Ma mère se pencha déjà sur la blessure. Rien de grave.

Mon père se redressa, furieux.

Nous formâmes un cercle de protection autour de lui et de notre fratrie. Ma mère entama une psalmodie.

Un grondement profond jaillit de la gorge de mon père, aussitôt relayé par celui de ses enfants.

Je frissonnai.

Le son se propagea dans toute la maison. Les garous tombèrent à genoux, écrasés par l'aura du roi des alphas. Je sentais la force affluer, celle des autres alphas, reliés à lui, amplifiant encore sa domination.

Ceux qui s'étaient transformés commencèrent à régresser, hurlant de douleur. La mutation forcée était atrocement pénible.

À l'extérieur, les combats perdaient en intensité.

Des garous étaient à terre, certains des nôtres blessés.

Puis j'entendis Victoire hoqueter.

Je me retournai.

Deux femmes descendaient le grand escalier. L'une d'elles lui ressemblait comme deux gouttes d'eau. Je fixai ma tante. Ma mère aussi.

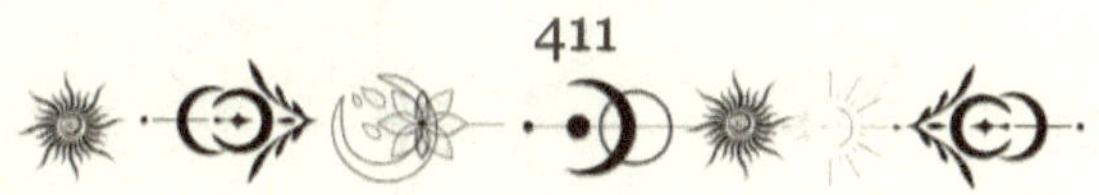

— Quel plaisir de voir mes enfants dans ma demeure… Et quelle surprise. N'est-ce pas, Magda ?

Magda ne répondit pas. Impossible de lire ses intentions.

Athéa s'arrêta à quelques mètres de nous, souriante. Tous ses métamorphes étaient à terre, certains sanglotaient. Le grondement s'éteignit peu à peu.

Adrien confirma que les enfants étaient en sécurité.

Je respirai enfin.

— Voyez donc qui ose se présenter devant moi… Tu as amené ta maîtresse, Marius, avec tes bâtardes.

Elle tourna vers moi un sourire cruel.

— Comment vas-tu, Megan ? En pleine forme, à ce que je vois.

Puis Alex.

— Et toi, Alexandra… remise de la perte de ton petit chéri ? Il pleurait à la fin.

Je serrai les dents.

Alex aussi.

— Maman… ?

La voix de Victoire tremblait.

— Que tu es belle, ma fille… T'abandonner a été une déchirure. Mais je ne pouvais plus supporter ton père et ses mensonges.

— Quoi ?! s'emporta Anthony.

— Il me trompait ! Avec elle, dit-elle en montrant ma mère, et avec d'autres ! Il n'était pas un bon roi ni un bon père. Il fallait que je vous sauve et que j'expose au monde notre suprématie.

— Tu es folle, Athéa ! Et je t'interdis de raconter des histoires abracadabrantes à mes enfants. Je ne t'ai jamais trompée, ni avec Cassandra ni avec quiconque !

Son visage se crispa au son de la voix de mon père. Elle le détestait, ses yeux avaient changé. Son côté garou transparaissait.

— Je sais ce que j'ai vu, Marius. Toi ! dans un lit avec cette… sorcière ! Il me l'a montré !

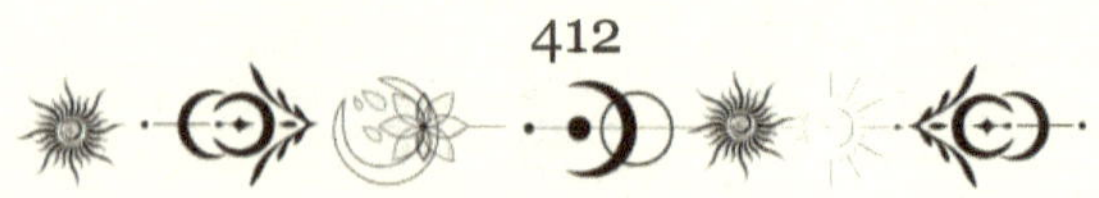

Elle était sûre de ce qu'elle racontait, il n'y avait pas de mensonge. Mais il n'y en avait pas non plus dans celle de mon père. Je ne comprenais plus rien, et je n'étais pas la seule.

— Tu te sers encore des pouvoirs de ta garce pour leur cacher la vérité, mais je sais !

— Tu es folle, ma pauvre ! hurla mon père. Je t'ai cherchée partout, Athéa. Même après avoir trouvé ton sang répandu sur les falaises d'Étretat… cette douleur, lors de la rupture de notre lien… Si quelqu'un a trompé l'autre, c'est toi ! Par ta faute, des hommes et des femmes sont morts ! Tu as fait du mal à ton propre peuple !

Ses mots claquaient dans l'air comme des coups de fouet. Je sentais ma colère monter, brûlante et incontrôlable. Mon corps entier vibrait d'une rage pure. Une part de moi hurlait : Arrache-lui la langue ! Coupe-lui la tête ! Alexandra était dans le même état, prête à exploser. Tisha, elle, luttait encore pour garder le contrôle.

— C'est terminé, Athéa, tu vas être jugée par tes pairs !

— Ce n'est pas fini ! siffla-t-elle, les yeux brillants d'un feu sauvage. Je suis la reine légitime ! Vous ne pouvez rien contre moi !

Elle leva la main. Une lumière aveuglante jaillit, nous forçant à détourner les yeux. Dans ce court instant, elle attrapa Victoire et la maintint fermement contre sa gorge.

— Si vous ne me laissez pas partir, je la tue !

— Maman… murmura Victoire, terrifiée.

Athéa était partiellement transformée, son corps serrant celui de notre sœur comme un étau. Nous ne pouvions l'atteindre. Magda recula instinctivement, son regard croisant le mien.

Il faut agir ! Elle va l'exécuter ! N'en doutez pas !

Au léger sursaut de mes sœurs et de ma mère, je compris qu'elles avaient reçu le message. Anthony s'avança, mains levées, essayant de raisonner celle qu'il avait aimée.

— Maman, c'est ta fille ! Tu ne veux pas lui faire de mal.

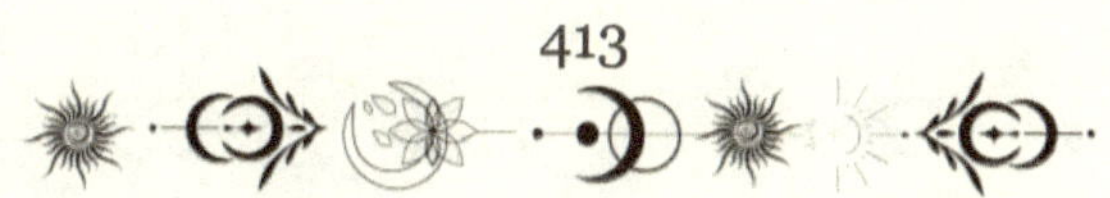

Elle éclata de rire. Anthony serra les poings, la rage brûlante dans ses veines.

– S'il le faut, je n'hésiterai pas. J'ai droit de vie et de mort sur chacun d'entre vous. C'est ça, être au pouvoir !

Ses griffes transpercèrent le ventre de Victoire. Elle souriait, fière, dominante, tandis qu'Anthony restait figé, impuissant, dévasté. Mon sang bouillait. Je sentais ma puissance grimper, décuplée par la colère.

Je vais la tuer !

Nous devons agir ! envoya Alex, glaciale et concentrée.

Maman et moi la bloquons avec nos pouvoirs, cela vous donnera quelques secondes, prévint Tisha.

Cela suffira ! criai-je intérieurement.

Je comptai les secondes, chaque battement de cœur résonnant comme un tambour de guerre. Au signal, ma mère et Tisha lui lancèrent un sort d'immobilisation. L'impact la frappa de plein fouet. Nous nous élançâmes pour protéger Victoire.

Athéa sourit, sadique, comme si le sort n'avait aucune prise sur elle. Ses doigts serraient toujours la gorge de notre sœur. Magda tenta de s'interposer. Athéa la repoussa violemment, l'accusant de trahison. Elle s'effondra, inconsciente. Cela nous donna le temps précieux que nous attendions.

Alexandra saisit son bras. Je m'élançai pour ouvrir la main d'Athéa. Elle riposta par un sort d'étourdissement, mais je restai figée à peine une seconde. Lucius surgit, attrapa Victoire et la renvoya vers Anthony. Tisha me rejoignit et asséna un coup violent dans le ventre d'Athéa. Elle réussit, je ne sais comment, à se libérer de l'emprise d'Alex.

– Vous allez mourir, sales bâtardes ! hurla-t-elle, furieuse et invincible.

Lucius grogna entre ses dents : « Saloperie de magie noire... » et tenta de passer derrière elle. À peine l'eut-il touchée qu'il fut projeté contre le mur. Athéa rassemblait

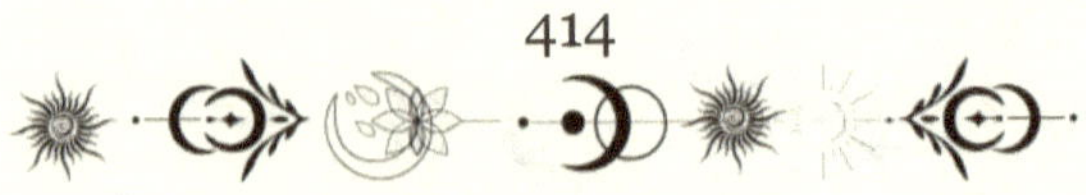

toute sa puissance, chaque muscle tendu, chaque sortilège vibrant.

Nous n'avions pas de temps. Il fallait agir maintenant. Je laissai la colère et la haine m'envahir, sentant Alexandra et Tisha faire de même. Alexandra s'empara de sa tête, Tisha immobilisa un bras, Anthony l'autre. Je plongeai ma main dans son cœur.

— Tu ne feras plus jamais de mal à ma famille !

Je serrai, tirant d'un coup sec. Le cœur s'arrêta entre mes griffes, sanguinolent. Ses yeux s'éteignirent. Elle s'effondra à nos pieds. C'était terminé.

Je croisai le regard d'Anthony. Je tenais encore, incrédule, le cœur de sa mère. Qu'avais-je fait ?

— Tu as fait ce que tu devais faire, murmura-t-il. Elle était prête à tuer Victoire et tous ceux qui se seraient interposés.

Il posa sa main sur mon épaule, m'embrassa, et rejoignit Louis et Victoire. Je laissai tomber le cœur, étonnée de ne ressentir aucun remords.

Tisha et Alexandra m'encadrèrent. Nous nous tournâmes vers les autres. Victoire nous sourit, malgré sa peine. Mon père tenta de la réconforter, expliquant qu'elle était devenue folle. Mais une phrase d'Athéa résonnait encore dans ma tête : « Il me l'a montré ! » Qui était ce « il » ? Et comment pouvait-on montrer ce qui n'avait jamais existé ?

Alex se dirigea vers notre tante, toujours à terre, et l'aida à se relever.

— Vous avez réussi !

— Tu as des comptes à rendre. dit Alexandra.

— Je sais, répondit-elle. Je le ferai. Les enfants ?

— Tous sous contrôle de papa, aucun blessé.

Magda trébucha sous l'aide d'Alex.

— Un problème ? demanda notre mère.

Elle la regarda, souriante, mais quelque chose clochait.

— Nous n'avons pas beaucoup de temps, Cassandra. Je suis désolée.

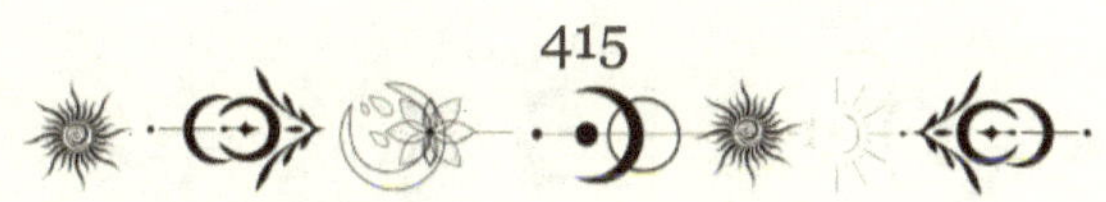

— Comment ça ? Qu'est-ce que tu racontes ?

Ma mère s'approcha, Alex aidant notre tante à s'asseoir sur un fauteuil.

— Nous étions liées. Son décès entraînera le mien à très court terme, je le sens.

Un cri me déchira la poitrine. Je l'avais condamnée.

— Ne te flagelle pas, Megan. Je méritais bien pire. Tout a commencé par ma faute, il est normal que je paye aussi.

— Nous pouvons trouver une solution, maman ? suppliai-je.

Elle secoua la tête.

— Magie noire ?

— Oui... Je suis heureuse que tes filles s'en soient sorties. Je suis désolée pour tout ce que tu as subi, Megan. Elle me tenait grâce à toi. Quand j'ai voulu l'arrêter il y a dix ans, elle t'a fait enlever. Je ne pouvais pas passer outre et risquer ta vie. Voilà pourquoi j'ai fait appel à Lucius. Je devais attendre que vous vous révéliez, Athéna m'avait avertie.

— Athéna te parle... malgré la magie noire ?

— Je n'aurai pas son pardon. Nous ne serons pas ensemble après ma mort. Cassie... Alex ?

— Je suis là.

— Ton James a été héroïque. Ses dernières pensées étaient pour toi. Il ne voulait pas te perdre, Alex, mais il désirait que tu vives. J'étais avec lui quand il est parti, j'ai fait ce que j'ai pu pour soulager sa souffrance.

Alex baissa la tête, sa mutation commençant. Je fis le nécessaire pour la dissimuler avec des illusions. Ses cheveux couvraient son visage, mais Tisha et moi ressentions sa peine. Mathias se plaça près d'elle, l'entoura de ses bras. Elle le laissa faire.

Magda tremblait.

— Je pensais avoir plus de temps...

— Moi aussi, murmura notre mère, les larmes aux yeux.

— Je ne mérite pas tes larmes, Cassie... Il faudra être fortes, les filles. Des choses terribles approchent.

Sa voix était hachurée, chaque mot chargé de souffrance. Ma mère tenta de la soulager par sa magie, sans grand succès.

— Quelqu'un... l'a corrompue... Elle l'a cru... Je ne sais pas qui... vous devez le trouver.

Puis elle expira.

Définitivement.

Ma mère la prit dans ses bras et embrassa ses joues humides. Elle pleura, pour cette femme que je n'avais jamais connue.

Chapitre 50

Alexandra

« Ses dernières pensées ont été pour toi. »

Ces mots résonnèrent en moi comme un coup de tonnerre. Le carcan de glace dans lequel j'avais enfermé ma douleur éclata en mille morceaux. La mutation s'amorça dans mon corps, brutale, incontrôlable. J'avais du mal à respirer, chaque souffle me brûlait la poitrine. Une présence me saisit doucement : Mathias. Il m'enveloppa dans ses bras, solide et protecteur. Les larmes déferlèrent enfin, incontrôlables, chaudes, amères.

— Laisse-toi aller… tu peux maintenant, murmura-t-il contre mon oreille.

Oui… je pouvais.. Ma mission était accomplie, mais la victoire n'avait aucun goût de joie. J'avais vu Magda s'éteindre, senti la peine immense de Victoire et de mes frères, et je me retrouvais perdue, suspendue entre le soulagement et le vide absolu.

Je devais trouver son corps.

Mathias m'entendit et demanda à Jonas et à Lucius s'ils pouvaient s'en occuper.

— Je veux le faire, dis-je en relevant la tête.

Il marqua une pause et sembla passer un message à mes sœurs.

— Alex, je pense que c'est suffisant pour toi. Nous allons le chercher et nous t'appellerons quand nous l'aurons trouvé, d'accord ?

— Oui, on s'en occupe, confirma Megan.

Leur insistance me fit comprendre la vérité d'un seul coup : ils craignaient ma réaction, ma colère face à ce que j'allais découvrir. Je repoussai Mathias avec douceur, essuyai mes larmes, et m'élançai vers l'escalier à ma droite. La salle de torture devait être en bas, comme elle l'aurait imaginé... J'étais prête.

Mes sœurs et les deux vampires me rattrapèrent, silencieux. Je frissonnai, l'absence de vêtement ou la peur ?

La première porte à gauche s'ouvrit sur une pièce vide. Je continuai, le cœur tambourinant. Et enfin, la salle...

Une grande pièce, saturée de l'odeur de sang. Des instruments de torture jonchaient le sol. James avait été là. La vision me glaça, mais je me forçai à respirer, à comprendre... à ressentir l'étendue de son calvaire. Je n'écoutai pas les paroles de mes sœurs ou de Lucius ; je fouillai chaque porte, chaque recoin, avec une précision froide.

À la quatrième, je le trouvai enfin.

James.

Nu, jeté à terre, mutilé. Son visage... à peine reconnaissable. Mon souffle se coupa. Je tendis la main, voulant le toucher, le rassurer, mais m'arrêtai. Il n'était plus là. Ce n'était que son enveloppe... Mon corps tremblait, pas de froid, juste le vide.

Par *Athéna*, elle était morte bien trop rapidement, j'aurais aimé l'avoir près de moi à ce moment-là. Elle aurait souffert comme elle l'avait fait souffrir.

Tisha et Megan me parlèrent, je voyais leurs lèvres bouger. Lucius me regardait, inquiet. Mathias leur répondit.

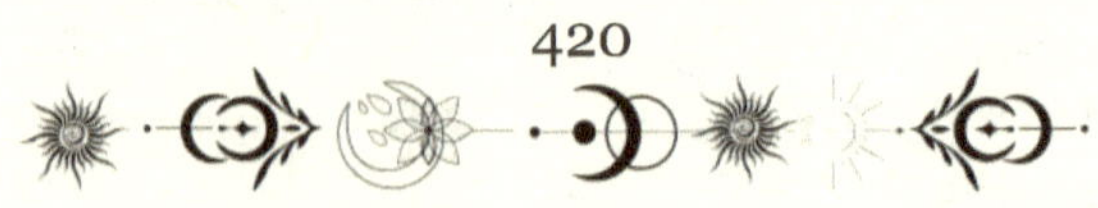

J'enregistrai tout cela, mais je n'étais plus là. Une vague de quiétude me percuta : Lucius. Je ne voulais pas qu'il me calme. Je me transformai de nouveau et pris le corps de James dans mes bras. Je sortis de la salle, puis du sous-sol, indifférente au regard effaré de mon père

Je déployai mes ailes et m'élançai. Je voulais juste être avec lui.. juste le retrouver.

Quelques heures plus tard, assise sur mon promontoire, la tête de James sur mes cuisses, je lui parlais. Je lui expliquais tout ce que nous aurions pu vivre ensemble, je passai en revue chaque projet, chaque rêve que nous avions partagés. Je savais que je paraissais folle, mais je ne pouvais pas faire autrement. Les vagues s'écrasaient contre les rochers en contrebas. Je finis par les observer en silence. Elles m'apaisaient... un peu.

Mes sœurs n'étaient plus très loin, je le sentais. Elles allaient vouloir que je me batte, mais à quoi bon ? Je n'aurais jamais dû le laisser tout seul. C'était ma faute. Tisha s'installa à ma gauche, Megan à ma droite. Elles prirent soin de déplacer James en douceur. Elles ne prononcèrent pas un mot, se contentant d'être présentes pour lui et pour moi. Je me rappelais encore le jour où je lui avais fait découvrir cet endroit. Il était important pour moi et James l'avait bien compris. Je n'avais pas réalisé, à ce moment-là, la place qu'il avait pris dans mon cœur. Tisha, si.

— Nous devons lui rendre un dernier hommage, Alex, dit Megan doucement. Sa famille voudra lui dire au revoir.

— Dans cet état ? répliquai-je, la voix étranglée. Tu veux qu'Henri le voie ainsi ? Ses parents, ses sœurs ? Non... impossible.

— Que proposes-tu alors ?

— Il avait été accepté par notre peuple. Il mérite une cérémonie. Notre cérémonie.

— Tu as raison, confirma Tisha, la voix tremblante. Maman n'y verra aucun inconvénient.

— Tu viens ? Tu dois nous aider à tout organiser.

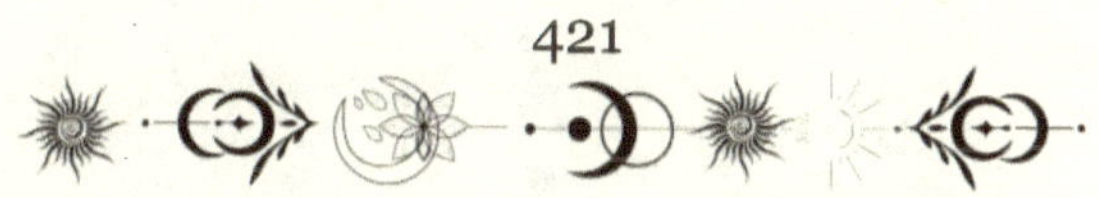

Je hochai la tête. Tisha psalmodia, elle attendit que je retire mes mains de son torse pour le soulever. Megan me fit me relever et nous rentrâmes au village. Quelques sentinelles s'arrêtèrent en nous voyant avancer, elles commencèrent à poser un genou à terre. De chaque côté du sentier, mes sœurs se prosternèrent, rendant un dernier hommage : James, unique homme accueilli par *Athéna* depuis plus de 150 ans... et étrangement, cette reconnaissance me calma.

À notre arrivée, ma mère nous attendait. Elle caressa doucement le visage de James.

— Tes sœurs m'ont parlé de ce que tu voulais. Je suis d'accord. J'ai demandé à deux femmes du conseil de le préparer. Cela te convient ?

— Je les aiderai, affirma Tisha. Je prendrai soin de lui.

Je hochai faiblement la tête. Épuisée. Megan me tira pour entrer dans la maison. Je fonctionnais en pilote automatique. Elle me conduisit jusqu'à ma chambre.

— Une douche devrait te faire du bien, non ?

— Oui... je dois me laver, murmurai-je, le sang d'Athéa encore sur mes mains.

— Tu veux que je reste ?

— Non... je préfère être seule.

Je me glissai sous le pommeau, l'eau brûlante ruisselant sur ma peau. Le froid, la fatigue, le chagrin... rien ne pouvait m'atteindre. Je restai là, longtemps, avant de sortir, grelottante, pour m'allonger dans mon lit. Je remontai la couette, cherchant la chaleur. Mais il n'était plus là. Le sommeil me fuyait. Ses blessures, son visage... tout était gravé dans mon esprit.

Je le sentis à ce moment-là...

— Laisse-moi seule.

— Non !

— Mes sœurs ont compris que j'avais besoin d'être tranquille, pourquoi tu ne l'entends pas ?

— Parce que je ne peux pas te laisser dans cet état...

Je repoussai la couette de mon visage et levai les yeux vers lui. Mathias se tenait là, immobile, mais ses yeux

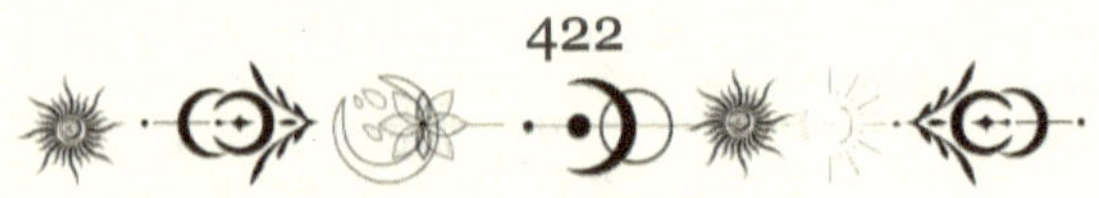

trahissaient l'inquiétude. Je sentis l'odeur du savon sur lui, signe qu'il s'était douché avant de venir.

— Comment as-tu fait pour arriver ici ?

— Ta mère nous a invités. Lucius est là aussi.

Je souris faiblement, tentant de détendre mes muscles tendus.

— Des vampires dans le village... ça doit être une vraie révolution au conseil.

Il me lança un regard amusé.

— Tu me fais une place ?

— Où ? Dans mon lit ? On ne t'a pas montré les autres chambres...

— Tu trembles, Alex. Je suis habillé, ta vertu ne risque rien.

— Toi, peut-être, mais moi je suis à poil. Donc tu connais le chemin.

Il marqua un temps. Puis, comme s'il n'avait rien entendu, en laissant les draps en l'état, il s'installa à côté de moi.

— Putain, Mathias ! Arrête ça !

— Quand tu auras fini de trembler et de pleurer, je m'en irai. Pas avant.

— Tu ne respectes rien ! Je veux être seule ! hurlai-je.

Il secoua la tête.

— Si tu voulais vraiment que je parte, tu te serais déjà servie de tes pouvoirs. Je suis là en ami, Alex. Laisse-moi être présent pour toi.

Je le regardai, cet homme dont j'avais appris à me fier, cet être imprévisible, et pourtant... je sentis un frisson d'apaisement. Je pris une grande inspiration, incapable de formuler quoi que ce soit. Il posa sa main derrière mon crâne, me guidant contre son cou. Je hoquetai, laissant les larmes revenir en cascade. Allais-je un jour arrêter de pleurer ?

— Laisse-les couler. Ça ira mieux après.

Je l'écoutai, enfin. Je me blottis contre lui. Quelques minutes plus tard, je sombrai dans un sommeil lourd, chaud et réconfortant.

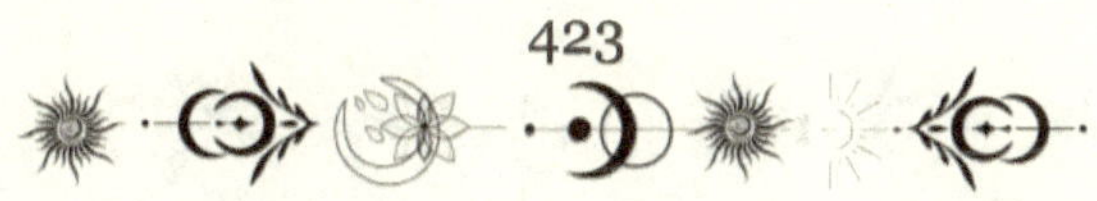

Je me réveillai quelques heures plus tard, seule dans mon lit, la tête lourde. Sur ma table de chevet, un verre d'eau et des cachets. Mathias, probablement.

Un coup léger à la porte. Megan passa sa petite tête.

— Ça va mieux ?

— On va dire ça... Quelle heure est-il ?

— Trois heures de l'après-midi.

— Quoi ?!

— Nous étions encore là-bas à une heure du matin. Nous ne t'avons retrouvée qu'à cinq heures. Tu avais besoin de dormir.

Mes idées restaient confuses.

— La cérémonie ?

— Elle aura lieu ce soir. Toute la famille de James a été conviée.

— Après l'accueil des vampires, des garous au village... c'est l'insurrection !

— Comment sais-tu pour Lucius et Mathias ?

— Il est venu cette nuit.

— J'imagine que tu parles de Mathias... Il tient beaucoup à toi, il était très inquiet.

— J'ai vu.

Elle hésita avant de me proposer de manger quelque chose. Je hochai la tête, consciente que j'avais faim. Je m'habillai rapidement et rejoignis la cuisine. Mathias préparait le repas tandis que Tisha piochait allègrement dans les ingrédients.

— Depuis quand ce sont les invités qui font la cuisine ? lançai-je.

— Depuis que je suis nulle en popote et qu'ils se proposent, répondit Tisha. Bien dormi ?

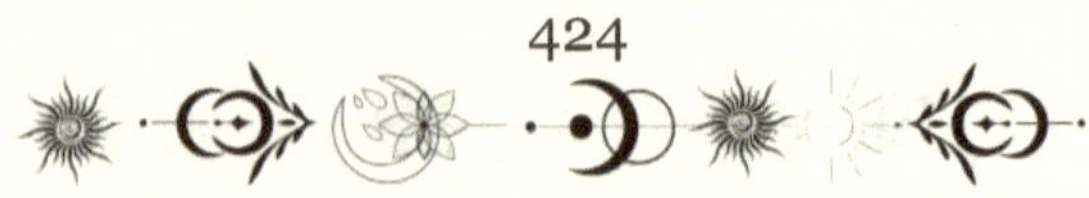

— Mieux que je ne pensais, répondis-je, regardant Mathias.

Il me sourit, concentré sur sa préparation. Je m'approchai pour l'aider.

— Que concoctes-tu ?

— Des lasagnes à la bolognaise. C'est Megan qui a choisi.

— Cela ne m'étonne pas. Besoin d'aide ?

— Tu peux t'occuper de la béchamel ?

— OK.

Je me glissai derrière lui, récupérant beurre, farine, lait, épices et une grande casserole.

— Combien serons-nous ?

— Juste nous cinq, confirma Megan. Et si on préparait l'apéro en attendant ? Tisha, Lucius, vous m'aidez ?

Ils sortirent chercher les bouteilles et les biscuits dans le cellier. Mathias s'arrêta un instant, les mains sur le couteau.

— Ça va ?

— Oui... merci pour cette nuit.

— À ta disposition, Alex. Mais pitié... ne raconte à personne que nous avons juste dormi. Ma réputation serait foutue !

— Ça restera notre secret.

Le reste de la journée s'écoula ainsi, mêlant préparatifs et silences apaisants. Je pris quelques minutes pour griffonner des mots, des pensées à partager lors de la cérémonie. L'heure arriva vite. Henri s'approcha immédiatement, il m'enlaça... Je pris sur moi pour ne pas éclater en sanglots.

— Tu tiens le coup, Alex ?

— J'essaie.

— C'est bien... il n'aurait pas voulu que tu sois malheureuse.

— J'aurais dû être là...

— Quoi ? Ne me dis pas que tu te reproches quelque chose ?

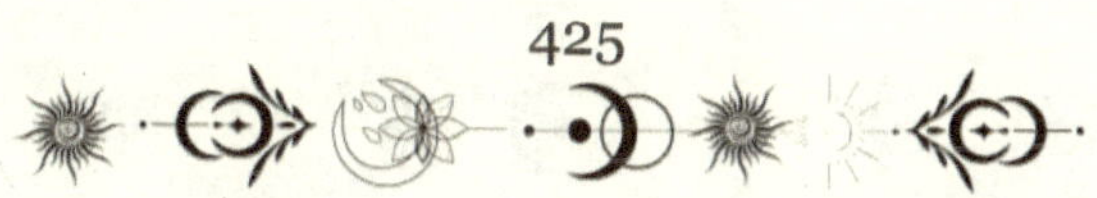

— Je n'ai pas voulu qu'il parte avec moi, Henri... Il serait encore là, sinon.

— Alex, je connaissais Athéa. Nous étions même amis...

Il me prit par le bras et m'emmena à l'écart.

— Malgré tout notre passé, cette femme n'a pas hésité à torturer mon petit-fils et à l'assassiner. Tu n'es en rien responsable de tout ça, Alex. C'est Athéa la coupable. Elle était à deux doigts de tuer sa propre fille. Sans votre intervention, elle l'aurait certainement fait. Elle était devenue malade, c'est tout. Nous allons rendre hommage à l'homme merveilleux qu'il était et lui dire au revoir. Et nous continuerons de vivre, parce que c'est ce qu'il aurait voulu.

Je l'embrassai affectueusement. Je pris son bras et restai avec lui.

Au moment d'aller me coucher ce soir-là, je trouvai Mathias assis sur mon lit.

— Besoin d'un ami ?

— Toujours...

J'avais pris soin de mettre un pyjama cette fois-ci. Je dormis profondément.

Les jours suivirent, ni Lucius ni Mathias ne semblaient décidés à nous quitter. Mon père était retourné à la résidence et faisait son possible pour intégrer les garous découverts pendant l'opération. Il avait aussi fort à faire avec les naissances qui s'enchaînaient. Il était admirablement bien secondé par mes frères et Victoire. Cette dernière se remettait tout doucement de l'attaque de sa propre mère.

Isabella s'était absentée. Elle avait demandé quelques jours à Lucius, qu'il lui avait accordé. Elle fuyait... Sa belle

romance était compromise du fait du retour d'Orion et de la jalousie maladive de Luc.

Je me reconstruisais, doucement, soutenue par mes sœurs. Nous marchions côte à côte, comme trois flammes veillant les unes sur les autres, conscientes de notre force et de notre fragilité. Les derniers mots de Magda résonnaient encore dans mon esprit, stressants et terrifiants à la fois : un rappel que tout n'était pas fini, que quelque chose ou quelqu'un, ce « il » mystérieux, continuait de tisser ses fils dans l'ombre.

Mais tant pis. Pour la première fois depuis notre naissance, nous décidions que ce temps serait à nous. Que nous serions seules maîtresses de nos heures, de nos choix, de nos silences et de nos rires. Nous n'étions plus seulement les héritières d'un pouvoir incommensurable, plus seulement les filles obéissantes d'un roi et d'une prophétesse... Nous étions trois sœurs, trois vies que dix années avaient séparées, cabossées différemment, façonnées par des absences, des peurs et des combats que nous n'avions pas partagés. Il y avait tant de non-dits entre nous, tant de souvenirs à raconter, de blessures à nommer, de morceaux de nous à redonner aux autres.

Nous voulions réapprendre à nous connaître, lentement. Apprendre qui nous étions devenues, sans urgence, sans mission à accomplir, sans menace immédiate. Rattraper le temps perdu, ou peut-être simplement l'apprivoiser. Rire de choses futiles, pleurer sans retenue, nous souvenir de celles que nous avions été avant la séparation, et accepter celles que nous étions désormais.

Ce n'était pas une fuite, ni un renoncement. C'était un choix. Celui de nous retrouver, enfin, avant que le monde ne nous réclame de nouveau.

Et il le ferait. Nous le savions.

Mais pour l'instant, nous avancions ensemble, portées par ce lien indestructible, prêtes à écrire de nouveaux souvenirs : les nôtres.

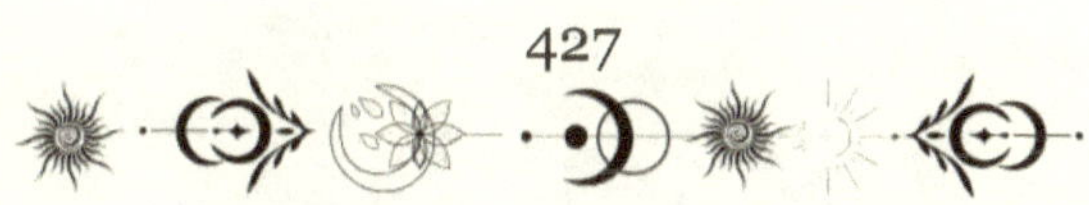

Un avant goût du dernier tome...

1908

J'entends une voix, il est revenu. J'ouvre péniblement un œil, mes forces me quittent. Je vois le visage de mon petit frère, son regard sans vie me fixe. Une ombre se penche sur moi. Dans un dernier sursaut, je tente de le toucher avec mon poignard, j'échoue lamentablement. Il m'aura tout pris. Toute ma famille git à quelques mètres de moi, et je vais mourir sans pouvoir la venger.

Dernière magie avant l'affrontement…

Si vous êtes arrivés jusqu'ici, c'est que vous êtes prêts. Enfin… presque.

Vous avez suivi les Euménides à travers les pertes, les révélations, les renaissances… et ce n'est pas un hasard si l'histoire ne s'arrête pas ici.

Dans le dernier tome de la saga, certaines vérités n'auront plus le luxe de se cacher. Et au cœur de cette tempête : Isabella.

Car si ce tome referme certaines blessures, il en ouvre d'autres. Des révélations attendent encore leur heure. Des choix auront un prix. Et ce « il », tapi dans l'ombre depuis trop longtemps, finira par avancer à visage découvert.

La fin approche. Les masques tombent.

Qui restera debout ?

Merci d'avoir suivi cette aventure, d'avoir aimé ces personnages, leurs failles et leurs combats.

La dernière morsure arrive… et elle risque de faire très mal. 💧

Un immense merci à Plumes & Pétillances, notre pétillante maison d'édition artisanale, cofondée avec deux femmes formidables, **Isabelle et Audrey**. Nous n'avons pas fini de vous étonner.

Ce livre n'aurait jamais vu le jour sans celles et ceux qui l'ont accompagné, soutenu, questionné, porté — parfois même secoué — jusqu'à sa dernière ligne.

Merci aux lecteurs et lectrices, fidèles ou fraîchement arrivés, qui suivez les Euménides depuis le début ou qui les avez découvertes en chemin. Vos messages, vos retours, vos théories parfois très (trop) pertinentes donnent vie à cette saga bien au-delà des pages.

Merci aux partenaires et à l'équipe de la maison d'édition, pour leur confiance, leur patience, leur regard professionnel et leur engagement à défendre cette histoire et cet univers. Publier, c'est une aventure collective, et celle-ci a été portée avec passion.

Une mention toute spéciale à **Éloïse**, notre stagiaire de choc, qui a su mettre la saga en lumière sur les réseaux sociaux avec créativité, énergie et un enthousiasme communicatif. Merci pour ton implication, ton professionnalisme et ton regard frais : les Euménides te doivent beaucoup.

Pour les mordus, Le tome 4 se prépare déjà.

Plus sombre. Plus intime. Plus dangereux.

Les sœurs ont appris à se retrouver...

Il est temps, désormais, de voir ce que cette union déclenchera.

🐾 Pour rester dans la meute...

Si vous avez aimé ce roman (ou même si vous avez juste apprécié une réplique ou deux entre deux sorts et trois trahisons), n'hésitez pas à me le faire savoir !

Je traîne souvent (enfin presque) sur Instagram sous le nom **@liz.h_richardson** – venez papoter, râler sur les cliffhangers ou simplement dire bonjour (j'aime bien les gifs de loups et l'apéro).

Pour suivre l'aventure côté édition, retrouvez **Plumes & Pétillances** (editions.plumesetpetillances) sur les réseaux ou sur notre site :

👉 https://editionsplumesetpetillances.com/

Et pour les plus curieux, les impatients, ou les accros aux secrets bien gardés, il y a aussi la **newsletter** !

Des infos exclusives, des coulisses, des previews, des bêtises et parfois... des révélations en avant-première.

Inscription gratuite, sort d'attachement garanti.

On se retrouve là-bas ?

Bises à tous

Liz

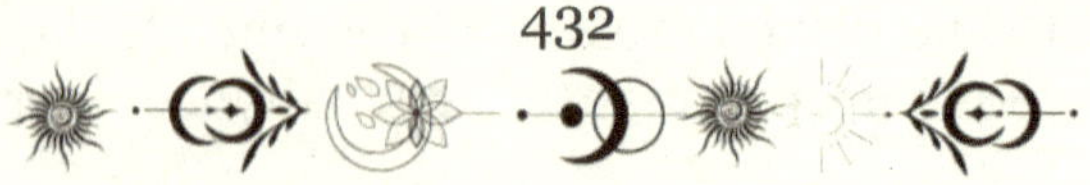

Les romans chez Plumes & Pétillances

ROMANCE

Série Coup de chaud à Hourtin – Liz H. Richardson

Et pourquoi pas ? (mai 2025)

Toi depuis toujours (juillet 2025)

Tout simplement nous (décembre 2025)

A travers elles – Audrey Pasthi (juin 2025)

IMAGINAIRE

Saga Les Euménides – Liz H. Richardson

Tome 1 : Magie, Crocs & Trahison (octobre 2025)

Tome 2 : Sortilèges & Révélations (février 2026)

Tome 3 : Résistance & Résurrection (février 2026)

À paraître

Tome 4 (mars 2026)

Série Ares Security – Liz H. Richardson

Retrouvailles indécentes (novembre 2025)

www.ingramcontent.com/pod-product-compliance
Lightning Source LLC
LaVergne TN
LVHW050915080826

845145LV00001B/93
9782488785068